Die Autorin, Jahrgang 1962, schreibt unter einem Pseudonym. Sie lebt in Friedberg. „Der Tote vom Winterstein" ist ihr erster Roman aus der Wetterau. Weitere werden folgen.

Alle Personen und Ereignisse dieses Romans sind frei erfunden. Jede Ähnlichkeit mit echten Personen ist zufällig und nicht beabsichtigt.

**Emma Berfelde**

**Der Tote vom Winterstein**

www.emma-berfelde.de

Bibliografische Information der Deutschen Nationalbibliothek:
Die Deutsche Nationalbibliothek verzeichnet diese Publikation
in der Deutschen Nationalbibliografie; detaillierte bibliografische
Daten sind im Internet über http://dnb.dnb.de abrufbar.

© 2016 Emma Berfelde

Herstellung und Verlag:
BoD – Books on Demand, Norderstedt

ISBN  9-783-741-29766-3

#  I. Ein Toter im Wald

# 1

Schwer atmend stützte sich Mathias Bauer auf seine Wanderstöcke und drehte sich um. Zwei Stunden war er bereits unterwegs und seine Knie zitterten von der Anstrengung des Aufstieges. Aber er hätte nie gedacht, dass er es so weit schaffen würde.
*Schau nach vorne, nicht zurück!*
Mathias runzelte die Stirn. Selbst hier, fernab von Dirks Folterkammer, hörte er die Ratschläge seines Fitnesstrainers.
Er drehte sich wieder um und maß mit skeptischem Blick den steilen Pfad, der vor ihm lag. Bis zum Gipfel des Wintersteins mit dem hölzernen Aussichtsturm waren es noch fast achthundert Meter.
Er ließ seinen Rucksack von den Schultern gleiten und öffnete den Reißverschluss. Er zog eine Flasche Mineralwasser heraus und trank mit großen Schlucken. Kaum hatte er die Flasche abgesetzt, begann sein Magen zu knurren. Sehnsüchtig dachte er an das mit Putenbrust belegte Brot in seinem Rucksack. Die Versuchung war groß. Nein, entschied er. Als Belohnung für die Plackerei plante er eine ausgiebige Rast auf dem Plateau des Aussichtsturms mit Blick über die sanften Hügel der Wetterau.
Er hob den Rucksack wieder auf die Schultern und stapfte schnaufend voran. *Löse deine Blockaden!* Mist. Dirk und seine Imperative wohnten schon in seinem Kopf. *Setz deine Schritte! Denk an dein Ziel!*
Mathias verzog das Gesicht. Mindestens dreißig Kilo mussten noch runter über den Winter, dann würde er sein erstes Ziel, „unter hundert", erreicht haben. Mit einem unbarmherzigen Speiseplan hatte er seine Ernährung umgestellt: Die rote Karte für Pizza und Pommes, grünes Licht für Salat, Gemüse, mageres Fleisch und volles Korn. Dazu das Training in Dirks Fitnessgruppe, ungemein anstrengend, aber

auch unerwartet zufriedenstellend. Besonders schön war es, wenn Dirk es ihnen erlaubte, am Ende des Krafttrainings die erschöpften Körper auf der Matte auszustrecken, um beim Yoga ihre „sanfte Mitte" zu finden. *Du fühlst dich ganz leicht.* Ja, Dirk.
Nach zweihundert Metern stoppte Mathias für die nächste Pause. Er zog ein Taschentuch aus der Hosentasche, nahm die Brille ab und wischte sich über das Gesicht. Verdammt warm für Anfang Oktober! Die Kleidung klebte an seinem Körper, obwohl er unter der wasserdichten Wachsjacke nur ein dünnes T-Shirt trug. Glücklicherweise sah es so aus, als bliebe er von rücksichtslosen Freizeitsportlern verschont. Nur zwei Wanderer waren ihm entgegengekommen, ein rüstiges Rentnerpaar. Sie waren bestimmt den steileren Weg von Ockstadt gestartet, vielleicht sogar von der Saalburg. Beneidenswerte Kondition. Den kompletten hessischen Limes entlang zu laufen, die ganzen einhundertdreiundfünfzig Kilometer, das war Mathias' Traum. Davon war er noch weit entfernt.
Er setzte seine Brille wieder auf und ging langsam die nächsten Schritte. Er keuchte, seine Lungen brannten. Von wegen fit durch Fasten, er fühlte sich eher wie ein Fisch, der im Todeskampf auf dem Trockenen zappelte. Er fragte sich zum wiederholten Mal, warum er das machte. Warum überhaupt abnehmen? In anderen Ländern genossen Dicke hohes Ansehen. In Saudi-Arabien zum Beispiel, da wurde er gerade wegen seiner Körperfülle respektiert. In Afrika erst recht. Hier, in diesem Land mit dem Schlankheitswahn, da war er ein Fettkloß, der immer zu viel für sich beanspruchte. Im Flugzeug musste er die teure Business Class buchen, denn in die engen Sitze der Economy Class passte er gar nicht rein. Dieses Land war auf Mittelmaß konditioniert. Er hatte die ständige Diskriminierung so satt.
Aber hatte er sich die richtige Frage gestellt? Nicht *warum*, sondern für *wen* machte er das? Natürlich für Irene. Seine

schöne Nixe vom Schwarzen Meer. Eigentlich hieß sie Svetlana, aber sie hatte nichts dagegen, Irene genannt zu werden. *Alles so, wie du es willst, Bärchen*, sagte sie immer. Sie war so anders als das egoistische Biest, mit dem er leider immer noch verheiratet war. Niemand wusste von Svetlana und das sollte vorerst auch so bleiben. *Das Biest wird schäumen vor Wut!* Mathias lächelte. Nun fühlte er sich wirklich leicht.
Nach weiteren hundert Metern wurde ihm schwindelig. Er setzte sich auf einen Findling und überlegte, ob er die Stulle nicht doch schon jetzt essen sollte. Niemand würde ihn dabei erwischen. Dirk war nicht da mit seinem Gesülze. *Ich weiß, wie schwer es ist, aber ohne Disziplin geht es nun einmal nicht.* Von wegen Disziplin! Dirk hatte seine eigene Fettsucht bestimmt mit Hilfsmitteln bekämpft, die garantiert in keinem Diätratgeber zu finden waren.
Mathias' Magen knurrte erneut. Ohne Stärkung würde er es nicht bis auf den Gipfel schaffen. Er kramte im Rucksack nach der Plastikbox. Er öffnete sie, nahm das Brot andächtig heraus und biss hinein. Er schloss die Augen und schob den ersten Bissen im Mund hin und her. Lecker. Vollkornbrot mit Sonnenblumenkernen. Er schmeckte Tomate und das knackige Blatt eines Eisbergsalats. Der leicht salzige Geschmack der Putenbrust kam erst danach. Und ... Frischkäse! Er öffnete die Augen. Keine Butter. Wann er wohl wieder Butter essen durfte? Oder Waffeln mit Sahne? Bratkartoffeln mit Speck? Ein Croque mit Tunfisch und ganz viel Mayo?
Die Stulle schmeckte jetzt fade. Er legte sie zurück in die Box und schob sie von sich weg. Sein Magen knurrte immer noch.
Er war müde. Nur ein Viertelstündchen hier sitzen, das wäre schön. Er schloss die Augen. Lauschte dem Lied der rauschenden Blätter. Fühlte den wieder gleichmäßigen Schlag seines Herzens. *Wer rastet, der rostet!* Fuck you, Dirk! Plötzlich hörte Mathias ein scharfes Kreischen einer Bremse und schlitternde Reifen. Verfluchtes Mountainbike! Mathias

riss die Augen auf, musste in die Sonne blinzeln. Er erkannte die Silhouette einer schlanken Gestalt in hautenger Funktionskleidung und einem Helm auf dem Kopf. Dann traf ein Schlag seine Nase, riss ihm die Brille herunter. Er tastete nach seinen Wanderstöcken und stemmte sich mühsam hoch. Jemand schubste ihn.

„He, was soll das?"

Keine Antwort, nur ein heftiges Atmen. Mathias taumelte ein paar Schritte zurück, bis er sein Gleichgewicht wiedergefunden hatte. Seine Augen tränten und er schmeckte Blut. Wehr dich! Benutz die Stöcke! Hau einfach drauf! Er schlug wild um sich, doch die Gestalt wich ihm aus. Wie ein tanzender Kobold, dachte Mathias und schnappte nach Luft. Er spürte, wie sich zwei Hände auf seine Brust legten und ihm erneut einen Stoß gaben. Er kippte nach hinten ins Leere. Mit den Armen rudernd, versuchte er, sich an einem Ast festzuhalten. Seine dicken Finger umklammerten den Zweig. Der brach ab und Mathias verlor den Halt. Sah kurz den Himmel über sich, dann wieder schrammte sein Gesicht über bröckelige Erde und spitze Tannennadeln. Sein rechtes Knie stieß an etwas Hartes, es tat höllisch weh. Als er über einen Buckel rollte, schien er für kurze Zeit zu schweben. Der harte Aufprall nahm ihm die Luft. Es knackte. Alles wurde dunkel.

# 2

5. Oktober

„Wie lange liegt er schon da?", fragte Kommissarin Milena König.
Karsten Feldmann, Leiter der Spurensicherung, schob die Kapuze seines weißen Overalls zurück und kratzte sich am Kopf. Milenas Kollege Jan Sielau kroch mit anderen „Weißlingen" den Hang zum Wanderpfad hoch. Sie befanden sich mitten im Wald, rund fünfzig Höhenmeter unterhalb des Aussichtsturms am Winterstein. Das hölzerne Gestell zeichnete sich gegen den grauen Himmel ab. Die Stelle war schwer zugänglich, weiter unten verlief ein schmaler Forstweg, der von den Autos des K 10 der Polizeidirektion Wetterau und der Spurensicherung zugeparkt war. Der leichte Wind ließ die bereits bunten Blätter der Bäume rauschen. Dieses sanfte Geräusch konkurrierte mit dem stetigen Brummen von der naheliegenden Autobahn.
„Nach dem Stadium der Maden zu urteilen, fünf oder sechs Tage." Karsten wies auf einen weißen Wurm, der sich mit einer Vielzahl von Verwandten an der Wunde im Nacken des Opfers labte. „Aber ich bin nicht von der Rechtsmedizin. Bremer ist informiert, steckt aber auf der A5 im Stau fest."
„Bremer?", fragte Milena. „Kenn ich nicht."
„Dr. Burkhard Bremer", sagte Karsten. „Er ist neu in Gießen."
Einer von Karstens Leuten pickte die Made mit einer Pinzette auf und steckte sie in ein mit einer gelblichen Flüssigkeit gefülltes Glasröhrchen. Gut, dass ich das nicht untersuchen muss, dachte Milena. Die Beschreibung im Bericht wird eklig genug sein.
Der Tote lag auf dem Bauch. Seine kurzen, braunen Haaren waren mit Schlamm, Tannennadeln und Laub verklebt. Der

leichte Nieselregen der vergangenen Tage hatte die Erde um die Leiche herum aufgeweicht. Der Tote trug eine olivgrüne Wachsjacke, braune Cordhosen und hellgraue Wanderschuhe. Klassischer Wanderlook, dachte Milena. Aber kein klassischer Wanderkörper. Alles mindestens XXXL. Es muss eine wahre Tortur für ihn gewesen sein, mit *dem* Gewicht bis hier hoch zu laufen. War er am Ende seiner Kräfte gewesen? Milena war selbst mal am Winterstein gewandert und trotz ihrer knapp sechzig Kilo und ihrer guten Kondition war es alles andere als der erwartete Spaziergang gewesen.
Sie hörte einen Wagen heranrollen und sah hinunter auf den Forstweg. Ein metallic-blauer Opel Vectra hielt hinter der Autokolonne. Gleich würde sich ihr Chef, Hauptkommissar Alexander Wege, durch das Unterholz kämpfen, mit der bissigen Entschlossenheit eines Jagdhundes, der zur erlegten Beute strebt. Das ging ja schnell, dachte sie. Jan und sie waren selbst erst vor wenigen Minuten angekommen und würden Alex noch nicht viel präsentieren können.
„Habt ihr einen Ausweis gefunden?", fragte sie. Wortlos reichte Karsten ihr einen Plastikbeutel mit dem gewünschten Dokument. „Mathias Bauer", las sie und drehte den Ausweis um. Der Tote hatte im Dachspfad in Friedberg gewohnt.
„Tag, Milena." Ihr Chef atmete ruhig, obwohl er gerade ein steiles Stück des Hanges hinaufgestiegen war. Für einige Sekunden ließ er seinen Blick auf der Leiche ruhen, die Hände in den Taschen seines Anoraks. Milena schaute ihn verstohlen von der Seite an. Gestern war sein rotblondes Haar mindestens fünf Zentimeter lang gewesen, heute trug er es wieder auf militärische Kürze getrimmt, kaum länger als die ebenfalls rotblonden Bartstoppeln an seinem kantigen Kiefer.
„Unfall oder Mord?", fragte Alex.
Milena hörte Karsten leise lachen.
„Hat die Leiche uns leider noch nicht verraten", sagte sie breit lächelnd und reichte Alex den Ausweis.

„Wie lange?"
Typisch Alex! Kein Kommentar zu ihrer ironischen Antwort, sondern eine sachliche Frage. Ich bin kindisch und impulsiv, er ist vernünftig und professionell. Doch dann schämte sie sich. Dort lag eine Leiche und sie wollte sich mit ihrem Chef zanken. Sie berichtete ihm von Karstens Vermutung.
„Wer hat ihn gefunden?"
„Es gab einen anonymen Anruf. Männlich." Milena wies auf einen schmalen, mit Wurzeln übersäten Pfad durch den Wald. „Wahrscheinlich ein Mountainbiker, der das Gelände verbotenerweise als Downhill-Trail benutzt hat. Und deshalb anonym."
Alex nickte. „Wir müssen ihm dankbar sein. Das Laub hätte bald den ganzen Körper zugedeckt. Und dann noch die Tarnfarben der Kleidung. Die Leiche hätte in Ruhe verrotten können."
„Wenn ihr mich fragt: Er ist gestürzt oder wurde gestoßen. Von da oben." Karsten wies auf eine Stelle am Hang, an der ein großer Findling zur Rast einlud. Von dort abwärts hatten Waldarbeiter vor Kurzem eine kleine Fläche gerodet. „Es gibt zahlreiche Schürfwunden. Hat sich wohl mehrmals überschlagen, bis der erste Baumstumpf seinem Körper beim Herunterkullern eine andere Richtung gab. Der dritte Baumstumpf hat ihn dann wohl auf den Stein geworfen. Der hat ihm möglicherweise das Genick gebrochen."
Alex' Blick war Karstens Zeigefinger gefolgt und er hatte Jan entdeckt. „Wie sieht's da oben aus, Jan?" Seine tiefe Kommandostimme überbrückte mühelos die Entfernung.
Jan hielt sich krampfhaft an einem dicken Ast fest und zog sich ein Stück nach oben. „Hat wohl gerade Pause gemacht", schrie er längst nicht so kraftvoll zurück. „Wir haben hier eine angebissene Stulle in einer Brotbox. Schon ein bisschen vergammelt."
Alex richtete den Blick zurück auf die Leiche. „Rucksack oder eine Tasche?"

„Nein", sagte Milena
„Jan", rief Alex. „Rucksack?"
„Nichts."
Alex strich sich über die Bartstoppeln, dann sah er Milena an. „Irgendwelche Wertsachen?"
Sie zeigte ihm die anderen Plastiktüten. Sie enthielten einen Führerschein, einen Schlüssel und ein Portemonnaie. „Eine Stulle, aber keinen Rucksack. Finde ich sehr merkwürdig."
„Die Stulle muss nicht zu ihm gehören", wandte Alex ein. „Vielleicht wollte er im Forsthaus Winterstein einkehren. Dann wäre ein Rucksack unnötiger Ballast." Er runzelte die Stirn. „Ich werde mit der Staatsanwältin sprechen, eine Obduktion halte ich für angebracht. Wen schickt die Rechtsmedizin?"
„Einen Dr. Bremer", sagte Milena. „Steckt aber im Stau."
„Bremer? Kenne ich nicht."
„Er ist neu in Gießen."
Alex zuckte mit den Schultern. „Wartet auf ihn. Und wenn ihr hier fertig seid, treffen wir uns in meinem Büro." Alex drehte sich um und machte Anstalten, zum Auto zurückzukehren, stoppte jedoch. „Teufel noch mal!", rief er.
Milena stellte sich neben ihn. Ein Mann eilte durch den Wald auf die Gruppe der Beamten zu, die den Ort absicherten. Milena lächelte. Schwarze Locken, südländischer Teint, den schlanken Körper in teuren englischen Tweed gekleidet. An einer Schulter baumelte ein Fotoapparat.
Alex stöhnte. „Jack Russell! Woher weiß der denn schon wieder Bescheid?" Er warf Milena einen vorwurfsvollen Blick zu.
„Frag doch Jan", wehrte sie ab. „Die kennen sich vom Boxen."

\*\*\*

Kommissar Jan Sielau fuhr den Eleonorenring entlang und bog links in die Goethestraße ein. Hier war für kurze Zeit das Heim von Elvis Presley gewesen, während seiner Zeit bei der US-Army in Deutschland. Stationiert worden war er in den Ray-Baracks in Friedberg, gewohnt hatte er aber in Bad Nauheim. Jans Großmutter behauptete, dass Elvis von seiner Kaserne ausgerissen war, um sie heimlich zu treffen. Niemand glaubte ihr. Wahrscheinlicher war, dass sie, wie die meisten, nur einen kurzen Blick auf den großen Star hatte werfen können. Doch es gab ein paar Dinge, die nicht zu leugnen waren: Jans Mutter war unehelich geboren, Jahrgang 1961. Ihre Mutter hatte sie auf den Namen Elvira getauft. Elvis' Eskapaden waren kein Geheimnis gewesen. War es nicht doch möglich ...? Nein, jetzt gab *er* sich Tagträumen hin. Sein Großvater sei ein charmanter, aber unzuverlässiger „Landmatrose" gewesen, erzählten die Nachbarn seiner Großmutter. Er war als Schausteller mit der Kirmes umhergezogen und hatte in jedem Ort ein anderes Mädchen gehabt. Großmutter schwieg hartnäckig zu dieser Version der Geschichte, dementierte sie aber auch nicht.

Jan lächelte nachsichtig, setzte den rechten Blinker und fuhr in die Schillerstraße. Dies war das Dichterviertel, eine der angesagten Wohngegenden in Bad Nauheim. Westlich der Schillerstraße wirkte noch der Charme des „Bel Époque", als Bad Nauheim „Kaiserbad" hieß. Oder besser Kaiserinnenbad: Die russische Zarin, Kaiserin Sisi und Kaiserin Auguste, sie waren mitsamt ihren Familien und ihrem Hofstaat regelmäßig hierher zur Kur gekommen. Die glanzvollen Zeiten waren vorüber, geblieben die prächtigen Häuser mit Stuckfassaden und kunstvollen Eisengittern an den Balkonen.

Jan bog langsam rechts in die Luisenstraße und fuhr auf den nächsten freien Parkplatz. Er schaltete den Motor aus, blieb einen Moment im Auto sitzen und betrachtete das Haus der

Eltern von Mathias Bauer. Kein „Bel Époque" mehr, sondern ein freistehendes Einfamilienhaus mit verziertem Gartenzaun und dunkelgrünen Fensterläden.
Es hilft nichts, dachte er. Ich muss da rein und die traurige Nachricht überbringen. Jan stieg aus und ging die wenigen Schritte durch den Vorgarten bis zur Tür. Drinnen hörte er Wasser rauschen und eine monotone Stimme aus einem Lautsprecher, die Nachrichten oder Verkehrsmeldungen vortrug. Als er die Hand nach der Klingel ausstreckte, quietschte hinter ihm das Gartentor. Ein in Rosa gekleidetes Mädchen kam auf ihn zugerannt, mit Kunststoffschmetterlingen im aschblonden Haar, in jedem Arm ein Stofftier. Als ihr bewusst wurde, dass da ein Fremder vor ihr stand, stoppte sie und drehte sich zu dem Mann um, der ihr mit langsamen Schritten folgte und Jan musterte. Seine vom Wind zerzausten, dunkelblonden Haare gaben ihm ein verwegenes Aussehen. Er trug braune Jeans und ein dunkelgrünes Hemd unter einer dünnen, hellbraunen Lederjacke.
„Wer ist das, Ulrich?", fragte das Mädchen und versteckte sich halb hinter den Beinen des Mannes.
Der verzog seinen Mund zu einem schiefen Lächeln. „Ich gebe die Frage weiter", sagte er zu Jan und kämmte seine Haare mit den Fingern glatt.
„Kommissar Jan Sielau." Jan zeigte seinen Dienstausweis.
Der Mann gab ihm die Hand. „Ulrich Bauer." Er schloss die Haustür auf. „Kommen Sie bitte herein. Hat irgendwer was ausgefressen?" Er bemühte sich, belustigt zu klingen, doch Jan hörte die Unsicherheit hinter den Worten.
Das Mädchen stürmte an ihnen vorbei ins Wohnzimmer, dessen Tür offen stand. „Omi, Opi, ratet mal, was ich auf der Kerb gewonnen hab!", rief sie.
Jan atmete tief durch. Nun kam der Moment, an dem er Fingerspitzengefühl beweisen und die richtigen Worte finden musste. Etwas beklommen folgte er Ulrich Bauer in das Wohnzimmer.

„Da muss ich nicht viel raten, Laura", sagte gerade eine ältere Frau mit rauer Stimme. „Dies ist ein Nilpferd und das ein Husky." Sie stand am Fenster und beugte sich zu dem Mädchen herab.

Sie schien im gleichen Alter wie Jans Großmutter zu sein. Das war jedoch die einzige Gemeinsamkeit. Seine Großmutter liebte bunte Rüschenkleider aus leichten, geblümten Stoffen und viel Schminke. Diese Dame bevorzugte offensichtlich einen zeitlos klassischen Look. Jans Blick wanderte über das glatte, in der Mitte gescheitelte Haar, das dezente Make-up, das marinefarbene Kostüm und blieb schließlich an den blauen Halbschuhen hängen. Straßenschuhe im Haus? Wollte sie ausgehen? Oder besaß sie gar keine Hausschuhe?

„Ulrich hat das aus diesem Glaskasten gezogen, wo ganz viele davon drin sind. Aber es ist ganz schwer, die mit der Zange zu fassen zu kriegen. Ich hab's so oft probiert. Ehrlich, ganz schwer."

„*Onkel* Ulrich hat sehr viel Geschick", sagte die Frau. Als sie die beiden Männer im Türrahmen entdeckte, richtete sie sich auf. „Wer sind Sie?"

Jan stellte sich erneut vor. Die Frau erbleichte und warf ihrem Sohn einen kurzen Blick zu. „Ist etwas mit Mathias oder Sandra?"

„Sind Sie Ute Bauer?", fragte Jan zurück.

Die Frau nickte und ließ sich in einem Sessel sinken. Jans Herz klopfte. Die Worte, die er sich noch im Büro zurechtgelegt hatte, waren wie weggeblasen. Er musste improvisieren. Was hatte Alex ihm geraten? Erst alle versammeln, dann die Nachricht. „Ist Ihr Mann auch zu Hause?"

Ute Bauer nickte erneut. „Kannst du deinen Vater aus dem Keller holen?", richtete sie die Frage an ihren Sohn, ohne ihn anzuschauen.

Jan wartete. Das Mädchen schien die Anspannung im Raum zu spüren und hielt die beiden Stofftiere eng an sich ge-

presst. Laura, hatte Ute Bauer sie genannt. Das war die Tochter von Mathias Bauer. Milena hatte das Melderegister geprüft, Bauers Ehefrau Anja Herlof lebte seit fünf Jahren von ihrem Mann getrennt, die gemeinsame Tochter wohnte bei ihr. Laura schaute ihn ängstlich aus tiefblauen Augen an. Jan schluckte. Wie wird sie reagieren, wenn sie erfährt, dass ihr Vater nicht mehr lebt? Sie sollte nicht hier sein.
Er wollte gerade vorschlagen, Laura aus dem Zimmer zu schicken, als sich die Tür öffnete und Ulrich Bauer mit seinem Vater hereinkam, beide leicht außer Atem nach dem Treppensteigen.

\*\*\*

Der Betonbau aus den 70er Jahren befand sich in der Saarstraße unweit des Friedberger Bahnhofs. Das helle Grau der Fassade war mit schwarzen Schlieren durchsetzt. Ein farbiger Anstrich würde dem Klotz gut tun, dachte Milena. Ihr Finger glitt über die Namen der Klingelschilder: Yardiz, Krovacik, Rahimi, Belcanto, Monscher. Sie hörte den leiernden Rhythmus türkischer Popmusik aus einem der geöffneten Fenster, laut genug gestellt, um den Motorenlärm von der Straße zu übertönen. In einer Erdgeschosswohnung hingen hinter dreckigen Scheiben nikotinbraun verfärbte Gardinen. In einer anderen konnte sie gestapelte Kartons und eine nackte Glühbirne ausmachen. Ein Fernseher lief. Im Hauseingang roch es schwach nach Urin.
Anja Herlof bewohnte mit ihrer Tochter Laura eine Wohnung im zweiten Stock. Sie arbeitete Teilzeit in einem Friseursalon, viel Geld war da nicht zu verdienen. Hatte Mathias Bauer sie finanziell unterstützt? Wer sich wohl von wem getrennt hatte? Und im Streit oder auf freundschaftlichem Wege? Sie würde es bald erfahren.

Milena drückte auf den Klingelknopf neben dem Namen Herlof und wartete. Niemand antwortete. Das Schweigen konnte von „Keiner zu Hause" bis „Klingel kaputt" alles bedeuten. Milena drehte sich um und blickte die Straße hinunter. Ein paar Leute gingen den Bürgersteig entlang, aber keiner schien in dieses Haus zu wollen. Sie drückte noch einmal die Klingel.
Ein Knacken ertönte und eine blecherne Stimme fragte: „Ja?"
„Frau Herlof?
„Ja?"
„Hier ist Milena König."
„Wer ist da?" Die Worte kamen schleppend.
Hoffentlich ist sie nicht betrunken, dachte Milena.
„Milena König, ich bin Kriminalkommissarin und möchte mit Ihnen sprechen."
„Wer?"
Milena seufzte. „Polizei", rief sie in die Sprechanlage. „Es geht um Ihren Mann." Eine Weile war nur ein lautes Atmen zu hören, dann ging der Summer und Milena drückte die Tür auf.
Eine schlanke Frau in verwaschenen Leggins und langer, bunter Bluse empfing sie an der Wohnungstür. Ihr Blick war klar, es gab kein Anzeichen von Trunkenheit. Ihr blondes Haar stand in scheinbar wilden, bei näherem Hinsehen jedoch sorgfältig frisierten Locken um ihren Kopf.
Anja Herlof schüttelte ihre Hände. „Nagellack", erklärte sie und ging wieder in die Wohnung. Auch ihre Stimme war klar, keine Spur mehr von der Mattigkeit wenige Minuten zuvor. Milena schloss die Tür und folgte ihr ins Wohnzimmer zu einem riesigen Ecksofa, das fast das ganze Zimmer einnahm und dessen Polster die ersten Auflösungserscheinungen zeigte. Sie ließ ihren Blick schweifen. Blickdichte Gardinen hingen vor den beiden Fenstern. An einer Seite stand eine Schrankwand, dem Sofa gegenüber ein

Fernseher auf einer Kommode. Die Möbel mochten aussehen wie vom Sperrmüll, aber das Zimmer war sauber und aufgeräumt. In der Lücke zwischen Schrankwand und Wand standen zusammengeklappt ein Bügelbrett, ein Wäscheständer und ein Gerät, das Milena nicht einordnen konnte.

„Was zu trinken?", fragte Anja Herlof und hielt eine Wasserflasche hoch. Sie hatte sich auf das Eckteil des Sofas geworfen.

Milena schüttelte den Kopf und setzte sich in einen Sessel. „Nein, danke."

Anja Herlof goss sich ein Glas voll, stellte die Flasche neben den Tisch auf den Boden und zog die Füße hoch. Sie begutachtete stirnrunzelnd ihre Fingernägel. „Muss wohl noch mal von vorn anfangen", seufzte sie und griff nach dem Nagellackentferner. „Was ist mit Mathias?"

„Ist Ihre Tochter auch da?"

Anja Herlof schüttelte den Kopf. „Mit ihrem Onkel auf der Kerb. Bad Nauheim." Sie nahm einen dicken Wattebausch aus einer Tüte und schraubte das Fläschchen auf. Sie goss ein wenig Flüssigkeit auf die Watte und begann, den Lack abzureiben. „Warum?"

Milena faltete ihre Hände. Sie war also mit der Witwe allein. Gut so! Wie würde sie reagieren? Bittere Tränen vergießen? Oder gefasst die Nachricht aufnehmen? Vielleicht sogar froh sein? Milena hatte gleich nach dem Abitur mit der Ausbildung bei der Kriminalpolizei begonnen und war somit schon über zehn Jahre „im Geschäft". Aber Todesnachrichten zu überbringen gehörten bei ihr nicht zur Routine.

„Frau Herlof, Ihrem Mann ist im Wald oben beim Winterstein ein Unglück geschehen", begann sie vorsichtig.

Anja schnaubte. „Im Wald? Sind Sie sicher? Mathias geht zu McDoof oder an die nächste Tanke, aber nicht in den Wald." Sie nahm erneut den Nagellackentferner, stoppte in der Bewegung und blickte auf. „Noch nicht mal zum Pilzesammeln, obwohl er sie gerne gegessen hat. In Massen, nicht in Maßen." Ihr Grinsen entblößte eine Reihe von strahlend weißen Zähnen.

„Ihr Mann ist tot", sagte Milena mit schärferer Stimme als beabsichtigt.

Die kleine Flasche fiel der Frau aus den Händen und der Inhalt ergoss sich auf den schäbigen Teppich unter dem Couchtisch. Anja Herlof schien es nicht zu bemerken, sie saß kerzengerade und mit offenem Mund da und starrte auf ihre unlackierten Nägel.

Milena sprang hoch und hob das Fläschchen auf. Sie erklärte kurz, was die Polizei vermutete.

„Er ist gestürzt?", hauchte Anja Herlof.

Es klingt nicht traurig, dachte Milena. Es klingt verwirrt und gleichzeitig erleichtert, als ob sie noch nicht an eine Zukunft ohne Mathias Bauer glauben kann. Milena wusste aus ihrer Recherche: Es existierte kein Testament. Somit würde Anja Herlof zusammen mit ihrer Tochter alles erben, was es zu erben gab.

„Höchstwahrscheinlich. Aber wir können nicht ausschließen, dass jemand nachgeholfen hat."

\*\*\*

„Ich muss Ihnen leider mitteilen, dass Ihr Sohn Mathias tot aufgefunden worden ist."

Ute Bauer schaute Jan mit aufgerissenen Augen an, räusperte sich kurz, danach glich ihr Gesicht wieder einer unbeweglichen Maske. Martin Bauer hatte das Gesicht mit den Händen bedeckt, als Jan zu ihm blickte, nahm er sie weg, zog ein Taschentuch aus der Hosentasche und wischte sich über die feuchten Augen. Das Ehepaar saß auf dem schmalen Sofa, Jan war stehen geblieben.

Laura war nicht mehr im Raum. Ulrich Bauer hatte dem Mädchen seine Hand hingehalten. „Komm, wir gehen in die Küche und essen ein paar von den leckeren Waffeln, die wir auf der Kerb gekauft haben." Er hatte sich um einen leichten Tonfall bemüht. Mit einem letzten neugierigen Blick auf Jan hatte sich Laura widerstandslos von ihrem Onkel aus dem Raum führen lassen. „Ich werde mich später mit Ihnen unterhalten", hatte Jan ihm hinterhergerufen.
Ute Bauer ergriff die linke Hand ihres Mannes und strich über die dünnen Knöchel. Sie hatte Tränen in den Augen. „Man geht immer davon aus, dass man zuerst geht", sagte sie. „Mathias war fettleibig. Der Arzt sagte, wenn er nichts dagegen unternimmt, dann wird es bald aus sein. Mit seinem Herzen, seinem Kreislauf. Hat sein Tod damit zu tun?"
„Er ist offensichtlich beim Wandern gestürzt und hat sich das Genick gebrochen."
Beide Bauers blickten ihn fassungslos an.
Ute Bauer fand als Erste ihre Sprache wieder.
„Wandern?", presste sie hervor. „Das glaub ich nicht. Er hat sich nicht mehr für Sport interessiert. Es wurde ja auch immer schwieriger, so fett, wie er war."
„Er war auf dem Weg vom oder zum Winterstein. Wir wissen noch nicht, ob er aus Versehen oder mit Absicht gestürzt ist."
„Mit Absicht?" Ihre Stimme überschlug sich fast. „Sie meinen Selbstmord?"
„Kann sein." Merkwürdig, dachte Jan. Sie scheint damit gerechnet zu haben, dass ihr Sohn einen Kollaps erleidet und stirbt. Dass er seinem Leben selbst ein Ende setzt, will sie nicht glauben. Als ob ein tödlicher Unfall für sie akzeptabel, Selbstmord aber unverzeihlich wäre. „Aber wir denken bei Absicht eher an Totschlag oder an Mord."
„Mord?", hauchte sie. Sie ließ die Hand ihres Mannes los und stand auf. „Die Schlampe hat damit zu tun."
„Welche Schlampe?"

„Na, die Nutte, die er geheiratet hat."
„Ute, bitte!", sagte Martin Bauer leise.
„Schon gut." Mit verschränkten Armen ging sie ein paar Schritte hin und her. „Ich hätte das nicht sagen sollen. Aber ich will nichts verschweigen. Ich habe kein gutes Verhältnis zu meiner Schwiegertochter."
Jan nickte, wenn auch nicht aus Verständnis. Unwillkommene Schwiegertöchter gab es in vielen Familien. Großmutter Sielau nannte die ihre selten beim Namen. Elvira war „deine Mutter" oder einfach nur „die". Doch „Nutte"? Ute Bauer hatte wohl mehr als „kein gutes Verhältnis" zu Anja Herlof.
„Sie hat mir meinen Sohn entfremdet", bestätigte sie Jans Gedanken. „Mathias stand ganz unter ihrem Pantoffel. Hat kaum noch mit uns geredet. *Sie* wollte das so. Ihr Wunsch war ihm Befehl. Und dann war mit einem Mal alles aus. Mathias hat sehr gelitten, als die Ehe in die Brüche ging. Da war es aber bereits zu spät für uns." Sie schaute Jan direkt in die Augen. Ihm lief ein Schauer über den Rücken. „Diese Person hat meinen Jungen erst ausgenutzt und ihn dann wegen eines anderen verlassen. Es hat ihn umgebracht, *sie* hat ihn umgebracht. Mit ihrer Herzlosigkeit."

\*\*\*

„Er hätte mehr aus sich machen können", sagte Clemens Sänger, der Inhaber von „CS Computer Security". „Bauer hätte nicht ewig Informatikassistent bleiben müssen."
Vor einer halben Stunde hatte Hauptkommissar Alexander Wege sein Auto auf dem Besucherparkplatz des Eschborner Bürohochhauses abgestellt, wo die Computerfirma einige Räume im dritten Stock belegte. Ein Bürokomplex nach dem anderen reihte sich die Straße entlang. Zusammen bildeten

sie eine Schlucht aus Glas, Beton und Stahl. Ein trister, nüchterner Ort gleich neben dem Autobahndreieck, ohne nennenswerte Gastronomie, ohne städtisches Ambiente, dafür aber bequem zu erreichen.
„CS Computer Security" bot kundenbasierte Lösungen für die Sicherheit und Überwachung von IT-Systemen an. Das Firmenlogo stellte eine Mauer aus Computerchips dar, an der Viren abprallten. „Ihre Sicherheit ist unser Ziel!"
Nun saß Alexander Wege im Konferenzzimmer und starrte auf den überdimensionalen Bildschirm an der Wand. Sänger befand sich auf Geschäftsreise und hatte auf einer Direktschaltung in ein Hotel am Persischen Golf bestanden. Es hatte eine Weile gedauert, bis diese zustande gekommen war, und die Übertragung funktionierte nicht besonders gut. Sänger erklärte das mit den schlechten Wetterverhältnissen in Katar. Da ist wohl eher die Technik noch nicht ganz ausgereift, korrigierte Alex ihn stumm.
„Hatten Sie den Eindruck, dass Herrn Bauer in letzter Zeit etwas belastet hat?" Er sprach mit dem Abteilungsleiter David Balzer, Bauers direktem Vorgesetztem, der neben ihm saß und ab und zu an der Falte seiner teuren Anzughose zupfte. Bei Alex' Worten schreckte er hoch.
Balzer überlegte. „Informatiker sind nicht gerade die gesündesten Menschen auf diesem Planeten. Wenn es nicht die schlechte Ernährung ist, dann kämpfen sie mit erschlafften Muskeln und Hämorrhoiden vom langen Sitzen."
„Ich bitte Sie, Balzer, das will Hauptkommissar Wege sicher nicht wissen", schaltete sich Sänger ein. „Er fragt, ob Mathias Bauer Schwierigkeiten mit der Erledigung seiner Arbeit hatte."
Das tue ich nicht, dachte Alex. „Er war also krank?" Er richtete auch diese Frage direkt an Balzer.
„Nicht direkt. Wie gesagt, hier ist keiner wirklich gesund."
„Was soll das denn heißen, Balzer?", polterte Sänger. Das Bild auf dem Schirm zuckte. Alex hoffte, dass die Über-

tragung zusammenbrach.
„Wie oft hat er denn gefehlt?"
„Nie", sagte Balzer.
„Nie?", fragten Alex und Sänger gleichzeitig.
„Er ist vielleicht mal ein wenig später am Arbeitsplatz erschienen, hat die Zeit aber immer aufgeholt. Dafür gibt es schließlich die Gleitzeit."
„Was heißt denn ‚später'?", fragte Alex.
„Warum denn ‚später'?", fragte Sänger.
Balzer warf zuerst einen Blick auf den Bildschirm, wandte sich dann aber an Alex.
„Er war manchmal erst nachmittags da."
„Warum?", griff Alex Sängers Frage auf.
Das Gesicht des Chefs begann, sich rötlich zu verfärben. Ob dies an der Sonne über Katar, an der farblich nicht korrekten Übertragung oder an seinem Gemütszustand lag, war nicht einwandfrei auszumachen.
„Er hat mir keinen Grund genannt", sagte Balzer. „Unsere Mitarbeiter müssen flexibel sein. Also bin ich es auch. Hauptsache, die Deadline eines Projektes wird eingehalten."
„Er hatte nie gefehlt, sagten Sie. Hat er nie über Unwohlsein geklagt?"
„Dass er nie gefehlt hat, bedeutet ja nicht, dass er sich immer wohl gefühlt hat. Ärzte machen krank, sagte er immer. Er nahm lieber ein paar Tabletten und ging zur Arbeit."
„Hatte er Probleme mit Drogen?"
Balzer schüttelte den Kopf. „Nicht, dass ich wüsste."
„Wer weiß das schon", mischte sich Sänger ein. Inzwischen hatte seine Gesichtsfarbe zu Lila gewechselt. „Die saufen sich doch alle die Birne blind. Hocken dabei stundenlang vor der Mattscheibe und wundern sich dann, wenn sie nicht fit genug sind für eine kleine Treckingtour." Er schnippte mit den Fingern.
Alex versuchte, ihn zu ignorieren. „Mit Bauers Arbeit waren Sie zufrieden?", fragte er Balzer.

„Eigentlich schon."
„Was bedeutet ‚eigentlich'?"
„Nichts, nur eine Floskel. Es gab nichts auszusetzen."
Das kam sehr hastig, dachte Alex.
„Was war sein Arbeitsgebiet?"
„Er programmierte kundenbasierte Sicherheitskonzepte für IT-Systeme. Hauptsächlich zur Überwachung der Systeme gegen Angriffe von Viren, Trojaner und Worms. Jedes Land, jeder Kunde ist anderen Bedrohungen ausgesetzt."
„Er hatte Kontakt zu den Kunden?"
„Ja, aber nur zusammen mit unseren Key Account Managern. Informatiker sind keine ausgebildeten Verkäufer."
„Wie kam er mit den Kollegen klar?"
Balzers Blick flog kurz zum Bildschirm. Sänger ließ sich gerade einen Cocktail bringen. Die zarte, mit einem schweren Goldring verzierte Hand, die ihm die blaue Flüssigkeit mit Sahne reichte, gehörte sicherlich nicht der Servicekraft an der Hotelbar.
„Gut", sagte Balzer.
Als ob du mir in Gegenwart deines Chefs etwas anderes erzählen würdest, dachte Alex. Unsoziales Verhalten eines Angestellten fiel immer auf den Vorgesetzten zurück. Balzer wollte Sänger gewiss keinen Grund geben, seine Führungsqualitäten in Frage zu stellen.
„Hat er sich mit Kollegen privat getroffen? Gab es eine besondere Freundschaft?"
Balzer rutschte verlegen auf seinem Stuhl hin und her.
„Es ist nicht meine Aufgabe zu wissen, was meine Mitarbeiter außerhalb ihrer Arbeitszeit unternehmen. Kann sein, dass er sich mit seinen Kollegen getroffen hat."
Sänger hatte seinen Cocktail mit drei Zügen am Strohhalm geleert. „Der Bauer hatte keine Freunde unter den Kollegen. Der hat sich als was Besseres gefühlt. Nicht ganz ohne Grund. Aber, wie gesagt, er hätte mehr aus sich machen können."

„Hat er aber nicht", murmelte Balzer.
„Ich kann Sie nicht richtig hören", beschwerte sich Sänger.
„Verdammt. Da stirbt einer meiner Mitarbeiter und ich sitze hier in diesem Drecksland am Persischen Golf und verbrenne mir die Haut."
Mit diesen Worten brach die Verbindung zusammen. Vielleicht hatten Beamte des Geheimdienstes von Katar entschieden, die Beleidigung ihres Vaterlandes nicht ungestraft zu lassen.
Balzer schaltete die Anlage aus.
Alex atmete auf. „Hat es Sie nicht gewundert, dass Mathias Bauer seit ein paar Tagen nicht zur Arbeit kam?"
Balzer schüttelte den Kopf. „Er hatte Urlaub. Zwei Wochen."
„Wollte er verreisen?"
Balzer zuckte mit den Schultern. „Keine Ahnung. Er hat nicht davon gesprochen."
„Gab es Streit zwischen Bauer und seinen Kollegen?"
„Nicht direkt." Balzers Ton blieb vorsichtig, obwohl sein Chef nicht mehr zugegen war.
„Was dann?"
„Er wirkte unnahbar. Er hat nie irgendetwas mitgemacht. Keine Feier, keinen Ausflug. Aber jede Menge Fortbildungen bezahlt bekommen. Und hat damit angegeben. Die anderen mochten ihn nicht besonders."
„Und warum sollte Ihr Chef das nicht hören?"
Balzer wurde rot. „Sie haben eine bemerkenswerte Beobachtungsgabe."
Das ist mein Job, dachte Alex. Und du machst es mir leicht.
Balzer schien mit sich zu kämpfen, dann hob er den Kopf. „Da war mehr als ein ‚guter Draht' zwischen ihm und Bauer", sagte er und starrte auf den dunklen Bildschirm.

\*\*\*

„Das letzte Mal gesehen?" Anja Herlof griff wieder zu einem Wattebausch und goss Nagellackentferner darauf. Langsam rieb sie die ohnehin schon blanken Fingernägel noch einmal ab. „Das ist sehr lange her. Aber am Telefon, da hatte ich vorletzte Woche das letzte Mal das Vergnügen. Hab ihn um Geld gebeten. Wieder mal. ‚Wenn er dich fickt, kann er auch für dich bezahlen.' Das war das Letzte, was ich von Mathias gehört habe. Passt zu ihm, passt zu unserer Beziehung."
„Sie leben mit einem anderen Mann zusammen?"
Anja Herlof nickte. Sie legte den nassen Wattebausch auf einen Teller, auf dem bereits ein vertrockneter Teebeutel, die Krümel eines Brotes und einige Papierschnipsel lagen. Säuberlich zusammengetragen, um sie schnell entsorgen zu können.
„Sie haben Ihren Mann wegen ihm verlassen?"
Sie schüttelte den Kopf. „Ich habe Heiko erst vor zwei Jahren kennengelernt."
„Sie hatten zuletzt also Streit mit Ihrem Mann?"
„Wir hatten immer Streit, hauptsächlich wegen Geld. Seit Laura in die Schule geht, zahlt er nur noch für sie. Ich könnte ja arbeiten gehen. Wenn ich keine Lust auf das Kind habe, soll ich es seinen Eltern überreichen. Überreichen! Als ob Laura ein Paket wäre, das man einfach bei den Nachbarn abgibt."
Milena runzelte die Stirn. Hatte Bauer ihr vielleicht sogar das Kind wegnehmen wollen? „Wie war das Verhältnis zwischen Vater und Tochter?"
Anja Herlof zuckte mit den Schultern. „Anfangs, also kurz nach unserer Trennung, da wollte er sie gar nicht sehen. Dann doch. Jeden Freitag ging sie nach der Schule zu ihm. Er ging mit ihr ins Kino oder zur Lochmühle, je nach Wetter. Dann brachte er sie zu seinen Eltern. Sie hat ein eigenes

Zimmer in der Luisenstraße. Samstagabend brachte Ulrich sie wieder zu mir. Ulrich ist mein Schwager." Anja sprach mit leiser, gefasster Stimme. „Aber das war nicht Ihre Frage." Sie blickte auf und starrte auf den Fernseher, als ob dort ein Teleprompter mit ihrem Text stünde. „Wir haben das gemeinsame Sorgerecht. Leider. Mathias hatte das vor Gericht durchgeboxt. Und sich immer wieder eingemischt. Aber es ging ihm gar nicht um Laura. *Mir* wollte er das Leben schwer machen." Sie fuhr sich mit der Hand über das Gesicht. „Unsere Ehe war ein Albtraum. Es fing schön an und endete in der Hölle. Im Grunde ist es erst jetzt ganz vorbei. Jetzt, wo er tot ist."

Sie hat einiges durchgemacht, dachte Milena. Eine Ehe, die in die Brüche geht, und dann diese Schlammschlacht. Haben sie und das Opfer sich gegenseitig in den Hass getrieben? Hat sie sich endgültig aus dem Teufelskreis lösen wollen? Reicht das als Motiv für einen Mord?

„Warum haben Sie sich nicht von ihm scheiden lassen?"
Anja Herlof schloss für einen Moment die Augen. „Ich hab den ganzen Gerichtskram nicht gewollt. Es ging ja auch so. Keiner von uns wollte wieder heiraten."
„Mathias Bauer hat für seine Tochter Unterhalt bezahlt. Was ist mit Ihnen?"
„Ich bin Friseurin und hab einen Teilzeitjob. Selbst wenn ..." Anja stoppte und schaute verlegen auf ihre Fingernägel.
Milena ahnte, was sie hatte sagen wollen. *Selbst wenn ich das schwarz verdiente Geld dazu zähle, reicht es nicht.* Doch Milena war nicht hier, um Anja wegen eines Steuerdeliktes zu verhören oder gar zu verhaften.
„Selbst wenn ich das Kindergeld und den Unterhalt für Laura hinzuzähle", fuhr Anja fort, „dann reicht es trotzdem nicht. Laura, in der Schule, da muss sie dauernd erklären, warum sie dies nicht hat und das nicht bekommt. Ich kann es mir einfach nicht leisten. Und Mathias, der hatte keinen Sinn dafür. Die Mädchenhefte mit dem Plastikzeugs, die Alben

für die Sammelbilder. Er hasste so etwas. ‚Clever ausgelegte Drogen der Konsumindustrie, schon für die Kleinen', sagte er immer. Und dann die ganzen Marken. Warum eine teure Barbiepuppe mit dümmlichem Gesicht, wenn es auch welche gibt, die nur die Hälfte kosten? Er hat Kinderwünsche nie verstanden. Ohne Barbiepuppe gehört Laura nicht dazu. Auf Armut kann man nicht stolz sein."
Sie holte tief Luft. Ihr Gesicht hatte sich gerötet. Sich alles von der Seele zu reden, schien ihr gut zu tun. „Ulrich hat ihr anfangs hin und wieder etwas geschenkt, aber dann bekam er Ärger mit Mathias. Ulrich hat nachgegeben. Ist so seine Art, er weicht jedem Konflikt aus." Sie rutschte an den Rand des Sofas.
„Hatte Ihr Mann Freunde?"
Anja Herlof schnaubte und griff zum farblosen Nagellack. Sie begann, sich die Nägel der linken Hand zu lackieren. In Sekundenschnelle würde der Lack trocknen, versprach die Aufschrift.
„Früher mal. Aus der Schule noch. Mit denen ist er hin und wieder ein Bier trinken gegangen. Aber das ist schon lange her. *Er* hörte auf, sich mit ihnen zu treffen. Schon während unserer Ehe fing es an. Zuerst meinte er, er könne mich doch nicht mit dem Kind alleine lassen. Aber das war nicht der Grund. Er brauchte einfach niemanden. Nicht seine Eltern, nicht seine Geschwister, nicht seine Freunde. Noch nicht einmal uns, Laura und mich. Er hat alle von sich gewiesen."
Sie griff wieder zum Fläschchen und strich mit dem Pinsel über die Nägel der rechten Hand. Nicht ganz so schwungvoll, bemerkte Milena. Also eine Rechtshänderin.
Aus ihrer Recherche wusste sie, dass Mathias Bauer und Anja Herlof keine zwanzig Jahre alt gewesen waren, als sie geheiratet hatten. Nur fünf Monate nach der Hochzeit war ihre Tochter geboren worden. Eine Muss-Heirat? Und wenn ja, wer hatte darauf bestanden?
„Sie sind sehr früh Mutter geworden", sagte Milena.

Anja sah sie herausfordernd an. „Und das, obwohl es die Pille gibt, meinen Sie?"
„Das meinte ich nicht. Es ist nur ungewöhnlich. Die meisten Frauen ..."
„Haben Sie Kinder?"
„Das tut hier nichts zur Sache." Doch die Frage gab ihr einen unerwarteten Stich. Was sie ärgerte. Sie setzte sich aufrecht. Sie stellte hier die Fragen.
Doch Anja sprach schon weiter. „Mathias war anfangs ein ganz netter Junge. Kein sehr schöner Anblick, aber sensibel, freundlich und gut. Dankbar, dass ich ihn mochte. Und ich hatte die Schnauze voll von eingebildeten Schönlingen. Wir wollten beide eine große Familie. Drei oder vier Kinder, zwei Mädchen und zwei Jungen, im Abstand von zwei Jahren. Und wir haben Laura bekommen. Dann hatte ich zwei Fehlgeburten. Der Arzt meinte, wir sollten uns nicht unter Druck setzen. Ich habe mich eine Weile geschont, dann wir sind in den Urlaub gefahren, tagsüber schön am Strand relaxen, abends romantisch Essen gehen und nachts wilder Sex." Sie lächelte kurz, dann legte sich ein Schatten über ihr Gesicht. „Es nützte nichts. Es wurde nichts aus der großen Familie. Alles wurde anders. Ich weiß nicht, warum. Mathias wurde hartherzig, ungerecht und zum Schluss unerträglich. Wir haben uns nur noch gestritten. Deshalb bin ich gegangen."

\*\*\*

„Wir haben als Kinder immer zusammengehalten", sagte Ulrich Bauer. Er war mit Jan allein im Wohnzimmer zurückgeblieben. Sein Vater hatte über Herzrhythmusstörungen geklagt und war nach oben ins Schlafzimmer gegangen. Laura war nach draußen in den Garten geschickt worden, ihre

Großmutter machte sich bereit für einen Spaziergang mit ihrer Enkelin durch den nahen Kurpark in die Stadt.
„Mathias war früher ein großer, stattlicher Junge. Er hat so manchen Raufbold auf dem Schulhof nur durch seine Anwesenheit in die Flucht geschlagen. Er hat nie jemanden verprügeln müssen, um respektiert zu werden. Alle fürchteten sich vor ihm, das langte. Es lebte sich angenehm in seinem Schatten. Obwohl ich der Ältere bin."
Er reichte Jan ein Bild, auf dem ein etwas untersetzter Junge lachend mit einem Fußball posierte. Auf dem Trikot stand der Schriftzug „VfB Friedberg". Es war auf dem Platz am Burgfeld aufgenommen. Dort hatte Jan auch gespielt. E-Jugend. Bei Wind und Wetter hatten sie mit ihrem Trainer auf dem Fußballplatz gestanden. Vierundzwanzig Jungen, unbändig und überzeugt, berühmte Fußballer zu werden. Vierundzwanzig Jungen, die lernen sollten, hart zu schießen und elegant zu dribbeln. Auf die faire Art, darauf legte ihr Trainer wert.
Der Junge kam ihm bekannt vor. Jan hob das Bild näher an seine Augen. Matze? Im Hintergrund standen einige Jungen in einer Reihe und übten Torschüsse. Jans Herz setzte einen Schlag aus. Der zweite Junge war klein und schmächtig. Sein Trikot hatte eine Acht auf dem Rücken. Das war *seine* Nummer gewesen.
Jan ließ das Bild sinken. Erinnerte sich. Fairplay? Dreiundzwanzig Jungen hielten sich mehr oder weniger daran. Einer nicht. Matze foulte jeden, der sich ihm in den Weg stellte. Ja, Jan erinnerte sich gut. Matze hatte ihm diverse Prellungen verpasst.
„Dann hat er plötzlich angefangen, tonnenweise Chips zu fressen", fuhr Ulrich Bauer fort. „Und literweise Cola in sich hineinzuschütten. Bald hatte er mehr Fett am Körper als Muskeln und der gute Ruf war dahin."
Jan nickte. Die Veränderung hatte er noch mitbekommen. Auch er hatte Matze gehänselt, hatte ihm auf diese Weise die

vielen Schrammen und blauen Flecke zurückgezahlt. Ein Jahr später war Matze gegangen. Seitdem hatte er nie wieder etwas mit ihm zu tun gehabt. Bis jetzt.

„Wir hatten beide unsere Probleme." Ulrich Bauer schien Jans Unbehagen nicht zu spüren, er plauderte unbekümmert weiter. „Pubertät eben. Ich hatte Akne und er fraß. Die Mädchen kicherten. Mathias fraß noch mehr. Ich hatte damals wenig Verständnis für seinen Kummer. Empfand meine Akne als den schlimmeren Feind. Er brauchte nur weniger zu essen. Aber ich hatte mich geirrt. Meine Pickel verschwanden. Sein Fett blieb. Die Frauen machten einen großen Bogen um ihn."

„Als Sie vorhin in der Küche waren, sagte Ihre Mutter, Ihr Bruder habe sein Studium der Informatik abgebrochen und sei als Assistent in einer IT-Firma untergekommen." Jan verschwieg, dass Ute Bauer ihre Verachtung nicht hatte verbergen können.

„Während ich mein Betriebswirtschaftsstudium beendet und eine eigene, sehr erfolgreiche Firma aufgebaut habe." Ulrich Bauer breitete die Hände aus. „Hier sitzt die Hoffnung der Mutter Bauer. Noch nicht ganz zufrieden, da ihr Vorzeigesohn bis heute weder Frau noch Kinder hat. Aber sie hofft auf ein gutes Ende."

„Was ist mit Ihrer Schwester?"

„Sandra ist mit einem Unternehmer verheiratet, hat zwei Kinder und ist Krankenschwester im Bürgerhospital. Alles in allem akzeptabel für Mutter, wenn auch nicht überragend." Er beugte sich vor. „Dabei kriselt es auch in dieser Ehe und der jüngere der beiden Söhne hatte bereits im zarten Alter von neun Jahren eine vielversprechende kriminelle Karriere gestartet. Daniel sammelt Handys. Klaut sie. Oder fordert sie ein. Gewaltsam, wenn es sein muss. Daniel ist der Schrecken der kleineren Kinder des Viertels. Seine Eltern werden von allen Seiten bedrängt, ihn in ein Erziehungsheim zu stecken, bevor es zu spät ist. Dieser Mistkäfer wickelt sie aber jedes

Mal um den kleinen Finger. Er ist hoffnungslos verdorben. Wenn Sie mich fragen: Früher wäre sicher noch was zu machen gewesen. Jetzt, mit zwölf, ist er kaum mehr zu bändigen. Der Zug ist abgefahren." Ulrich Bauer schwieg einen Moment. „Das hat Mathias immer gesagt."
Aha, dachte Jan. Der ehemalige Fußballrüpel hat sich also abfällig über den diebischen Mistkäfer geäußert. Daniel soll ins Heim. Der Onkel mischt sich in Sachen ein, die ihn nichts angehen? Was, wenn sie sich gestritten haben, oben am Winterstein? Ok, Mathias Bauer war kein kleines Kind. Sein Neffe kann ihn nicht alleine den Hang hinuntergestoßen haben. Aber das Alibi des Jungen sollte überprüft werden.
„Sie und Ihre Schwester, hatten Sie ein gutes Verhältnis zu Ihrem Bruder?"
Ulrich Bauer zuckte mit den Schultern. „Wohl eher nicht. Wir haben uns nur in großen Abständen getroffen. In sehr großen Abständen."
Kaum Kontakt, dachte Jan. Wie die Eltern auch. Kein Wunder, dass niemand von ihnen Mathias Bauer vermisst hatte.
„Was halten Sie von der Wanderung? Ihr Bruder ist für seine Körperfülle eine ansehnliche Steigung gelaufen. Hat er angefangen, etwas gegen seine Fettleibigkeit zu tun?"
„Kann sein. Wie gesagt, wir hatten nicht mehr viel Kontakt."
„Ein Arzt könnte das vielleicht wissen. Irgendeine Idee, bei wem er in Behandlung gewesen sein könnte?"
„Bei dem Arzt, bei dem wir alle schon als Kinder waren. Dr. Bernkast."
Jan machte sich eine Notiz. „Wo waren Sie am vergangenen Montag?"
„Sie wollen ein Alibi von mir?"
„Ja."
„Für einen ganzen Tag?"
„Ja."
Ulrich Bauer fuhr sich mit einer Hand durch das Haar und schaute an Jan vorbei Richtung Fenster. „Montag? Ein

Werktag. Meine Werktage verlaufen in letzter Zeit alle gleich. Aufstehen, Bad, Frühstücken, von acht bis acht in der Firma, nach Hause, Abendessen, aufs Sofa, Fernsehen, Bad, Bett. Allein."
„Hatten Sie Streit mit Ihrem Bruder?"
An Ulrich Bauers Kinn zuckte ein Muskel.
„Wir haben nicht gestritten. Und kaum miteinander gesprochen. Und leider können wir weder das eine noch das andere jemals wieder tun." Er vergrub sein Gesicht in seinen Händen.
Jan gefiel die Geste nicht, sie hatte etwas Theatralisches. Gespielte Trauer? Taktik oder Verlegenheit? Er konnte es nicht wirklich deuten. Er konnte die Emotionen der ganzen Familie Bauer nicht deuten. Er wollte gerne mit Alex und Milena darüber sprechen, bevor er weitere Fragen stellte. Und außerdem... Er schaute verstohlen auf die Uhr. Heute war Heimspiel der „Roten Teufel" und er hatte eine Jahreskarte. Er stand auf, bedankte sich für das Gespräch und reichte Ulrich Bauer seine Karte. Kaum draußen, ging er mit schnellen Schritten zum Auto. Wenn er sich beeilte, würde er es noch rechtzeitig zum Anpfiff ins Eisstadion schaffen.

***

„Ich denke, dass Mathias Bauer noch an etwas anderem gearbeitet hat", sagte David Balzer. Der Wind zerzauste sein ehemals sorgfältig frisiertes Haar. Alex war seiner Bitte nachgekommen und mit ihm nach draußen gegangen. Den Grund hatte Balzer nicht genannt. Möglicherweise wollte er ihm etwas Heikles mitteilen und fürchtete, in den Räumen der Firma abgehört zu werden. Keine Wahnvorstellung, da er als Experte für lückenlose Überwachungen die technischen Möglichkeiten kennen musste.

„Wie kommen Sie darauf?"
„Er arbeitet seit ungefähr sechs Jahren bei uns. Natürlich verändert sich ein Mitarbeiter während eines solch langen Zeitraumes. Er wird selbstbewusster und auch selbständiger, je besser er seine Arbeit versteht. Aber Mathias Bauer, der wurde mehr."
„Mehr?"
Balzer zögerte.
„Es kommt selten vor, dass Clemens Sänger einen seiner Mitarbeiter bevorzugt. Er bemüht sich, allen ein ...", Balzer räusperte sich, „... ein gleichwertiger Chef zu sein."
„War Bauer in Geschäftspraktiken involviert, die nicht ganz korrekt sind?"
„Nein!", rief Balzer und schaute sich hektisch um.
Wenn er befürchtet, dass auch die Straßen Ohren haben, dann grenzt das schon an Paranoia, dachte Alex.
„Er war überheblich. Ließ die anderen gerne spüren, dass er für den großen Boss wichtig war. War wohl überzeugt, dass er sich deshalb mehr erlauben durfte."
„Und stimmte seine Selbsteinschätzung?"
Balzer schaute auf den Boden. „Einige Kunden haben sich über seine herablassende Art beschwert. Ich habe ihm eine Abmahnung erteilt. Aber dann ist er nach oben und ich habe Anweisungen bekommen, ihn in Ruhe zu lassen."
„Direkt von Clemens Sänger?"
Balzer nickte. „Aber ich bin sicher, dass diese ... diese Sonderstellung bei Sänger nichts mit seinem Tod zu tun hat."
Da bin ich anderer Ansicht, dachte Alex. „Hatte er auch Sonderaufgaben?"
Balzer schwieg. Ein Pulk von Menschen in Businesskleidung hastete an ihnen vorbei zur nahen S-Bahn-Station.
„Ich habe mich schlau gemacht", bekannte Balzer, als sie wieder alleine waren.
„Und?"
„Ich bin ein Experte für Überwachungssysteme."

„Und?"
„Der Firmenrechner ist sauber. Keine dubiosen Internetseiten, keine Kontakte zu Kunden, die ich nicht kenne. Keine Aufträge von ganz oben, keine Zahlungen für Sonderdienste."
Alex schnalzte mit der Zunge.
Balzer steckte beide Hände in die Hosentaschen. „Alle Mitarbeiter verfügen über einen von der Firma gestellten Laptop, den sie auch privat benutzen dürfen", fuhr er fort. „Mit der Software versehen, die sie brauchen, um sich von Zuhause in den Server der Firma einloggen zu können."
„Und?"
„Es muss einen dritten Rechner geben."

***

Milena räusperte sich. „Sie sind noch mit ihm verheiratet und erben."
„Was wollen Sie damit andeuten?"
Milena ließ sich von Anja Herlofs empörten Blick nicht beirren. „Kennen Sie seine finanzielle Situation?"
„Er war geizig. Jedem Pups Geld musste ich hinterherrennen. Mein Konto ist tief im Dispo. Seins sicher nicht. Geizige Menschen haben immer Kohle."
„Sie hoffen also, dass Sie jetzt eine ganze Menge Geld erben?"
Anja Herlof lachte verächtlich. „Und deshalb habe ich ihn ... ja, was genau? Ihm einen Schubs gegeben? Das kann nicht Ihr Ernst sein. Schauen Sie mich an!"
Milena musterte den zierlichen Körper und musste ihr recht geben. Es war unwahrscheinlich, dass diese Frau einen etwa hundertdreißig Kilogramm schweren Mann über die Kante gestoßen hatte.

„Mathias war schon immer ein Angeber. Wahrscheinlich hat er eh nur Schulden hinterlassen. Dann werde ich das Erbe natürlich ausschlagen. Und mein Schicksal beklagen. Anja, die Pechmarie. Vielleicht habe ich aber auch mal Glück und bekomme ein wenig Geld. Was ich auch dringend brauche, da der Unterhalt für Laura jetzt wegfällt. Wenn er mir ‚eine ganze Menge Geld' vererbt, dann bringe ich sogar Blumen an sein Grab."

Harte, ehrliche Worte, dachte Milena. Diese Witwe zeigt keine falsche Trauer. Meine Ehe war die Hölle, hat sie gesagt. Und ihrem Mann die Schuld daran gegeben. Eine einseitige Sicht, wie so oft. Mathias Bauer kann sich nicht mehr wehren. Wenn Ehen auseinanderbrechen, haben meist beide Partner zum Scheitern beigetragen. Welche Schuld trifft Anja Herlof?

Ein leises Geräusch aus dem Flur ließ Milena aufhorchen. Die Wohnungstür wurde aufgeschlossen. Anja Herlof erhob sich hastig. Noch bevor sie den Flur erreichte, ertönte ein fröhliches „Rate mal, wem ich heute ein Grab geschaufelt habe, Schatz". Eine männliche Stimme. Anja Herlof begrüßte ihren Freund mit einem übertriebenen Aufschrei. Milena hörte für lange Momente heftiges Schmatzen aus dem Flur, dann ein leises Flüstern. Grab geschaufelt? Offensichtlich war Anja Herlofs Lebensgefährte ein Mensch mit einer Vorliebe für schrägen Humor. Oder steckte mehr dahinter? Anja Herlof hatte es verdächtig eilig gehabt, zu ihrem Freund zu kommen. Um ihn zu warnen?

Der Mann, vielleicht Anfang Zwanzig, erschien im Türrahmen. In Sekundenschnelle registrierte Milena den kahl geschorenen Schädel, das kurzärmlige T-Shirt, die von den Schultern bis zu den Handgelenken mit Symbolen tätowierten Arme, die extrem dünnen Beine in Röhrenjeans und die wachsamen, braunen Augen. Langsam ging der Mann zurück in den Flur und kam nach einigen Augenblicken in einem langärmeligen Shirt mit Kapuze zurück. Schwarz wie alles, was er trug, mit einem Aufdruck, der Milena nichts sagte.

„Frauen werden leicht nervös bei meinem Anblick", erklärte er mit einem schiefen Lächeln. Der wachsame Ausdruck hatte seine Augen nicht verlassen. „Polizei?"

Milena nickte und stellte sich vor. Ihre Haut prickelte. Nicht immer lag sie mit ihren Vermutungen richtig, aber sie würde ein ganzes Monatsgehalt darauf wetten, dass Anjas Freund keine liebevollen Beziehungen zur Polizei pflegte.

„Sie sind wer?"

„Heiko", sagte der Mann zögernd.

„Heiko wie?"

„Kling."

„Sie leben hier?"

„Warum wollen Sie das wissen?"

„Der Ehemann Ihrer ... Freundin ist tot aufgefunden worden. Wir untersuchen, ob Fremdeinwirkung vorliegen könnte."

„Wie?"

Heiko Kling schien nicht der Hellste zu sein. Oder er wollte sie das denken lassen.

„Mathias Bauer ist gestürzt. Im Wald. Genickbruch."

Heiko Kling warf seiner Freundin einen Blick zu und schwieg.

„Er könnte gefallen sein." Milena machte eine kunstvolle Pause. „Er könnte aber auch gestoßen worden sein."

„Ach so. *Ich* soll ihn gestoßen haben?" Er lachte auf, dann wandte er sich an Anja. „Typisch."

„Wo waren Sie am vergangenen Montag?"

Anja Herlof stellte sich schützend vor ihren Freund. „Er war hier. Den ganzen Tag. Es war mein freier Tag. Wir haben im Bett gelegen und ferngesehen."

„Und gefickt, die Kleine war ja in der Schule." Heiko Kling grinste. „Ich würd's auch tun, wenn sie da ist. Aber mein Liebchen hier ist da anderer Meinung. Anja ist eine sehr fürsorgliche Mutter."

Hoffentlich, dachte Milena.
Anja Herlof knuffte ihren Freund in die Seite und lachte. „Angeber. Koch schon mal Kaffee!"
Sie schob ihn in Richtung Küche und drehte sich zu Milena um. „Er schockt die Leute gerne. Aber er ist kein schlechter Mensch. Sehr sanft und liebevoll. Er hat mir noch nie widersprochen. Er tut alles, was ich sage. Er räumt hier auf und wäscht ab. Ein Mann, der freiwillig den Müll runterbringt, wo gibt's das heute noch? Er ist ganz anders als Mathias. Ziemlich harmlos."

\*\*\*

Alex war auf der Fahrt von Eschborn zurück nach Friedberg und hatte über die Freisprechanlage Milenas Nummer im Büro angewählt. Deren Telefon war auf Lautsprecher gestellt, damit Jan verstehen konnte, was sie besprachen.
„Habt ihr irgendeinen Hinweis auf Mord gefunden?", fragte Alex.
„Keinen", sagten Milena und Jan gleichzeitig.
„Die Ehefrau ist normalerweise Verdächtige Nummer eins. Was ist mit ihr?"
„Anja Herlof lebt schon seit fünf Jahren von ihrem Ehemann getrennt", informierte ihn Milena. „Warum sollte sie ausgerechnet jetzt ihren Mann ermorden? Außerdem hat sie ein Alibi."
„Und das wäre?"
„Ihr Freund. Sie haben zusammen ...", sie machte eine Pause, „... ferngesehen."
„Aha." Die Ampel schaltete auf Gelb. Alex wusste, dass hinter der Ampel ein Blitzer stand, bremste scharf und kam noch rechtzeitig zum Stehen.
„Hast du die Handynummer von Mathias Bauer heraus-

bekommen?"
„Ja. Hab sie ausprobiert, es hat niemand reagiert."
„Möglicherweise geklaut. Die Simkarte dann bereits in der Müllverbrennung."
„Oder vom Mörder mitgenommen", wandte Milena ein.
„Der Provider wird mir die Anrufliste zufaxen."
„Kümmer dich drum. Was ist mit der Familie Bauer?"
„Die Eltern sind merkwürdig", sagte Jan. „Als der alte Mann sich an sein Herz griff, dachte ich, der Schmerz um den Verlust seines Sohnes sei zu viel. Aber es war nur eine der häufig auftretenden Herzrhythmusstörungen, wie mir die Ehefrau ruhig versicherte. Tabletten und Schlaf, dann wird alles wieder gut. Sie ist mit ihrer Enkelin zum Shoppen. Zum Shoppen, kurz nachdem sie erfahren hat, dass ihr Sohn tot aufgefunden wurde. Ich weiß nicht, was ich davon halten soll."
Alex räusperte sich. „Fehlende Mutterliebe macht noch keine Mörderin. Wie sieht es mit den Alibis aus?"
„Zuhause, vor dem Fernseher. Beide. Haben sich einen Tierfilm angesehen."
„Hätten sie denn ein Motiv, ihren Sohn umzubringen?"
„Nein", sagte Jan. „Der Bruder ist eine andere Geschichte. Ich meine, er reagierte normal. Es gab eine gewisse emotionale Nähe zwischen den Brüdern. Verbündete von Kindheit an. Nicht direkt brüderliche Liebe, denke ich. Ulrich hatte eher Mitleid, Mathias dagegen wusste alles besser und stand sich manchmal selbst im Weg. Ulrich war der erklärte Liebling der Mutter, erfolgreich und zuverlässig. Trotzdem waren die Brüder keine Rivalen, denke ich. Ulrich bedauert es, nun nicht mehr mit seinem Bruder sprechen zu können."
„Gab es denn etwas zu klären?", fragte Alex.
„Er hat nichts erwähnt. Zumindest keinen Streit."
„Und was ist mit seinem Alibi?"
Alex hörte Jan glucksen. Er grinste. „Lass mich raten: allein, fernsehen."

Jan lachte. „Scheint eine beliebte Freizeitbeschäftigung zu sein. Aber nein: am Montag war er in seiner Firma."
Alex hatte das Ortsschild von Rodheim erreicht. „Ok, wir treffen uns morgen früh im Büro. Und dann statten wir der Wohnung von Mathias Bauer einen Besuch ab."

\*\*\*

Der Bildschirm des Fernsehers warf flackernde blaue Lichtfetzen auf das Paar, das sich auf dem Sofa räkelte.
Anja strich mit ihren Fingern über Heikos tätowierten rechten Arm. Die verschiedenen Stationen meines Lebens, hatte er ihr mit ernster Miene erklärt, als ob er bereits achtzig Jahre hinter sich hätte und nicht gerade mal etwas mehr als zwanzig. Ein besonders bunter Frauenkopf hatte ihre Neugier geweckt. Seine Mutter in jungen Jahren, hatte er behauptet. Doch sie glaubte ihm nicht. Sicher war das seine erste Liebe gewesen.
Im Fernsehen lief eine alberne Show, Heiko hatte das vorgeschlagen. Anja hätte lieber eine der amerikanischen Krimiserien angesehen.
„Sie wer'n das mit dem Hacken rauskriegen", sagte Heiko und zog die Nase hoch. Bei Laura hätte sie sofort mit Schimpfen reagiert, jetzt hob Anja nur den Kopf von Heikos Schulter und sah ihn an.
„Das mit dem Hacken?"
„Ich hatt vor Jahren nen Firmenrechner geknackt und deswegen nen Prozess am Hals."
Anja setzte sich gerade hin und griff nach ihrem Glas Bier.
„Wusst ich gar nicht! Und? Wie ist der ausgegangen?"
„Bin jedenfalls nich in den Bau gewandert."
Anja nahm einen Schluck.
„Vielleicht finden sie ja auch das mit dem vielen Zaster

raus", sagte Heiko. Er grinste. „Dein Halb-Ex hatte Geld wie Heu und du wusstest es."
Der Schluck Bier rutschte ihr in die falsche Kehle. Die geballte Faust an ihre Lippen gepresst, hustete sie.
Er klopfte ihr auf den Rücken. „So schlimm?"
Anja schnappte nach Luft, es dauerte einen Moment, bis sie sich so weit erholt hatte, dass sie wieder sprechen konnte. „Ich erbe, weiter ist nichts."
„Ne reiche Witwe. Glaubst du nich, dass sie hellhörig werden?"
„Ich weiß das nur, weil *du* mir das gesagt hast, Heiko. Weil *du* Mathias' Konto gehackt hast. Er selbst hätte mir nie im Leben davon erzählt. Dieser verdammte Geizkragen. Schön, wenn ich auch mal Glück habe."
„Hast du der netten Kommissarin denn gesagt, dass du was wusstest von dem Geld?"
Anja seufzte. „Nein. Und wenn *du* nichts sagst ..."
„Hast du deshalb gelogen?"
Anja zuckte zusammen. „Ich hab nur nichts gesagt, das ist nicht gelogen!"
Heiko grinste. „Das mein ich nich. Warum hast du gesagt, ich wär hier gewesen und hätt mit dir vorm Fernseher gesessen?"

# 3

6. Oktober

Am nächsten Tag steckte Hauptkommissar Alexander Wege im Haagweg in Bad Nauheim den Schlüssel in das Schloss einer Wohnungstür im oberen Stock. Zwei Schlüssel in zwei Schlösser, um genau zu sein. Als Alex den zweiten Schlüssel umdrehte, hörte er ein Klacken. Also war zusätzlich zum Kastenschloss ein Riegel, längs oder quer, angebracht worden. Mathias Bauer hatte sein Eigentum gut gegen Einbrecher gesichert. Aus der Mietwohnung im Dachspfad war der Mann nach Recherchen der Kollegen vor drei Monaten ausgezogen, der Hausmeister hatte ihnen keine Folgeadresse nennen können. Auch keiner aus der Familie. Nur Tochter Laura wusste Bescheid, hatte sie ihn doch als Einzige regelmäßig besucht. Auf dem Einwohnermeldeamt war man verwundert gewesen, dass Bauer sich nicht umgemeldet hatte. Es gab ein Aufatmen, als sich herausstellte, dass zumindest das Grundbuchregister auf dem neuesten Stand war.
Alex betrat zusammen mit Milena und Jan die Wohnung. Er streifte sich Handschuhe über und wies seine Mitarbeiter an, es ihm nachzutun.
Es roch muffig. Kein Wunder, dachte Alex, die Wohnung war seit fast einer Woche verwaist und folglich weder gelüftet noch gereinigt worden. Offensichtlich hatte Bauer keine Putzfrau beschäftigt. Oder Putzhilfe oder wie immer man es heute nannte. Die Küchentür stand einen Spalt offen, Alex sah benutztes Geschirr auf dem Tisch stehen, ansonsten war die Küche sauber.
Er inspizierte das Wohnzimmer, während Jan sich die Küche vornahm und Milena das Schlafzimmer. Es war mit dem Wohnzimmer verbunden und Alex konnte Milena bei ihrer Arbeit beobachten. Sie ging systematisch vor, checkte den

Inhalt des Kleiderschrankes und einen kleinen Berg schmutziger Wäsche. Es gab nichts an ihrem Vorgehen auszusetzen. Doch was sollte er in ihre Beurteilung schreiben, die fällig sein würde, wenn der Leiter des K 11 in Frankfurt seinen Antrag auf Versetzung positiv beantwortete? Gewissenhaft, teamfähig und vernünftig? Nein, eher stur, eigensinnig und impulsiv. Und in der Regel auch clever und zuverlässig. Eigenschaften, die Milena in seinen Augen zu einer guten Mitarbeiterin machten, die aber nicht jeder schätzte. Also doch die unehrliche Variante. Er musste ihr zu mehr Vorsicht raten, ein anderer Chef würde sich weniger bieten lassen.

Als Milena sich bückte und unter das Bett sah, spannte sich ihre etwas ausgebeulte Jeans über ihren durch viele Stunden Fitnesstraining wohlgeformten Hintern. Dann stand sie wieder auf und drehte sich abrupt um. Alex wandte hastig seinen Blick ab. Milena würde sich beim kleinsten Anzeichen sexueller Belästigung über ihn beschweren. Und diesen negativen Eintrag würde *er* aus *seiner* Akte nicht so schnell wieder herausbekommen.

Alex wandte sich mit diesem Gedanken von Milena ab und konzentrierte sich auf seine eigene Aufgabe. Auf einem kleinen Computertisch stand der Laptop, von dem David Balzer gesprochen hatte. Alex überprüfte das Modell, während der Rechner das Betriebssystem lud. Der Laptop war überraschenderweise nicht mit einem Passwort versehen. Außer dem Button auf dem Desktop, der die Verbindung zur Firma herstellte und den Mathias Bauer mit dem Namen „Saftladen" versehen hatte, und den Standard-Icons wie „Papierkorb", gab es keine weiteren Verknüpfungen. Schnell hatte Alex die wenigen privaten Ordner durchsucht, die unter „Eigene Dokumente" gespeichert waren. Es gab einen Ordner mit Textdateien, offizielle Briefe an verschiedene Adressaten. Er fand auch eine Tabelle relativ neuen Datums. In der ersten Spalte waren die Monate genannt, gefolgt von Spalten mit abgekürzten Titeln, die er nicht verstand und Zahlenreihen. Keine Bilder, keine Videos, keine Musik und verdächtig wenig Dokumente. Vielleicht hatte Mathias Bauer irgendwo eine externe Festplatte versteckt.

Alex zog die Schubladen des Schreibtisches auf und entdeckte ganz zuoberst ein abgegriffenes Album für Sammelbildchen, Fußball-WM 2006. Das Sommermärchen. Ansonsten fand er die üblichen Büroutensilien: Locher, Tacker, Stifte. Keine externe Festplatte.

In dem Regal über dem Schreibtisch standen einige Ordner, die mit privaten Unterlagen gefüllt waren. Rechnungen, Bankauszüge, Steuererklärungen, einige waren Ausdrucke der im Computer gespeicherten Dateien. Er unterzog die oben liegenden Schreiben einer oberflächlichen Prüfung. Keine Schulden, keine Rechtsstreitigkeiten, zumindest nicht in jüngster Zeit.

Alex blätterte in dem Bankordner und pfiff so laut, dass Milena aus dem Schlafzimmer kam. Er drehte sich zu ihr um und hielt ihr den aktuellsten Bankauszug hin: 25.345,15 Euro, im Plus. „Laut letztem Steuerbescheid hatte er ein Jahresgehalt von gerade mal sechsundzwanzigtausend Euro", sagte er. „Brutto, wohlgemerkt."

„Es kommt noch besser", sagte Milena und hielt grinsend zwei Sparbücher hoch. „Jeweils Zwanzigtausend, fest angelegt auf fünf Jahre mit jährlich steigenden Zinsen. Wer weiß, was sonst noch auf der Bank schlummert."

Er habe nichts gefunden, hatte Balzer gesagt. Keine Zahlungen für Sonderdienste. „Woher kommt das ganze Geld?", murmelte Alex.

„Vielleicht hat er äußerst sparsam gelebt." Milena schaute sich im Zimmer um. Alex folgte ihrem Blick und verstand, was sie meinte. Die Einrichtung war Massenware aus einem billigen Möbelmarkt.

„Was ist mit dem Inhalt des Schrankes?" Alex deutete mit dem Kopf in Richtung Schlafzimmer.

„Es gibt Kleidung in zwei verschiedenen Größen. Er scheint

in letzter Zeit einige Kilos abgenommen zu haben."
„Das kann sein." Jan war ins Zimmer gekommen und wedelte mit einem Flyer. „‚Geteiltes Leid ist halbes Leid', heißt es hier. Ein Programm zum Abnehmen von einem Fitness-Coach namens Dirk Eismann. Lag in der Schublade vom Küchentisch. Bauer hat einen Termin notiert, der etwa ein halbes Jahr in der Vergangenheit liegt. Wir sollten da vorbeischauen."
„Das machst du", entschied Alex. „Prüfe nach, ob er sich mit Diät und Sport nicht übernommen hat. War er besonders schlapp, ist er öfter umgekippt? So was in der Richtung. Wenn ja, kann das am Winterstein auch passiert sein."
Alex schaute auf den Ordner in seiner Hand. „Das Geld ist eine andere Sache. Für Geld mordet man. Wir müssen herausfinden, ob er noch mehr hatte." Alex legte den Bankordner ab und nahm einen mit der Aufschrift „Kaufvertrag". Es ging um die Wohnung, in der sie sich gerade befanden. Der Kaufpreis war nicht gerade niedrig gewesen, Alex hätte diese Summe jedenfalls für diesen einfachen Bau nicht ausgegeben, gute Lage hin oder her. Die Wohnung war in bar bezahlt worden. Bar! Woher hatte Mathias Bauer so viel Geld?
„Da ist noch was." Milena ging zurück ins Schlafzimmer, Alex folgte ihr. Vorhin hatte ihm die halb offene Tür den Blick verstellt, nun sah er sie sofort: eine Puppe mit großen, blauen Klappaugen und blonden, zu Zöpfen geflochtenen Haaren. Sie trug ein Dirndlkleid, weiß mit roten Blümchen, Puffärmeln und einer roten Schürze. Die Puppe saß auf einem Kissen auf dem Bett. Gehörte sie der Tochter?
Milena kräuselte ihre Lippen. „Nicht gerade eine Sexpuppe", sagte sie.
„Du klingst enttäuscht."
„Überleg doch mal, Alex: Ein erwachsener Mann lebt seit Jahren allein und schläft neben einer Mädchenpuppe im Dirndl. Eine Sexpuppe wäre mir definitiv lieber gewesen."

„Vielleicht gehört sie Laura." Doch was machte sie dann hier in Bauers Schlafzimmer? Jan hatte berichtet, dass Laura an den Wochenenden immer bei ihren Großeltern übernachtete.

„Das glaube ich nicht. Ich habe die gleiche Puppe, ein Modell vom Anfang der 80er. Meine ist aber in einem besseren Zustand. Schau doch, das Gesicht sieht richtig abgeleckt aus."

Alex dämmerte, worauf Milena aus war. „Pädophil?"

„Er könnte Mädchen damit angelockt haben. Vielleicht hat er auch seine Tochter missbraucht."

Alex strich mit einer Hand über die Borsten auf seinem Kopf. „Möglich."

„Und jemand hat ihn dafür bestraft."

Alex blickte auf die Puppe und nickte. „Sprich mit Lauras Mutter. Wenn es geht, auch mit Laura selbst. Aber sei behutsam. Wir wollen keine schlafenden Hunde wecken."

„Nun schaut euch das mal an!", rief Jan. Er hatte die Tür zum dritten Zimmer aufgestoßen und sein Ausruf ließ Alex herumfahren. Im Geiste sah er Kinderleichen in Tiefkühltruhen oder luftdicht verschlossenen Plastiksäcken. Schnell folgte er Jan und atmete erleichtert auf. Bücherregale, vom Boden bis an die Decke. Fast alle Reihen waren mit Taschenbüchern gefüllt. Alex' Blick tastete die Bretter ab. Ein paar Autoren kannte er, Stanislaw Lem und George H. Wells, P. G. Lovecraft. Tolkiens „Herr der Ringe", auch Rowlings „Harry Potter". Die silberblaue Perry-Rhodan-Reihe. Es gab keine Krimis oder Thriller, keine Gedichtbände und keine klassischen oder zeitgenössischen Romane. Nur Fantasy und Science-Fiction.

Das war keine billige Regalwand, sondern die Spezialanfertigung eines Möbelschreiners. Die Regalwand war doppelt, die vorderen Teile ließen sich auf im Boden und in der Decke installierten Schienen seitlich bewegen. Fünf Regalteile an jeder Wand, davor nochmals vier. Pro Brett gab es etwa zwanzig Bücher. In jedem Regal gab es acht Reihen. Alex rechnete kurz. Allein die eine Wand bestand aus fast tausendfünfhundert Büchern. Selbst wenn Bauer trotz eines Vollzeitjobs die Zeit gehabt hätte, wöchentlich zwei Bücher zu lesen, dann konnte er sich pro Jahr rund hundert Bücher reinziehen. Nahm man einen Zeitraum von vielleicht fünfzehn Jahren an, dann war dies eindeutig zu wenig, um dreitausend Bücher zu lesen. Wahrscheinlich war Bauer eher ein Sammler denn ein Leser. Alex ging zum Regal und zog ein besonders abgegriffenes Exemplar von Aldous Huxleys „Schöne neue Welt" heraus. Das kannte er noch aus der Schule. Er blätterte zur ersten Innenseite. „Helga Klein" stand dort in einer fast kindlichen Schrift. Ein gebraucht gekauftes Stück.

Ein Lesesessel mit einem Beistelltisch machte das Ensemble komplett. Eine in doppeltem Sinne phantastische Bibliothek und wohl ein Raum, in dem sich Mathias Bauer gerne aufgehalten hatte. Auch kurz vor seinem Tod, wie eine benutzte Kaffeetasse auf dem Beistelltisch verriet.

„Hier ist noch etwas", sagte Milena. Sie stand im Türrahmen und wedelte mit einer kleinen Schachtel. „Kondome. Waren im Bad. Leider keine gebrauchten im Mülleimer."

„Vielleicht im Schlafzimmer?"

Milena schüttelte den Kopf.

„Zwei Möglichkeiten", sagte Alex. „Frauenheld oder Kinderschänder."

Jan stellte sich neben Milena. „Also, Frauenheld schließe ich aus."

„Warum?", fragte sie. „Weil er dick war? Er hat schließlich eine Ehefrau."

„Und wieder verloren", sagte Alex.

„Es gibt hier nichts, was auf eine Frau hinweist", sagte Jan. „Noch nicht mal ein Bild."

Milena verschränkte die Arme vor ihrer Brust. „Nicht jeder braucht das Bildnis seiner Liebsten, um sich an sie zu erin-

nern, Jan."
Alex schmunzelte. Er wusste, worauf Milena anspielte. Auf Jans Schreibtisch standen zwei Bilder seiner Freundin Saskia, im Portemonnaie steckte ein weiteres. Den Desktop seines PCs schmückte ein Schnappschuss des glücklichen Paares an irgendeinem Strand.
Jans Gesicht überzog eine feine Röte. Doch so unfair Milena sich auch benahm, Jan würde sich nicht provozieren lassen. Alex schätzte diese Eigenschaft an ihm.
„Frauenheld ist mir jedenfalls lieber als Kinderschänder", sagte Milena.
Jan zeigte Richtung Schlafzimmer. „Keine Nachtwäsche." Er drehte sich um und zeigte Richtung Bad. „Keine Kosmetik, keine zweite Zahnbürste. Glaub mir, er war Single."
„Ok, sie hat nicht hier gewohnt. Aber das heißt nicht, dass er keine Freundin hatte. Er ist ein moderner Mensch. Sicher hat er ihre Nummer im Handy gespeichert. Wir haben keins bei ihm gefunden. Kein Mensch lebt heute ohne Handy, schon gar nicht ein Informatiker. Es war in dem Rucksack, den wir nicht gefunden haben."
„Weil es keinen Rucksack gibt." Alex schaute Milena mit festem Blick an. Sie starrte zurück. Er kannte ihre Einstellung zu diesem Punkt. Für ihn war der fehlende Rucksack reine Spekulation. Sie dachte gerne in Eventualitäten. Das war nicht falsch, aber meistens vergeblich.
Milena schloss für einen Moment die Augen. Damit blieb er Sieger des Blickduells. Für dieses Mal. Sie wusste, dass er am längeren Hebel saß und gab nach. Vergessen würde sie nichts.
Milena schob sich kommentarlos aus der Bibliothek, Jan folgte ihr, leise auf sie einredend. Alex schaute sich noch einmal um. Dann schloss er sich ihnen an.

\*\*\*

Milena joggte am Abend die kleine Runde. Zuerst lief sie von der Kaiserstraße, wo sie wohnte, über die Seewiese zum Steinernen Kreuz. In der Vergangenheit war es die Grenzmarkierung zwischen den damals noch selbständigen Städten Ockstadt und Friedberg gewesen. Heute lag es mitten im westlichen Neubaugebiet, das sich langsam, aber sicher in die Felder Richtung Taunus fraß.
Noch kann ich die Natur hier genießen, dachte sie. Doch eines Tages wird an dieser Stelle vielleicht eine Großstadt sein, noch eigenständige Orte wie Bad Nauheim oder Rosbach werden von ihr verschluckt, Friedberg nur ein Stadtteil von ... Taunusheim? Wetterberg?
Sie hielt an, trat auf der Stelle. Der Taunus hatte sein Herbstkleid angezogen. Der Anblick war für sie der zweitschönste im Jahr. Noch schöner war es im Frühling, wenn der Ockstädter Kirschenberg in weißer Blütenpracht leuchtete.
Sie lief weiter auf dem Feldweg Richtung Ockstadt. Noch zehn Minuten, dann würde sie die Unterführung bei der B3 hinter sich gelassen haben.
Sie blickte nach links auf die grünen Blätter der Zuckerrüben. Nach der letzten Ernte werden die Felder mehrere Wochen lang in Winterruhe versinken dürfen, um im Frühjahr wieder aufgerüttelt zu werden. Der jährlich wiederkehrende Rhythmus, dachte sie. Beruhigend und zuverlässig. Wie lange wird er noch da sein? Nicht auszudenken, wenn hier alles in eine Stein- und Teerwüste verwandelt ist. Wenn es schon nicht zu verhindern ist, dann kommt es hoffentlich nicht zu schnell.
Sie war jetzt dreißig. Und noch Single. Sie hatte deshalb im August vor dem Rathaus fegen müssen. Ein alter Brauch, wurde ihr gesagt. Ein letzter Versuch, unter die Haube zu kommen. Jan hatte das organisiert. Ein pockennarbiger, etwas untersetzter Mann hatte sie nach unendlichen fünfund-

dreißig Minuten mit einem langen Kuss erlöst. Jans Bruder Andreas. Sein Kuss war erstaunlich sinnlich gewesen.
Unwillkürlich musste sie an Elmar denken, ihren letzten Freund. Es war nicht gut gegangen. Wieder mal. Wie so oft hatte sich die anfängliche Lust in träge Routine verwandelt. Wenn es je Liebe gewesen war, so war sie nach kurzer Zeit verschwunden. Ab und zu traf sie sich noch mit ihm zum Kinobesuch oder auf einen Kaffee. Mehr lief nicht. Er hatte eine neue Freundin, und sie war immer noch alleine. Seit über einem Jahr. Sie wollte keine neue Beziehung, nur um nicht allein zu sein.
Sie hatte inzwischen die Gewächshäuser der Gärtnerei an den Weilerwiesen erreicht. Sie drehte sich um und lief ein paar Schritte rückwärts. Ihr Blick streifte den langen Hügel, auf dem Friedberg erbaut war. Es gab drei markante Gebäude, links die Burg mit dem Adolfsturm, in der Mitte die mächtige Stadtkirche und rechts den Wartturm, ein alter Wasserspeicher aus dem vorletzten Jahrhundert. Von den letzten Strahlen der untergehenden Sonne beleuchtet, drehten sich gemächlich die Rotoren von drei Windrädern. Seit nunmehr vier Jahren war diese Stadt ihre Heimat.
Milena kam aus einem Dorf in der hessischen Rhön, einer sehr katholischen Gegend. Ihre Eltern waren noch heute in der Kirchengemeinde aktiv, die zahlreichen Skandale innerhalb der katholischen Kirche hatten ihren Glauben nicht erschüttern können. Milenas Kindheit war geprägt gewesen von Ministrantendienst und Pfadfinderlagern. Ihre Teenagerzeit verbrachte sie zwischen Dorfdisco, Schützenverein und den mehr oder weniger aufregenden Veranstaltungen der Landjugend. Nach dem Abitur kam der große Wandel. Frankfurt lockte mit der Verheißung eines turbulenten Lebens in einer weltoffenen Großstadt. Sie erinnerte sich noch gut an die Freude, die sie empfunden hatte, als sie ihre Ausbildung an der dortigen Polizeiakademie begann. Als Milena mit ihrem Zeugnis in der Tasche die Stadt wieder verließ,

war der Glanz verblasst, die Künstlichkeit und die Unrast der Metropole am Main hatte sie oft melancholisch werden lassen. Sie lebte in einem winzigen, aber teuren Appartement. Sie fühlte sich darin gefangen, ging so oft wie möglich raus in die Natur. Was die Städter eben Natur nannten. In Frankfurts grünen Lungen drängten sich die Ausflügler, sie nahmen ihr die Luft zum Atmen. Erholen konnte sie sich dort nicht. Der Radweg an der Nidda war von Freizeitsportlern überflutet. Im Sommer träumte sie sich weg vom Lärm der Großstadt hin zu den lauschigen Plätzen ihres Heimatdorfes. Im Winter lief sie missmutig durch den Matsch und sehnte sich nach den schneebedeckten Hügeln der Rhön. *Was mache ich eigentlich hier?* Diese Frage war ihr steter Begleiter geworden. Dann kam das Angebot aus Friedberg, es erschien ihr wie ein Rettungsring im tosenden Meer.

Milena drehte sich wieder um und lief Richtung Ockstadt. Die Sonne war bereits hinter dem Taunus untergegangen, die Dämmerung würde ihr aber für den Heimweg noch genügend Licht spenden. Sie fühlte sich wohl hier. Sie brauchte keine ständige Ablenkung, kein vielfältiges Kulturangebot. Bin eben doch ein Landei, dachte sie. Bin ich auch ein zufriedenes Landei? Ledig. Single. Kinderlos. Das alles hört sich nach Defiziten an. Habe ich auch was Positives erreicht? Was macht meine berufliche Karriere? Ich bin Kriminalkommissarin. Ich könnte weiter kommen. Kriminalhauptkommissarin König, klingt doch gut. Alex klettert die Stufen der Karriereleiter höher und ich rücke nach. Das Spiel geht weiter bis zur Pensionierung.

Sie gelangte an den Abzweig zur Hollarkapelle. Ein Auto stand etwas abseits am Feldweg. Vermutlich gehörte es Joggern oder Spaziergängern. Sie schaute sich um, konnte jedoch keinen Menschen entdecken.

Normalerweise lief sie ihre Runden zusammen mit ihrer Freundin Ilona und deren Freund Frank. Heute jedoch nicht.

Nach der Lagebesprechung hatte Milena noch ihre Aufzeichnungen in den Computer eingegeben, war deshalb länger als üblich am Arbeitsplatz gewesen und hatte erst spät loslaufen können.
Es waren ungewöhnliche Tage gewesen. Ungeklärte Todesfälle hatten sie zwar des Öfteren zu untersuchen. Der Fall Bauer war jedoch sonderbar. Der Mann hatte tagelang im Wald gelegen, doch niemand hatte ihn vermisst. Die Witwe war froh, die restliche Familie einigermaßen gefasst. Auch Bauers Chefs waren über das Ableben ihres Mitarbeiters nicht sonderlich entsetzt. Alex glaubte an einen Unfall. Sie war anderer Meinung, aber er leitete die Ermittlungen, und er tat dies souverän. Er hatte keine Angst, Verantwortung zu übernehmen, auch wenn er mal daneben lag. Und daneben lag er selten, er hatte sich als leitender Ermittler einen guten Ruf erarbeitet. Er war bei der Polizei in Kassel gewesen, bevor ihn die Liebe oder sonst was nach Friedberg geführt hatte. Er war eigentlich kein Kleinstadtbürger, oft merkte Milena bei ihm eine Unzufriedenheit, die er aber niemanden spüren lassen wollte.
Ich achte einfach zu viel auf ihn, dachte sie. Wird Zeit, dass ich mich auf mein eigenes Leben konzentriere.

\*\*\*

Jan stöhnte wohlig. Er hörte ein leises Kichern. Er stöhnte noch einmal. Er lag bäuchlings auf dem Bett, die Stirn auf einem harten Kissen, die Arme nach vorne gestreckt. Aus einem Lautsprecher klang Musik von Katie Melua. Sanft und doch kraftvoll, wie die Hände von Saskia, die rittlings auf ihm saß und seinen Rücken und Nacken mit einem nach Orangenblüten duftenden Öl massierte. „Das tut gut", murmelte er in das Kissen. „Bisschen weiter unten."

Erneut hörte er ein Kichern. „Die Richtung stimmt schon mal", sagte Saskia. „Du müsstest dich nur noch umdrehen."
„Am Bauch hab ich nichts." Er war kurz vorm Einschlafen.
Saskia seufzte. „Ach Schatz, das soll erotisch sein. E-rotisch, verstehst du?"
„Das wird heute nichts, Sissi." Jan schlug die Augen auf. Würde sie auf seinen Rücken klopfen und von ihm runterrutschen? Dann wäre sie verstimmt. Was selten vorkam und was er gerade heute nicht gebrauchen konnte. Der Tag war hart gewesen, Alex hatte Milena und ihn mit Arbeit zugedeckt. Berechtigterweise, es gab nicht oft einen Todesfall zu klären. Es bedeutete allerdings auch, dass sie vielleicht den großen Auftritt vergessen konnten, den sie für das nächste Wochenende geplant hatten.
Saskia klopfte nicht auf seinen Rücken, glitt aber von ihm runter und legte sich neben ihn.
„Stress?", fragte sie mit sanftem Ton.
Er lächelte sie an. Er liebte sie. Seine verständnisvolle Frau. Er nannte sie in Gedanken immer so, auch wenn sie nicht verheiratet waren. Noch nicht.
„Geht noch", erwiderte er und gähnte mit vorgehaltener Hand. „Aber ich weiß nicht, ob wir nächsten Sonntag ..."
Sie drehte sich auf den Rücken. „Letztes Mal war es die Einbruchserie." Ihr Ton war nüchtern, aber auch ein wenig bitter. „Wir hatten es tatsächlich geschafft, deine Eltern, meine Eltern, deine Schwester, deinen Bruder und meinen Bruder auf einen gemeinsamen Termin festzunageln. Dann hat Major Ways gerufen, Soldat Sielau stand stramm und die Verlobung fiel ins Wasser."
Jan grinste erleichtert. Hätte Saskia „dein blöder Chef" gesagt, wäre das ein Alarmzeichen gewesen. „Major Ways" war ihr Geheimcode, ein Augenzwinkern, ein Dampf-Ablassen, wenn sein Dienst ihren Plänen dazwischen kam.
„Du hast einen Bullen gewählt", erinnerte er sie.
„Und keinen Ochsen, ich weiß." Sie schwang sich vom Bett,

ging zum Schrank, nahm einen Bademantel vom Haken und zog ihn sich langsam über den nackten Körper. Sie stellte sich verführerisch in Pose. „Oder vielleicht doch?"
Jan setzte sich auf und stopfte sich das Kissen in den Rücken. „Diesmal sagen wir es ihnen auf jeden Fall. Wenn nötig, über Skype."
Saskia setzte sich an ihren Frisiertisch. Sie besaß so ein altmodisches Ding mit einem großen, an manchen Stellen bereits blinden Spiegel. Sie zupfte an einer Haarsträhne, dann griff sie nach einer Cremedose. Sie schraubte den Deckel ab und hielt inne. Sie schaute ihn an, Schalk in den Augen. „Das wär's doch. Skype."
Ist sie doch verärgert?, fragte sich Jan. Manchmal fiel es ihm schwer, ihre Stimmungen auszuloten, auch wenn sie bereits seit mehr als zehn Jahren ein Paar waren.
„Ich sag ja nur, vielleicht", sagte er eilig. „Alex glaubt nicht an einen Mord, also kann es sein ..."
„Im Ernst", unterbrach ihn Saskia. „Mama weiß, wie das geht, seitdem Hubsi in den Staaten war." Hubsi war ihr Bruder Hubert. „Dein Vater kann auch damit umgehen. Unsere Geschwister sowieso. Wär doch originell. Wir fahren irgendwo hin, morsen alle an und wenn wir sie zusammen haben, halten wir die Ringe ins Bild."
„Das ist weder romantisch noch feierlich." Jan beobachtete, wie sie sich wieder zum Spiegel drehte, einen Klacks Creme auf ihren Finger nahm und sie auf die weiche Haut unter ihren Augen strich. „Lass uns einfach abwarten."
Ihre Verlobung sollte kein beiläufiges Ereignis werden. So vieles in ihrem Leben war vernünftig abgewogen worden. Ihre Berufswahl, beide Beamte, er bei der Polizei, sie beim Finanzamt. Noch wohnten sie zur Miete, aber sie schauten sich bereits nach einem Eigenheim um. Mit großem Garten, genug Platz für zwei, drei spielende Kinder. Hier in Friedberg, die Familien quasi um die Ecke.
Jan klopfte auf das Kissen neben sich. Saskia zögerte erst,

dann stand sie langsam auf und setzte sich zu ihm aufs Bett. Er zog sie in seine Arme und gab ihr einen Kuss. „Kein Skype", sagte er. „Am nächsten Sonntag fahren wir mit unseren Familien im Oldtimerbus zum Kloster Arnsburg und stoßen dort mit ihnen auf unsere Verlobung an."
„Und dein Chef?"
„Wird einen Tag ohne mich auskommen können." Es klang zuversichtlicher, als er sich fühlte.

\*\*\*

Sein Fuß wippte im Takt der Musik, doch Alex war nicht bei der Sache. Seine Gedanken verirrten sich in zwei Richtungen: zum Fall Bauer und zu seinem Antrag auf Versetzung nach Frankfurt.
Beim Toten vom Winterstein deutete momentan alles auf einen Unfall hin. Die Obduktion war zwar noch im Gange, er rechnete aber nicht damit, dass die Erkenntnisse stark von Dr. Bremers erster Einschätzung abweichen würden. Einen konkreten Hinweis für ein Tötungsdelikt gab es nicht, geschweige denn einen Verdächtigen.
Alex' Antrag auf Versetzung hatte die nächste Hürde genommen. Noch am Freitag hatte er ein aufschlussreiches Gespräch mit seinem potentiellen zukünftigen Chef geführt. Sollte das Präsidium zustimmen, stand seinem neuen Job nichts mehr im Wege. Außer ...
Alex drehte seinen Kopf und betrachtete das Profil seiner Freundin Dorothea. Sie saß mit erhobenen Kinn und ausgestreckten Beinen auf dem unbequemen Stuhl. Er wusste nicht wie sie es schaffte, gleichzeitig entspannt und aufmerksam zu erscheinen.
Sie hatte ihn heute Abend zu der Veranstaltung in der Aula der Augustinerschule geschleppt. Theas Nichte spielte Klari-

nette im Schulorchester. Nicht, dass Alex sich langweilte. Er mochte sogar die lateinamerikanische Musik, auch wenn sie hier eher sorgfältig einstudiert wirkte und weniger aus dem Bauch heraus kam. Vor vielen Jahren war er in Frankfurt bei einem Konzert des „Buena Vista Social Club" gewesen und seitdem von den karibischen Rhythmen begeistert. Er hatte Kuba besucht, war auf Jamaica gewesen, in New Orleans und Venezuela. Das war, bevor er Thea kennengelernt hatte. Nicht, dass er seitdem keinen Urlaub mehr gemacht hätte, aber ihre gemeinsamen Reisen hatten sie nach Paris, Schweden, Thailand und aufs Baltikum geführt. Interessant, keine Frage, aber so kulturbeflissen. Als er in Schweden Angeln gehen wollte, hatte Thea ihn angeblickt, als habe er einen Flug zum Mond vorgeschlagen. Dieses Jahr hatten sie sich zum ersten Mal nicht auf ein Ziel einigen können. Er hatte mit einem alten Kumpel aus Kasseler Tagen einen Trip nach Kanada gebucht. Zwei Männer in einer einsamen Hütte an einem einsamen See, ein Traum von einem Urlaub. Thea wusste davon noch nichts.

Er drehte seinen Kopf wieder Richtung Orchester. Thea wusste auch noch nichts von seiner Absicht, in Frankfurt zu arbeiten. Er fürchtete sich vor den Konsequenzen. Er war ein effizienter Chef, aber ein lausiger Partner. Thea würde diskutieren, ihn umstimmen wollen. Worüber sollten sie diskutieren? Sie würde nicht mit ihm in die Großstadt ziehen. Sie war Lehrerin an einer Grundschule in Bad Nauheim und es war ihr schon lästig genug, jeden Tag mit dem Auto die drei Kilometer von Friedberg in die Nachbarstadt zu fahren. Er hingegen wollte wieder raus aus der Provinz und rein ins Großstadtgetümmel. Er wusste, was das bedeutete: eine Wochenendbeziehung mit allen Höhen und Tiefen oder ein Schlussstrich unter eine fünfjährige, meist harmonische, aber nie perfekte und manchmal auch eintönige Partnerschaft.

Thea beugte sich zu ihm herüber. „Sie spielt nicht schlecht", flüsterte sie. Ihre Schwester wollte von ihr eine ausführliche

Beurteilung des musikalischen Talents der Tochter. Und die würde sie auch bekommen, gnadenlos ehrlich. „Aber der Feinschliff fehlt."

# 4

8. Oktober

„Er hat einen enormen Ehrgeiz entwickelt", sagte Dirk Eismann zu Jan.
Sie standen in einem winzigen Sportraum. Die Luft war stickig. Obwohl einige der schmalen Fenster gekippt waren, gab es nicht den kleinsten Windzug. Es roch nach Schweiß und den Ausdünstungen des Gummibelags.
Mathias Bauers ehemaliger Fitnesstrainer hatte blondes Haar, hinten war es kurz, vorne länger und mit viel Gel zu einer Tolle gestylt. Die Arme in die Hüften gestemmt, posierte er breitbeinig wie ein Hauptfeldwebel, der kritisch die sportlichen Fortschritte seiner Rekruten beobachtete. Das ärmellose T-Shirt spannte sich über seinem muskulösen Oberkörper, die Shorts saßen eng und endeten zehn Zentimeter über den Knien. Definitiv nicht der magere und sehnige Yoga-Guru, den Jan erwartet hatte.
Er selbst war immer sehr schlank gewesen, fast hager, mit einer mageren, unbehaarten Brust. Durch das Boxtraining hatte er eine annehmbare Kondition erworben, aber er wusste, dass er nie ein Arnold Schwarzenegger werden würde. Im Gegensatz zu Eismann. Gut, dass Saskia nicht auf muskulöse Männer stand.
Alex nahm an, dass Bauers rigides Abspeckprogramm zu einem vorübergehenden Schwächeanfall geführt haben könnte, der ihn den Hang hatte hinunter stürzen lassen. Dieser Theorie sollte Jan hier bei Dirk Eismann nachgehen.
„Ungesunder Ehrgeiz?"
„Wie man's nimmt."
Er führte Jan in einen Aufenthaltsraum, der direkt neben dem Sportraum lag. An den gelb gestrichenen Wänden hingen viele Vorher-Nachher-Bilder. Sicher dienten sie der Mo-

tivation, weiterzumachen, oder als ständige Mahnung, nicht wieder in alte Gewohnheiten zurück zu fallen. Jan schlenderte an der Wand entlang, nahm ein Bild nach dem anderen ins Visier. Er suchte nach dem Gesicht von Mathias Bauer, fand es aber nicht. Dafür gefühlte hundert Mal Dirk Eismann. Anfangs hatte er Schwierigkeiten, ihn zu erkennen, doch dann hielt er sich an die hellgrauen, leicht schrägen Augen mit den langen Wimpern und fand ihn auf jedem Bild. Immer wieder ließ Jan seinen Blick zum heutigen Dirk Eismann wandern, er konnte kaum glauben, dass der Mann mit Stiernacken, Dreifachkinn, schwabbeligen Brüsten und Schmerbauch tatsächlich zu Iron Dirk geworden war. Er wirkte heute jünger.

„Ich habe fünf Jahre gebraucht, um mein Gewicht zu halbieren", sagte Eismann. „Immer auf und ab, bis mein Körper den Rhythmus gefunden hatte. Dann war das Abnehmen nicht mehr so schwierig. Aber den Körper zu modellieren, das hat Kraft gekostet. Mental und physisch. Und am Ende eine Menge Geld." Er schob kurz sein T-Shirt hoch und klatschte mit einer Hand auf seinen Waschbrettbauch. „Nicht alles kann man mit Sport korrigieren. Ich habe viele Operationen gebraucht, um die Hautlappen entfernen zu lassen, nachdem das überflüssige Fett weg war."

Eismann zeigte auf einige Vorher-Bilder. „Geschwülste aus Fett, die in Kaskaden am ganzen Körper wabern. Weibliche Brüste bei Männern." Er schnalzte mit der Zunge. „Man müsste auf jede Tafel Schokolade und jede Tüte Chips diese mahnenden Bilder drucken." Er ging zum Tisch und goss sich einen blauen Energydrink ein. Er schob Jan den Krug und ein Glas zu, doch der lehnte dankend ab.

Eismann setzte sich und trank das Glas in einem Zug leer. „Manna", sagte er. Er zog einen zweiten Stuhl heran und stellte seine Füße darauf ab, die in neongelben Turnschuhen steckten. Die Arme lagen auf den Lehnen. „Was war Ihre letzte Frage, Herr Kommissar?"

Betont lässige Haltung, dachte Jan. *Ich habe mit dem Tod meines Kunden absolut nichts zu tun*, sollte sie wohl ausdrücken. „Ob der Ehrgeiz, den Mathias Bauer Ihrer Meinung nach entwickelt hatte, ungesund war. Diese Frage haben Sie mit ‚Wie man's nimmt' beantwortet."
Eismann drückte die Handflächen aneinander und stützte sein Kinn auf die Fingerkuppen. Er blickte Jan mit glitzernden Augen an.
„Die meisten sind froh, nur das tun zu müssen, was ich ihnen vorgebe. Mathias wollte sich abheben, immer ein bisschen besser sein. Solche Leute gibt es in jeder Gruppe. Er war auch der Einzige, der meine Anweisungen immer mit einem blöden Witz kommentierte. Wirklich blöde Witze waren das, er glaubte, dass er witzig war, aber er war nur blöde."
Permanent blöde Witze? Hatte Mathias Bauer mit seinen Sprüchen seinen Trainer zur Weißglut bringen können? War Eismann irgendwann der Kragen geplatzt? War er Bauer gefolgt und hatte ihn den Hang hinuntergestoßen?
„Kein einfacher Mensch und sehr unruhig", fuhr Eismann fort. „Aber ohne Geduld kann man keine Erfolge erzielen, und ich habe mir in den letzten Jahren einen guten Ruf erarbeitet. Die Rückfallquote meiner Schäfchen ist sehr gering, jedenfalls geringer als bei anderen Gruppen. Sogar die Weight Watchers haben schon bei mir reingeschaut."
Er lachte laut. Zu laut, fand Jan.
„Mathias Bauer hat sich also nicht einfach Ihrem Kommando gebeugt. Was machen Sie, wenn der Respekt fehlt?"
„Mein Mathelehrer in der Oberstufe, wissen Sie, was der mit jedem Schüler mit schlechten Noten gemacht hat? Ihm vor allen Leuten gesagt, dass er zu doof sei für das Gymnasium. Dass er in die Wirtschaft gehen soll." Er beugte sich vor. „Ich habe viel von ihm gelernt. Nicht nur Mathe. Kompromisslose Härte, das ist mein Motto. Wenn er nicht einverstanden ist mit meinem Stil, kann er ja gehen, sagte ich ihm. Ich zwinge niemanden."

Eismann drückte wieder die Handflächen aneinander und drehte sie. Jan hörte ein unanständiges Geräusch, wie ein lauter Furz. Seine Hände müssen schweißnass sein, dachte er. Fragt sich nur, warum.
„Wie oft findet dieses Training zum Abnehmen statt?"
„Jeden Tag von achtzehn bis zwanzig Uhr."
„Und Sie können davon leben?"
„Ich mache nicht nur diese ‚Lass deine Pfunde purzeln'-Kurse. Auch Cardio Fit, Rückengymnastik, sogar das gute alte Konditionstraining ist wieder beliebt. Selbst wenn die eine oder andere Gruppe sich auflöst, weil sie aus lauter Schlappschwänzen besteht, komme ich über die Runden."
„Sie waren also nicht davon abhängig, Bauer als Kunden zu behalten?", fragte Jan.
Eismann runzelte die Stirn.
„Gab es Streit?"
Eismann strich sich über das Gesicht, dann hob er beide Hände, als wolle er sich ergeben. „Sie werden es eh erfahren", sagte er leise. „Ich habe Mathias rausgeschmissen. Ein blöder Witz zu viel. Er kam wieder. Ich forderte ihn auf zu gehen. Er sagte, ich solle den Ball flach halten. Ich drängte ihn aus der Tür. Er sagte, er habe bezahlt und würde einen Anwalt einschalten. Da der Kurs nur noch zwei Wochen dauerte, durfte er bleiben. Er war erstaunlich still. Kein Spruch kam mehr über seine Lippen."
„Sie haben ihn gewinnen lassen?"
Eismann seufzte. „Wie gesagt: Er hatte bezahlt." Er blickte auf den Boden.
Also ja, dachte Jan. Und das hat dir gar nicht gefallen, nehme ich an. Er zog einen der Flyer heran, die wahllos auf dem Tisch verstreut lagen. Es war der gleiche, den sie bei Bauer in der Wohnung gefunden hatten, nur ohne Kritzeleien. Er wies auf die Kontaktdaten. „Sie sind selbständig?"
Eismann sah ihn wieder an und nickte.
„Eine schwierige Branche?"

„Jede Selbständigkeit birgt ihre Risiken."
Jan lehnte sich zurück. „Mathias Bauer war mit Ihrem Stil nicht einverstanden, sagten Sie. Sie sind mit ihm aneinander gerasselt. Mal angenommen, er hätte sich rächen wollen. Hätte versucht, Ihren Ruf zu schädigen. Ihre Qualifikation anzuzweifeln."
Eismann schwieg. Seine Miene war versteinert.
Jan frohlockte. Er hatte einen Nerv getroffen. „Hat er es versucht?"
Eismann nickte. „Im Internet. Da kursierten gewisse Gerüchte über mich." Seine Augen glitzerten. „Haltlose Gerüchte."
„Was für Gerüchte?"
„Mathias hat behauptet, dass ich die Bilder gefälscht habe."
„Welche Bilder?"
„Diese Vorher-Nachher-Bilder. Es sei Betrug. Ich würde mit einer Lüge ein Vermögen machen."
„Ist da was dran?"
Eismann nahm seine Füße vom Stuhl und setzte sich auf. Sein Gesicht hatte sich gerötet, mit den Händen umklammerte er die Lehnen. „Natürlich nicht. Ich kann alles vorlegen. Die Operationen, die Krankenakte von meinem Arzt. Alles."
Es sah aus, als warte er nur auf ein Kommando, um davon zu stürmen und die Unterlagen zu holen. Und das wirst du auch müssen, Iron Dirk. Aber Jan hatte auch Verständnis. Cybermobbing war zum Volkssport geworden. Die meisten Rufmörder waren jedoch zu feige, ihren eignen Namen zu benutzen.
„Er trat wirklich offen auf?"
„Natürlich nicht."
„Aber Sie wissen, dass es Bauer war?"
„Wer sonst?"
„Wie haben Sie reagiert?"
„Ich habe die Beiträge gelöscht, ansonsten habe ich dazu geschwiegen. Wenn ich keine Selbstachtung mehr habe, kann ich einpacken."

„Kein Streit darüber mit Mathias Bauer?"
„Kein Streit mit Mathias."
„Wann haben Sie das Mobbing entdeckt?"
Eismann schwieg.
Kurz vor Bauers Tod, schätzte Jan. Alte Netzeinträge verschwanden nicht spurlos, nur weil man sie löschte. Im Cache einer Suchmaschine würde er sicher noch fündig werden.
„Ich weiß es nicht mehr so genau", sagte Eismann. „Ist schon eine Weile her."
Das werden wir herausfinden, dachte Jan. Und wenn der Abstand zwischen dem letzten Mobbingvorfall und dem Todesdatum von Bauer gering ist, werden wir uns wieder darüber unterhalten.
„Wann haben die neuen Kurse denn begonnen?"
„Anfang Oktober. Genauer gesagt, der Kurs, in den Mathias rein wollte, begann am 4. Oktober."
„Sie haben sich nicht gewundert, dass er nicht erschienen ist?"
„Doch, er hat sich ja angemeldet. Hat für das ganze Halbjahr im Voraus bezahlt. Ich habe mich schon auf eine stressige Stunde vorbereitet. Ihm sagen zu müssen, dass das nichts wird mit uns beiden. Dass er seinen fetten Arsch aus meiner Halle bewegen soll." Eismann machte mit der rechten Hand eine winkende Bewegung. „Aber er kam nicht mehr."
Zu deiner unsäglichen Freude, fügte Jan in Gedanken hinzu.
„Ich dachte, er hätte endlich aufgegeben", sagte Eismann. „Dabei war er einfach tot."
„Wussten Sie, dass Mathias Bauer zum Winterstein hochgehen wollte?"
Eismann kniff die Augen zusammen. „Er sprach davon. In der Gruppe."
Jan schaute ihn nur an. Manchmal war Schweigen der effektivste Weg zur Information.
„Ich habe ihm davon abgeraten, den Weg alleine zu machen, aber er wollte ja nicht auf mich hören." Eismann stand auf.

„Was haben Sie am vergangenen Montag nachmittags gemacht?"
Eismann drehte sich abrupt um. „Wie meinen Sie das jetzt?"
„Sie haben ein starkes Motiv und sind in der Lage, einen Mann von Bauers Statur einen Hang hinunter zu stoßen."
„Was ich aber nicht getan habe."
„Sondern?"
Eine leichte Röte überzog Eismanns Gesicht, Schweißperlen liefen ihm über die Stirn. Er wischte sie hastig mit dem Handrücken weg. Gleich lügt er, dachte Jan.
„Ich habe meine Kurse vorbereitet."
„Kann das jemand bezeugen?"
Eismann zuckte mit den Schultern. „Es gibt sicher den einen oder anderen, der ..." Er stoppte. „Vielleicht."
Jan suchte in seiner Jackentasche nach einer Karte. Mist, dachte er. Vergessen. Er nahm einen Flyer und einen Kuli vom Tisch und kritzelte seine Nummer direkt über die Worte „Geteiltes Leid". Er schob das Papier über den Tisch. „Dann erwarte ich eine entsprechende Rückmeldung." Er wandte sich zur Tür.
„Ich würde gerne noch mit den anderen aus Bauers Gruppe reden. Ist heute Training?"
„Jeden Tag. Hatte ich bereits gesagt."
„Und wann, sagten Sie, ist das Training zu Ende?"
Eismann seufzte. „Exakt zwanzig Uhr."

\*\*\*

Milena klingelte an der Haustür. Dem sanften Ton des Gongs folgte heftiges Gezeter. Zuerst waren die Stimmen zu weit weg, um etwas zu verstehen. Dann näherten sich die Kontrahenten dem Hausflur. „Es reicht, Daniel! Die Kiste bleibt aus, bis du deine Hausarbeiten gemacht hast." Das klang

eher hilflos als streng.
„Olle Ziege!" Ein Junge im Stimmbruch.
Die Tür wurde aufgerissen und Milena blickte in das blasse Gesicht einer Frau mittleren Alters. Mathias Bauers Schwester Sandra Demandt. Die braunen Locken standen wirr vom Kopf ab, der beigefarbene Cardigan war falsch zugeknöpft und hatte in Bauchhöhe kleine rote Flecken. Spaghetti mit Tomatensoße? Und zum Nachtisch eine Portion Unverschämtheit? Daniel zeigte seiner Mutter hinter ihrem Rücken einen Vogel. Als Milena ihren Ausweis zückte und sich vorstellte, schob der Junge sich schnell an ihr vorbei in den seitlichen Flur.
Sandra Demandt bat Milena herein und wies ihr den Weg ins Wohnzimmer. Die Frau sank in einen Sessel und vergrub das Gesicht in den Händen. Ihre Schultern zuckten. „Acht Stunden Nachtschicht im Krankenhaus." Milena konnte sie kaum verstehen. „Und dann kommst du nach Hause und es herrscht Chaos."
Milena schaute sich um. Bauers Schwester hatte ein Faible für Kunst und Krempel zugleich. An den Wänden hingen Bilder, Ölschinken wechselten sich mit Aquarellen, Drucken und Fotografien ab, die meisten zeigten Motive aus der Wetterau. Milena erkannte die mit wenigen Strichen gezeichnete Silhouette der Friedberger Burg mit dem Adolfsturm. Daneben ein buntes Ölgemälde mit blühenden Rapsfeldern und Kirschbäumen, nicht besonders stilsicher umrahmt von zahlreichen Rosenfotos. In Regalen standen vor den Büchern Kerzenhalter, Vasen und Porzellanfiguren, auf dem Couchtisch zwei Blumentöpfe mit Azaleen. Das geräumige Sideboard zierten Bilderrahmen mit Familienfotos. Der Staub lag dick auf den Möbeln, auf dem Sofa stapelten sich Zeitschriften und Briefe. Auf dem Boden war Hundespielzeug verstreut, einen Hund konnte Milena jedoch nicht entdecken. Nur wenige Zentimeter vor dem Fernseher lagen Glasscherben. Das klassische Parkett war übersät mit tiefen

Kratzern. Doch diese Unordnung meinte Sandra Demandt sicher nicht mit „Chaos".
„Ihr Sohn scheint von Respekt nicht viel zu halten. Aber das ist wohl keine Seltenheit in dem Alter. Er ist zwölf, sagte Ihr Bruder."
„Heute nennt man das Vorpubertät. Pubertät reicht wohl nicht mehr." Sandra Demandt hob den Kopf und lächelte durch ihre Tränen. „Dauernd unterwegs oder Computerspiele. Und die Hausaufgaben bleiben liegen. Aber was soll's! Bin ja selbst schuld. Wenn ich mich durchringen könnte ... Mein Mann wär sicher auf meiner Seite."
Ulrich Bauer hatte seinen Neffen einen Mistkäfer genannt, hatte Jan Milena berichtet. Sie konnte ahnen, welche Missetat dem jüngsten Wortwechsel vorangegangen war. Daniel hatte offensichtlich einen der gläsernen Kerzenhalter auf den Boden geschmissen, vielleicht sogar geworfen in der Absicht, damit seine Mutter zu treffen und zu verletzen.
„Warum sieht Dani nicht, dass er sich nur selbst schadet?"
„In diesem Alter ist Eigenreflexion eine schwierige Sache", versuchte Milena zu erklären. Sie hatte in Frankfurt viele Male mit aufsässigen Jugendlichen zu tun gehabt. Wenige waren wirklich kriminell, die meisten von ihnen suchten eher ein Ventil für ihre Wut.
„Wir haben schon so oft mit ihm geredet. Zuerst ist er wütend, dann fängt er an zu brüllen und sagt, dass wir ihn nur loswerden wollen. Dass wir ihn nicht lieben. Weil er nicht so gut ist wie Flori."
„Wissen Sie, was er mit ‚nicht so gut' meint?"
Sandra Demandt hob die Hände. „Eigentlich alles. Vor allem nicht so gut in der Schule. Unser ständiger Kampf."
„Bringt er schlechte Zeugnisse nach Hause?"
Sandra Demandt nickte. „Sehr schlechte. Wir haben ihm angeboten, Nachhilfe zu bezahlen. Aber das lehnt er ab. Nach der Schule lernen findet er ‚zum Kotzen'."
„Verständlich."

„Sie haben es selbst gehört", sagte Sandra und wies auf die geschlossene Wohnzimmertür. „Olle Ziege! Wie kann ich mir das bieten lassen?"
„Ich weiß nicht", sagte Milena. Sie war keine Expertin in Erziehungsfragen. „Vielleicht stellen Sie ihm das nächste Mal einfach den Strom ab", wagte sie vorzuschlagen.
Sandra Demandt lachte gequält. „Sie reden wie Mathias", sagte sie leise.
„Inwiefern?"
„Strafen statt reden, das war seine Devise. Ich soll mir von dem Mistkäfer nicht alles gefallen lassen. Entweder harte Erziehung oder Medikamente."
„Medikamente?"
„Beruhigungsmittel."
„Hat Daniel Ihre Gespräche mitbekommen?"
Erst schien es, als hätte Sandra Demandt den Sinn der Frage nicht verstanden. Dann setzte sie sich gerade, stützte sich mit den Händen an der Kante des Sessels ab und stand mit einem Ruck auf. „Ich mache uns einen Kaffee." Sie ging aus dem Raum und rief Milena etwas zu, das diese nicht verstand.
Milena ging auf den Flur, vorbei an Daniels achtlos in die Ecke geworfenen Rucksack. Weiter hinten hörte sie Sandra Demandt mit Geschirr hantieren, da war also die Küche. Gleich rechts von ihr stand eine Tür offen. Milena warf einen kurzen Blick hinein. Das Zimmer war aufgeräumt, an den Wänden hingen Bilder von Eishockeyspielern und einigen Popstars, von denen Milena nur Rihanna erkannte.
Sandra Demandt kam aus der Küche. Sie trug ein Tablett mit einem Teller Kuchen und einer Thermoskanne. „Könnten Sie Schippe und Besen mitnehmen?" bat sie Milena. „Sie sind auf dem Esstisch."
Sandra Demandt stellte das Tablett auf dem Couchtisch ab und holte zwei Tassen mit blauem Zwiebelmuster aus dem Schrank. Dann nahm sie Milena Schippe und Besen aus der Hand. Sie bückte sich und begann, die verstreuten Scherben

des zerbrochenen Kerzenständers zusammenzukehren. Für einige Augenblicke war nur ein Scharren und Klirren zu hören. Als sie fertig war, ließ Sandra Demandt die Schippe beladen auf dem Boden stehen und warf den Besen daneben. Sie rieb ihre Hände an der Hose ab und ging zu Milena, die es sich in einem der Sessel bequem gemacht hatte.
„Er hätte es niemals getan, glauben Sie mir." Sie setzte sich auf die Couch.
„Was meinen Sie?", fragte Milena, obwohl sie genau wusste, dass Sandra Demandt auf ihre Frage reagierte.
„Dani hätte seinem Onkel niemals etwas angetan. Er ist ein Angeber und unglaublich unverschämt, aber kein Mörder."
Sie goss Kaffee in beide Tassen und schob Milena Zucker und Milch hinüber.
Woher nimmt sie diese Zuversicht? Es gab jüngere Kinder, die bereits einen Menschen auf dem Gewissen hatten. Rentner, die gebrechlich aussahen und sich doch wegen Totschlags vor Gericht verantworten mussten. Unverdächtige Menschen, bis deren zutage tretende Brutalität die Nachbarn fassungslos in die Kameras stöhnen ließen. Milena schloss niemanden aus, jeder Mensch konnte zum Mörder werden.
„Ich würde gerne mit ihm sprechen." Milena goss Milch in ihren Kaffee und nahm einen Schluck.
„Dani hat nichts verbrochen."
„Woher wollen Sie das wissen?"
Sandra Demandt nahm sich ein Stück Kuchen, biss ab und legte es auf den Teller zurück. Während sie kaute, ruhte ihr Blick auf einem Druck, der eine alte Ansicht der Friedberger Burg zeigte.
Sie weiß es nicht, dachte Milena. Sie hofft. „Wie lange hat Daniel montags Schule?"
„Bis vier Uhr", sagte Sandra Demandt mechanisch und lächelte dann. „Mathias ist am frühen Nachmittag gestürzt, nicht wahr? Dani hatte da Schule."
Wenn er nicht geschwänzt hat, dachte Milena. Sie würde das

überprüfen.
„Auf welche Schule geht er?"
„Die Burg. Nehmen Sie doch ein Stück Kuchen."
Milena lehnte dankend ab. „Was haben *Sie* am Montag Nachmittag gemacht."
Sandra Demandt kaute langsam. Sie spülte ihren Bissen mit einem Schluck Kaffee herunter. „Ich hatte Dienst, wie immer."
„Ihr Bruder Ulrich sagte meinem Kollegen, dass Sie von allen Familienmitgliedern das beste Verhältnis zu Mathias gehabt haben."
Sandra Demandt nickte. „Wir haben oft telefoniert. Hierher kam er selten. Mathias war kein umgänglicher Mensch. Und mit den beiden Jungen, da ging gar nichts. Und dann Sebastian, mein Mann." Sie drehte abrupt den Kopf weg. „Sie hatten sich nichts zu sagen. Es gab keinen Streit. Einfach nur Schweigen."
„Wann haben Sie Ihren Bruder zuletzt gesehen?"
Sandra Demandt stand auf und ging zu einem Sekretär. Mit einem Taschenkalender in der Hand kam sie zurück. Sie blätterte zum 23. September und zeigte Milena den Eintrag: „U und M, 16 Uhr". „Mein Geburtstag", sagte sie. „Mathias war hier, zusammen mit Ulrich. Nur wir drei." Sie senkte den Kopf. „Das letzte Mal. Jetzt ist Mathias tot."
„Was für ein Verhältnis haben Sie eigentlich zu Ihrer Schwägerin, Anja Herlof?"
Sandra Demandt hob den Kopf, in ihren langen Wimpern hingen Tränen. Sie musste lautlos geweint haben. Wenn die Frage sie überraschte, ließ sie es sich nicht anmerken. „Kein gutes", gab sie zu. „Wir waren in der gleichen Klasse. In der Adolf-Reichwein. Sie ist ein Ekel, war es schon damals. Und frühreif. Sie war die Erste, die sich schminkte, die Erste, die einen Freund hatte, mit dem sie angab und rumknutschte. Und die Erste, die Sex hatte. Mit dreizehn. Hat sie zumindest behauptet." Sie wischte sich über die nassen Augen.

„Mathias hat nicht gut gewählt. Das wurde ihm auch bald klar."
„Hat er jemals angedeutet, dass er sich scheiden lassen wollte?"
„Nein. *Ich* habe ihm das geraten, mehr als einmal."
„Aber er wollte nicht?"
„Leider nicht. Er sagte, er würde dem Luder den Gefallen nicht tun."

\*\*\*

Jan starrte der jungen Frau auf den Busen. Er saß zwischen Lucas, der bereits von hundertdreiundsechzig auf hundertachtunddreißig Kilo abgespeckt hatte, und Erika, die seit mehreren Monaten bei hundertzwanzig Kilo rumdümpelte, an einem Ecktisch im Brauhaus auf der Kaiserstraße. Ann-Kathrin, die Jüngste und „nur" hundertvierzehneinhalb Kilo schwer, saß ihm gegenüber. *Ihr* Busen war es, der ihn so beeindruckte.
Jan hatte im Fitnessstudio auf die drei gewartet. Keiner von ihnen wollte länger als nötig in der „Folterkammer" bleiben. Schnell hatten sie sich mit Jan auf ein Bier geeinigt. „Dürft ihr das auch?", hatte Jan sie gefragt. Sie hatten nur gelacht.
Sie waren eine fröhliche Gruppe, diese Dicken. So ganz anders als er selbst. Er erinnerte sich an eine Schulstunde, an vier Zeichnungen von Menschen unterschiedlicher Statur. Dick, mager und kräftig waren die Körper der ersten drei Typen, ein vierter wurde „abweichend" genannt. Er hatte sich nur die Bezeichnung für eine Figur gemerkt: den Astheniker. Mager, engbrüstig, blass. Dort ordnete er sich selbst ein, denn „abweichend" wollte er nicht sein. Hier saß er, ein Hänfling, verdorrt inmitten fleischlicher Völlerei. Ein Bier musste her, sie hatten recht.

„Hast du eine Freundin?", fragte Ann-Kathrin.
Jan hob den Kopf und begegnete ihrem wissenden Blick. Er wurde rot. Er nahm ein Schluck Bier und nickte.
„Schade", sagte sie.
„Hatte Mathias Bauer eine Freundin?", griff Jan das Stichwort auf.
„Schwer zu sagen." Erika leckte am Schaum. Sie hatte ein türkisfarbenes, kurzärmeliges T-Shirt an. Ein Träger ihres schwarzen BHs war runtergerutscht und lag auf ihrem fleischigen Oberarm. „Wenn man die käuflichen Damen als Freundin bezeichnet, dann hatte er eine. Vielleicht auch mehrere. Aber ich glaube, er ging nur zu einer."
„Huren?", fragte Jan.
Erika nickte. „Was sonst?"
„Ich meinte eine ähm ... normale Freundin. Eine Frau, mit der er zusammen ziehen wollte."
„Er hat mir von einer schicken Blondine erzählt", sagte Lucas mit monotoner Stimme. Seit sie in der Kneipe saßen, hatte er sich noch nicht zu Wort gemeldet. „Er hat für sie eine Wohnung gekauft. Hat er gesagt."
Erika lachte laut und gehässig. „Mir hat er erzählt, dass er beim König von Saudi-Arabien eingeladen war."
„Und mir, dass er ein Topspion ist", fiel Ann-Kathrin ein. „Oder hat er Agent gesagt?"
„Aber wir wissen Bescheid", sagte Erika. „Er lebt allein und hat einen langweiligen Job."
„Und geht in den Puff", fügte Ann-Kathrin hinzu.
Jan wusste nichts über Reisen nach Saudi-Arabien oder einen geheimnisvollen Auftrag. Aber eine Wohnung hatte Mathias Bauer gekauft. Für eine Frau, wie Lucas meinte? Eher nicht, Bauer hatte dort allein gelebt. Lucas musste sich täuschen. Oder er war getäuscht worden.
„Allerdings flog er öfters ins Ausland", sagte Ann-Kathrin.
Erika schüttelte kräftig den Kopf.
„Doch", bekräftigte Ann-Kathrin. „Er hat mir die Tickets ge-

zeigt. Viermal allein in diesem Jahr."
„Als Sextourist nach Thailand?" Erikas Lachen klang wie das Meckern einer Ziege.
„Nein. Ich glaube eher in den Nahen Osten."
„Und sicher First Class mit doppeltem Übergewicht."
Die drei schauten sich an und prusteten.
„Waren die Reisen geschäftlich oder privat?", fragte Jan, ohne auf den eigenwilligen Humor einzugehen.
Ann-Kathrin zuckte ihre Schultern. „Ich glaube, privat. Aber vielleicht auch nicht."
Jan machte sich eine Notiz. Sie hatten in der Wohnung von Mathias Bauer keine Flugtickets gefunden. Ohne Angabe von Reisetagen würde es eine Heidenarbeit sein, die Passagierlisten zu überprüfen. „Weißt du vielleicht, wann das war?"
Ann-Kathrin zuckte mit den Schultern. „Irgendwann im Frühjahr und im Sommer, glaube ich."
Die Tür ging auf und Jans Freund Nils kam herein, in Begleitung von zwei Frauen, die Jan nicht kannte. Er winkte Jan kurz zu. Arbeit?, formten seine Lippen und Jan nickte hastig. Ann-Kathrin fing den Blick von Nils auf und schaute ihm nach. Dann drehte sie sich wieder zu Jan um. Ihre Augen verengten sich.
„Er hat mir im Sandkasten immer die Schaufel geklaut", sagte Jan und zeigte auf Nils. „Wahrscheinlich bin ich wegen ihm Polizist geworden."
Ann-Kathrin schaute stumm in ihr Bier.
Schade, dachte Jan, es war gerade so gut gelaufen. Er wandte sich an Erika, die von dem Geschehen nichts mitbekommen hatte und wieder einmal ihren BH-Träger nach oben schob.
„Hatte Mathias gesundheitliche Probleme beim Training? Ist er zusammengebrochen? Hat er geschwankt? War er mehr als nur erschöpft?" Ich mach das falsch, dachte er. Zu viele Vorgaben lenken die Befragten davon ab, sich an eigene Be-

obachtungen zu erinnern. Alex würde dieses Gespräch wesentlich professioneller angehen.

Erika beugte sich zu ihm vor und wisperte: „Nicht beim Sport. Aber er war im Krankenhaus. Allerdings ist das schon ungefähr zehn Kilos her. Er sagte, er habe eine Impfung nicht vertragen."

Jan nahm den letzten Schluck Bier. „Was heißt denn *zehn Kilos her*?"

Erika überlegte. „Vielleicht drei Monate."

„Drei Kilo pro Monat, ist das viel oder wenig?"

„Dicke nehmen am Anfang schnell ab. Dann wird es die reinste Tortur. Manchmal geht für mehrere Wochen gar nichts mehr." Erikas Miene verfinsterte sich und ihre Gefährten stimmten ihr mit Leidensmienen zu. „Wenn ich bedenke, dass ich so viel abnehmen muss, wie du wiegst, um mein BMI bei Normalgewicht einzupendeln", sagte sie mit einem bekümmerten Blick auf Jans schlanke Statur. Er hatte plötzlich das Gefühl, dass sie ihn als Fremdkörper wahrnahmen. Als jemanden, der ihre Leiden niemals verstehen konnte.

Jan blickte kurz auf seine Armbanduhr. „Ich muss los", sagte er hastig. „War nett mit euch. Wenn noch etwas ist, dann weiß ich ja: Training von achtzehn bis zwanzig Uhr." Er stand auf, klopfte kurz auf den Tisch und drehte sich um.

„Auch Sonntags", rief Erika ihm hinterher.

# 5

9. Oktober

„Bluthochdruck, Diabetes, eine angeschlagene Hüfte. Hundertfünfzig Kilo. Und gerade mal dreißig Jahre alt."
Alex saß im Sprechzimmer des Hausarztes von Mathias Bauer. Dr. Bernkast kaute an einem Käsebrötchen. „Er durfte nicht so weitermachen. Aber er sollte auch nicht übertreiben. Er sollte ein ruhiges, aber maßvolles Leben führen. Und keinen anstrengenden Sport treiben." Er biss einen weiteren großen Happen ab und legte den Rest zurück auf den Teller. Dort warteten noch eine zweite Brötchenhälfte mit Leberkäse und ein Schokocroissant. Das zweite Frühstück eines Arztes. Das zweite! Eines Arztes! Alex hätte es kaum noch gewundert, wenn Dr. Bernkast sich eine Zigarette angesteckt und eine Flasche Schnaps auf den Tisch gestellt hätte.
Wie ungerecht, dachte er. Wenn ich als Polizist auf der falschen Seite des Gesetzes stünde, würde ich sofort vom Dienst suspendiert und hätte eine Beschwerde am Hals. Ein Arzt, der es mit der eigenen Gesundheit nicht so genau nimmt, braucht nicht mal den Verlust seiner Approbation zu befürchten.
Dr. Bernkast wischte sich die Hände an einer Serviette ab, stand auf und ging an einen großen Karteischrank. Alex starrte auf die Speckrollen, die dem Arzt über den Gürtel quollen.
„Ich kenne ihn seit seiner Geburt. Anfangs verhielt es sich mit seinem Gewicht ganz normal, dann legte er kräftig zu. Doch in einem vernünftigen Rahmen. Fresssüchtig wurde er erst vor vielleicht fünf Jahren. Ich machte mir Sorgen, seine Blutwerte wurden immer schlechter. Aber er wollte nichts davon hören. Bis vor einigen Monaten. Da haben wir also die Diät ausgearbeitet."

Dr. Bernkast reichte Alex eine Liste mit Arzneien, die er seinem Patient in den vergangenen sechs Monaten verschrieben hatte. Alex überflog die Angaben, einige der Medikamente hatten sie in der Wohnung von Mathias Bauer gefunden.
„Warum plötzlich doch eine Diät?"
„Ich habe ihm gesagt, dass er in einigen Jahren bei gleichen Lebens- und Essgewohnheiten über zweihundert Kilo wiegen würde und dass ich ihn dann zu Bauer Jung schicken müsste. Auf die Kuhwaage." Dr. Bernkast setzte sich wieder auf seinen Stuhl und zwinkerte Alex zu. „Ich habe das wirklich gesagt. Und was ist passiert? Zwanzig Kilo runter innerhalb von sechs Monaten. Es hat geholfen."
„Wie man's nimmt", sagte Alex und räusperte sich. Sechs Monate nach dem Beginn seiner Diät war Mathias Bauer tot.
„War sein Gesundheitszustand lebensbedrohlich?"
„Schwer zu sagen. Es kann immer etwas passieren. Seine Blutwerte hatten sich verbessert, aber ...", Dr. Bernkasts Blick wanderte zum Brötchenteller, „... sie waren noch nicht in Ordnung."
Alex tippte auf die Liste. „Musste Bauer diese Medikamente regelmäßig einnehmen?"
Dr. Bernkast nickte. „Morgens und abends."
„Sollte er welche dabei haben, wenn er unterwegs war?" Sie hatten bei der Leiche keine Medikamente gefunden, weder in den Jacken- noch in den Hosentaschen.
„Ich habe ihm dazu geraten, er könnte ja mal nicht mehr rechtzeitig nach Hause kommen. Ob er meinen Ratschlag befolgt hat, weiß ich natürlich nicht."
„Diese Medikamente, können sie Schwächeanfälle verursachen? Wenn man sie nimmt? Oder auch nicht nimmt?"
„Kann sein. Seinen Kreislauf konnte er damit gut stabilisieren. Wenn er sich nicht zu sehr angestrengt hat, dann dürfte es kein Problem sein. Das Wichtigste ist zu lernen, seine Kräfte einzuschätzen. Gerade, wenn man abnimmt. Von diesen Radikalkuren habe ich ihm auf jeden Fall abgeraten.

Diese Schlankheitsdrinks, nichts als Eiweiß und keine vernünftigen Ballaststoffe."
Dr. Bernkast nahm das Brötchen mit Leberkäse und biss hinein. „Möchten Sie auch was essen?", fragte er mit vollem Mund.
Was denn?, dachte Alex mit knurrendem Magen. Das Schokoding? Wenn, dann brauchte er was Herzhaftes. Er schüttelte den Kopf.
„Nein, danke. Hat Mathias Bauer gefährliche Medikamente genommen?"
Dr. Bernkast kaute hastig und schluckte den Bissen herunter. „Was meinen Sie mit gefährlich?"
„Appetitzügler, leistungssteigernde Mittel."
„Nicht von mir verschrieben!", rief Dr. Bernkast und ließ sein Brötchen fallen. Er konnte es gerade noch auffangen, doch der Leberkäse landete auf dem Boden. Dr. Bernkast warf ihm einen traurigen Blick hinterher und legte das Brötchen auf den Teller zurück.
„Wollte er solche Mittel haben?"
Dr. Bernkast legte den Kopf auf die Seite und überlegte lange. Dann räusperte er sich. „Er klagte über Konzentrationsstörungen. Müdigkeit, Lustlosigkeit und so weiter. Völlig normal, wenn der Körper sich radikal umstellen muss. Zwanzig Kilo in sechs Monaten ist gut für die Psyche, aber sehr belastend für den Körper. Ich riet ihm zu Langsamkeit und Geduld. Aber er sagte, dass er Leistung bringen müsste. Ich hielt ihm einen langen Vortrag über die Gefahren von Appetitzüglern." Dr. Bernkast schwieg ein Moment. „Ich hoffe, dass er die Finger davon gelassen hat."
„Es wird eine Obduktion stattfinden, da werden wir sehen, ob er solche Mittel genommen hatte." Alex ließ diese Worte einen Moment drohend im Raum stehen. Manche Medikamente fielen unter das Betäubungsmittelgesetz und mussten im Verschreibungsfall beim Bundesamt für Arzneimittel und Medizinprodukte gemeldet werden.

Dr. Bernkast zog den Kopf ein. „Vielleicht war er bei einem anderen Arzt."
Aha, dachte Alex, er sichert sich ab. „Fällt Ihnen da ein Kollege ein?"
„Eine Kollegin."
Alex wartete.
„Dr. Annette Eismann."
„Eismann?", rief Alex und verstummte sofort wieder, als er Dr. Bernkasts Blick auffing.
„Sind Sie etwa bei der?"
„Das tut nichts zur Sache", wehrte Alex ab. „Trotzdem danke für den Tipp."
Dr. Bernkast nickte widerwillig. „Es wäre mir lieber, Sie sagen ihr nicht, von wem Sie den Tipp haben."

\*\*\*

Das silberfarbene Thermometer auf der Wetterstation in Alex' Büro zeigte gerade mal fünfzehn Grad. Milena rieb sich die Hände und schob den Kragen ihres Wollpullovers ein paar Zentimeter höher. Jan hatte vorsorglich seine Jacke anbehalten. Alex saß im dünnen Flanellhemd vor einem Stapel Papier, die Ärmel hochgekrempelt. Er hätte auch bei offenem Fenster nicht gefroren, dachte Milena. Gut, dass er ein eigenes Büro besaß, sonst hätte es täglich Diskussionen gegeben. Mit Jan war sie einer Meinung: Lieber ersticken als erfrieren.
„Selbstmord, Unfall oder Mord", sagte Alex und schaute seine beiden Mitarbeiter ermutigend an. Milena und Jan warfen sich einen Blick zu.
„Selbstmord ist absurd", sagte Milena entschieden. Jan stöhnte leise. Sie wusste, dass er ihre direkte Art ihrem Chef gegenüber nicht für angemessen hielt. Aber das war ihr egal.

„Kein Abschiedsbrief, kein Anzeichen, dass er lebensmüde war", zählte sie auf. „Weder die Familie noch Anja Herlof hatten auch nur einen Verdacht geäußert."
„Ich schließe mich an", sagte Jan diplomatisch.
Alex nickte. „Wollte nur nichts ausschließen." Er blickte auf seine Zettel. Milena kannte seine Arbeitsweise inzwischen gut. Er listete seine Vermutungen sorgfältig auf und sprach eine nach der anderen mit ihnen durch. Erst danach sollten sie oder Jan eine Chance erhalten, ihre eigenen Gedanken zu äußern. Pech für ihn, dass sie sich selten daran hielt.
„Unfall." Alex räusperte sich. „Mathias Bauer, hundertdreißig Kilo schwer, wuchtet sein Gewicht den langen Weg von Bad Nauheim zum Winterstein hoch. Ihm wird schwindlig. Er setzt sich auf den Findling, um sich auszuruhen."
Die Stulle, dachte Milena, unterbrach ihn aber nicht.
„Er steht wieder auf, schwankt, rudert mit den Armen, kann sich aber nicht halten und rutscht ab. Sein Gewicht zieht ihn schnell in den Abgrund. Sein Körper weist Schürfwunden auf, die bezeugen, dass er sich beim Fallen an Wurzeln, Ästen und Baumstümpfen gestoßen hat. Vielleicht ist er jetzt bereits ohnmächtig. Er schlägt mit dem Nacken auf einen Stein und kullert noch einmal um die eigene Achse. Bleibt auf dem Bauch liegen. Stirbt. Keiner hat seinen Sturz beobachtet ..."
Doch, der Mörder. Auch diesen Gedanken sprach Milena nicht laut aus.
„... sonst hätte jemand den Notarzt gerufen. Erst Tage später findet ein kühner Radfahrer die Leiche und informiert anonym die Polizei."
Alex hob den Kopf und blickte Milena lauernd an.
„Du stimmst mir nicht zu?"
Er kann in meinem Gesicht lesen wie in einem offenen Buch. Ich sollte mich langsam besser unter Kontrolle haben.
„Es war kein Unfall", sagte sie.
„Dazu kommen wir noch. Meine Frage war: Wenn es ein

Unfall war, könnte ich mit dem eben erläuterten möglichen Ablauf falsch liegen?"
Milena schüttelte den Kopf.
Jan regte sich. „Außer, dass er die Stulle gegessen haben könnte und das spricht dafür, dass er Hunger hatte, aber dagegen, dass er entkräftet war. Es könnte sogar sein, dass die Stulle nicht die oder das Einzige war, was er gegessen hatte."
Alex starrte Jan einen kurzen Moment an, dann senkte er den Blick auf seine Liste. „Der Arzt von Mathias Bauer, Dr. Bernkast, hat von gravierenden gesundheitlichen Problemen seines Patienten berichtet."
„Der Findling lag zwei Meter vom Abgrund entfernt", sagte Jan eifrig. „Ein bisschen weit, um einfach so zu fallen. Vielleicht hat er einen Herzanfall bekommen, seine Schritte nicht mehr kontrollieren können, ist von Schmerzen geplagt zu nah an den Abgrund gekommen, hat sich nach vorn gebeugt, das Gleichgewicht verloren. Rest ist gleich."
Alex nickte. „Wie auch immer, wir müssen die Obduktion abwarten."
Klasse, dachte Milena. Ohne Antrag auf Dringlichkeit würde die Rechtsmedizin in Gießen noch einige Tage brauchen. Sie klickte ihren Kuli mehrere Male auf und zu. „Er hatte also eine Stulle mit auf dem Weg hoch zum Winterstein, aber keinen weiteren Proviant?" Auch wenn sie es nicht direkt aussprach, so stand ihre Vermutung von einem fehlenden Rucksack unausgesprochen im Raum.
Alex blieb ruhig. „Das mit der Stulle wird Gießen klären. Wenn wir wissen, dass sie zu ihm gehörte, werden wir uns dem Problem zuwenden, wie er sie transportiert hat."
„Klar", sagte Milena kurz angebunden.
„Mord." Alex atmete tief ein. „Er wurde gestoßen. Jemand müsste ihm aufgelauert oder gewusst haben, dass er an diesem Tag zu dieser Stunde auf dem Weg zum Winterstein war. Fangen wir mit der Witwe an. Sie oder besser ihre

Tochter Laura erbt nun einen Haufen Geld."
„Anja Herlof hat ein Alibi", sagte Milena.
„Von ihrem Freund. Das ist nicht viel wert und wahrscheinlich gelogen."
„Das wir aber nicht so einfach widerlegen können."
„Im Moment nicht", gab Alex zu. „Irgendwelche Ideen, wer es sonst gewesen sein könnte?"
„Der Geliebte seiner Ehefrau oder der Neffe", sagte Milena.
„Der Neffe?", fragte Alex. „Wie kommst du darauf?"
Milena setzte sich gerade. „Mathias Bauer hat seiner Schwester geraten, Daniel in eine Erziehungsanstalt zu stecken. Der Junge könnte in Panik geraten sein, besonders wenn er bemerkt hat, dass seine Eltern die anfänglich starre Ablehnung gegen einen solchen Vorschlag überdenken."
„Gar nicht so abwegig. Steter Tropfen höhlt den Stein. Alibi?"
„Er sollte in der Schule sein, Englisch. Aber er hat geschwänzt."
„Wie alt?"
„Zwölf." Es kam zögernd über ihre Lippen. „Und nicht besonders stark, ich weiß. Aber vielleicht ist er Anführer einer Gang. Vielleicht haben sie ihm gemeinsam am Winterstein aufgelauert. Möglicherweise wollten sie ihn gar nicht umbringen, nur erschrecken."
„Daniel bringt seinen Onkel in Gefahr, weil er nicht in ein Heim will?"
„Das würde ich sogar verstehen", kam Jan Milena zu Hilfe. „Du hast gesagt, sein älterer Bruder sei klug, erfolgreich und Mutters Liebling. Für einen verunsicherten Teenager gibt es nichts Schlimmeres als einen vorbildlichen Bruder."
„Wie alt ist eigentlich die Mutter?"
„Einunddreißig."
„Und der ältere Sohn?"
„Vierzehn."
Alex hob eine Augenbraue. Milena ahnte, was er dachte.

Eine zu junge Mutter hatte in der Erziehung versagt.
„Sandra Demandt hat einen Vollzeitjob und kann nicht ständig auf Daniel aufpassen", verteidigte Milena die Frau. „Sie leidet unter der dreifachen Belastung durch Job, Haushalt und Familie. Nicht die besten Voraussetzungen für die Erziehung eines verhaltensgestörten Kindes. Außerdem ist Daniel alt genug und könnte ihr eigentlich helfen."
„Und der Vater?"
„Ist ein Jahr älter als die Mutter." Milena kritzelte auf ihrem Block. „Und ein Alkoholiker", fügte sie hinzu. Milena hatte noch einen kurzen Blick in die Küche werfen können. Dort hatten sich leere Flaschen gestapelt. Doppelkorn, Wodka, Rum. „Ok. Beide scheinen mit ihrem Leben überfordert zu sein. Haben zu jung zu viel Verantwortung für eine Familie übernehmen müssen."
Alex wedelte abfällig mit einer Hand. „Das erste Kind versehentlich auf dem Rücksitz gezeugt, das zweite schnell hinterher, weil eh alles gelaufen war."
Linien, Punkte, Blumen. Milena wollte sich von ihm nicht provozieren lassen. „Vielleicht haben sie Schulden. Sandra Demandt könnte schließlich weniger arbeiten, wenn ihr Mann genug verdienen würde. Offensichtlich reicht es nicht und der Sohn muss darunter leiden. Er entgleitet seinen Eltern."
„Was für ein Verhältnis hatten sie zu unserem Toten?"
Milena überflog ihre Notizen. „Beide Jungen scheinen ihren Onkel nicht gemocht zu haben. Bei Sandra war es anders. Sie liebt ihren Bruder, da bin ich sicher. Sie weinte."
Alex hob die Augenbrauen, gab aber keinen weiteren Kommentar ab. „Was ist mit den Alibis?"
„Sandra Demandt hatte Schicht im Krankenhaus. Daniel hat die Schule geschwänzt, wo er stattdessen war, muss ich noch herausfinden. Sebastian Demandt ist immer noch auf Geschäftsreise, irgendwas Richtung Asien, so genau wusste seine Frau das nicht. Seit zwei Wochen. Er war also zum Tat-

zeitpunkt noch nicht einmal in Deutschland, geschweige denn in der Nähe des Winterstein."
„Zwei Wochen Geschäftsreise", murmelte Alex. Milena konnte sehen, wie er sich den Namen aufschrieb und ein dickes Fragezeichen dahinter setzte. „Was ist mit dem Freund von Anja Herlof?"
Milena blätterte in ihrem Block zurück. „Heiko Kling, vierundzwanzig Jahre und Aushilfsgärtner. Er arbeitet einige Tage die Woche auf dem Hauptfriedhof, hier in Friedberg und ab und zu in Frankfurt. Er hat ein kriminelles Hobby. Er wurde einmal beim Hacken erwischt. Aber die geschädigte Firma hat ihre Klage zurückgezogen."
„Und ihn engagiert?"
„Nicht direkt." Milena grinste schwach. „Man hat sich für den Hinweis auf die Sicherheitslücken bei ihm mit einer finanziellen Zuwendung bedankt. Seitdem gab es keinen Hackerangriff mehr auf ihren Server."
„Moderne Schutzgelderpressung", sagte Jan. „Bezahl mich, sonst schick ich dir nen Trojaner."
Milena starrte ihn an. „Mathias Bauer war Informatiker. Könnte es sein, dass er auch so etwas gemacht hat?"
„Vielleicht", sagte Alex. „Sein direkter Vorgesetzter David Balzer vermutet, dass Bauer einen dritten Rechner verwendet haben muss, um für den Chef Sonderaufträge durchzuführen. Beweisen kann er das allerdings nicht. Und auch nicht, welcher Art diese Geschäfte gewesen sein sollen." Er blätterte in der Ermittlungsakte. „Dann das viele Geld. Diese Rechnungen für Softwareprodukte, die wir gefunden haben, sehen fingiert aus. Die Auftraggeber sitzen alle im Ausland. Wir haben erfahren, dass Mathias Bauer mehrere Reisen im Jahr unternommen hat. Vielleicht lief da doch was Illegales. Wer von euch will dem nachgehen?"
Milena und Jan tauschten einen Blick. „Ich", bot sich Milena an.
„Gut", sagte Alex. „Bitte lass auch alle Kontakte checken,

die Mathias Bauer im Netz hatte. Emailadressen, soziale Netzwerke, die ganze Palette."

Alex hatte seine Liste ergänzt, während er sprach. Nun hob er wieder den Kopf. „Mit Kling werde ich noch mal reden. Sein Alibi ist sehr schwach." Er kritzelte etwas auf seinen Zettel. „Andere Verdächtige?"

„Der Eismann", sagte Jan mit ernster Stimme.

Fast hätte Milena gekichert und auch Alex' Mundwinkel zuckten.

„Dieser Trainer hat sich eine Menge von seinem Kunden gefallen lassen müssen." Jan schien seinen unfreiwilligen Witz nicht bemerkt zu haben. „Ich habe im Netz im Cache einer Suchmaschine einen Eintrag in Eismanns Facebook-Account gefunden, in dem ein Hannes Schinder ihm unsaubere Geschäftspraktiken vorwirft. Der Eintrag wurde kurze Zeit nach dem Posten von Eismann entdeckt und gelöscht. Hinter Hannes Schinder verbirgt sich tatsächlich Mathias Bauer. Er hat es gewagt, seinen kraftstrotzenden Trainer herauszufordern. Möglicherweise war das Grund genug für Iron Dirk, ihm eine Lektion zu erteilen."

„Alibi?"

Nun blätterte Jan in seinen Notizen. „Büroarbeit und Vorbereitung der neuen Kurse."

„Kann das jemand bestätigen?"

„Er hat niemanden genannt. Habe ihn aufgefordert, sich deswegen noch mal bei mir melden."

„Ist Dirk Eismann leicht zu reizen?"

„Auf jeden Fall", sagte Jan. „Vielleicht sind sie sogar zusammen den Weg zum Winterstein gegangen. Eismann will Bauer zur Rede stellen, etwas geht schief. Ich finde, wir sollten auch Totschlag auf die Liste setzen."

„Ein schwitzender Dicker und ein kraftstrotzendes Muskelpaket, das fällt doch auf. Habt ihr im Forsthaus Winterstein nachgefragt?"

„Klar." Jan blätterte in seinem Block. „Der Wirt hat Mathias

Bauer auf dem Bild nicht erkannt."
„Weil er nie im Forsthaus angekommen ist", warf Milena ein. „Wir müssen die Presse einschalten. Jemanden finden, der an diesem Tag den gleichen Weg gegangen ist. Soll ich mit Jack Russell reden?"
„Er soll herkommen", entschied Alex. „Und Dirk Eismann auch."

# 6

10. Oktober

Jacques Rousselle, der lebende Beweis eines sehr intimen deutsch-französischen Schüleraustausches in den 70er Jahren, nannte sich selbst Jack und war Journalist beim Wetterauer Anzeiger.
Er war seit einigen Jahren, neben anderen Aufgabengebieten, so etwas wie der Kriminalreporter des Blattes und kannte schon aus diesem Grund Milena König und Jan Sielau recht gut. Er war an einer Zusammenarbeit zwischen Polizei und Zeitung interessiert, die eher auf Information als auf Konfrontation setzte.
Nach einem kurzen Wortgefecht mit Alexander Wege hatte Jack mit ihm noch am Fundort der Leiche eine Übereinkunft getroffen: zu gegebener Zeit exklusive Informationen über die polizeilichen Ermittlungen gegen alles, was er im Archiv des Anzeigers über Mathias Bauer finden konnte.
Es war nicht viel, was Jack zutage fördern konnte. Er war sogar erstaunt gewesen, überhaupt etwas gefunden zu haben: In verschiedenen Stellungnahmen zum neuen Waldgesetz und dessen Auswirkungen auf die Nutzung des Gebietes rund um den Winterstein hatte Mathias Bauer die Ansichten eines militanten Naturschützers vertreten. Er war in seinen Leserbriefen so radikal gewesen, dass der örtliche Wanderverein sich gezwungen sah, sich trotz „einiger guter Ansätze" deutlich von ihm zu distanzieren. Jack fand auch Berichte über ausgestreute Nägel und gespannte Seile, die zu zahlreichen Unfällen bei Bikern geführt hatten. Das ließ vermuten, dass es tatsächlich eine Gruppe von Leuten gab, die entschlossen waren, das Problem mit brutalen Mitteln zu lösen. Ob Bauer dazu gehört hatte, konnte Jack nicht herausbekommen. Das Thema bot erstaunlich viel Konfliktpotenzial.

Es war nicht einfach, die unterschiedlichen Positionen von Mountainbikern, Wanderern, Jägern, Naturschützern und Forstleuten unter einen Hut zu bringen.
Jack nahm mit den Kollegen in Usingen und Bad Homburg Kontakt auf. Auch in den dortigen Lokalblättern fand eine heftige Debatte statt, einige Kommentare sprachen vom „Krieg im Wald". Aber Leserbriefe von Mathias Bauer waren dort nicht zu finden.
Jack klemmte die Tasche mit den Unterlagen auf den Gepäckträger und schwang sich auf sein Fahrrad. Die leichte Steigung hinauf zum Wartturm nahm er mühelos. Er fuhr fast jeden Tag mit dem Rad von Dorheim aus zu seinen Terminen rund um Friedberg und Bad Nauheim, nur für längere Strecken oder bei schlechtem Wetter nahm er sein Auto. Er liebte die sanften Hügel der Wetterau, deren Kuppen immer wieder überraschend schöne Aussichten boten. Manchmal fuhr er ein paar zusätzliche Runden, um fit zu bleiben, wenn auch nicht so viele wie die Radprofis, die hier für den Frankfurter Iron Man trainierten. Er lebte gern hier, schätzte die Gemütlichkeit der Wetterauer und genoss das erstaunlich vielfältige Kulturangebot der Region.
Jack bog nach rechts in den Grünen Weg und bremste kurz danach vor dem Tor der Polizeidirektion. Er zeigte seinen Presseausweis und verwies auf seinen Termin mit Hauptkommissar Wege. Der Pförtner winkte ihn durch.
Die Abteilung des K 10, zuständig für Kapitaldelikte im Wetteraukreis, lag im zweiten Stock. Die Tür stand offen, am ersten Schreibtisch sah er Milena König fluchend auf ihre Tastatur einhacken. Ihre Körpersprache war eindeutig: Wenn sie, wie heute, ihr Haar zu einem straffen Pferdeschwanz gebunden hatte, dann würde er nicht viel aus ihr herausbekommen. Die steife Haltung des Rückens und der angespannte Kiefer sagten ihm, dass ihr irgendwas gewaltig gegen den Strich ging. „Sie ist anspruchsvoll", lautete Jans Urteil, als er wieder einmal mit ihm nach dem Boxtraining in

der Kneipe gelandet war. „Hartnäckig und ehrgeizig."
Jack musste ihm zustimmen. Trotzdem mochte er Milena. Sie waren seit Jahren befreundet, ganz ohne das von Hormonen gesteuerte Gefühlschaos. Milena zeigte keinerlei Interesse an einer Beziehung mit ihm. Er glaubte auch, den Grund dafür zu kennen. Aber er würde sich hüten, seinen Verdacht zu äußern.
Milena winkte ihn zu sich. Jan blickte neugierig um die Ecke. „Komm rein, Jack", sagte er.
An Milenas Schreibtisch stand ein Besucherstuhl, Jan schob noch einen zweiten heran und forderte Jack mit einer Geste auf, Platz zu nehmen.
„Kaffee?", fragte Jan.
„Hm."
Jan goss schwarze Brühe in zwei Tassen und kam zum Tisch zurück. „Und du?", fragte er seine Kollegin. „Eine Kreation aus grünem Tee an Vanille mit einem Hauch Ingwer?"
Milena schenkte ihrem Kollegen ein betont zuckersüßes Lächeln und zeigte auf ihr volles Glas Apfelschorle. „Ein andermal gerne."
Sie zog eine Akte heran, nahm einige Blätter aus ihrem Drucker und legte sie dazu. „Unser Chef ist leider verhindert, du musst mit uns vorlieb nehmen." Sie schaute ihn nicht an, als sie sprach. „Wir können dir nicht alles sagen, was wir haben, das weißt du."
Jack schlug die Beine übereinander. „Mathias Bauer, dreißig Jahre, verheiratet mit der gleichaltrigen Anja Herlof, die nach der Hochzeit ihren Namen behält. Ein gemeinsames Kind, Laura Bauer, zehn Jahre. Sie haben sich vor fünf Jahren getrennt, sind aber noch nicht geschieden. Sie lebt mit einem anderen Mann zusammen, einem gewissen Heiko Kling. Und sie hat ihren Ehemann nicht als vermisst gemeldet."
Jan klatschte. Jack tat, als verbeuge er sich.
„Nicht vermisst gemeldet?", fragte Milena. „Woher willst du

das wissen?" Sie warf ihrem Kollegen einen warnenden Blick zu. „Kleiner Insidertipp?"
Jan hob abwehrend die Hände. „Ich kenne die Vorschriften und halte mich auch daran."
Jack grinste. Milena zog die Stirn in Falten. Für einen Moment herrschte Schweigen im Raum. Jan öffnete den Mund, schloss ihn aber wieder, ohne etwas zu sagen.
Jack beeilte sich, die Situation zu entschärfen. „Jan hat nichts damit zu tun. Ich bin nicht erst seit gestern in dem Geschäft. Ich habe meine Methoden und meine Quellen."
„Schon gut", sagte Milena. „Und es stimmt, niemand scheint ihn vermisst zu haben. Nicht seine Familie, nicht seine Noch-Ehefrau, nicht sein Arbeitgeber."
„Es gibt Gerüchte, dass er einen Haufen Geld geerbt hatte, manche sprechen von einem Lottogewinn, andere sagen, er habe ein glückliches Händchen mit Aktien bewiesen."
Milena lächelte ihn an und schwieg. Ein klares Zeichen, dass er von ihr nichts darüber erfahren würde. Nun, er war in seinen Recherchen nicht auf die Polizei angewiesen.
Jack öffnete den Verschluss seiner Aktentasche. Er legte einige kopierte Zeitungsausschnitte auf den Tisch. „Das ist das einzig Brisante, was ich über ihn finden konnte." Jack tippte auf das Bild einer Bikerin, deren Gesicht mit zahlreichen Schnittwunden übersät war. Die Verletzungen hatte sie sich bei einem Sturz über ein gespanntes Seil zugezogen. „Mathias Bauer war ein fanatischer Gegner des neuen Waldgesetzes und hasste alle Mountainbiker."
Milena zog die Kopien von Bauers Leserbriefen zu sich herüber. Sie überflog einige, dann blickte sie Jack an.
„Meinst du wirklich, dass einer von denen", sie tippte auf das Bild der verletzten Bikerin, „ihn wegen seiner bösen Leserbriefe den Hang hinuntergestoßen hat?"
„Warum auch immer. Ich kann mir aber nicht vorstellen, dass er selbst Anschläge auf die Biker durchgeführt hat. So viele Kilos schleppt man nicht die Hänge hoch, wenn man

nicht muss."

"Mag sein. An dem Tag, an dem er ums Leben kam, hat er aber genau das getan. Ich meine, sich einen Hang hoch geschleppt."

"Abspecktraining", murmelte Jan. Milena warf ihm erneut einen warnenden Blick zu.

Jack beugte sich vor. "Was genau ist da oben passiert?"

Milena lehnte sich zurück. "Er ist abgerutscht und gefallen. Jemand hat ihn zufällig gefunden und uns alarmiert. Wir ermitteln in alle Richtungen, schließen ein Verbrechen nicht aus. Sobald wir mehr sagen können, wirst du es als Erster und Einziger erfahren. Sagt mein Chef." Milena schob Jack ein Foto von Mathias Bauer über den Tisch. "Wir bitten dich, dieses Bild zu veröffentlichen. Wir hoffen, dass ihm jemand im Wald begegnet ist und ihn wiedererkennt. Außerdem bitten wir dich zu erwähnen, dass wir keinen Rucksack gefunden haben."

Jan schnappte nach Luft und Milena senkte hastig die Lider.

Aha, dachte Jack, Milena verließ die von ihrem Chef vorgegebene Linie.

"Kann sein, dass der nach dem Sturz auf dem Waldweg stand und ihn jemand gefunden und einfach mitgenommen hat."

"Das heißt, es gibt keinen Verdächtigen für eine Anklage wegen Mordes?"

"Wir ermitteln noch. Jeder veröffentlichte Hinweis kann den Mörder oder die Mörderin warnen und damit den Ermittlungen schaden. Falls es Mord war."

Mehr wird Milena nicht sagen, dachte Jack. Die leichte Röte in ihrem Gesicht verriet, dass es zwischen ihr und Wege unterschiedliche Ansichten gab, auch darüber, in welchem Umfang die Presse in die Ermittlungen einbezogen werden sollte. Und dass es ihr peinlich war, ihn mit den paar Brocken abzuspeisen. Jack machte Milena keinen Vorwurf. Es war Wege, der ihn an der kurzen Leine hielt. Was hatte Jan gesagt? Abspecktraining? Falls Bauer in einer Fitness-Gruppe gewesen war, würde er das herausbekommen. Er wusste, dass er von vielen Leuten „Jack Russell" genannt wurde. Manche benutzten die Verballhornung seines französischen Namens aus Böswilligkeit, andere waren einfach mit der Aussprache überfordert. Er hatte nie widersprochen, trug den Namen sogar als Omen. Ein Hund der Rasse Jack Russell war ein lebhafter und wachsamer Jagdhund, der für seine Kühnheit und Ausdauer bekannt war. Kein schlechtes Image für einen Reporter.

# 7

11. Oktober

Alex saß mit zusammengekniffenem Mund am Tisch und sortierte seine Notizen. Milena sah an ihm vorbei zur Wanduhr. Fast vier. Daniel Demandt war am frühen Nachmittag mit seiner Mutter erschienen, Dirk Eismann hatte sich bis eben für eine knappe Stunde aus seinem Fitnessstudio entfernen können.
Alex seufzte und fuhr sich mit der flachen Hand über seine Borsten. „Sie haben beide ein Alibi", fasste er zusammen.
Milena nickte. „Daniel Demandt war zwar nicht in der Schule, aber mit seinen Kumpels auf Beutezug. Ein Überfall auf einen Grundschüler, der sollte sein Handy rausrücken. Ein neues Galaxy, und zwar die Luxusvariante."
„Der ist erst acht Jahre und hat so ein teures Ding", sagte Alex und schüttelte den Kopf. „Was ist bloß mit den Eltern los? Sind die so versessen auf Marken, dass sie nicht merken, was sie ihren Kindern damit antun? Die brüsten sich noch, dass sie es sich leisten können. Zu willensschwach, um sich gegen ihre verzogenen Sprösslinge zu wehren."
Milena zuckte mit den Schultern. Weder sie noch Alex hatten Kinder. Wer wusste schon, wie sie sich in dieser Situation verhalten würden. „Allerdings geschah das nicht hier in Friedberg, sondern in Wölfersheim. Es gibt eine Anzeige vom Vater des Grundschülers und damit ein Alibi für Daniel."
„Und Dirk Eismann behauptet, mit einer Kundin eine Art Sondertraining veranstaltet zu haben." Alex grinste.
Milenas Gedanken gingen zurück zu dem Gespräch. Diana Krohn war unscheinbar und pummelig. Sie hatte mit einem schüchternen Lächeln neben dem Fitnesstrainer, der ständig seine Finger knacken ließ, gesessen und mit leiser Stimme

die „Verabredung" am Montagnachmittag bestätigt. Ihr Mann dürfe allerdings nichts davon erfahren, offiziell war sie bei ihrer Freundin gewesen. Er hielte nichts von ihren sportlichen Aktivitäten. In Wahrheit hielt er wohl nichts von ihrem Trainer.
„Du glaubst ihm nicht?", fragte sie.
„Nicht die Bohne!"
„Warum nicht? Er ist ein selbstverliebter Egomane und sie himmelt ihn an."
„Ein Quickie im Geräteraum? Mit dem Mauerblümchen? Wer's glaubt, wird selig. Sie lügt für ihn. Wer weiß, was er gegen sie in der Hand hat."
„Genug, wenn sie tatsächlich ihren Mann betrügt, mit wem auch immer, und er das weiß. Aber wir können ihnen eine Lüge nicht nachweisen."
„Stimmt leider. Was haben wir über Heiko Kling?"
„Nicht viel."
Heiko Kling hatte einem Gespräch nach Feierabend zugesagt. Er arbeitete anscheinend nicht nur für diverse Friedhöfe, sondern half auch als Mechaniker aus. Er hatte den Namen der Werkstatt nur widerwillig preisgegeben.
„Abgesehen von der fallengelassenen Anklage vor drei Jahren gibt es nur noch eine Anzeige wegen Steuerhinterziehung durch Schwarzarbeit. Es war keine hohe Summe und er hat die Steuerschuld in mehreren Raten beglichen. Er scheint einer dieser modernen Sklaven ohne geregelte Arbeitszeiten zu sein, immer bereit, wenn seine Arbeitskraft gefragt ist." Milena blätterte in ihren Unterlagen. „Unstetigkeit zieht sich anscheinend durch sein ganzes Leben. Er ist in Frankfurt geboren, aber in Duisburg aufgewachsen. Er wurde mit zehn Jahren seinen Eltern weggenommen worden und in ein Kölner Kinderheim gesteckt. Ab und zu ist er von dort ausgerissen, aber immer wieder zurückgekehrt. Mit sechzehn hat er die Schule mit der mittleren Reife beendet. Dann folgte eine Ausbildung als Mechatroniker, wieder in

Frankfurt. Mehr konnte ich bislang nicht finden."
„Mach weiter. Du hast noch eine Stunde. Ich setze auf deine Intuition. Und auf deine Gründlichkeit."
„Worauf du dich verlassen kannst", sagte Milena.

***

Heiko Kling war ganz in Blau gekleidet. Er trug Jeans und einen dunkelblauen Troyer. Unauffällig, langärmelig, um die Tätowierungen zu überdecken. Oder einfach, weil es draußen kalt war, musste Milena ihm zugestehen.
Wie sie schon während ihrer kurzen Begegnung bei Anja Herlof festgestellt hatte, war Heiko Kling extrem dünn. Drogendünn?, schoss es ihr jetzt durch den Kopf. Sie taxierte ihn, konnte aber keine äußerlichen Merkmale für Drogenkonsum ausmachen. Er hatte eine gesunde Gesichtsfarbe von der Arbeit im Freien. Er schien körperlich fit zu sein. War nicht nervös, sondern die Ruhe selbst. Und hatte keine erweiterten Pupillen.
„Sie leben mit der Ehefrau von Mathias Bauer zusammen", sagte Alex.
Heiko Kling hob eine Hand, den Zeigefinger ausgestreckt. Alex zog die Brauen zusammen, die einzige Regung, die verriet, dass er den Mann nicht mochte.
„Ich habe eine eigene Wohnung."
„Wo?"
„In Friedberg, in der Bismarckstraße, das Eckhaus zum Haingraben."
„Aber Sie haben einen Schlüssel zu Anja Herlofs Wohnung?", fragte Milena.
„Sie hat ihn mir gegeben. Ihn mir geradezu aufgedrängt. Meine Strategie, wissen Sie. Wenn man sich ab und zu taktisch zurückzieht, bekommt man von den Frauen alles, was

man will."
Was für ein Macho, dachte Milena. „Manche finden es einfach praktischer mit einem zweiten Schlüssel."
Heiko Kling lächelte. „Frauen und praktisch?"
„Es kommt vor, glauben Sie mir."
„Anja ist in der Hinsicht eher konventionell, glauben *Sie* mir."
Alex unterbrach das Wortgefecht. „Kannten Sie Mathias Bauer?"
Milena blickte angestrengt auf ihren Block. Sie ärgerte sich über sich selbst. Sie hatte sich herausfordern lassen, Anja Herlof zu verteidigen, obwohl sie keinen Grund dazu hatte. Vor allem ärgerte sie sich darüber, dass Alex eingegriffen hatte. Sie hätte den Dreh schon noch gekriegt. Warum vertraute er ihr nicht?
Sie sah wieder auf und begegnete Heiko Klings braunen Augen. Sie starrte zurück. Gefühlt eine Ewigkeit lang, in Wirklichkeit wohl nur für Sekundenbruchteile. Kein Vergleich zu den Blickduellen mit Alex. Dieser Mann wollte ihr nicht bloß seine Macht zeigen, sondern taxierte sie, als suche er ihre Schwäche. Was konnte er in ihren Augen lesen? Milenas Herz klopfte. Sie blinzelte. Damit war der Spuk vorbei.
Heiko Kling wandte sich an Alex.
„Was war Ihre Frage?"
„Kannten Sie Mathias Bauer?", wiederholte Alex ruhig.
„Was meinen Sie mit kennen?"
„Haben ihn gesehen, wenn er Laura abholte? Trafen ihn zufällig in Friedberg beim Einkaufen? Etwas in der Richtung."
„Bin ich der Typ, der mit seiner Freundin Arm in Arm über die Kaiserstraße schlendert?"
„Das war nicht meine Frage."
Heiko Kling faltete die Hände zusammen. „Ich weiß, wie er aussieht."
„Woher?"
„Meine Holde hat mir Bilder von ihm gezeigt. Ein wenig

feist, der Typ."
Alex sah ihn prüfend an, dann senkte er den Blick wieder auf seine Unterlagen. „Sie wurden vor drei Jahren bei einem Hackerangriff erwischt."
„Eine Jugendsünde. Ich habe umgeschult."
„Sie sind Gelegenheitsarbeiter, obwohl Sie eine abgeschlossene Berufsausbildung als Mechatroniker haben."
„Was ist falsch daran? Ich verdiene genug und falle niemanden zur Last. Schon gar nicht der Gemeinschaft oder dem Staat, wie man so schön sagt."
Milena spürte Alex' Blick auf sich ruhen. Sie nickte ihm kurz zu. Er lehnte sich zurück, ein Zeichen, dass sie wieder übernehmen sollte.
„Sie arbeiten als Aushilfsgärtner auf verschiedenen Friedhöfen. Hier in Friedberg und in der Umgebung."
Heiko Kling schaute erst zu Alex, dann zu ihr. Der Wechsel schien ihn nicht zu irritieren. Er nickte.
„Sie hatten vergangenen Montag frei?"
„Nicht direkt. Ich arbeite, wenn Arbeit anfällt."
„Und am vergangenen Montag fiel keine Arbeit an?"
„Es gab an diesem Tag auf dem Friedhof nichts für mich zu tun. Aber ich bin per Handy zu erreichen. Wenn jemand überraschend stirbt, rufen sie mich."
„Überraschend stirbt?"
Heiko Kling grinste. „Ich bin auch Totengräber. Die Arbeit fällt natürlich erst ein paar Tage nach dem Tod an. Übrigens: Mathias Bauer ist ja bald so weit, muss ich dann wegen Befangenheit ablehnen, wenn die mich bitten, das Grab zu schaufeln?"
Der Kerl versuchte es schon wieder. Bei Alex war er sachlich geblieben, über sie machte er sich lustig. War das tatsächlich nur Machogehabe? Was für ein Spiel spielte er? Wollte er unverschämt erscheinen, damit sie sich auf ihn als Schurken konzentrierten und nicht auf Anja Herlofs mögliche Motive? „Seien Sie nicht albern."

Heiko Kling hob die Hände. „Nicht, dass mir daraus ein Strick gedreht wird. Man weiß ja nie, was der Polizei so einfällt."
„Ihre Freundin ist jetzt Witwe", sagte Milena betont beiläufig. „Ändert sich dadurch Ihre Beziehung?"
Heiko Kling blinzelte Milena fast fröhlich zu. „Was soll sich denn ändern?"
„Sie ist ungebunden und sie erbt eine Menge Geld. Vielleicht lohnt sich ja sogar eine Ehe."
„Glauben Sie, ich wäre ein solch korruptes Arschloch?"
Milena war überrascht, wie ehrlich empört der Ausbruch klang.
Alex mischte sich wieder ein. „Sie behaupten, besagten Montag mit Ihrer Lebensgefährtin Anja Herlof in deren Wohnung verbracht zu haben."
„Ja."
„Den ganzen Tag?"
„Bis zum Abend."
„Waren Sie beide alleine?"
„Die meiste Zeit. Gegen zwölf Uhr kam Laura aus der Schule. Wir haben zusammen gegessen, dann ist sie weg."
„Sie kann also nicht bezeugen, dass Sie am Nachmittag dort gewesen sind?"
„Nein."
„Wann kam Laura wieder?"
„Ich weiß es nicht."
„Sie ist zehn Jahre, ich nehme mal an, sie musste spätestens um sieben zu Hause sein."
„Anja nimmt das nicht so genau. Manchmal holt sie ihre Tochter noch später am Abend irgendwo ab. Je nachdem."
„Je nachdem?"
„Wie Anja es braucht."
„Sie waren also am *Abend* nicht mehr in der Wohnung von Anja Herlof."
„Stimmt genau."

„Wann sind Sie gegangen?"
Heiko Kling überlegte. „Ich weiß es nicht mehr genau. Fragen Sie Anja."
„Das werden wir. Und außer Laura war an besagtem Nachmittag niemand außer Ihnen und Frau Herlof in der Wohnung?"
„So war's."
Milena horchte auf. Heiko Kling strahlte eine Ruhe aus, die ihr, wenn sie nur gespielt war, preisverdächtig schien. Als ob er ahnte, dass sie ihm nicht glaubten, aber wusste, dass sie ihm das Gegenteil nicht nachweisen konnten.
„Meine Kollegin und ich möchten Sie gerne nach Hause begleiten und einen Blick in Ihre Wohnung werfen. Haben Sie etwas dagegen?"
Heiko Kling lächelte. „Sie haben dazu kein Recht, zumindest nicht ohne richterlichen Beschluss. Das wissen Sie selbst. Aber wenn ich etwas dagegen habe, stehen Sie schon bald darauf mit einem Durchsuchungsbefehl vor meiner Tür."
Alex gab das Lächeln in gleicher Weise zurück. „Wir verstehen uns."

# 8
## 14. Oktober

Milena lag auf dem Sofa. Es regnete in Strömen und sie hatte auf ihre Joggingrunde verzichtet.
Sie zappte sich durch das Fernsehprogramm. Den ganzen Abend hatte sie sich schon nicht richtig konzentrieren können. Sie nahm den nächsten Kanal und blieb bei einem Dokumentarfilm hängen. Milena blätterte in der Fernsehzeitung. Jan wird sich mit seiner Freundin einen der Amifilme bei den privaten Sendern reinziehen und Alex ... Tja, was wohl Alex an diesem Abend macht? Auch Fernsehen? Oder mit seiner Freundin gemütlich einen Rotwein trinken? Oder sogar im Bett ... Milena blinzelte kurz, um dieses Bild zu verscheuchen.
Sie nahm ein Stück Schokolade und schob es sich fast widerwillig in den Mund. Vor einer Stunde hatte sie die Tafel angebrochen und nun waren nur noch zwei Riegel übrig. Sie lutschte langsam. Ihr fiel der alberne Schlager ein. Will ich lieber einen Mann? Fehlt mir die Bürgerlichkeit, in die sich meine beiden Kollegen einkuscheln? Nein, entschied sie. Kein Mann um jeden Preis.
Ihr Blick wanderte zu dem Beistelltisch und dem Buch, das sie vor zwei Wochen das letzte Mal angerührt hatte. Ein Liebesroman, von Ilona empfohlen, damit sie auf „den richtigen Gedanken" käme. Er war langweilig. Der Held strahlend, die Irrungen und Wirrungen vorhersehbar. Die Heldin kämpfte noch um ihre Freiheit, die sie am Ende aufgegeben haben würde. Nein, Milena las lieber Fantasy. Wie Mathias Bauer. Was wohl mit seinen ganzen Büchern passierte, jetzt, wo er tot war?
Ilona behauptete, Fantasy-Fans wollten der traurigen Wirklichkeit entfliehen. Ihr reales Leben enttäusche sie, sie wag-

ten aber nicht, etwas daran zu ändern. Stattdessen wanderten sie Tag für Tag in ihre Traumwelt. Konnte sein. Doch was war schlecht daran? Und was war anders bei einem blöden Liebesroman? Man konnte eben nicht alles ändern. Nicht alles bekommen, was man wollte. Besser, man akzeptierte es, als Trübsinn zu blasen. Und tauchte ein in eine Fantasiewelt.
Hatte Mathias Bauer ähnlich gefühlt? Nein, zumindest nicht in letzter Zeit. Er hatte angefangen, sein Leben zu verändern. Diät, Bewegung, vielleicht eine Freundin. Doch auch er hatte sicher manchmal abends im Wohnzimmer vor dem Fernseher gesessen und sich mit unsinnigen Sendungen die Zeit vertrieben.
Plötzlich durchzuckte Milena ein Gedanke, ein Bild, das kurz erschien und dann wieder verschwand. Das Wohnzimmer von Mathias Bauer. Es gab keinen Fernseher in dem Raum. Was hatte er dann getan? Lesen, du dumme Kuh. Er hat nicht ohne Grund einen ganzen Raum für seine Bücher eingerichtet.
Erst jetzt bemerkte sie, dass der Dokumentarfilm zu Ende gegangen war. Es folgte eine Reportage über die kriminelle Praxis bei der Vergabe von Organspenden. Ein interessantes Thema, wenn auch deprimierend. Überall lauern profitgierige Egoisten, dachte Milena. Was macht die Polizei? Was machen die Kontrollbehörden? Sind wir Teil des Problems? Wenn nicht, dann sind wir hilflos. Wir verdanken es Reportern wie diesem, dass solche Machenschaften überhaupt aufgedeckt werden.
Der Gedanke brachte sie auf Jack. Sein mit Alex abgestimmter ausführlicher Artikel über den „Toten vom Winterstein" war eine Woche nach dem Fund der Leiche im Anzeiger erschienen, nachdem die Zeitungen zuvor nur mit wenigen Zeilen abgespeist worden waren. Wer hatte Mathias Bauer Anfang Oktober auf dem Weg zum Winterstein gesehen? Wer hatte an diesem Tag einen Rucksack bemerkt, der verlassen am Wegesrand stand, oder diesen sogar mitgenom-

men? Dass Jack sich damit zufrieden gegeben hatte, wunderte sie. Spielte er mit ihnen? Hatte einen Trumpf in der Hand, legte die Karten aber noch nicht auf den Tisch?

Der Bericht hatte bislang keine nennenswerten Ergebnisse geliefert. Eine Reihe von Leuten meldete, Mathias Bauer bei seiner Wanderung begegnet zu sein. Leute, die Aufmerksamkeit suchten und dafür die Wahrheit dehnten. Keiner der Anrufer konnte eine korrekte Beschreibung von Mathias Bauer abgeben. Auch Datum und Uhrzeiten wichen teilweise so weit ab, dass die Begegnungen nicht stattgefunden haben konnten. In zwei Fällen kam heraus, dass die „Augenzeugen" gar nicht am Winterstein gewesen waren.

Der Rucksack wurde zu einem bizarren Phantom. Die Menschen beteiligten sich eifrig an der Suche. Eine Erzieherin des Kindergartens bei der Burg teilte den Fund eines blauen, mit Autos bedruckten Rucksacks in einem der Müllcontainer der Einrichtung mit. Jan meldete höflich seine Zweifel an, dass dieser Rucksack dem toten Wanderer zuzuordnen sei. Zumal der Inhalt – ein Pixibuch, ein blauer Schlumpf, mehrere leere Verpackungen von Schokoriegeln und ein angebissener, nun vergammelter Apfel in einer bunten Box – eher auf ein Kind als Besitzer hinwies. Er riet der Dame, sich an das Fundbüro zu wenden. Es folgten mehrere Anrufe, die den Eindruck erweckten, ganz Friedberg und Bad Nauheim sei ein beliebter Abstellplatz für Transportbehälter jeder Art. Könnte der Rucksack auch ein kleiner Koffer sein? Eine leere Laptoptasche würde doch zu einem Informatiker passen, oder? „War das ein Perverser?", fragte ein junger Mann, der den Fund einer karierten Plastiktasche voller Knochen meldete. Glücklicherweise waren diese tierischen Ursprungs.

Der Rucksack ließ sich nicht finden. Nicht im Wald. Nicht in Bauers Wohnung. Nicht im Spind des Fitnesscenters. Nicht im Fundbüro und nicht bei der Müllverbrennung. Er war wie vom Erdboden verschluckt, wenn er überhaupt je existiert hatte.

Die Ermittlungen hatten sich eingefahren.
Was würde *ich* tun, wenn ich das Sagen hätte? Milena nahm ein leeres Blatt Papier und schrieb die Namen der möglichen Verdächtigen untereinander:

Wer, warum, wo?

Die Eltern Bauer, kein erkennbares Motiv, waren zu Hause.
Ulrich Bauer, Streit mit dem Bruder?, in der Firma (ohne Zeugen).
Sandra Demandt, kein erkennbares Motiv, bei der Arbeit (bezeugt).
Daniel Demandt, Wut, bei der „Arbeit" (bezeugt).
Florian Demandt, kein Motiv, das „Wo?" nicht nachgefragt.
Anja Herlof, Geld, zu Hause (bestätigt durch Heiko Kling).
Heiko Kling, Geld, bei seiner Freundin (von Anja Herlof bestätigt).
Dirk Eismann, Rufschädigung, bei der Arbeit (mit fragwürdiger Zeugin).
Anonymer Mountainbiker, großes Fragezeichen.

Milena dachte an die Berichte im Anzeiger über die Spannungen zwischen den verschiedenen Waldnutzern. Diese Frau mit den Schnittwunden hatte wirklich fürchterlich ausgesehen. Machte es Sinn, bei ihr mal vorzusprechen? Zu den alten Wunden neue hinzufügen? Vielleicht gab es noch andere Opfer. Die Zeitungen hatten zwar nicht darüber berichtet, aber das konnte daran liegen, dass die Szene nicht offensiv dieses Medium nutzte. Internetforen, hatte Jack gesagt, er würde sich da schlau machen. Wenn sie für die Ermittlungen zuständig wäre, hätte sie zumindest ein Gespräch mit dieser Bikerin geführt. Aber Alex hatte solche Spekulationen schlichtweg abgewiesen. „Das hier ist die Wetterau, nicht Hollywood", waren seine Worte gewesen. Und doch spannte *hier* jemand Seile, streute Glasscherben und Nägel aus, um

Radfahrern zu schaden. Stimmten die Berichte über einen „Krieg im Wald"? Hatte jemand zurückgeschlagen? Aber warum dann die Polizei informieren? Sicher war es dem Mörder egal, wenn Mathias Bauer im Wald verrottete. Das war vielleicht sogar der makabre Plan gewesen.
Allerdings gab es keinen konkreten Hinweis für Mord. Dafür jede Menge Hinweise auf gesundheitliche Probleme des Opfers. Mathias Bauer führte seit einem halben Jahr einen harten Kampf gegen seine Pfunde. Das extreme Fasten konnte ihm zugesetzt haben. Dirk Eismann hatte ihn gewarnt, alleine loszugehen. Es gab genug Angebote für gemeinsame Aktionen in der Fitnessgruppe. Warum war Bauer alleine unterwegs gewesen? Hatte er sich mit jemanden treffen wollen, mit dem er nicht gesehen werden durfte? Alex wollte davon nichts wissen: „Reine Spekulation."
Angenommen, Mathias Bauer wurde gestoßen und hatte sich, wie vom Mörder beabsichtigt, das Genick gebrochen. Doch was wäre gewesen, wenn er den Sturz schwerverletzt überlebt hätte? So steil war der Hang nun auch wieder nicht. Und wenn der Stein nicht gewesen wäre, hätte der Mörder höchstwahrscheinlich nachhelfen müssen. Und dann wäre die Unfallmasche im Eimer gewesen. Eine sehr unsichere Mordmethode, aus der Verzweiflung sprach.
Mathias Bauer hatte kein Testament gemacht. Seine Frau und seine Tochter werden das ganze Geld bekommen. Praktisch für Anja Herlof, dass sie zum Zeitpunkt des Todes noch mit Mathias verheiratet gewesen war. Hatte sich daran in nächster Zeit etwas ändern sollen? Es gab keinen schriftlichen Scheidungsantrag. Und Anja Herlof hatte ein Alibi. Zwar nur ein schwaches, aber bisher durch die Ermittlungen der Polizei nicht zu widerlegen.
Heiko Klings Wohnung war sauber gewesen. Eine seinem bescheidenem Lebensstil angemessene Bleibe. Alex hatte nichts anderes erwartet. Kling war schließlich nicht dumm. Er hatte genügend Zeit gehabt, mögliche Hinweise zu besei-

tigen. Und er hatte ein Alibi. Trotzdem war dieser Test aufschlussreich gewesen. Klings ruhiges Entgegenkommen hatte Alex von dessen Unschuld überzeugt. Persönliche Animositäten hätten in einer Ermittlung nichts zu suchen, hatte er Milena gesagt. Als ob man das immer trennen könnte! Was war mit ihrem Bauchgefühl? Reine Spekulation.
Milena klopfte wütend auf ein Sofakissen. Dann atmete sie tief ein und aus. Professionell willst du sein, erinnerte sie sich, nicht emotional.

\*\*\*

Jan feuerte sechs Schüsse auf die Figur im Schießstand und traf die anvisierten Ziele: Beine und Arme. Gut, dachte Alex, der sich im Hintergrund hielt. Jan hätte keine Probleme, einem Gegner mitten ins Herz zu schießen. Trotzdem spielte er nicht den Rambo.
Alex trat vor und klopfte Jan anerkennend auf die Schulter.
„Zielsicher wie immer."
„Danke. Ich trete nächstes Jahr bei den Hessischen Meisterschaften an." Jan war seit seiner Jugend Mitglied im örtlichen Schützenverein.
„Solange das deine Arbeit nicht beeinträchtigt, soll es mir recht sein. Ein Olympiasieger bei der Polizei Wetterau wäre ein gutes Aushängeschild."
Jan lachte und legte die Pistole auf die Ablage. „Dazu bin ich schon zu alt. Der Zug ist abgefahren. Ich werde der Truppe im Fall Bauer also weiterhin uneingeschränkt zur Verfügung stehen."
Alex räusperte sich und straffte seine Schultern. „Nicht mehr nötig. Die Ermittlungen werden wohl eingestellt."
Jan starrte ihn an. Er öffnete den Mund und schloss ihn wieder.

„Wir haben für eine Anklage wegen Totschlag oder Mord nichts in der Hand", erklärte Alex. „Die Obduktion hat keinen Hinweis auf Fremdverschulden ergeben und die Staatsanwältin drängt darauf, den Fall abzuschließen."
Jan nieste. Schnäuzte sich. „Milena wird das nicht gut finden."
„Milena muss sich damit abfinden", sagte Alex. „Noch bin ich ihr Chef, auch wenn sie mich nicht leiden kann."
„Das ist nicht wahr", protestierte Jan. „Sie mag dich."
„Tatsächlich?" Alex verzog das Gesicht. Sie wird toben, dachte er. Sie wird Fragen stellen. Sie wird tausend Gründe finden, warum die Ermittlungen nicht eingestellt werden können. Und ich werde mir jeden Grund anhören und trotzdem gegen jeden einzelnen ein Gegenargument anführen.
Jan dagegen fügte sich widerstandslos. Das war seine Strategie, wohl nicht nur bei der Arbeit. In diesem Beruf konnte man sich Unsicherheit und Zögern nicht leisten, wenn man ganz nach oben wollte. Doch Jan schien das gar nicht zu wollen. Er würde immer der Zweite bleiben und damit nicht einmal unglücklich sein. Gut für die Polizei. Sie brauchte auch fügsame Mitarbeiter. Zu viele selbsternannte Chefs waren nicht förderlich, wenn eine Ermittlung erfolgreich sein sollte. Und Jans Mitarbeit war sehr wertvoll. Seine Verbundenheit zu den Orten und den Menschen dieser Region war eher nützlich denn schädlich. Allerdings hatte er auch noch nie gegen einen engen Bekannten ermitteln müssen. Noch nicht lernen müssen, die nötige Distanz zu wahren.

# 9

19. Oktober

Milena stand in Alex' kaltem Zimmer und schaute ihn ungläubig an.
„Und was ist mit dem fehlenden Rucksack?"
Alex zuckte mit den Schultern. „Er hatte keinen bei sich. Was sollen wir nach einem Rucksack suchen, den es nie gegeben hat!"
„Die eine Frau von der Abnehmgruppe sagte, er hätte immer so einen Spiderman-Rucksack dabeigehabt. Er fiel damit auf, weil es so lächerlich aussah. Kinder haben so was, ein erwachsener Mann normalerweise nicht."
Milena dachte einen Moment an die Puppe. Ute Bauer hatte verlegen auf ihre Fingernägel geschaut, als sie erklärte, dass Mathias sich als kleiner Junge eine Puppe gewünscht und auch bekommen hatte. Sie hatte geglaubt, er habe sie längst weggeschmissen.
„Keiner wandert ohne Rucksack", beharrte Milena. „Es kann immer etwas dazwischen kommen und dann steht man da ohne was zu essen und zu trinken und ohne Schutzkleidung."
Alex lächelte spöttisch. „Wir sind hier nicht in der namibischen Wüste oder in den Alpen. Bis zum Forsthaus Winterstein war es nicht mehr weit. Er wäre weder verhungert noch verdurstet noch erfroren."
„Nein, er ist nur tot." So leicht würde sie sich nicht abwimmeln lassen.
„Er ist gefallen", hob Alex an und schaute ihr dabei direkt in die Augen. „Und hat sich beim Sturz tödliche Verletzungen zugezogen."
Milena hielt einen Moment seinem Blick stand, dann wurde ihr leicht schwindlig und sie brach als Erste den Kontakt.

Wieder mal ein Duell verloren.
„Und was ist mit der Stulle?"
Im Obduktionsbericht stand, dass Reste von Salat und Putenbrust im Anfangsstadium der Verdauung im Magen gefunden wurden. Das sprach für eine kurze Rast am Findling. Und widersprach in Milenas Augen der Theorie von der Entkräftung und dem daraus resultierendem Unfall. Vor allem sprach diese Stulle für eines: Mathias Bauer hatte sich Proviant mitgenommen. Alex hatte gesagt, dass er sich dem Problem der Aufbewahrung zuwenden würde, wenn sich herausstellte, dass die Stulle zu Mathias Bauer gehörte. Milena war entschlossen, dieses Versprechen nun einzufordern.
„Wo hatte er die Stulle verstaut? In der Jackentasche?"
„Warum nicht? Und wer sagt uns überhaupt, dass *er* sie mitgenommen hatte? Vielleicht hat sie jemand dort vergessen. Oder auch verloren. Bauer war streng auf Diät. Er hat eine Fressattacke bekommen und sich an der fremden Dose bedient. Soll vorkommen. Wie auch immer: Er hätte diese Tour niemals alleine gehen dürfen. Eismann hat es ihm sogar ausdrücklich verboten. Und sein Arzt hatte ebenfalls Bedenken geäußert. Bauer hat sich übernommen. Euphorie während des Fastens. Man schätzt die Leistungsfähigkeit seines eigenen Körpers falsch ein."
Milena ließ ihren Blick über Alex' schlanken und durchtrainierten Körper wandern. Er hat sicher nie einen Schwächeanfall beim Fasten gehabt, dachte sie.
„Du willst den Fall wirklich abschließen?"
„Jaha."
„Wir sind noch nicht allen Hinweisen nachgegangen", versuchte sie es noch einmal. „Wir haben seine Freundin noch nicht gefunden. Die junge Frau, von der Erika Horn berichtete."
„Bauer wäre nicht der erste Mann, der mit einer nicht vorhandenen Freundin angibt. Eine junge und intelligente Frau mit atemberaubender Figur sucht sich einen fetten, choleri-

schen Mann aus? Sie ist ein Phantom, Milena."
Milena zuckte zusammen. „Er war nicht gerade arm."
„Das war jetzt frauenfeindlich." Alex grinste. Er stützte sich mit beiden Händen auf den Schreibtisch und beugte sich vor. „Die Staatsanwältin sieht keine Anhaltspunkte für eine Anklage gegen einen unserer Verdächtigen. Der Fall wird abgeschlossen. Und komm bloß nicht auf den Gedanken, ihn heimlich weiter zu bearbeiten."
Milena drehte sich um und schaute aus dem Fenster auf das gegenüberliegende Gebäude des Amtsgerichts. Daran angeschlossen war das Jugendgefängnis, das aber bald aufgegeben werden sollte. Die straffälligen Jugendlichen würden in andere Haftanstalten verlegt werden. Was dann aus dem Gebäude wurde, war noch nicht klar. Die Polizei brauchte es nicht. Sie verfügte über genug Arrestzellen und Büroräume.
„Polizeidirektor Krüger, also *mein* Chef, hat sich der Meinung der Staatsanwältin angeschlossen", fuhr Alex fort. „Die Ermittlungen werden eingestellt. Du kennst die Hierarchie. Ich kann nicht gegen *seine* Anweisung handeln. Und du nicht gegen *meine*." Alex stellte sich neben sie, die Akte Bauer in der Hand. „Wenn es einen neuen Hinweis gibt, nehmen wir den Fall wieder auf", sagte er in einem versöhnlichen Ton.
Sie sah ihn an. „Keiner beklagt seinen Tod", sagte sie leise. „Nicht seine Eltern, nicht sein Bruder und seine sogenannte Ehefrau erst recht nicht. Mathias Bauer ist denen doch völlig egal."
„Wie kommst du darauf?"
Milena schöpfte Hoffnung. „Eine feine, aber gefühlskalte Familie! Durchaus fähig, einen Mord zu begehen. Es ging um sehr viel Geld."
Alex schüttelte den Kopf. „Das sie eh nicht bekommen hätten, da kein Testament existiert. Somit erben allein die Ehefrau und die Tochter."
„Vielleicht haben sie alle zusammengearbeitet", zischte Mi-

lena.
Alex lachte. „Das glaubst du doch selbst nicht."
„Und teilen sich jetzt das Geld", fuhr Milena unbeirrt fort.
„Das ist kindisch."
„Entschuldige, dass ich *denke*."
„Es gibt keinen Anhaltspunkt für einen solchen Verdacht. Außerdem, so reich war er nun auch wieder nicht."
„Wissen wir das?"
Alex atmete langsam aus. „Noch einmal: Wir haben kein Indiz gefunden, das beweist, dass Mathias Bauer ermordet worden ist. Wir gehen von einem Unfall aus. Keine weiteren Ermittlungen."
Alex drehte sich um und ging zu seinem Schreibtisch. „Lass Jack Russell kommen. Ich habe ihm ein Interview versprochen." Sein strenger Ton sagte ihr, dass sie damit entlassen war.
Milena ging langsam aus dem Zimmer. Alex wusste nicht, dass sie sich von der Akte eine Kopie gemacht hatte. Sie würde an dem Fall dranbleiben. Klar, sie konnte nicht offiziell auftreten, Alex würde sonst davon erfahren. Dienstaufsichtsbeschwerde, Suspendierung, Entlassung, er würde nicht zögern, ihr klarzumachen, wer hier das Sagen hatte. Sie musste andere Wege gehen. Da kam der Jagdhund ins Spiel. Natürlich konnte sie Jack Russell nicht die Akte überreichen. Das war auch nicht nötig. Ein Journalist hatte andere Möglichkeiten, der Fährte zu folgen.

# 10
22. Oktober

Jack saß am Tisch Nummer 5, seinem Stammplatz im Café Kissler. Von hier aus hatte er den ganzen Raum im Blick und den Eingang. Wenn Valerie auftauchte, würde sie ihn sofort bemerken.
Das Fenster am hinteren Ende des Raumes erstreckte sich über die ganze Breite von fünf oder sechs Metern, bot jedoch keinen spektakulären Ausblick. Man sah direkt in den Hinterhof und auf eine Terrasse, auf der zahlreiche Kübel einen zu dieser Jahreszeit üblichen Inhalt darboten: Astern, Bauernchrysanthemen, Heide und Holzblumen. Dazu etwas, das Jack gerne „liebenswerte Hässlichkeit" nannte: zwei Gartenzwerge, ein goldener Pfau als Pflanzgefäß und ein blecherner Schmetterling, der am Palisadenzaun klebte.
Im Inneren zeigte sich das Café Kissler gediegen elegant. Von der Tischdecke bis zum Parkettboden war fast alles in Creme und Braun gehalten, nur die Tischläufer durften mit revolutionärem Blau-Weiß-Rot aufwarten. Das tiefe Fensterbrett beherbergte weiße Orchideen und jede Menge Kerzenhalter mit dicken, weißen Kerzen. Vor vielen Jahren hatte Jack das erste Mal dieses Café betreten, um darüber einen Artikel für den Anzeiger zu verfassen. Er hatte sich auf Anhieb wohl gefühlt, kam seitdem regelmäßig hier her. Er liebte das Frühstück und die leckeren Torten.
Das Café war gut gefüllt, das Publikum gemischten Alters mit leichter Neigung zu fortgeschritten. Die ältere Dame vom Nebentisch hatte sich die nicht verzehrten Portionen Marmelade und Butter erst in ihre Serviette gewickelt und dann in ihre Tasche gesteckt. Der Herr an Tisch 4 hatte, ohne zu fragen, die Kippfenster geschlossen und verkündet: „Frische Luft ist genug jetzt." Aus den Lautsprechern er-

klang leise italienische Musik.
Die hübsche blonde Frau vom gegenüberliegenden Tisch hatte ab und zu einen Blick zu Jack herübergeworfen. Vor ihr stand ein großer Becher Milchkaffee vom „Franzosen Frühstück", das sich Jack auch bestellt hatte. Auf dem Tisch lag ein aufgeschlagenes Notizbuch, in das sie eifrig hineinschrieb. Sie schien den ersten Schritt zur Kontaktaufnahme noch hinauszuzögern. Dass sie diesen unternehmen würde, da war Jack sich sicher. Und er würde darauf eingehen, trotz Ariane. In ihrer Beziehung fühlte er sich frei genug, um ein wenig flirten zu dürfen.
Ariane Landsberg hatte er bei einer Vernissage kennengelernt, zu der ihn Valerie schleppte, als er mal wieder eine Leerphase hatte. So nannte er die Zeiten zwischen zwei Geliebten. Ariane war der strahlende Stern der Galerie und eine entfernte Verwandte des Adelshauses Solms-Laubach. Ariane zog sich äußerst schick an, benahm sich wunderbar zickig und war angenehm wohlhabend. Sie war aber auch eine große Wohltäterin und Kunstmäzenin. Er mochte Frauen, die ihn überraschen konnten. Ariane war Feuerwerk und Kerzenflamme zugleich.
Jack warf der Frau am Nachbartisch gerade einen weiteren Blick zu, als er die Tür des Cafés hörte und an dem lauten „Guten Tag" Valeries Stimme und auch Stimmung erkannte. Miese Laune, dachte er. Wahrscheinlich hat sie wieder eines ihrer Gefechte mit den Kulturbeamten der Stadt hinter sich. Und wird sich zum Kaffee einen Schnaps bestellen. Um zehn Uhr morgens.
Valerie war Eventmanagerin und Künstlerin. Er hatte sie vor Jahren im Rahmen eines Festivals interviewt und sofort gemocht. Und es war Valerie, die ihm eindeutig signalisiert hatte, dass sie an einer sexuellen Beziehung mit ihm nicht interessiert sei. Zum Glück, denn was er jetzt mit ihr hatte, ging wesentlich tiefer. Sie war die Schwester, die er nie gehabt hatte.

Er hörte die klackenden Schritte und schon stand sie an seinem Tisch, ließ ihre große Tasche auf einen Stuhl plumpsen und warf sich auf den anderen.

„Mann, war das eine Scheiße", sagte sie laut. Sie hatte gestreifte Strumpfhosen in Lila und Orange an und ein kurzes Kleid, dessen Farbe an sich ganz in Ordnung war, sich aber mit den Streifen der Strümpfe fürchterlich biss: ein knalliges Rot.

Die Frau am Nachbartisch lehnte sich irritiert zurück. Diese erwachsene Pippi Langstrumpf hatte sie ihm wohl nicht zugetraut.

Valerie ließ sich von den Blicken der anderen Gäste nicht beeindrucken und machte unaufgefordert ihrem Ärger Luft: Alles Deppen. Alles Bauerntrampel, für die Kultur aus Wimpeln und Wappen bestehe.

Jack grinste. Welcher brave Beamte hatte sich geweigert, dieser eigenwilligen Künstlerin wertvolle Steuergelder anzuvertrauen?

„Dann sagte er noch, dass es momentan keinen Markt für meine Idee gäbe." Valerie schnaubte. „Ich sagte, dass es Edison mit seiner Glühbirne sicher auch so ging. Dann faselte dieser Armleuchter etwas von dem warmen Glanz gewöhnlicher Kerzen. Er hat noch nicht mal verstanden, dass ich ihn beleidigt habe."

Die Bedienung kam und Valerie bestellte einen Grappa.

„Meinst du nicht, es ist etwas zu früh für einen Drink?"

„Wenn ich eine Bloody Mary bestellt hätte, könntest du recht haben", schnappte Valerie. „Damit fange ich erst abends an."

Jack gluckste und nahm einen großen Schluck Kaffee. Er spähte ein letztes Mal zum Nachbartisch. Die Dame zahlte gerade und stand ruckartig auf. Die Enttäuschung, die er in den großen, blauen Augen sah, stimmte ihn froh. „Während ich hier wie jeden Montagvormittag brav meinen Kaffee einnehme", sagte er ebenso laut wie Valerie, als die Dame vorbeiging. An ihrem gestrafften Rücken erkannte er, dass sie ihn gehört hatte. Es war möglich, dass er sie am nächsten Montag wieder hier treffen würde.

„Kannst du mal mit deiner albernen Flirterei aufhören?", blaffte Valerie und zog damit seinen Blick wieder auf sich. „Ein bisschen Mitleid wäre angebracht."

„Verwaltungsbeamte sind harte Brocken, da kann ich ein Lied von singen. Versuche es doch mit chinesischer Wasserfolter. Immer auf dieselbe Stelle. Besuche ihn jede Woche und er wird weich wie eine Gummiente. Und der da sät, wird schließlich ernten."

„Bist du unter die Priester gegangen?"

„Schreckliche Vorstellung. Da käme alles andere als Erleuchtung über die Menschheit."

„Faszinierende Selbsterkenntnis."

Valerie bekam ihren Grappa und stürzte ihn herunter. Sie atmete tief ein. „Das tut gut." Sie drehte sich um und rief der Bedienung „Einen Macchiato, bitte" hinterher.

„Was für ein Projekt wolltest du dem armen Kerl vom Kulturamt denn verkaufen?"

„Es ist eine Schande, dass das Altstadtfest nicht mehr stattfindet. Da dachte ich, im Monat des Lichts, mit dem Luciafest im Dezember, da könnten wir eine Aktion machen. Eine bunte Lichterspur vom Weihnachtsmarkt in der Burg durch die Altstadt bis zur Kirche. Die einzelnen Stationen von Wetterauer Künstlern gestaltet. Ich habe sogar ganz gegen meinen Willen auf diese Institution ‚Friedberg hat's' hingewiesen. Obwohl es mir innerlich wehgetan hat. Verkaufsoffener Sonntag in der Adventszeit. Ein Geschenk für den Einzelhandel, oder? Da sagte dieser Langweiler, dass dieses Jahr der Weihnachtsmarkt gestrichen ist. Keine Eisbahn, kein Glühwein. Das gibt es doch nicht! Dieser Bürgermeister hat sie nicht mehr alle!"

„Stimmt. Da hat er eine Weile dran zu knabbern, unsere Leser haben wütende Briefe geschickt. Aber es war wohl der Typ von der Eisbahn. In der Burg gäbe es nicht genug Lauf-

kundschaft. Zu weit weg von der Einkaufsmeile. Zu wenig Einnahmen. Außerdem sind angeblich die städtischen Kassen leer."
„Bad Nauheim ist nicht besser dran und hat wenigstens noch das eine Wochenende im Sprudelhof. Aber wen wundert das! Dort opulenter Jugendstil und das ehemalige Kaiserbad. Hier die Krämerseele der Kreisstadt. Keine Chance für mein Projekt. Der Trottel vom Amt sagte mir, es wäre ein hübscher Gedanke. Hübsch!"
„Nichts zu machen, Schatz. Da traf wohl glanzvolle Vision auf knallharte Effizienz."
Valerie warf ihm einen vernichtenden Blick zu. Jack griff sich ans Herz, bäumte sich kurz auf und sackte auf dem Stuhl zusammen. Valerie lachte und schenkte der Bedienung ein Lächeln, als diese ein großes Glas Latte Macchiato an ihren Tisch balancierte. Sie schüttelte die Zuckerdose und ein Schwall ergoss sich in ihren Kaffee.
„Du siehst auch nicht gerade aus wie der strahlende Ritter Lancelot."
„Ich hatte gerade den Gral gefunden, da bist du hereingeplatzt und er verschwand."
„Die langweilige Tussi von eben? Lass das deine Freundin nicht hören! Ihr letzter Freund musste nackt durch Dorheim laufen, als sie ihn rausgeschmissen hatte."
„Dann präsentiere ich mich ja der interessierten Frauenwelt im passenden Outfit."
„Sag mir Bescheid, ich leiste dir gerne Gesellschaft. Ich hab ein T-Shirt, hinten drauf steht ‚Nimm mich'."
„Wenn du dich so in deine Lichterspur eingebaut hättest, wäre vielleicht ein Auftrag drin gewesen. Vielleicht nicht gerade von der Stadt, aber ein privater Investor hätte sicher angebissen. Und ich hätte auf jeden Fall einen guten Artikel draus gemacht."
„Pustekuchen. Karla Winter hätte ihn dir weggeschnappt."
Jack lächelte säuerlich und Valeries Grinsen wich aus ihrem

Gesicht.

„Hat dich deine süße Kollegin heute wieder in der Mangel gehabt?"

„Sie hat den Chef rumgekriegt."

Valerie riss die Augen auf. „Ich wusste gar nicht, dass sie scharf auf ihn ist."

„Wo denkst du hin? Die Winter ist in meinen Augen ein sexuelles Neutrum." Jack nahm einen Schluck von seinem Kaffee und verzog das Gesicht. Er war kalt geworden. „Sie hat jetzt die Berichterstattung über das Rathaus. Der Chef meinte, ich hätte mich zu lange auf einen Schwanzvergleich mit den Kommunalpolitikern konzentriert."

„Aber der ist doch von derselben Sorte."

„Schnee von gestern. Die Winter meint, dass ein neuer Wind durch das Blatt wehen müsse. Sie will den Anzeiger modernisieren, was immer dieser menschliche Ventilator darunter versteht. Dazu brauche es Frauenpower. Das hat den Chef umgehauen."

„Sie hat Mut!", sagte Valerie. „Wäre gern dabei gewesen. Aber sie wird bald feststellen, wie archaisch diese Welt noch ist. Die Steinzeit quillt aus allen Poren."

„Ich habe auf den Chef eingeredet. Hab meine guten Kontakte zum Rathaus in die Waagschale geworfen. Hab der Winter gesagt, dass man eine erfolgreiche Zusammenarbeit nicht der Quote opfern sollte."

„Und?"

„Ich soll meinen Klitorisneid woanders auskurieren."

Valerie hielt sich die Hand vor den Mund, um nicht laut loszuprusten. Sie schaffte es nicht ganz.

Er grinste und schüttelte den Kopf. „Amüsier dich ruhig auf meine Kosten."

Valerie nahm die Hand vom Mund und beugte sich vor. „Mach dir nichts draus, das Rathaus ist sowieso langweilig. Wer glaubt, die Politik wird von diesen Nasen im Stadtparlament gemacht, der wird ziemlich schnell eines Besseren be-

lehrt. Das sind doch bloß die Marionetten von Industrie und Verbänden. Außerdem musst du nicht an den Sitzungen teilnehmen, um auf dem Laufenden zu sein. Was dort beschlossen wird, ist zwei Stunden später in den Kneipen dieser Stadt zu erfahren. Am nächsten Tag hörst du es ‚uff de Gass' mitsamt Kommentaren, die für eine Zeitung viel interessanter sind als die offiziellen Statements aus dem Rathaus und dem Parlament."
Jack zuckte die Schultern. „Schade ist es trotzdem." Er nahm noch einen Schluck kalten Kaffee. „Aber so habe ich Zeit für eine andere Story: der Tote vom Winterstein. Du hast sicher von ihm gehört."
Valerie nickte. „Der dicke Wanderer, der die Bodenhaftung verloren hat."
Jack schüttelte den Kopf. „Ich glaube nicht, dass es ein Unfall war." Er verriet nicht, wer dies auch nicht glaubte. „Die Polizei muss Indizien vorweisen, aber der Journalist kann spekulieren. Die Mountainbiker waren es wohl nicht. Sie waren zwar sauer auf ihn, aber ihn auf dem eigenen Schlachtfeld umzubringen, wäre schlichtweg dumm."
Jack stützte sich mit den Ellenbogen auf dem Tisch ab. „Ein Mann geht auf den Winterstein, ohne einen Rucksack mitzunehmen. Was denkst du darüber?"
Valerie schlürfte an ihrem Macchiato. „Es gibt dort ein Gasthaus. Vielleicht hatte er sich den Bauch schon vollgeschlagen und war auf seinem Abstieg nach Bad Nauheim. Frag den Wirt."
Jack schüttelte den Kopf. „Niemand hat ihn im Forsthaus gesehen. Er muss von Bad Nauheim gekommen sein. Das macht auch mehr Sinn, da er dort wohnt. Feine Adresse, neue Wohnung, vor einigen Monaten gekauft."
„Ein wohlhabender Mann."
„Mit einer Ehefrau, die von ihm getrennt lebt und einen neuen Lebensgefährten hat."
„Ein wohlhabender und nicht ganz geschiedener Mann allein

auf dem Weg zum Winterstein."
„Mit einer Noch-Ehefrau, die in einer heruntergekommenen Gegend wohnt und einen neuen Lebensgefährten hat, der eine kriminelle Vergangenheit aufweisen kann."
Valerie stellte das Glas auf die Untertasse.
„Wer erbt?"
„Natürlich seine Ehefrau. Und seine Tochter Laura. Und in gewisser Weise auch der Freund. Zumindest profitiert er davon."
Valerie ließ einen Finger über den Rand des Glases wandern. „Aschenputtel zieht mit dem Pagen in den verlassenen Palast."
Jack nickte. „Ein Märchen wird wahr, ein Traum geht in Erfüllung."
„Wenn er sich mal nicht zum Alptraum entwickelt."
„Dafür werde ich jetzt sorgen."
Valerie lächelte. „Der Jagdhund nimmt die Fährte auf?"
„Klar." Jack griff nach seinem Portemonnaie und zog einen Zwanzig-Euro-Schein heraus. „Geht auf meine Rechnung."
Seine resolute Stimme ließ keinen Protest zu. Er wusste, dass Valerie notorisch knapp bei Kasse war, auf Almosen aber allergisch reagierte.

# II. Spurensuche

# 11
6. Dezember

Ulrich Bauer beobachtete, wie seine Mutter das Hochzeitsfoto von Anja und Mathias in zwei Hälften riss. Es war das einzige Bild, das die Familie Bauer von diesem Ereignis besaß. Vor fünf Jahren hatte seine Mutter ihrer Schwiegertochter ein Fadenkreuz auf das Gesicht gemalt. Nun trennte sie das Paar endgültig. Sie zündete die Hälfte, die Mathias zeigte, mit einem Streichholz an und legte sie in einen Aschenbecher. Ihr Blick folgte der lechzenden Flamme. Sie murmelte ein paar Worte, die Ulrich nicht verstand. Der beißende Geruch von brennenden Chemikalien erfüllte den Raum.
Ulrich fluchte leise. Er ging ans Fenster und riss es mit einem heftigen Schwung auf. Kalte Winterluft strömte herein, schnappte ebenso gierig nach Wärme wie die Flamme nach Papier.
Mathias war seit mehr als acht Wochen tot. Seither hatte seine Mutter nicht aufgehört, Anja zu verfluchen. Anfangs hatte er ihre Empörung nur verständlich gefunden. Aber irgendwann musste Schluss sein. Die Leiche war verbrannt und die Asche in einer Urne auf dem Friedhof in Bad Nauheim beigesetzt worden. Die Polizei hatte die Ermittlungen eingestellt, die offizielle Todesursache lautete Unfall mit tödlichem Ausgang. Das Amtsgericht hatte Anja und Laura als rechtmäßige Erben eingesetzt. Hätte Mathias sich von seiner Frau scheiden lassen, hätte die Familie Bauer zumindest einen Teil seines Vermögens beanspruchen können. Leider war dem nicht so. Ulrich hätte selbst eine Finanzspritze gut gebrauchen können. Aber es war nicht zu ändern.
„Sie hat ihn umgebracht." Seine Mutter nahm einen schwarzen Filzstift und malte Gitterstäbe über Anjas weißes Hoch-

zeitskleid. „Er wollte sich scheiden lassen. Oder das Testament ändern. Das wollte sie nicht zulassen. Deshalb musste er sterben. Rechtzeitig. Damit sie das ganze Geld bekommt. Sie ist eine habgierige Nutte. Ich werde nicht ruhen, bis sie endlich im Gefängnis landet." Das konnte noch stundenlang so weitergehen. Heute zumindest so lange, bis Ulrich aus dem Haus ging und seine Mutter in die Küche, um ihrem Mann das Abendbrot zuzubereiten.

„Sie hat ihn umgebracht. Ich fühle das. Mathias' Tod muss gerächt werden."

Doch wie die Polizei bereits deutlich gemacht hatte: ein „Gefühl" zählte nicht. Sie brauchten Beweise für eine Anklage. So sehr sie es sich auch wünschte, hatte seine Mutter nichts gegen ihre Schwiegertochter in der Hand.

Mutter trauert nicht um Mathias, dachte Ulrich. Sie will auch nicht wirklich Gerechtigkeit. Sie weint um das Geld, das sie „der Nutte" nicht gönnt.

Liebevolle Momente mit seiner Mutter hatte Ulrich nicht erlebt. Er hatte sie nie richtig glücklich gesehen. Aber er konnte auch nicht sagen, was sie glücklich gemacht hätte.

Er ertrug diese Atmosphäre nicht mehr länger. Er verabschiedete sich und verließ hastig das Haus. Er zog seinen Autoschlüssel aus der Hosentasche und schloss die Fahrertür seines BMW auf.

Mathias hatte sein Vermögen mit selbst entwickelten Computerspielen gemacht. Anja hatte einige CDs gefunden und ihren Freund Heiko gebeten, diese zu prüfen. Sie selbst hatte bei den Scheiben zunächst auf Pornos getippt, hatte sie ihm am Telefon verraten. Es waren zwar keine harmlosen Spiele, irgendwelche Kriegsgeschichten, die man nur bei Mathias direkt erwerben konnte, ein Geheimtipp in der Szene. Letztendlich war Anja aber beruhigt, dass nichts Illegales gelaufen war. Die CDs habe sie weggeworfen. Ulrich hätte sie geschüttelt, wenn sie ihm gegenübergestanden hätte. So konnte er nur „Du Dummkopf!" rufen. Sie hatte einfach aufgelegt.

Eine Hupe holte ihn aus seinen Gedanken. Er hatte einem anderen Fahrer die Vorfahrt genommen, fast hätte es gekracht.
Wo waren die verdammten Spiele? Es musste einen Raum irgendwo in Friedberg geben, in dem ein Rechner stand, auf dem Mathias alle Geschäftskontakte dokumentiert und vielleicht auch diese Spiele gespeichert hatte. Warum hat er mich nicht eingeweiht?
Ulrich lachte laut und schlug mit der Hand auf das Lenkrad. Weil das Spiel zwischen ihnen anderen Regeln folgte. Von frühester Kindheit an waren sie Konkurrenten gewesen. *Ich bin der studierte Betriebswirt*, dachte Ulrich. *Aber Mathias' grandiose Geschäftsidee hat mehr abgeworfen als meine eigene Firma.*
Ulrich hatte sich mit Anja für den Nachmittag in der Wohnung im Haagweg verabredet. Vor zwei Wochen war die Erbsache vor dem Amtsgericht durchgegangen und Anja auch die Eigentumswohnung zugesprochen worden. Seine Schwägerin hatte sofort einen Umzugsdienst bestellt und den gesamten Besitz ihres verstorbenen Mannes von einem Entrümpler abholen lassen. Leider war damit auch jeder mögliche Hinweis auf den Verbleib der CDs vernichtet.
Er hielt Ausschau nach einem Parkplatz. Ein Corsa, neu und knallgelb, überholte ihn mit quietschenden Reifen und schoss in eine Lücke direkt vor dem Haus. Ulrich parkte einige Plätze weiter, stieg aus und schlenderte die wenigen Meter zurück. Er hätte Anja fast nicht wiedererkannt. Die blonde Lockenmähne war einem kurzen, rotbraunen Bubikopf gewichen. Sie trug einen flauschigen grauen Mantel über einem dunkelgrünen Hosenanzug. Der war zwar von der Stange, aber immerhin ein elegantes Kleidungsstück. Keine löchrigen Leggings oder abgetragenen Jeans mehr zu irgendeinem labbrigen T-Shirt. Keine Frage, Anja genoss ihren neuen Status als wohlhabende Frau, ohne zu übertreiben. Sicher hatte sie mit Champagner auf Mathias' Tod ange-

stoßen, aber nur eine Flasche dafür investiert und dann noch den billigen vom Discounter genommen.

„Na?", sagte sie zur Begrüßung und umarmte ihn kurz. „Hat die liebe Ute einen neuen Anfall bekommen?" Sie sah ihn mit funkelnden Augen an. „Hat sie wieder über die hemmungslose Schlampe hergezogen?"

Die Beerdigungszeremonie war ein einziges Desaster gewesen. Einem frostigen Begrüßungsnicken war eisiges Schweigen gefolgt. Während der kurzen Andacht hatten beide Frauen versucht, sich gegenseitig zu ignorieren. „Die sieht aus, als könnte sie morden", hatte Anja ihm zugeflüstert, als sie sich ihr Beileid aussprachen. Seine Mutter hatte sich nach der Grabrede sofort auf den Heimweg gemacht.

„Die Trauer reißt sie aus ihrer Gelassenheit", sagte Ulrich. „Da sagt man Dinge, die man hinterher bereut."

Anja lächelte und nickte. „War es zur Abwechslung mal ,Nutte'? Das ist doch ihr Lieblingswort für mich." Sie schnaubte. „Wenn ihr kleiner Fettkloß der Graf von Luxemburg gewesen wäre, hätte ich ihre Ablehnung ja noch verstanden. Aber ein simpler Informatiker? Eigentlich kann sie froh sein, dass ich ihn genommen habe. Durch mich hat er sogar eine Tochter bekommen. Auf Laura ist sie doch ganz stolz, oder?"

Ulrich bezweifelte das. Seine Mutter war nie eine Glucke gewesen. Kinder gehörten zu einer Ehe und eine Mutter musste ihre Sprösslinge zu verantwortungsbewussten und moralisch gefestigten Erwachsenen erziehen. Stolz hatte damit nichts zu tun.

„Du hast ja kein Interesse am Kinderzeugen gezeigt." Anja blickte aufreizend an ihm hinunter. „Zumindest bis jetzt nicht."

„Ich habe mir eben Zeit gelassen. Wollte mich ausleben. Der plötzliche Tod von Mathias hat mir aber die Augen geöffnet. Jetzt kann ich mir eigene Kinder vorstellen. Es wäre traurig, nichts anderes zu hinterlassen als einen Haufen Altmaterial,

der beim Trödler landet."
Gut gesagt, lobte er sich selbst. Welchen Eindruck die Worte wohl auf Anja machten? Er hatte seine Schwägerin von Anfang an gemocht, obwohl er sie manchmal etwas zu einfach und zu auffällig fand. Auffällig billig. Nein, er durfte so nicht denken. Sonst war er nicht besser als seine Mutter.
Anja sagte nichts, drehte sich um und ging mit festen Schritten auf das Haus zu. Es war ein moderner Betonbau. Er selbst hätte sich ein anderes Zuhause gekauft. Eine Wohnung in einer mondänen Stadtvilla mit Blick auf den Kurpark. In der Innenstadt in Kneipennähe. Aber Mathias war kein Kneipengänger gewesen. Und auch kein Shoppingfreak. Und er hatte niemals ein besonderes Gespür für Ästhetik gezeigt.
Anja schloss auf und betrat den hellen, geräumigen Flur. Ulrich folgte ihr und schloss die Tür. Er war nie hier gewesen. Er hatte noch nicht einmal gewusst, dass Mathias umgezogen war. Der Kontakt zu ihm war lange Zeit nur noch sporadisch gelaufen. Zwei ungleiche Brüder. *Der schicke und der dicke Bauer.* Ulrich schluckte. So frevelhaft der Gedanke war, aber er konnte ihn nicht leugnen. Er hatte nicht mehr mit seinem Bruder gesehen werden wollen. Er hatte sich zu sehr für ihn geschämt.
Anja war ins Wohnzimmer gegangen und hatte die Balkontür einen Spalt breit geöffnet. Kalte Luft strömte herein.
„Wenn du rauchen willst, musst du rausgehen", sagte sie.
„Was hält Heiko von diesem Verbot?" Anjas Freund rauchte wie ein Schlot, in der alten Wohnung in Friedberg hatten immer Schwaden von blauem Dunst gehangen.
„Der hat dazu nichts mehr zu sagen", sagte Anja leichthin und streifte ihre Schuhe ab. Sie setzte sich auf das breite Sofa, zog ihre Füße hoch und klopfte auf den Platz neben sich.
„Du hast dich von ihm getrennt?", fragte Ulrich. Er hatte Anjas Wahl zwar nie verstanden, war aber immer davon ausgegangen, dass sie an ihrem Freund hing. Offensichtlich hat-

te er sich geirrt. Er konnte hoffen.
„Keine Ahnung, wo der Scheißkerl ist." Hektische Röte überzog ihr Gesicht und strafte ihre Gelassenheit Lügen.
„Er ist abgehauen?"
Anja schaute ihn kurz an, dann wandte sie den Blick auf die gegenüberliegende Wand. „Er ist verreist", antwortete sie mit belegter Stimme.
Und kommt wieder, wenn er pleite ist, dachte Ulrich. Er traute Heiko nicht. Der Typ war damals einfach aus dem Nichts aufgetaucht. Und jetzt war er wieder ins Nichts abgetaucht. „Hätte mich nicht gewundert, wenn er etwas von deinem Geld gewollt hätte", sagte er.
„Etwas?" Anja schnaubte. „Er wollte die Hälfte! Und das nach all der Zeit, die ich ihn unterstützt habe."
„Du hast dich eben in ihm getäuscht."
„Der Mistkerl hat tatsächlich etwas von einem moralischen Anspruch gefaselt. Langjähriger Lebensgefährte und so. Und hätte sich wahrscheinlich auf eine gemeine Art und Weise auch noch die andere Hälfte unter den Nagel gerissen. Aber ich habe da einen Riegel vorgeschoben. Das Geld ist fest angelegt, da kommt er nicht dran. Kein Sparbuch für ihn, kein gemeinsames Konto. Nur ein bisschen Taschengeld für mich. Auf *meinem* Girokonto."
„Und das hat er einfach mit sich machen lassen?"
„Nicht ganz. Er war nicht wütend oder so. Eher enttäuscht. Obwohl, auch das nicht." Anja zupfte an ihrem Haar. „Traurig. Das war er. Oder doch eher verletzt?" Sie zuckte mit den Schultern. „Was mache ich mir eigentlich Gedanken!"
Schweigen breitete sich aus.
Ulrich strich über das glatte Leder der weißen Couch. Das uralte Sofa aus der Saarstraße war endlich auf dem Sperrmüll gelandet. Er hob den Blick und schaute sich um. Alles sah teuer aus, und fast alles war weiß: der Laminatboden, die Schrankwand, die niedrigen Regale, sogar der Fernseher. Fast klinisch rein. Nur ein paar Orchideen brachten Farbe in

den Raum. Und ein Einhorn, rosa, mit einer glänzenden pinkfarbenen Mähne, liebevoll auf einem Kissen platziert.
„Wie geht es Laura?", wechselte Ulrich das Thema.
Anja seufzte laut. „Sie malt immer noch jeden Tag ein Bild für ihren Vater. Damit er sieht, dass sie an ihn denkt. Ich habe ihr schon hundert Mal gesagt, dass sie es lassen soll. Dass ihr Vater es nicht sehen kann, dass er nicht ‚da oben' ist. Dass er gar nicht mehr da ist, kein Teil von ihm. Dann heult sie und rennt in ihr Zimmer. Als wenn sie vier Jahre alt wäre! Blödes Ding."
Laura hat wohl mehr an ihrem Vater gehangen, als wir alle geahnt haben, dachte Ulrich. Doch Anjas Reaktion auf die Trauer des Kindes fand er zu harsch. „Laura ist sehr sensibel. Sie braucht eben länger als wir, um das alles zu verarbeiten."
„Sie ist wie ihr Vater. Sie hat sogar seine Veranlagung zum Dickwerden. Noch einige Jahre, dann wird eine Tonne neben mir wandeln."
Ulrich schwieg betroffen. Wenn er jemanden auf dieser Welt liebte, dann war es seine Nichte. Er war bisher davon ausgegangen, dass auch Anja ihre Tochter liebte. Hatte das ererbte Geld einen Schalter in ihrem Hirn umgelegt? War sie zur Monstermutter geworden?
Er zitterte. Ihm war kalt. Wohl nur, weil die Balkontür immer noch offen stand.
„Ich dachte, du hast sie gern", sagte er.
Sie hob die Hand und legte sie auf seine Wange. „Du liebst sie mehr, als ihr Vater sie je geliebt hat. Ich muss zugeben, eine Zeit lang war ich äußerst skeptisch. Habe sie immer gefragt, was sie mit dir unternommen hat. Habe sie nachts heimlich untersucht."
Ulrich schlug ihre Hand weg. „Was willst du damit sagen?"
„Du wärst nicht der erste seriöse Onkel, der sich als perverser Kinderschänder entpuppt."
Es war, als liefe ein Stromstoß durch seinen Körper. Kinder-

schänder! Sein Herz hämmerte. Du Biest! Er wollte zurückschlagen. Rabenmutter! Falsche Schlange! Er wollte sie anschreien, brachte jedoch kein Wort heraus. Er hob die Hand, stoppte aber, als er ihren Blick bemerkte. Nicht furchtsam, sondern triumphierend. Er ließ langsam die Hand sinken.
„Ich könnte ihr nie so etwas antun", sagte er. „Mathias hat dieses göttliche Geschenk nie richtig zu schätzen gewusst. Ich würde liebend gerne ihr Vater sein."
Anja lachte laut. „Netter Versuch. Aber komm nicht auf dumme Gedanken. Du bist mein *Schwager*. Und das bleibst du auch. Wenn du ein Vater sein willst, such dir eine Frau und mach dir dein eigenes Balg."
Ulrich senkte den Kopf. Sie ist zu schlau, um darauf reinzufallen.
Es blieb ihm nichts anderes übrig, als mit der Wahrheit rauszurücken. „Ich habe da ein kleines Problem", gestand er.
Anja räkelte sich auf dem Sofa. „Das gefällt mir schon besser. Mit Problemen kenne ich mich aus."

# 12

12. Dezember

Jack saß in der Redaktion des Anzeigers in Bad Nauheim. Er arbeitete normalerweise von Zuhause aus, es sei denn, er musste im Zeitungsarchiv recherchieren. Er besaß beim Anzeiger keinen eigenen Schreibtisch. Meistens war aber einer der anderen „draußen" oder aus sonstigen Gründen nicht anwesend und daher ein Platz frei. Heute hatte Jack den Logenblick. Kollege Stollberg war im Skiurlaub. Von seinem Platz aus konnte Jack den Neuen Kurpark, die Dankeskirche und sogar die Spitze der Fontäne des Großen Sprudels sehen. Die Sonne schien einladend und ließ den Schnee glitzern. Er würde später noch eine Runde im Park drehen, bevor er zum Interviewtermin mit einem Butzbacher Künstler aufbrach.
Er war nie der preisgekrönte Journalist geworden, von dem er während seines Politologie-Studiums in Gießen und Frankfurt geträumt hatte. Mangels Alternative hatte er vor fünfzehn Jahren ein Praktikum beim Anzeiger begonnen und seine Karriere als Lokalreporter gestartet. Und war geblieben. Seine Arbeit in der Provinz machte ihm unerwartet Spaß. Sein Spott kam nicht überall gut an, aber für Berichte über die zahlreichen Vereinssitzungen und Lobreden auf die Lokalgrößen gab es die weniger spitzen Federn der Kollegen, allen voran die von Karla Winter. Jack konnte es sich erlauben, die Themen auszuwählen, über die er schreiben wollte. Sein Chef schätzte seine Arbeit sehr und schob ihm regelmäßig passende Aufträge zu. Es lebte sich gut damit, wenn auch nicht im Überfluss. Etwas Luxus konnte er sich deshalb leisten, weil er nicht nur Lokalreporter, sondern auch Buchautor war. In Frankreich verkauften sich seine unter einem Pseudonym veröffentlichten Romane sehr gut.

Auch wenn er finanziell abgesichert war, konnte es nicht schaden, ab und zu einen Knüller zu landen, den er auch bei den überregionalen Zeitungen unterbringen konnte. Seine Nachforschungen über den Toten vom Winterstein sollten ihm zu einem solchen Scoop verhelfen.
Jack tippte „Mathias Bauer" und „Winterstein" in eine Suchmaschine. Wie erwartet fand er nur seine eigenen Artikel. Der Fall Bauer hatte im Wetteraukreis für einige Aufregung gesorgt, darüber hinaus war das Interesse eher lahm, besonders, nachdem öffentlich bekannt gegeben worden war, dass es sich „nur" um einen Unfall handelte.
Doch es gab Menschen, die anderer Meinung waren. Nicht nur Milena König hatte ihn um weitere Recherchen gebeten, sondern auch Ute Bauer.
Der Wunsch der trauernden Mutter war verständlich. Sie liebte ihren Sohn auf ihre eigene, steife Art. Sie hasste ihre Schwiegertochter und traute ihr zu, für Geld gemordet zu haben. „Er war zu vertrauensselig. Ich habe versucht, es ihm abzugewöhnen. Arglose Menschen sind leichte Beute."
Milenas Motive waren Jack nicht ganz klar. Er vermutete einen Anflug von Rechthaberei. Sie wollte sich mit der Unfalltheorie nicht abfinden. Und hatte guten Grund dazu, denn die Lücken in diesem verzwickten Fall waren wirklich nicht zu übersehen. Aber auch nicht einfach zu schließen.
Er hatte sich Ende Oktober mit Milena im „Phono" getroffen, einer Bar in der Stresemannstraße in Bad Nauheim. Sich immer wieder umschauend, hatte sie nur zu flüstern gewagt. Jack hatte mehrmals die Augen verdreht. Er fand ihr Verhalten übertrieben vorsichtig. Trat die Bedienung an ihrem Tisch, geriet Milena fast in Panik und hörte abrupt auf zu reden. Sie liebte den direkten Weg. Sie mochte keine hinterlistigen Aktionen hinter dem Rücken ihres Vorgesetzten. Alexander Wege konnte sehr ungemütlich werden, wenn man seinen Anweisungen zuwider handelte. Dabei brauchte Milena gar nichts zu befürchten. Sie hatte Jack so gut wie

nichts verraten, was er nicht selbst herausgefunden haben könnte. Aber auf diese Weise ging es schneller.

Zuerst hatte er sich mit Dirk Eismann in Verbindung gesetzt, dem Trainer und Diätcoach von Mathias Bauer. Der reagierte zunächst zwar leicht irritiert auf seine Fragen, zeigte sich aber äußerst kooperativ, nachdem Jack ihm einen Artikel über seine Arbeit versprochen hatte. Er mochte Dirk Eismann nicht. Er hatte auch nichts mit ihm gemein. Der Trainer verfolgte seine Ziele mit harter und eiserner Disziplin. Unvorstellbar, dass Dirk Eismann bei einem Glas samtigen Rotwein den Abend ausklingen ließ. Ein Laster, dem Jack fast jeden Tag mit Genuss frönte. Direkten Fragen über Hilfsmittel für extreme Abmagerungskuren war Eismann gekonnt mit einem langen Vortrag über die unglaublichen Erfolge seiner Sportkurse ausgewichen. Sehr verdächtig, aber Jack konnte ihm bislang keine illegalen Praktiken nachweisen. Und keine wie auch immer geartete Schuld am Tod von Mathias Bauer. Laut Milena hatte die Obduktion keinen Hinweis auf einen Tod durch regelmäßige Einnahme aufputschender Medikamente ergeben.

Mathias Bauer war vermögend gewesen. Seine Wohnung im Haagweg hatte er bar bezahlt, soweit die Info vom Vorbesitzer. Bar! Was verdiente Bauer eigentlich in seinem Job?

Jack hatte beim Arbeitgeber angerufen und sich nach der nun frei gewordenen und neu ausgeschriebenen Stelle erkundigt. David Balzer hatte Jacks Fragen zum Anforderungsprofil der Position bereitwillig beantwortet. Eine Assistentenstelle mit einem Gehalt von etwa dreißigtausend Euro im Jahr. Damit konnte Bauer nicht wuchern, selbst wenn er sehr sparsam gelebt haben sollte. Außerdem hatte er Unterhalt für ein Kind zahlen müssen. Woher hatte Bauer das Geld für die Wohnung? Milena schwieg hartnäckig. Deshalb blieben Jack nur Spekulationen. Ein familiäres Erbe gab es nicht, das hatte er von Ute Bauer erfahren. Ein Lottogewinn fiel aus, die staatliche Lotterie hatte an niemanden mit dem Namen Mathias Bauer eine größere Summe ausgezahlt. Eine bahnbrechende Erfindung? Nicht logisch, dass er sich in diesem Fall mit einer simplen Assistentenstelle zufrieden geben sollte. Ein erfolgreicher Einsatz im Spielkasino? Weder in Friedberg noch in Bad Nauheim schien Bauer Gast in den Spielhöllen gewesen zu sein. Jack hatte alle abgeklappert und bei seinen Nachforschungen nicht nur keine Erkenntnisse gewonnen, sondern leider auch eine Menge Geld verloren. Aber sagten sie in den Casinos auch die Wahrheit? Sie hatten sicher schon manchen spielsüchtigen Kunden verleugnet. Konnte auch sein, dass Bauer sein potentielles Spielhöllenvermögen in Frankfurt gemacht hatte. Jack war dieser Spur nicht mehr nachgegangen, schließlich durfte er seinen Geldbeutel nicht unendlich strapazieren. Er glaubte auch nicht mehr an diese Möglichkeit.

Eine andere Information war Gold wert. Es war purer Zufall gewesen. Ab und zu traf er sich mit seinem Freund Bernard, einem Anwalt, zu einem richtigen Besäufnis. Jack hatte nach vier Glas Bier mit Schnaps eher beiläufig den Namen „Mathias Bauer" fallen lassen. Bernard hatte noch zwei Schnäpse mehr intus gehabt und seine übliche Zurückhaltung aufgegeben. „Das ist doch die Leiche im Wald", hatte er mit einem leichten Lallen gesagt. „Der war bei mir. Wollte sich scheiden lassen."

Jack hätte niemals das Vertrauen seines Freundes für seine Zwecke ausgenutzt, und so gab er die Information, die er eher unfreiwillig erhalten hatte, nicht an Milena weiter, auch wenn sie noch so aussagekräftig war. Mathias Bauer hatte also seine Fesseln lösen wollen. Die Frage war nur, ob er seiner Noch-Ehefrau diese wenig frohe Botschaft mitgeteilt hatte. Aber warum wollte Mathias Bauer sich jetzt, nach so vielen Jahren der Trennung, scheiden lassen? Hatte er eine neue Liebe?

Und dann gab es noch diesen Heiko Kling. Milena hatte ihm von dem ehemals angeklagten und dann rehabilitierten

Hacker erzählt. Jack glaubte inzwischen auch, dass sie mit ihm eine vielversprechende Spur verfolgten. Gerade weil sich der Verdächtige in Luft aufgelöst hatte. Die Kollegen von der Friedhofsverwaltung in Frankfurt schilderten Kling als ruhigen und zuverlässigen Menschen. Nie war er krank, nie fehlte er unentschuldigt. Schade, dass er im vergangenen Monat überraschend gekündigt hatte. Nein, einen Grund hatte er nicht genannt. Wahrscheinlich ein besserer Job.
Die Eingangstür zur Redaktion wurde schwungvoll aufgerissen und knallte wieder zu. Jack drehte sich nicht um. Sein Chef war vom Mittagessen zurück, das er sich regelmäßig von einflussreichen Personen im Herrschaftsgebiet seiner Zeitung spendieren ließ. Funktionierte der Flurfunk richtig, war es diesmal der Bürgermeister höchstpersönlich gewesen. Gerald Bruckner grüßte gut gelaunt und blieb an Jacks Tisch stehen. Seine wässrigen, blau-grün-grauen Augen ruhten einen Moment nachdenklich auf Jacks Haar, dann legte er ihm vertraulich die Hand auf die Schulter.
„Zeit für eine Recherche?" fragte er.
„Kommt drauf an", sagte Jack vorsichtig und blickte auf Bruckners perfekt manikürte Fingernägel.
Bruckner bat Jack mit einem auffordernden Klopfen auf die Schulter in sein Büro, ein fast quadratischer Raum, der mit modernen Möbeln ausgestattet war. Eine Wand wurde von einer großen Fensterfront eingenommen, die gegenüberliegende zierte ein großer Schrank. Der Schreibtisch stand quer im Zimmer, von seinem Stuhl aus blickte der Chef auf eine Fotowand, die von Bruckners zahlreichen Kontakten zeugte. Im Großformat lächelte der Landtagspräsident auf Jack herab. Daneben hing, als Kontrastprogramm, ein Foto mit Til Schweiger, einem gebürtigen Gießener. Es gab sogar ein Foto mit dem Dalai Lama. An der Wand in Bruckners Rücken befand sich eine Gemäldesammlung. Alles Originale von Wetterauer Künstlern, zum größten Teil Schenkungen. An ihn persönlich, folgte man Bruckners Ansicht. Die Ver-

lagseigner waren da anderer Meinung, was zu ständigen Auseinandersetzungen führte.

„Eine Druckerei kommt ihren Verbindlichkeiten nicht mehr nach", begann Bruckner, nachdem es sich beide in der Sitzgruppe am Fenster bequem gemacht hatten. „Handwerker, die dort die Druckmaschinen regelmäßig warten, bleiben auf ihren Rechnungen sitzen. Papierrollen werden bestellt, aber nicht mehr bezahlt. Alles Hinweise auf eine drohende Insolvenz, nicht wahr?"

Jack nickte. Finanzkrise und Firmensterben machten auch vor der Wetterau nicht Halt. Diese Druckerei wäre nicht die erste Firma, die pleiteging. Manche Inhaber spielten sogar mit dem Gedanken einer Insolvenz, um ihre Firma mit einer Schuldenbereinigung über die schwierigen Zeiten zu retten. Niemand verstieß damit gegen das Gesetz, da das geltende Recht sehr großzügig ausgelegt werden konnte.

„Nimm die Info als Grundlage für einen Artikel über die Folgen der wirtschaftlichen Entwicklung bei den mittelständischen Unternehmen hier in der Wetterau."

Jack staunte. Ein solch ambitioniertes Vorhaben hätte er dem Chefredakteur des Anzeigers gar nicht zugetraut. Es dauerte nur wenige Sekunden, bis sein Weltbild wieder zurechtgerückt wurde.

„Vergiss nicht: Wir stellen nicht an den Pranger, das ist Aufgabe der Gerichte und des Finanzamts. Wir wollen nicht über die Schattenseiten des globalen Turbokapitalismus berichten und auch nicht über windige Geschäftsleute. Uns geht es um die großen Nöte des kleinen Unternehmers in unserer Region. Fang mit dieser Druckerei an."

Bruckner beugte sich mit einem verschlagenem Grinsen zu ihm herüber.

„Es ist die Firma von Ulrich Bauer. Muss dir doch gelegen kommen. Wo du dich bei seinem tragisch verunglückten Bruder so sehr ins Zeug gelegt hast."

***

Valerie Specht arbeitete jeden zweiten Dienstag im Monat ehrenamtlich im Jugendstilbüro am Sprudelhof in Bad Nauheim.
Sie begrüßte eine ältere Dame mit einem professionellen Lächeln. Die Touristin schaute sich neugierig um. Viel stand nicht in dem kleinen Vorraum. Ein schmaler Sessel, ein zweitüriger, hoher Schrank. Bemerkenswert waren die Jugendstilelemente an der Decke, aber die sah man nicht auf den ersten Blick.
„Was war das hier früher?"
„Das Vorzimmer des Fürstenbades."
„Ach so." Viele Touristen drückten ihre Enttäuschung deutlicher aus. Was immer sie von dem „Jugendstilbüro" erwarteten, diesen kleinen Vorraum und das winzige Büro dahinter eher nicht.
„Und wo ist das Fürstenbad?"
„Leider nicht mehr erhalten. Aber es gibt in dieser Anlage einige ..."
... prunkvolle Badehäuser, wollte sie sagen, doch die Dame ließ ihr dazu keine Chance. „Ich komme aus Darmstadt, da haben wir die Mathildenhöhe. Viel größer als hier, aber wir Jugendstiler müssen ja zusammenhalten. Weltkulturerbe, sage ich da nur."
Valeries Lächeln verschwand bei diesen Worten völlig. Darmstadt! Weltkulturerbe! Die beiden hessischen Städte bewarben sich gemeinsam mit ihren Jugendstilanlagen für die Aufnahme in die UNESCO-Liste. Valerie hielt nicht viel davon. Genauso wenig von dem Bestreben, den einzigartigen Sprudelhof in einen „internationalen Kontext" zu stellen. Das grenzte an Größenwahn. Es gab gewichtigere Orte in Europa. Wien, die Heimat des Jugendstils, oder auch andere

Städte wie Ålesund oder Riga mit einem großen architektonischen Bestand aus dieser Stilepoche. Bad Nauheim war früher zwar ein internationales Kaiserbad gewesen, aber in seinem Herzen provinziell geblieben. Und genau das liebte Valerie an dieser Stadt. Sie brauchte keinen Gigantismus, keine sogenannten Kunstexperten, die groß diskutierten und alles doch bloß klein redeten. Die Menschen der Welt waren ihr hochwillkommen in dieser schönen Stadt. Die Kunstverwaltungen der Welt nicht. Aber mit dieser Ansicht stand Valerie im Jugendstilverein auf relativ verlorenen Posten.
„Ich kann Ihnen auch Material zu unserem Museumsprojekt geben." Valerie nahm ein paar Prospekte von einem Ständer. „Es ist ein interessantes Konzept ..."
„Nee, lassen Sie mal." Die Dame winkte ab und ging.
Valerie seufzte und blickte auf die Uhr. Noch zwanzig Minuten, dann war für heute Schluss. Sie warf einen Blick durch die offene Tür. Es sah nicht so aus, als ob ihr die Besucher die Bude einrannten. Sollte sie die Gelegenheit nutzen? Ja, entschied sie und hob den Hörer des Bürotelefons ab. Wenn diese Telefonnummer bei Anja Herlof im Display zu sehen war, würde sie keinen Verdacht schöpfen, selbst wenn sie die Nummer überprüfte. Sie konnte ja nicht ahnen, dass Valerie nicht wirklich im Auftrag des Jugendstilvereins anrief.
Es klingelte zwei Mal, dann hörte sie eine junge Stimme „Hallo" sagen. Zu jung für Anja Herlof. Die Tochter, dachte Valerie und stellte sich vor.
„Kann ich deine Mama sprechen?"
Der Hörer wurde ohne Kommentar beiseite gelegt und Valerie hörte, wie das Mädchen seine Mutter rief. Und auch die Antwort aus den Tiefen der Wohnung. „Wenn das wieder so ein Anlageberater ist, leg einfach auf."
Der Hörer wurde wieder aufgenommen. „Beraten Sie Anlagen?"
Valerie musste grinsen. „Nein, ich bin vom Jugendstilverein

und möchte deine Mutter gerne fragen, ob sie mal an einer unserer Führungen teilnehmen möchte. Umsonst, versteht sich." Valerie hörte, wie Mutter und Tochter leise miteinander redeten. Es folgte ein heftigeres Wortgefecht, dann rief die Tochter: „Sag ihr das doch selbst!" Eine Tür schlug zu. Eilige Schritte. Valerie wappnete sich innerlich gegen eine barsche Abfuhr.
Doch Anja Herlofs Reaktion war höflich. „Entschuldigen Sie bitte, dass es so lange gedauert hat. Aber ich habe momentan viele Anrufe und muss da oft recht deutlich werden, um die Leute wieder loszuwerden. Außerdem habe ich viel zu tun."
Valerie stellte sich nochmals vor. „Wenn Sie keine Zeit haben, können wir auch gerne ein anderes Mal miteinander sprechen", fügte sie hinzu. Sie hoffte, dass ihre Stimme nicht zu salbungsvoll klang.
„Nein, reden Sie schon."
„Wie gesagt, ich bin vom Jugendstilverein Bad Nauheim. Ich habe gelesen, dass Sie dem Kunstverein die Ehre gegeben haben, eine Ausstellung zu eröffnen. Eine kunstbegeisterte Bürgerin wie Sie ist ein Segen für unsere Stadt. Vielleicht möchten Sie auch einen Blick auf unsere Arbeit werfen. Exklusiv, versteht sich."
Einen kurzen Moment herrschte Schweigen.
„Ich weiß nicht ...", hob Anja Herlof an, dann verstummte sie wieder.
„Ich kann Ihnen eine Sonderführung durch die Badehäuser anbieten. Es gibt einige Räume, die man bei öffentlichen Führungen nicht zu sehen bekommt und die Sie deshalb wahrscheinlich noch gar nicht kennen."
„Ich kenne eigentlich noch gar kein Badehaus", bekannte Anja Herlof. „Ich lebe auch erst seit Kurzem in Bad Nauheim und früher ..."
Valerie wartete einen Moment, aber sie erfuhr nicht, was früher war.
„Sie kennen noch nicht die Badehäuser? Das müssen wir auf

jeden Fall ändern, Frau Herlof. Wie wäre es, wenn wir uns mal treffen? Ich lade Sie zu einem Kaffee ein und ich zeige Ihnen die Schätze dieser Stadt."
„Ja", sagte Anja Herlof mit matter Stimme. „Oder nein. Kommen Sie doch einfach zu mir."
Besser geht's nicht.
„Morgen um drei?"
Noch besser.
Valerie sagte zu und legte mit einem glücklichen Seufzer den Hörer auf. Sie würde Jack helfen und damit ihre Finanzen etwas aufbessern können. Sie blickte kurz auf die Uhr. Zehn vor zwölf.
Fünfzehn Minuten später schloss sie das Büro ab.
Es war ein klarer Wintertag und Valerie atmete tief durch. Sie zwängte sich durch die Reihen der geparkten Autos und ging den Bogen entlang bis zur großen Treppe. Sie stellte sich auf den mittleren Absatz und ließ ihren Blick über das Areal schweifen, das mit seinen für die frühe Phase des Jugendstils typischen barocken Elementen einer Schlossanlage glich. Helle Wände reflektierten gleißend das Sonnenlicht, während die roten Dachziegel den Augen etwas Ruhe boten. Rechts und links der großen Treppe befanden sich in zwei Quergebäuden die ersten beiden Badehäuser. Den Innenhof säumten an beiden Seiten großzügige Arkaden, durch die man trockenen Fußes zu den anderen Badehäusern gelangen konnte. Was man von außen leider nicht sehen konnte: Jedes dieser sechs Badehäuser verfügte über eine imposante Empfangshalle und einen liebevoll gestalteten Innenhof mit lauschigen Gängen. In der Mitte des Arkadenhofes standen die drei Brunnen mit den Sprudeln, den Heilquellen, denen Bad Nauheim seinen Ruhm als Kaiserbad verdankte.
Sie ging langsam die Treppe hinunter. Die Schneereste schmolzen in der Wintersonne. Das Wasser des warmen Sprudels dampfte und überzog den Hof mit dünnen

Schwaden. Valerie ging zum Brunnen und strich andächtig über den porösen Sandstein. Wasser in allen Facetten. Sie berührte Wassergottheiten, Nixen, Wellen, Muscheln und, wenn sie genau hinschaute, sogar Tropfen und Kohlensäurebläschen.
Valerie blickte in den Himmel. Kein Wölkchen war zu sehen. Sie beschloss, noch einen kurzen Spaziergang durch den Kurpark zu machen, bevor sie sich in ihre kleine Bude in der Altstadt zurückzog. Sie hatte den Nachmittag über Zeit, darüber nachdenken, wie sie Anja Herlof morgen die Antworten auf Jacks Fragen entlocken konnte.

*\*\*\**

Milena schaute sich um. Glücklicherweise war sie allein im Büro. „Ich habe dir doch gesagt, dass du nicht hier anrufen sollst", zischte sie in den Hörer.
Jack lachte. „Hat dein Chef seine Lauscher aufgestellt?"
„Nein, aber es kann auch auf andere Art herauskommen."
„Krieg jetzt bloß keine Paranoia. Ich habe Neuigkeiten für dich. Nicht viel, aber einiges könnte von Nutzen sein. Wo sollen wir uns treffen?"
„Diesmal keine Kneipe, das ist zu viel Öffentlichkeit."
„Dabei dachte ich gerade an eine leckere Pizza im Reggio und einen Cocktail im ‚Day & Night'."
„Und danach zu mir?", fragte Milena.
„Nun, eigentlich hatte ich das nicht ...", begann Jack.
„War nur ein Scherz", unterbrach sie ihn barsch.
Sie hörte Jack seufzen. „Valerie hat sich heute mit Anja Herlof verabredet."
„Du hast sie eingeweiht?"
Es war ihr nicht recht. Mehr Mitwisser, mehr Risiko, dass ihr Vorgehen entdeckt wurde.

„Das ist ein kluger Schachzug", verteidigte sich Jack. „Sie hat auch schon einen Plan."
„Hat sie denn etwas herausgefunden?"
„Noch nicht. Sie soll feststellen, ob der Ganove inzwischen ganz bei der fröhlichen Witwe wohnt. Dein eigener Vorschlag."
„Hast du ihr etwa von mir erzählt?", fragte sie.
„Nein. Jetzt mal im Ernst, ich komm zu dir. Bin eh in Friedberg, liegt also auf dem Weg."
„Gut. Bis heute Abend. Ich komme so gegen sechs hier raus. Lass mir eine Stunde Zeit."
Milena legte auf und musste fast gegen ihren Willen lachen. Jemand räusperte sich. Sie drehte sich erschrocken um. Alex lehnte am Aktenschrank und musterte ihr sich rötendes Gesicht.
„Des Rätsels Lösung", sagte er.
Sie schluckte. Wie lange stand er schon da?
„Noch weit davon entfernt", improvisierte sie und zeigte auf die Akte mit einer aktuellen Einbruchserie bei verschiedenen Apotheken im Wetteraukreis. „Wir sind nicht einen Schritt vorangekommen."
„Ist er verheiratet?"
Milena runzelte die Stirn und tat, als verstünde sie nicht. „Wer?"
„Dein neuer Liebhaber", antwortete Alex und deutete auf den Telefonhörer. „Es klang nach ‚Deine Frau darf nichts von uns erfahren'." Er schüttelte den Kopf, aber sie merkte, dass seine Missbilligung nur gespielt war. „Du bist nicht bei der Sache, nimmst Jan die ganze Außenarbeit ab. Ich habe mir Sorgen gemacht. Das passt so gar nicht zu dir. Mir sind unschöne Verdächtigungen im Kopf herum gegangen. Gut, dass ich nicht mehr misstrauisch sein muss."
Da es keine Frage war, antwortete sie auch nicht. Die Geheimniskrämerei gefiel ihr gar nicht, aber er ließ ihr keine andere Wahl.

„Blöde Kerle. Machen aus einem ehrlichen Mädchen eine heimliche Frau." Er beugte sich zu ihr herunter. „Eine Kneipenbekanntschaft?"

„Ein Sandkastenfreund", log Milena mit einem verunglückten Lächeln. „Gibt es einen Grund für deine Anwesenheit?"

Alex warf ihr als Antwort eine Liste hin. „Am 2. Dezember war ein gewisser Markus Volkert für die Wartung der Überwachungskameras in der Apotheke in Nieder-Florstadt zuständig." Alex zeigte auf den Namen in der Mitte der Liste. „Hier ist seine Privatadresse." Der Zeigefinger wanderte nach rechts. „Wäre gut, wenn du dort mal hinfährst und ihm auf den Zahn fühlst. Ist doch merkwürdig, dass während des Überfalls die Übertragung ruckelt und für entscheidende Sekunden ganz ausfällt. Nimm Jan mit. Der Bursche könnte gefährlich sein. Da solltet ihr zu zweit auftauchen."

Milena fächelte sich mit der Broschüre Luft in ihr heißes Gesicht. Sie freute sich, dass er sich Sorgen machte, wusste aber, dass sie dem nicht zu viel Bedeutung beimessen sollte. Als Chef hatte er die Verantwortung für die Sicherheit seiner Mitarbeiter. Was anderes steckte sicher nicht dahinter.

Alex grinste. „Der Volkert hat übrigens bis morgen Zeit. Ihr könnt ihn auch gerne in der Firma aufsuchen. Er fängt normalerweise um sieben Uhr an. Wenn er vorgewarnt ist und nicht erscheint, ist das auch so etwas wie ein Geständnis."

Er drehte sich um und ging zur Tür. „Viel Spaß mit deinem ... Sandkastenfreund."


Kurz nach sieben klingelte es an ihrer Tür. Milena hatte Oliven, einige Sorten Käse, ein Baguette und Rotwein aus Frankreich bereit gestellt.

Sie musste Jacks Geschmack getroffen haben, denn er bediente sich kräftig. Oder war er einfach ausgehungert?

Sie brannte darauf, die Neuigkeiten zu hören, von denen er gesprochen hatte.

„Dirk Eismann hat etwas zu verbergen", sagte Jack und biss

in eine grüne Olive. „Vielleicht solltest du seiner Stiefmama einen Besuch abstatten."
„Ich habe dir schon gesagt, ich kann mich nicht beteiligen. Wenn sich jemand beschwert ..." Milena brach ab. Alex würde drastische Maßnahmen ergreifen, wenn er sie erwischte.
„Du brauchst nicht zu sagen, dass du Polizistin bist. Ein stressiger Berufsalltag. Unablässig im Einsatz. Ein unbarmherziger Chef." Jack tat, als bräche er zusammen. „Frau Dr. Eismann, ich kann nicht mehr. Sie müssen mir helfen."
Milena nahm sich Käse und ein Stück Brot. „Keine schlechte Idee. Aber wie stelle ich es an, dass sie mich *nicht* krankschreibt?"
„Dazu braucht es natürlich viel Geschick. Aber das schaffst du locker." Jack legte ihr eine Liste vor. „Das sind die Mittel, um die es geht. Vor allem um das hier."
Milena schaute zweifelnd auf den Eintrag. „Ritalin?"
„Viele Menschen benutzen das als Aufputschmittel. Es ist nicht illegal. Die Vergabe unterliegt aber einer Meldepflicht. Wenn sie dir das Zeug aus dem Giftschrank in ihrer Praxis gibt, haben wir sie. Dann kann auch Mathias Bauer auf diese Art Medikamente von ihr bekommen haben."
„Und wenn sie mir stattdessen nur etwas verschreibt? Dann haben wir sie nicht und sie kann trotzdem Bauer etwas aus dem Giftschrank überreicht haben."
„Dann musst du eben einen akuten Anfall simulieren und sie damit zwingen, sofort zu handeln."
Milena seufzte. Was Jack ihr vorschlug, erforderte schauspielerische Kenntnisse, die sie nicht hatte. Woher sollte sie diese Unverfrorenheit nehmen? Sie war schließlich keine Privatdetektivin, die sich trickreich an die Fersen von Verdächtigen heftete. Sie zückte ihren Dienstausweis und berief sich dabei auf Recht und Gesetz. Sie brauchte nicht vorgeben, etwas anderes als eine Kommissarin zu sein.
„Ich werde es mir überlegen. Wenn Alex davon erfährt, kann ich die Ärztin zumindest wegen Verletzung der Schweige-

pflicht drankriegen."
„Er macht sich eh nur Sorgen, dass du als ehrliche Haut mit deinem scheinheiligen Liebhaber nicht klar kommst." Jack hatte sich köstlich amüsiert, als sie ihm von Alex' Reaktion auf das Telefonat erzählt hatte.
Aber Milena war nicht so schnell zu beruhigen. Sie kannte ihren Chef zu gut. Alex' Misstrauen war noch quicklebendig.
Sie griff zum Glas. „Was ist mit Heiko Kling?" wechselte sie das Thema.
„Verschwunden."
Milena verschluckte sich am Rotwein und musste husten. Jack klopfte ihr auf den Rücken.
„Was meinst du damit?"
„Ich war insgesamt fünf Mal vor seiner Wohnung, zu den unterschiedlichsten Tages- und Nachtzeiten. Keine Reaktion. Und als Friedhofsgärtner arbeitet er auch nicht mehr. Deshalb hoffe ich, dass Valerie etwas herausfindet."
„Ich auch. Nicht auszudenken, wenn ihm auch etwas passiert ist. Wir können nicht den ganzen Taunus nach ihm absuchen."
„Dann müsst ihr eben auf einen pfiffigen Jagdhund hoffen."
Milena schaute ihn an und prustete los. „Entschuldigung, das ist jetzt etwas albern." Sie hielt sich die Hand vor den Mund und bemühte sich vergeblich, weitere Lacher zu verhindern.
Jack setzte ein wissendes Lächeln auf und bewegte ein paar Mal schnüffelnd seine Nase in der Luft. „Egal, ob tot oder untergetaucht, eine Frage bleibt: Ist Heiko Kling ein unliebsamer Mitwisser oder der Mörder?"
„In beiden Fällen müssen wir Anja Herlof verdächtigen, absichtlich ein falsches Alibi präsentiert zu haben."
„Heiko Kling als Mörder, da fehlt mir das Motiv. Aus der hohlen Hand wird er den tödlichen Stoß nicht ausgeführt haben. Dazu muss er Mathias Bauer näher gekannt haben. Dafür haben wir keine Beweise."

Milena stimmte ihm mit einem Nicken zu. „Anja Herlof als Mörderin, das haut aber auch nicht hin. Gut, sie plant die Tat. Das könnte ich ihr noch zutrauen. Aber einen so schweren Mann den Hang hinunter zu stoßen? Sie scheint mir nicht sehr muskulös. Vor allem: *Warum* ermordet sie ihren Mann?"
Jack schaute sie ungläubig an. „Hallo? Der schnöde Mammon?"
„Wenn Anja Herlof überhaupt von dem Geld wusste", sagte Milena, „dann müsste sie erst vor Kurzem davon erfahren haben. Aus Geldgier hätte sie ihn schon im letzten Jahr töten können." Sie schüttelte den Kopf. „Nein, das Geld allein kann nicht der Grund sein. Etwas ist passiert und hat alles ins Rollen gebracht. Warum ist Heiko Kling gerade jetzt verschwunden? Müsste er nicht bei ihr sein und das Geld mit vollen Händen ausgeben? Würde jedenfalls eher zu ihm passen."
„Vielleicht hat er einen moralischen Anfall gekriegt?"
„Heiko Kling kriegt keinen moralischen Anfall", wehrte Milena entschieden ab. „Der ist mit allen Wassern gewaschen."
„Dann braucht er erst recht ein eigenes Motiv", konterte Jack. „Die Rolle des helfenden Liebenden ist bei deiner Einschätzung von einem Typen mit skrupelloser Killermentalität nicht sehr plausibel."
„Dann lass uns eines suchen." Sie hob die Flasche, um Jacks Glas nachzufüllen.
„Ich muss noch fahren", protestierte er.
„Du kannst bei mir auf der Couch schlafen", bot Milena an. Sie zeigte durch den Spalt in dem dünnen Vorhang, der ihr Wohnzimmer von der Küche trennte. Jack maß das vielleicht eineinhalb Meter lange Sofa mit einem gequälten Blick.
„Das ist ein Schlafsofa", klärte sie ihn auf. „Ausgezogen hundertvierzig mal zweihundert. Müsste doch reichen, oder?"

„Kommt drauf an."
„Für dich allein", zischte Milena.
Jack zuckte als Antwort mit den Schultern.
Sie hob die Flasche noch einmal an und warf ihm einen fragenden Blick zu. Jack nickte und nahm eine Olive. „Also: Was für ein plausibles Motiv könnte Heiko haben?"
Milena goss ihm ein. „Eifersucht."
„Eifersucht?", fragte Jack kauend. „Das kann nicht dein Ernst sein."
„Doch. Sie wollte sich von ihm trennen und zu ihrem Mann zurück. Er rastet aus und bringt seinen Rivalen um. Sie ist geschockt und fühlt sich schuldig. Sie hat Mitleid mit ihrem Freund und gibt ihm ein Alibi. Sagt ihm aber, dass er dafür aus ihrem Leben verschwinden muss. Was er auch tut."
Jack schaute sie verblüfft an. „Ganz schön emotional für einen angeblich skrupellosen Menschen. Hat er einen labilen Eindruck auf dich gemacht?"
Milena seufzte. „Nein."
„Wenn wir schon beim Spekulieren sind, dann schlag ich Folgendes vor: Ulrich ist Anjas Liebhaber. Mathias erfährt davon und droht ihm, Heiko alles zu erzählen. Heiko ist in den Kreisen der Frankfurter Unterwelt als der ‚dünne Pate' sehr gefürchtet. Er reagiert auf Untreue und Betrug äußerst sensibel. Ulrich bekommt Panik und bringt seinen Bruder vorsorglich um. Anja ist ganz gerührt über diesen Liebesbeweis. Doch sie hat jetzt auch Angst vor Heiko. Sie gibt ihm ein überflüssiges Alibi und lenkt damit raffiniert die Aufmerksamkeit der Kommissarin auf ihren kriminellen Lebensgefährten. In der Hoffnung, dass diese von Vorurteilen beherrschte Frau genug Beweise finden wird, um ihn einzubuchten, wenn auch nicht wegen Mordes."
Milena nahm sich noch ein Stück Käse. „Du glaubst also, dass Heiko Kling völlig unschuldig ist?"
„Niemand ist völlig unschuldig", wehrte Jack ab. „Aber er hat einfach kein Motiv. Wäre Anja Herlof verschwunden,

dann könnte ich ihn greifen. Er bringt erst ihren Mann um und dann sie, um an ihr Geld zu kommen. Aber *er* ist verschwunden. Und offensichtlich ohne Geld."
„Was nicht heißt, dass sie sich nicht mehr sehen. Sie kann ihm gesagt haben, er soll untertauchen, bis Gras über die Sache gewachsen ist."
„Das ist doch inzwischen der Fall. Die Ermittlungen sind eingestellt."
Leider, dachte Milena. Sonst könnte sie Anja Herlof beschatten, in der Hoffnung, Heiko Kling zu finden. Dann ihn beschatten, bis zu dem Tag, an dem er sich durch einen unüberlegten Zug verraten würde.
Jack nahm einen Schluck Wein. „Jetzt zur angekündigten Neuigkeit. Bruder Ulrich steckt offensichtlich in massiven finanziellen Schwierigkeiten."
Das kann nicht sein, dachte Milena. Sie schüttelte den Kopf.
„Er fährt einen BMW und lebt in einer schicken Altbauwohnung in Eins-a-Lage."
„Und ist so gut wie insolvent. Es gibt doch einen Gott."
Milena zerbröselte achtlos ein Stück Baguette. „Er könnte Geld ins Ausland gebracht haben."
„Und spielt hier ‚armer Mann'? Umso verdächtiger. Damit steigt er in die Top Five der Verdächtigen im Fall Bauer auf."
„Dann müsste Mathias Bauer aber davon gewusst haben und ihm gedroht haben, alles aufzudecken, wenn ..." Milena stoppte. Der eigene Bruder könnte nach der Cyberattacke auf Dirk Eismann das zweite „Opfer" von Mathias Bauer sein. Beide bereichern sich mit fragwürdigen Methoden. Mathias Bauer droht. Warum? Hatte ihn ein reflexartiger Gerechtigkeitssinn angetrieben? Befriedigte er diesen Trieb mit der Jagd auf kleine und große Sünder?
„Ich arbeite an einem Artikel über leidgeprüfte mittelständische Unternehmen", holte Jack sie aus ihren Gedanken. „Eine glänzende Gelegenheit. Ich werde Ulrich Bauer ein

wenig auf den Zahn fühlen. Mal sehen, wie weit ich komme. Vielleicht treffe ich auf eine Plombe. Ich meine Bombe."
Milena musste kichern. Es musste am Wein liegen.
Jack lächelte. „Ich glaube an einen Streit unter Brüdern, der aus dem Ruder läuft und tödlich endet."
„Der eine Bruder hat das Geld, das dem anderen fehlt."
Milena nippte an ihrem Wein. „Ulrich bittet Mathias, ihm zu helfen. Der lehnt ab. Ulrich bettelt. Mathias gefällt das sehr. Und lehnt ab. Ulrich geht vor seinem Bruder in die Knie. Mathias lacht Ulrich aus und lehnt ab. Ulrich rächt sich."
„Dann ist er nicht besonders schlau." Jack schwenkte sein Weinglas. „Kein Wunder, dass er Insolvenz anmelden muss. Die Geschichte hat nämlich eine Fortsetzung: Die Schwägerin hat das Geld, das dem Schwager fehlt."
Milena richtete sich auf. Ein Verdacht raste blitzschnell durch ihr Gehirn. Vielleicht war das die ursprüngliche Absicht gewesen? Ulrich Bauer brauchte dringend Geld. Er wusste über das Vermögen seines Bruders Bescheid, bekam von ihm aber keinen Cent. Dann der Plan: Die Witwe sollte erben. Ulrich Bauer brachte ihn um. Er selbst kam mangels Motiv als Verdächtiger nicht in Frage. Anja Herlof hatte ein Alibi. Alles deutete auf einen Unfall hin. Nun folgte der nächste Schritt. Der musste gut vorbereitet werden, denn mit Anjas Herlofs Tod fielen Geld und Vormundschaft von Laura an die Familie Bauer. Und damit hätte Ulrich Bauer diesmal ein Motiv.
„Und jetzt zum schwierigsten Verdächtigen", sagte Jack.
Milena hob die Augenbrauen. „Wen meinst du?"
„Es gibt noch einen Konflikt, den wir gar nicht richtig beackert haben. Und einen daraus resultierenden potentiellen Mörder. Rate!"
Milena überlegte. „Der Arbeitgeber von Mathias Bauer?"
Jack schüttelte den Kopf.
„Der Deutschlehrer?"
Er lachte. „Wie kommst du denn darauf?"

„Ich hab mit meinem noch eine Rechnung offen. Er vielleicht auch mit seinem."
„Du hast eine alte Rechnung mit deinem Deutschlehrer offen?" Jack hielt sein Glas an die Stirn. „Der mit dem erzwungenen Sex unter der Dusche ist normalerweise der Sportlehrer. Es sei denn, dein Deutschlehrer war auch für die Leibesertüchtigung zuständig."
„Ich war auf einer katholischen Schule und hatte eine Lehrerin in Sport."
„Und was war mit dem Deutschlehrer? Fummeln während der Nachhilfe über der Lektüre von Goethes Werther?"
Milena schüttelte den Kopf. „Interpretation der Verführungsszene in ,Frühlings Erwachen' von Wedekind."
„Wedekind?" Jacks Gesicht war ein Fragezeichen.
„Kennst du das nicht?" Milena warf ihm einen verschmitzten Blick zu.
„Doch, aber was ist an der Verführungsszene kompromittierend?"
„Das Mädchen wurde verführt und schwanger, weil es keine Ahnung von Verhütung hatte. Unser Deutschlehrer zeigte sich betont fürsorglich und fragte uns, wie wir es denn damit hielten, wenn wir mit einem Jungen ins Heu gingen. Ein paar Mädchen wurden vor Verlegenheit knallrot und er geil. Er war einfach widerlich."
„In den heutigen Zeiten werden Mädchen bei diesem Thema noch rot?"
„Wie gesagt, es war eine katholische Schule."
„Und du warst eines der schüchternen Mädchen?" Er klang ungläubig.
Milena schüttelte lächelnd den Kopf. „Ich war ein Ass im Handball und schon damals größer als mein Deutschlehrer. Ich fiel ganz bestimmt nicht in die Kategorie schüchtern."
„Warum hast du dann noch eine Rechnung mit ihm offen?"
„Ich habe meinem Bruder einen Playboy abgekauft und meinem Lehrer das Heft heimlich ins Fach gelegt. Es sollte ihm

peinlich sein. Leider war dem nicht so. Und leider waren in dem Heft Bestellzettel aus der Apotheke meines Vaters. Der Lehrer schleppte mich zum Direx. Ich gab alles zu und kassierte einen Eintrag. Er ging bezüglich der sexuellen Belästigung straffrei aus. Man glaubte mir nichts mehr."

„Eine reizende Geschichte. Ich sollte öfters mit dir zwei Flaschen Wein killen."

Milena stützte ihren Kopf auf den Händen ab. „Wer ist der unbekannte potenzielle Mörder?"

„Du erinnerst dich an den ‚Krieg im Wald'? Ich habe im Mountainbiker-Milieu recherchiert. Nur oberflächlich, bis jetzt. Die Bikerin mit dem zerschnittenen Gesicht kannte keinen Mathias Bauer. Liest wohl keine Zeitung."

„Du glaubst ernsthaft, dass die Auseinandersetzungen über das neue Waldgesetz eine Rolle im Fall Bauer spielen?"

„Ernsthaft."

„Das wird allerdings eine Suche nach der Nadel im Heuhaufen."

„Habt ihr den anonymen Anruf zurückverfolgen können?"

„Telefonzelle. Hoffnungslos."

„Aber *ich* habe was gefunden."

Milena starrte ihn mit offenem Mund an. „Du bist der Beste."

„Warte ab", bremste Jack. „Ich habe nämlich nur einen Netznamen ausfindig machen können. Jemand brüstet sich in einem Forum von Mountainbikern damit, dass er eine Leiche im Taunus gefunden hat. Könnte der anonyme Informant sein."

„Wie nennt er sich denn im Netz?"

Jack nahm einen Bleistift und schrieb den Namen „Viserion" quer auf ein Stück Papier, das neben dem Obstkorb auf dem Küchentisch lag. „Ich weiß nicht, ob es ein Er oder eine Sie ist."

Milena fühlte die Schwere des Weins. Sie konnte sich nicht mehr richtig konzentrieren. Aber ihr Bauchgefühl sagte ihr,

dass sie diesen Namen irgendwo schon mal gelesen hatte. Sie griff nach dem Zettel, dem obersten Blatt eines dickeren Stapels. Verdammter Wein, dachte sie. Denn erst jetzt erkannte sie, dass es das Deckblatt der kopierten Akte Bauer war. Jack durfte nicht bemerken, was er für seine Kritzeleien verwendet hatte.
„Ich habe auch die Leute angerufen, die öffentlich auf Bauers Leserbriefe reagiert haben", sagte Jack und nahm noch eine Olive aus dem Schälchen. „Alle beteuerten, der Tod des einstigen Kontrahenten sei trotz allem Streit schrecklich und man sollte die Angelegenheit nun ruhen lassen, zumal das Gesetz mit einem Kompromiss beschlossen worden ist."
„Kein Hinweis?" Milena gähnte. Sie faltete Jacks Zettel zusammen und verstaute die restlichen Blätter betont beiläufig in der Schublade ihres Küchentisches. Sie gähnte ein zweites Mal. „Das mit der unbekannten Größe ist mir für heute zu viel. Ich kann nicht mehr, war ein langer Tag. Ich gehe jetzt ins Bett. Ich werde mich morgen damit beschäftigen."
„Was dagegen, wenn ich mir deinen Laptop schnappe und noch ein wenig surfe?", fragte Jack.
„Lass mich überlegen. Unter ‚Elmar' findest du eine zwanzig Seiten lange, äußerst private Abrechnung über den Verlauf unserer gescheiterten Beziehung. Unter ‚Katja' eine Liste der von mir bei einer Dessous-Party bestellten Höschen und BHs, Körbchengröße ..." Sie schaute an sich herunter. „Ach, was soll's."
Sie griff nach ihrem Laptop, klappte ihn auf und ließ ihn hochfahren. „Der Akku hält vier Stunden. Reicht das? Sonst muss ich dir das Netzteil raussuchen." Sie tippte ihr Passwort ein und der vertraute Jingle kündigte das Laden des Betriebssystems an.
„Ich mache nicht mehr lange", antwortete Jack. „Möchte nur noch mal Viserion nachschlagen. Sehen, ob im Forum noch ein paar solcher Bomben explodiert sind."

„Eis und Feuer", fiel es Milena trotz ihrer Müdigkeit plötzlich ein.
Jack schaute sie besorgt an. „Wie bitte?"
„Viserion ist der Name eines Drachen", erklärte sie.
„Ein Drache?", fragte Jack.
Milena zuckte mit den Schultern. Der Drache Viserion war eine Gestalt aus dem Fantasy-Epos „Das Lied von Eis und Feuer". Und Mathias Bauer ein großer Fan von Fantasy-Literatur. Gab es da einen Zusammenhang? Wenn ja, dann war auch morgen noch Zeit, darüber nachzudenken.
„Ist mir grad eingefallen."
„Haben Drachen eigentlich ein Geschlecht?" Jacks Frage klang ironisch.
„Ja."
„Und Viserion?"
„Ist ein männlicher Drache", antwortete sie. „Ich richte dir das Schlafsofa und leg dir ein Handtuch hin."

\*\*\*

Eine halbe Stunde später lehnte sich Jack mit dem Laptop auf den Knien gegen das dicke Sofakissen und schlürfte den Rest des Weines. Er klickte auf den Ordner Katja. Passwortgeschützt. Jack lachte leise. Milena war offensichtlich in Sachen Computer keine naive Nutzerin. Er rief eine Suchmaschine auf und gab den Namen des Forums ein, in dem „Viserion" sich tummelte. Wenn Milena ihn kontrollierte, konnte sie feststellen, dass er tatsächlich im Internet in Sachen Mountainbiker unterwegs gewesen war. Als die Forumsseite erschien, schaltete er eine Suchoption ein, die alle Posts der vergangenen Woche von und an Viserion auflistete. Vorgestern hatte „Meraxes" eine Antwort auf Viserions Bericht des Leichenfundes gepostet: „Hurrah! Er-

neut hat es einen von diesen Verbrechern erwischt. Das dicke Schwein ist tot." Er gab Meraxes in eine Suchmaschine und bekam so viele Vorschläge, dass er beschloss, sie heute nicht mehr durchzugehen. Er würde Milena morgen fragen, ob Meraxes auch zur Gattung der Drachen gehörte.
Er wartete, bis das Schließen der Schlafzimmertür ihm anzeigte, dass Milena gleich in ihre Kissen und in einen hoffentlich tiefen Schlaf sinken würde. Er wartete weitere fünf Minuten. Dann schlich er sich in die Küche und holte den Papierstapel aus der Schublade. Ganz oben prangte das Wappen der hessischen Polizei. Er hatte richtig vermutet: Es war die Akte Bauer.

# 13

13. Dezember

Ulrich blickte vorsichtig aus dem Fenster und verhielt sich still. Normalerweise war er um diese Zeit schon aus dem Haus. Der Briefträger kam mit einem gelben Umschlag in der Hand zur Haustür und klingelte. Ulrich wartete, bis der Mann mit gesenktem Kopf, hochgezogenem Mantelkragen und ohne den gelben Umschlag wieder im Schneegestöber verschwunden war. Ein neuer Mahnbescheid lag in seinem Briefkasten, dachte er beklommen. Sie stapelten sich mittlerweile auf seinem Schreibtisch. Noch war aus keinem ein Vollstreckungsbescheid geworden. Mit Widersprüchen hielt er das Gericht und seine Gläubiger noch auf Abstand. Ein Tipp von seinem Freund Michael, der bereits drei verschiedene Prozesse erfolgreich überstanden hatte. Einem nackten Mann kann man nicht in die Tasche greifen, sagte der immer. Doch lange würde Ulrich dem Gerichtsvollzieher nicht mehr ausweichen können. Er war zum ersten Mal in einer solchen Situation und hatte noch nicht die nötige Abgebrühtheit entwickelt, über die sein Freund inzwischen verfügte. Er hatte Angst vor der Armut. Sie war das deutlichste Zeichen seines Versagens.
Er starrte in die tanzenden Schneeflocken, ohne sie wahrzunehmen.
Seinen BMW würde er morgen gegen einen Kia umtauschen. Wieder ein paar Kröten zum Überleben. Nächste Woche musste er hier raus, sein Vermieter ließ sich auf keinen Aufschub der Miete mehr ein, glaubte offensichtlich nicht an die großspurig angekündigten Aufträge. Sein Vermieter war Beamter gewesen und nun Pensionär und Privatier. Was wusste der schon von den Nöten eines Selbständigen? Er kannte bestimmt nicht die unbarmherzige

Dramaturgie eines sozialen Abstiegs vom Sorgen- zum Obdachlosen.
Den tiefen Fall muss ich unbedingt aufhalten, dachte Ulrich. Er war der *schicke* Bauer. Der *erfolgreiche* Bauer. Der dynamische Tausendsassa. Noch funktionierte seine Firma, auch wenn die anfangs holprige und kurvige Schlittenfahrt ins Jammertal mit Einfahrt in die Zielgerade an Tempo zugenommen hatte. Er musste *alle* Schritte unternehmen, damit seine Firma auch weiterhin funktionierte.
Er dachte an Anja und ein bitteres Gefühl überkam ihn. Zuerst hatte sie ihm zugehört. Dann aber hatte sie ihn abserviert wie einen x-beliebigen Bettler, sich sogar an seinem Leid geweidet. Wie Mathias. Die Moral des Geizes. Doch sie irrt, wenn sie glaubt, mich so behandeln zu dürfen. Und sie wird für ihren Irrtum bezahlen.
Ulrich rieb sich über das Kinn, das er stets glatt rasiert hielt. Das wäre noch schöner, wenn er sich vernachlässigte und wie ein würdeloser Penner herumlief!
Wo war Anjas Schwachstelle?
Laura? Nein, entschied er. An Laura wollte er sich nicht vergreifen, sie auf keinen Fall als Druckmittel benutzen.
Heiko Kling? Vergiss es. Der war verschwunden und Anja schien froh, ihn los zu sein.
Ulrich stutzte. Anja schien froh zu sein? Noch vor wenigen Wochen waren die beiden ein Herz und eine Seele gewesen. Angeblich hatte Kling ein „Ding gedreht". Doch stimmte das? Ulrich versuchte, sich das Gespräch mit Anja in allen Einzelheiten in Erinnerung zu rufen. Es gelang ihm nicht. War Kling tatsächlich aus ihrem Leben verschwunden? Oder war er untergetaucht? Wenn ja, warum musste er sich verstecken? Wusste Anja, wo er steckte?
Er musste das herausfinden. Ulrich wusste nicht, wie er das anstellen sollte. Anja auf Schritt und Tritt folgen? Er hatte dafür keine Zeit und es wäre auch zu auffällig. Also doch Laura? Sie würde es ihrem Onkel erzählen, wenn sie etwas

über Heiko Kling wusste. Er könnte seine Mutter als Komplizin gewinnen. Sie würde ihm Bescheid geben, wenn Anja Laura bei ihr „parkte" und er konnte die Info an jemanden weitergeben, der sich dann an Anjas Fersen heftete. Wenn die Spur zu Heiko Kling führte, dann hatte er sie in der Hand. Konnte sie damit erpressen und so an eine anständige Summe aus dem Nachlass seines Bruders gelangen.
Bevor er sich soweit erniedrigte und eine kleine, schimmelige Wohnung in der Altstadt anmietete, stellte er seinen Kram einfach bei einer Spedition unter und schlief in seinem Büro.
Als Ulrich das Haus verließ und auf seinen BMW zusteuerte, stellte sich ihm jemand in den Weg. Obwohl die Kapuze es halb verdeckte, erkannte er das schmale Gesicht sofort.
„Du?", rief er. „Hier?" Er fühlte, wie das Blut aus seinem Kopf wich und stützte sich auf die Motorhaube. Er atmete mehrmals tief ein und aus, um nicht ohnmächtig zu werden.

\*\*\*

Valerie bog vom Ernst-Ludwig-Ring in den Haagweg ein. Seit der Haltestelle Friedrichstraße bummelte sie dem 11er-Bus hinterher. Im Haagweg angekommen, hielt sie nach einem Parkplatz Ausschau. Sie fand einen fast vor dem Gebäude, in dem Anja Herlof wohnte.
Im Laternenschein sah sie achtlos zusammengefegte Laubhaufen. An den Häuserwänden und Balkonbrüstungen funkelte die Weihnachtsbeleuchtung. Leuchtdioden liefen in üppigen Kaskaden als eine Art Sternenregen vom oberen Balkon herunter. Definitiv Platz Eins in Sachen Kitsch, entschied Valerie. Hoffentlich war das nicht die Wohnung von Anja Herlof.
Es war ein paar Minuten über der vereinbarten Zeit. Valerie

drückte auf die Klingel und überlegte sich hastig eine Entschuldigung. Der Türöffner summte, Valerie schob sich in einen kargen Hausflur. Anja Herlof erwartete sie an der Wohnungstür, lächelnd. Erleichtert setzte auch Valerie ein Lächeln auf.
Der Flur war nur schwach beleuchtet, aber Valerie bemerkte den rosafarbenen Schulranzen sofort. Er lag an der Garderobe. Valerie lauschte. War das Kind zu Hause? Es herrschte ungewöhnliche Stille. Keine hellen Stimmen aus einer Kinderserie im Fernsehen, keine Popmusik und auch keine Geräusche, die von einem Computerspiel herrührten.
Anja Herlof führte Valerie in ein großes, aber sehr ungemütliches Wohnzimmer. Das sterile Weiß blendete sie. Valerie liebte Farben, besonders in Kombinationen, die nach herkömmlicher Meinung nicht zueinander passten.
„Die Wohnung hat meinem Mann gehört. Er ist vor wenigen Wochen gestorben."
„Oh, das tut mir leid", stammelte Valerie. Sie hoffte, genügend Mitgefühl zu zeigen.
Anja Herlof winke ab. „Sie ist mir momentan von großem Nutzen. Aber hier ist total tote Hose." Sie seufzte. „Eines Tages verkaufe ich den Stall und ziehe nach Frankfurt. Ins Westend."
Da wirst du nicht lange bleiben, dachte Valerie. Dein neues Vermögen ist schnell weg und dann stehst du da mit einer teuren Wohnung, die du nicht mehr aus den laufenden Einnahmen finanzieren kannst. Jack hatte ihr erzählt, dass Anja Herlof vor ihrem „Erbfall" als Friseurin gearbeitet hatte.
Die Witwe servierte Kaffee und Kekse. „Ich bin keine gute Hausfrau", bekannte sie. „Sonst hätte ich Kuchen gebacken." Valerie versicherte ihr, dass Kekse vollkommen in Ordnung waren und sie ja nicht gekommen sei, um sich den Bauch voll zu schlagen.
„Nein", sagte Anja Herlof und lachte. „Sie sind gekommen, um zu betteln."

Valerie stöhnte. Es klang brutal, wäre normalerweise aber nur zu nah an der Wahrheit. Ihre Gastgeberin wusste ja nicht, dass sie spionieren wollte.

Anja Herlof kicherte. „Entschuldigen Sie, ich habe jahrelang Klartext reden müssen. Unverschämtheit kommt besser, wenn der Nachbar im Vollrausch um vier Uhr morgens Heavy Metal Musik auflegt und die Tochter deshalb nicht schlafen kann." Sie setzte sich auf das Sofa und zog die Beine hoch. „Ich meine natürlich, dass Sie Geld sammeln für eine gemeinnützige Einrichtung, die sich um das kulturelle Erbe dieser Stadt kümmert. So sagten Sie doch am Telefon, nicht wahr?"

Nicht ganz, dachte Valerie. Aber sie wollte nicht altklug erscheinen. Sie wollte etwas herausbekommen und dazu musste sie Anja einlullen.

„Es ist nicht einfach, in Zeiten knapper Kassen auf die Schönheit zu setzen, wenn überall nur auf die Effizienz geachtet wird." Normalerweise erntete Valerie für einen solchen Satz verständnisvolle Blicke und Seufzer.

Anja Herlof bemühte sich nicht mal, ihre Verwirrung zu verbergen. „Wie meinen Sie das?"

Valerie biss sich auf die Lippe. Dies war keine tennisspielende Gattin eines reichen Unternehmers. Sie musste also anders als üblich vorgehen.

„Bad Nauheim ist eine Perle des Jugendstils", hob sie an und griff in ihre Tasche. Sie holte Werbeprospekte heraus, die sie in der Geschäftsstelle des Vereins zusammengeklaubt hatte. „Es gibt in Deutschland nur einen anderen vergleichbaren Ort, und das ist Darmstadt. Es gibt Bestrebungen, die beiden Städte bei der UNESCO gemeinsam als Weltkulturerbe anzumelden." Valerie stoppte, wusste nicht, ob Anja Herlof damit überhaupt etwas anfangen konnte. Aber ihr Nicken ermutigte Valerie zum Weitersprechen. Sie hatte sich entschieden, die offizielle Strategie des Vereins wiederzugeben. Sollte Anja auf die Idee kommen, bei der Geschäftsführerin

nachzufragen, würde ihre eigenmächtige Aktion nicht groß auffallen. Sie beschrieb die Einmaligkeit der kunstvollen Badehäuser des Sprudelhofes, hob die Bedeutung der Gebäude am Rande des Goldsteinparks für das gesamte Ensemble hervor und schilderte in glühenden Worten die großartige Zeit des Kaiserbades Bad Nauheim. Anja Herlof schien durchaus interessiert.
„Es gibt jedoch immer etwas zu restaurieren, man ist nie fertig. Und da die städtischen Kassen momentan nicht gerade freigiebig sind, brauchen wir engagierte und wohlhabende Bürgerinnen und Bürger, die uns beim Erhalt dieses einzigartigen Erbes unter die Arme greifen. Wie bereits Goethe sinngemäß sagte, ist ein Erbe auch immer ein großes Geschenk, das man mit anderen teilen sollte, um die damit verbundenen Wohltaten ohne schlechtes Gewissen genießen zu können."
Valerie ließ die schweren Worte im Raum stehen. Sie schaute sich so unauffällig wie möglich um. Jack wollte wissen, was sich in der Zwischenzeit bei Anja Herlof geändert hatte. Einiges, aber nicht viel, konnte sie ihm sagen. Hier wohnte nicht mehr die arbeitslose Friseurin mit den schäbigen Möbeln, von denen Milena Jack berichtet hatte. Andererseits war die Einrichtung zwar neu, aber nicht luxuriös. Es gab keinen Pelzmantel an der Garderobe, Anja Herlof trug keinen teuren Schmuck. Das Wichtigste musste Valerie aber noch in Erfahrung bringen, und dazu musste sie eine Ausrede finden, um unauffällig in der Wohnung umherwandern zu können.
Die bot sich, als Valerie nach der fünften Tasse Kaffee verständlicherweise auf die Toilette musste.
„Gleich rechts", sagte Anja Herlof lächelnd.
Insgesamt gingen vier weitere Türen vom Flur ab, es war eine klassische Dreizimmerwohnung mit Küche und Bad. Eine Tür war mit bunten Klebebildern verziert. Prachtvolle Einhörner hingen neben zierlichen Elfen. Eindeutig Lauras

Zimmer. Daneben stand die Tür offen und führte in eine geräumige Küche. Am anderen Ende des Flures gab es eine verschlossene Tür. Das Schlafzimmer von Anja Herlof?
Valerie ging zunächst ins Badezimmer, hockte sich auf die Toilette und ließ ihren Blick schweifen. Keine männlichen Utensilien, kein Duschgel „for men" auf dem Rand der Badewanne. An der Tür hingen zwei Bademäntel, ein großer weißer und ein kleinerer rosafarbener. Nachdem Valerie sich die Hände gewaschen hatte, ließ sie für einen weiteren Moment das Wasser aus dem Hahn laufen und öffnete die Spiegeltüren des Schränkchens darüber. Kein Rasierapparat, keine dritte Zahnbürste.
Valerie hörte Anja Herlof in der Küche rumoren, als sie aus dem Bad trat. Konnte sie es wagen, einen kurzen Blick ins Schlafzimmer zu werfen? Zu riskant. Sie schaute sich die Garderobe an. Keine männliche Jacke am Haken. Keine Schuhe, die größer waren als 38, und alle vorhandenen eindeutig weiblich. Entweder hatte der Freund kleine Füße und ein Faible für goldfarbene Bommeln und Schleifen, oder er wohnte nicht hier.
Im Flur stand die Ladestation des Telefons neben einem WLAN-Modem. „Darf ich mal kurz mit einer Kollegin telefonieren?", fragte Valerie laut. Anja Herlof kam aus der Küche und sah sie verwundert an. „Mein Akku ist leer", erklärte Valerie, „und wir müssen noch den nächsten Vereinsdienst regeln."
Anja Herlof nickte zögernd und ging ins Wohnzimmer. Valerie nahm, mit ihrem Einfall zufrieden, das Telefon in die Hand. Sie drückte auf Menü, dann auf Telefonbuch und zappte sich rasch durch die Einträge. Es war ein neues Telefon, es gab nur drei Namen: Ulrich, Laura Handy und Heiko. Sie wusste von Jack, dass Ulrich der Bruder von Mathias Bauer war. Heiko? Sie drückte auf „Anzeigen" und schrieb sich die Nummer mit dem neben dem Telefon liegenden Kuli auf den Unterarm. Dann tippte sie die Nummer des

Vereins ins Display, drückte auf das Symbol mit dem grünen Hörer, ließ es einige Male klingeln und legte dann wieder auf.

„Meine Kollegin muss wohl schon gegangen sein", richtete sie Anja Herlof aus, als sie sich wieder auf das Sofa setzte. „Schade, sie hätte Ihnen sicher noch einiges über den Verein sagen können. Sie ist schon viel länger ..."

Valerie stoppte abrupt. Das Gesicht ihrer Gastgeberin war zu einer Maske erstarrt.

„Sie gehen mir auf die Nerven", sagte Anja Herlof mit kalter Stimme. „Alles altes und totes Zeug! Spüren Sie Wärme, wenn Sie eine Ihrer Scheiß-Jugendstil-Vasen umarmen? Kriegen Sie einen Orgasmus, wenn Sie in der gleichen Badewanne liegen, in der schon diese Sissi gebadet hat?" Sie schnaubte. „Oder müssen Sie dafür wie wir normal Sterblichen einen Mann mit in das Becken nehmen?"

Valerie war einen Moment sprachlos, was nicht oft vorkam. Diese Frau war definitiv keine der Damen, mit denen sie normalerweise umzugehen hatte. Die waren möglicherweise versnobt, aber nicht schizophren.

Dann kam ihre Wut. Und sie fand ihre Sprache wieder. „Sie haben vergessen, mich zu fragen, wie viele Leute verhungern und erfrieren, während ich im Sprudelwasser sitze und Champagner schlürfe."

Anja Herlof war unbeeindruckt. Sie beugte sich vor. „Wie viel zahlt Ihnen meine Schwiegermutter, damit Sie bei mir schnüffeln?"

Valerie erhob sich. „Ihre Schwiegermutter? Wer ist das?"

„Tun Sie nicht so scheinheilig. Ute Bauer."

„Kenne ich überhaupt nicht." Valerie zwang sich zu lächeln und ging Richtung Flur. „Danke, dass Sie sich die Zeit genommen haben." An der Tür drehte sie sich noch einmal um. „Paranoia ist heilbar."

***

„Klar haben wir offene Forderungen", sagte Peter Hellmich. Er stand vor einem großen Regal mit einer Reihe von Ordnern, die mit dem Wort „Rechnungen" beschriftet waren. „Wie jedes Unternehmen. Unsere Kunden sind sehr erfindungsreich mit ihren Ausreden." Er lachte auf, dann trübte sich sein Blick wieder. „Oder zahlen einfach gar nicht."
Jack wollte den Eigentümer der Papierfabrik „Hellmich und Söhne", dem Lieferanten von fast allen Druckereien im Kreisgebiet, nicht direkt nach Einzelheiten über seine zahlungsunwilligen Kunden fragen. Sollte Ulrich Bauer davon erfahren, würde der sicher nicht vor einer Anzeige zurückschrecken. Jack hatte ihn in der vergangenen Woche um ein Interview gebeten, war aber brüsk abgewiesen worden. Er hatte nichts anderes erwartet. Ulrich Bauer hatte jetzt andere Sorgen. Aber Jack konnte bei Hellmich durchaus Auskünfte über dessen eigene finanzielle Situation erfragen. Und damit zwei Fliegen mit einer Klappe schlagen.
„Wie lange warten Sie im Durchschnitt auf die Zahlungen?"
Hellmich kratzte sich am Kopf. „Nun, ich gebe zu, dass wir mit den Mahnungen ziemlich großzügig sind. Dieser Bürokram ist nichts für mich, und meine Mutter, die fühlt sich in letzter Zeit nicht besonders gut." Er wies auf einen Schreibtisch, auf dem sich Akten stapelten. „Meine Mutter macht hier die ganze Buchführung."
Alle Achtung, dachte Jack. Peter Hellmich schien selbst nicht mehr der Jüngste zu sein, er schätzte ihn auf Mitte Fünfzig: schütteres, aschblondes Haar und das schmale Gesicht von tiefen Furchen durchzogen.
„Haben Sie einen großen Kundenstamm?"
Hellmich nickte zögernd. „Wir haben uns als Zulieferer für mittelständische Druckereien spezialisiert. Wir produzieren große Druckerrollen. Oder Schnitte in DIN-A2 bis DIN-A0.

Obwohl wir die anderen Maße natürlich auch anbieten. Aber nur für Geschäftskunden. Kopierläden zum Beispiel. Allerdings wird's insgesamt immer weniger mit Papier. Digitales Zeitalter." Hellmich seufzte tief. „Gut, dass ich nicht mehr so lange habe."
Ein Gabelstaplerfahrer kam herangebraust, stieg vom Gefährt und klopfte gegen die offene Tür. „Die Rollen, Chef." Hellmich entschuldigte sich hastig, ging in die Produktionshalle hinaus und schloss die Bürotür hinter sich.
Jack nutzte seine Chance, um den aktuellen Rechnungsordner aus dem Regal durchzublättern. Die letzte Rechnung an Ulrich Bauer fand er schnell. 27.356,91 Euro zuzüglich zehn Euro Mahnkosten und fünf Prozent Zinsen. Vielleicht war Mutter Hellmich im Mahnwesen nicht die Schnellste. Aber sie war auf dem Laufenden.
Jack ging nach draußen in die Halle. Er schaute sich um. Wo war Hellmich? Hohe Regale auf der einen Seite, große, rhythmisch arbeitende Maschinen auf der anderen. Er fühlte sich verloren in Gegenwart dieser technischen Kolosse. Sein Körper vibrierte im Takt der Motoren, es roch nach Maschinenöl und etwas, das Jack als heißen Kleber bezeichnen würde. Er trat nahe an eine Anlage heran, die hektischen Gesten des Maschinenführers ignorierend.
„Sind Sie wahnsinnig?", rief Hellmich und kam auf ihn zugerannt. Mit seinem gelben Helm sah er aus wie ein Bauarbeiter. „Wissen Sie, wie viel mich das kostet, wenn ich Sie hier rumrennen lasse und es passiert was? Das zahlt keine Versicherung. Gehen Sie wieder rein, es dauert nur noch 'ne Viertelstunde." Er griff sich an den Helm. „Bitte!", fügte er bestimmt hinzu.
Jack ging wieder ins Büro zurück an Mutter Hellmichs Schreibtisch. Eine Viertelstunde reichte ihm. Jede Rechnung hatte eine Vorgangsnummer, die sich auf einen Auftrag bezog. Er nahm einen Kuli und hob eine Akte nach der anderen an. Bei der fünften wurde er fündig. Jack blickte durch die

offene Tür in die Halle. Hellmich stand immer noch am Ende eines Regals und diskutierte mit dem Staplerfahrer.
Jack zog die Akte heraus und schlug den Deckel auf. Er blätterte durch die Korrespondenz und erfuhr, dass Ulrich Bauer über drei Druckmaschinen verfügte, für die er in den vergangenen Monaten Papier bestellt hatte. Sie waren mit ihren Maschinenbezeichnungen vermerkt. Jack kritzelte die Nummern auf einen Zettel. Aus den Augenwinkeln sah er, wie Peter Hellmich mit gesenktem Kopf und der Hand auf dem Helm auf das Büro zustürmte. Jack schloss hastig die Akte und legte sie an die fünfte Stelle zurück. Den Kuli stopfte er zusammen mit dem Zettel in seine Hosentasche.
Hellmich trat ein, nahm den Helm ab und strich sich durch das kurze Haar. „Was wollen Sie eigentlich von mir?", fragte er.
Jack erklärte ihm noch einmal die Idee von Gerald Bruckner. „Firmenporträts von mittelständischen Unternehmen in der Wetterau."
Hellmichs Gesicht hellte sich auf. „Stimmt."
„Natürlich nur, wenn Sie möchten", versicherte Jack. „Und Zeit haben."
Hellmich schob ihm einen Stuhl zu, ging in die provisorische Küche und nahm zwei Becher aus dem Schrank. „Kaffee?"

Zwei Stunden später saß Jack zu Hause an seinem Computer und schlug im Internet die Maschinentypen nach. Er pfiff. Eine der kryptischen Buchstaben-Zahlen-Kombination verwies auf eine Druckmaschine, die vor zwei Jahren neu auf den Markt gekommen war. Mit dem innovativen Plattendirektdruckverfahren konnten nahezu alle Oberflächen bedruckt werden, neben Papier zum Beispiel auch Kunststoffe, Holz, Glas und feste Platten. Ja, Ulrich Bauer hatte in seine unternehmerische Zukunft investiert, aber sich damit auch große finanzielle Sorgen aufgehalst. Der Kredit für die neue

Maschine war sicher noch nicht abbezahlt.
Auf seiner Internetseite warb Ulrich Bauer für die exzellente Qualität seiner Erzeugnisse und deren umweltverträgliche Produktion. Eine lohnende Investition in ein sauberes Image. Ob man mit dieser Ausrichtung bei der knallharten Konkurrenz in der Branche bestehen konnte, war trotzdem fraglich. Offensichtlich reichte der Umsatz nicht, um eine Rechnung von etwa 27.000 Euro fristgerecht zu bezahlen.

# 14

16. Dezember

Verhärmt sehen sie aus, dachte Anja. Vor Trauer um Mathias? Bei Sandra könnte das stimmen. Aber Ute? Die wusste doch gar nicht, was Trauer war. Die konnte gar nicht fühlen. Die war eiskalt.
Anja erschauerte, aber das lag nicht nur an ihrer Schwiegermutter, die mit großen Schritten auf sie zukam, ihre Tochter im Schlepptau. Es war ein frostiger Wintertag, wie von der Eiskönigin bestellt. Bescheuerte Idee von Ute, sich hier im Kurpark zu treffen. Aber typisch.
Anja erinnerte sich noch gut an ihren Hochzeitstag. Mathias' Eltern waren mit der Wahl ihres Sohnes nicht einverstanden gewesen. Sie hatte das fast erwartet, ihr Vater war „nur" ein Arbeiter am Fließband und ihre Mutter „bloß" eine Putzfrau gewesen. Anja verlangte von ihren zukünftigen Schwiegereltern keine Zustimmung, keine Zuneigung. Aber wenigstens den Anstand, sich unter diesen Umständen zusammenzureißen oder der Trauung fernzubleiben. Doch sie kamen, um sie zu strafen. Schwiegereltern brauchte kein Mensch. Nein, korrigierte sich Anja in Gedanken. Schwiegermütter brauchte kein Mensch. Martin hätte sicher gerne auf die Teilnahme an der Hochzeitsfeier verzichtet. Aber Ute nicht. Sie wollte demütigen. Wollte ihnen mit beleidigtem Schweigen und vorwurfsvollen Blicken den schönen Tag auf ewig verderben. Auf eine verrückte Weise hatte sie damit Erfolg gehabt, auch wenn er sich erst einige Jahre später einstellte.
Aber diese Zeiten sind vorbei, dachte Anja. Ich werde mir in Zukunft von der Familie Bauer nichts mehr gefallen lassen. Ich werde mir heute gnädig anhören, was sie von mir wollen. Und mich dann lässig von ihnen verabschieden.
Dann standen sie vor ihr. Anja klopfte das Herz bis zum

Halse.
Ute blickte sie mit ihren eiskalten, blauen Augen an. Ihre Kleiderwahl war wie immer elegant und farblos. Ein grauer Hut aus Wolle gegen die Kälte. Ein grauer Kurzmantel in zeitlos klassischem Stil. Ein feiner, grau-schwarz-karierter Wollrock, der die Knie bedeckte. Sorgfältig polierte hohe Stiefel, ebenfalls grau. Die Lady in Grey blieb auf Abstand und ließ sich ihre Gefühle nicht anmerken.
Sandra dagegen löste sich langsam auf. Sie trug eine billige Steppjacke, abgewetzte Cordjeans und klobige, dreckige Stiefel. Sie versuchte ein Lächeln. Es geriet zu einer hilflosen Grimasse.
Ute nickte ihr zu. Sandra zog ihre verfilzten Handschuhe aus und nestelte am Verschluss ihrer voluminösen Stofftasche.
„Heiko hat uns etwas gegeben", sagte sie mit sanfter Stimme.
Anja schwankte leicht. Das kann nicht sein. Sie bluffen. Heiko nimmt keinen Kontakt zur Familie Bauer auf!
Sandra kramte immer noch in ihrer Tasche. Ute sah ihr schweigend zu. Anja lächelte. Das hatte Ute sicher nicht eingeplant. Diese tollpatschige Kuh machte mit ihrer Unbeholfenheit den ganzen theatralischen Auftritt kaputt.
Sandra überreichte ihr einen Plastikbeutel. Er war stark zerknittert. Anja konnte darin etwas Faseriges, Braunes ausmachen. Sie nahm die Tüte mit steifen Händen entgegen. Sie zittern nicht, dachte sie erleichtert. Warum eigentlich nicht? Warum blieb ihr Herz nicht einfach stehen? War es doch nicht das, was sie vermutete?
„Hat er was gesagt?", fragte sie und ließ den Beutel so lässig wie möglich in der Tasche ihrer Daunenjacke verschwinden.
Sandra strich sich eine Strähne aus dem Gesicht. „Dass wir dir das geben sollen."
„Warum kommt er damit nicht direkt zu mir?"
„Das musst du ihn selbst fragen", sagte Ute mit kalter Stimme.

Anja verzog ihre Lippen zu einem ironischen Lächeln.
„Werde ich, wenn du mir sagst, wo er sich aufhält."
„Als ob du das nicht wüsstest!"
Anja schnaubte und trat dicht an Ute heran. „Denk doch einmal in deinem Leben logisch."
Sandra hielt sie am Arm fest. „Lass Mutter in Ruhe!"
Anja schaute verächtlich auf die Hand mit den abgekauten Fingernägeln. „Die treue, ungeliebte Tochter. Armes Ding, immer so loyal. So voller Liebe. Und kein Mitglied dieser Familie gibt dir das zurück, Schätzchen." Sie riss sich los.
„Was soll unlogisch sein?", griff Ute ihre Bemerkung auf.
„Heiko will mich nicht treffen. Sonst hätte er das", Anja klopfte kurz auf die Jackentasche mit dem Beutel, „mir selbst übergeben."
„Du bist ein schlaues Mädchen."
„Verzeih, dass ich mich für das Kompliment nicht bedanke, liebe Ute."
„Ich erwarte nichts von dir, liebe Schwiegertochter."
Einen kurzen Moment herrschte Schweigen. Einige Leute gingen an ihnen vorbei. Keiner achtete auf die drei eng beieinander stehenden Frauen, die ein harmloses Schwätzchen zu halten schienen.
„Du sollst dich mit Ulrich in Verbindung setzen." Ute sprach mit ruhiger Stimme. Doch einen Moment lang hatte Anja das Gefühl, dass sie verunsichert war. Warum? Wollte sie nicht, dass ein weiteres Mitglied ihrer Familie in die Sache hineingezogen wurde?
„Warum mit Ulrich?", fragte sie.
Sandra warf ihrer Mutter einen verstohlenen Blick zu, mischte sich in ihre Unterhaltung aber nicht mehr ein.
„Du hast gefragt, ob dein Lude noch etwas gesagt hat. Und er sagte, du sollst dich mit Ulrich in Verbindung setzen."
Nutte! Schlampe! Lude!, dachte Anja wütend. Dieser verklemmten Ziege fällt wirklich nichts Neues mehr ein.
Ute wies auf Anjas Jackentasche. „Eine Haarlocke für seine

Liebste? Wie romantisch. Hätte ich ihm gar nicht zugetraut."
Willkommen im Klub, dachte Anja.
„Bist du in Schwierigkeiten?" Utes Stimme klang erstaunlich gehässig.
Anja schwieg. Sie wollte sich vor dieser Frau keine Blöße geben.
Ute beugte sich zu ihr, als wollte sie ihr ein Geheimnis anvertrauen. „Was für ein Programm lief denn damals an dem Nachmittag, als Mathias starb?"
„Wir haben nicht so sehr darauf geachtet, wenn du verstehst, was ich meine."
Utes Kiefermuskeln zuckten. „Ich weiß, was du meinst. Ich habe drei Kinder geboren."
„Ich kann das kaum glauben", antwortete Anja. „Tatsächlich selbst gezeugt, ausgetragen und geboren?"
Ute ging noch einen Schritt auf Anja zu. „Dein Du-weißt-schon-wer hat zu Ulrich gesagt, er habe an besagtem Nachmittag an einem Oldtimer herumgefummelt. Was für ein nettes Kompliment."
Anja atmete heftig. Sie blufft. Heiko hat gar nichts gesagt. Sie will mir etwas anhängen. Will an mein Geld. Aber das wird sie nicht kriegen. Verdammter Heiko. Warum kommt er nicht direkt zu mir?
Ute kniff die Augen zusammen und deutete auf Anjas Jackentasche. „Ich dachte, er hätte gar keine Haare."

\*\*\*

Ariane Landsberg tippelte auf ihren hohen Stöckelschuhen vom Bad ins Schlafzimmer. Dort öffnete sie ihren Schmuckkasten und nahm behutsam ein paar Ohrringe heraus. Sie tippelte zurück ins Bad und hielt sie vor dem Spiegel an ihre Ohren.

„Passen die, Schatz?", fragte sie und drehte sich zu Jack um, der im Flur stand, an die Wand gelehnt und die Hände in den Hosentaschen vergraben. Konzert war heute Abend angesagt, im alten Kurtheater in Bad Nauheim. Wenn man seiner Freundin bei ihren hektischen Vorbereitungen zusah, ahnte man nicht, wie formvollendet sie sich wenig später zwischen den Mitgliedern der Wetterauer High Society bewegen würde.

„Wenn du ein anderes Kleid anziehst, könnte man die in Erwägung ziehen", lautete sein trockener Kommentar.

Ariane warf ihm einen verzweifelten Blick zu. „Du bist keine große Hilfe", klagte sie.

„Über Mozarts Klavierkonzerte kann ich sicher mehr sagen", stimmte er ihr zu. Er wies auf ein paar Ohrringe mit Opalen in Tropfenform. „Die gehen."

„Gehen?" Ariane stellte sich direkt vor ihn, ihr Gesicht nur wenige Zentimeter von seinem entfernt. „Das reicht nicht! Ich muss heute Abend blendend aussehen. Blendend!"

„Welchen Mann willst du denn beeindrucken?"

„Du verstehst gar nichts."

„Da könntest du recht haben."

Ariane verschwand wieder im Schlafzimmer. An dem leisen Quietschen konnte er hören, dass sie die Tür zum Kleiderschrank öffnete. Oh nein, dachte er. Es hatte fast eine Stunde gedauert, bis sie sich für das aktuelle Kleid entschieden hatte. So lange wartete er nämlich schon, seit sie ihm im Bademantel die Tür geöffnet und sich mit einem „Bin gleich fertig" ins Schlafzimmer zurückgezogen hatte. Heute brauchte sie besonders lang.

Jack stellte sich an die Schlafzimmertür und beobachtete, wie seine Freundin ein schwarzes Etuikleid begutachtete. „Das, was du anhast, steht dir hervorragend", sagte er hastig. Das, was sie anhatte, war ein goldfarbenes Chiffonkleid, an dessen Rock sich olivgrüne Blätter vom Saum bis zum Brustansatz empor rankten. Dazu passend hatte Ariane ihr

honigblondes Haar mit Kämmen zu einer kunstvollen Frisur hochgesteckt. Ihre bernsteinfarbenen Augen funkelten im künstlichen Licht. „Eine perfekte Kombination von Eleganz und Wildheit."
„Und du bist sicher, dass die Rosenohrringe nicht dazu passen?"
„Absolut sicher." Er trat an das Schmuckkästchen. Es war prall gefüllt. Er suchte nach etwas Grünem. Und fand nichts. Er hatte tatsächlich eine Lücke entdeckt und würde sie für das nächste Geschenk nutzen. Er zog einen goldfarbenen Ohrring heraus, dessen Farbe einen antiken Touch aufwies. „Zu spießig", könnte sie sagen. Oder „Willst du, dass ich mich blamiere?". Ihm persönlich war es egal, ob sie die Rosenohrringe anlegte oder nicht. Aber er wusste, dass seine Freundin Hilfe von ihm erwartete, ob sie nun fachgerecht war oder nicht. Er musste echtes Interesse zeigen. Oder wenigstens gut heucheln.
„Warum musst du denn blendend aussehen?", fragte er und reichte ihr den Schmuck. Sie beäugte den Ohrring und nickte dann, zu seiner Überraschung und Erleichterung.
„Du hast echt Geschmack", sagte sie lächelnd und suchte den zweiten.
Jack war froh, dass der mit Goldkügelchen besetzte Kragen des Kleides die Auswahl einer Kette überflüssig machte.
„Marion Staller kommt."
„Wer?"
„Die Frau von Hugo Staller." Sie stöckelte aus dem Zimmer.
„Reich?"
„Reich genug, um mich in Verlegenheit zu bringen", kam die dumpfe Antwort aus dem Bad. „Kommst du mal her, Schatz?"
Was war jetzt? Bangen Herzens folgte er ihrer Bitte. Ariane hielt sich eine künstliche Haarsträhne an die rechte Schläfe.
„Elegant und wild zugleich ist gar nicht unpassend heute Abend. Findest du, ich soll mir eine Strähne rauszupfen?"

„Nicht, wenn du die Ohrringe zeigen willst."
Ariane bewegte ihren Kopf ein paar Mal hin und her. Dann blinzelte sie ihrem Spiegelbild zu. Sie kramte im Kosmetikbeutel und suchte nach einem Lippenstift.
„Wir haben noch höchstens eine halbe Stunde", warnte Jack mit einem kurzen Blick auf seine Uhr.
„Nur wer zu spät kommt, fällt auf", winkte Ariane ab. Sie hielt ihm eine Auswahl von drei Farben Lippenstift hin, alles Schattierungen von Rot.
„Schwarz", sagte er.
Ariane blickte ihm kurz in die Augen und drehte sich wortlos um.
„Was ist denn an dieser Marion Staller so wichtig?", fragte Jack.
„Alles." Sie hielt sich jeden Lippenstift ein Weilchen ans Gesicht. „Ihr Mann macht momentan in luxuriöse Seniorenresidenzen. Spekuliert wohl auf die reichen Rentner aus dem Speckgürtel von Frankfurt." Ariane trug einen braunroten Lippenstift mit Goldstaub auf. Sie presste die Lippen zusammen und öffnete sie dann zu einem Kussmund. „Es geht das Gerücht, dass sie hier in Steinfurt den ehemaligen Rosenhof Röhl kaufen wollen. Ich sehe die Anzeige schon vor mir: La vie en rose! Lassen Sie sich Ihren Lebensabend vom Duft der königlichen Blume versüßen."
Jack grinste. „Ich habe von einer Seniorenresidenz in Thailand gehört, die exklusiven Service für Rentner aus Europa anbietet. Rund um die Uhr samt Pflege und Bettgenossin. Vielleicht funktioniert das hier auch. Mit Servicekräften aus Osteuropa. Oder inzwischen auch aus Südeuropa."
„Du sollst nur fragen, ob sie ihn kaufen wollen. Nicht warum."
„Hilpert ist im Auftrag des Anzeigers da. Ich will ihm nicht in den Rücken fallen."
„Du sollst ja auch nicht über das Konzert schreiben. Der

Rosenhof steht seit einem halben Jahr leer."
„Und warum soll Hugo Staller den Rosenhof nicht kaufen?"
„Weil *ich* ihn haben will."
Jack folgte seiner Freundin ins Schlafzimmer. „Was willst du denn mit so einem riesigen Haus?"
Sie zuckte mit den Schultern. „Ein Kinderheim daraus machen? Ein Wohnheim für alleinerziehende Mütter? Oder ein Frauenhaus?" Sie betrachtete sich eindringlich im Spiegel.
Ariane spielte gerne das reiche Püppchen, liebte pompöse Auftritte, aber sie engagierte sich auch mit der größten Selbstverständlichkeit und ohne Aufsehen erregende Publicity für soziale Projekte. Und das mochte Jack an ihr.
„Die Schuhe passen nicht", sagte sie und strich sich die High Heels von den Füßen. Sie öffnete ihren riesigen Schuhschrank und seufzte tief.
Sie kamen nicht zu spät. Das Konzert fing nicht pünktlich an, da der Dirigent auf der Autobahn im Stau gesteckt und selbst erst vor fünfzehn Minuten das Kurtheater erreicht hatte. Sie zwängten sich durch die besetzten Reihen zu den reservierten Sitzen, Ariane rechts und links lautlos grüßend. In der Pause zeigte sie ihm Marion Staller. Eine Dame mit einer atemberaubenden Figur in einem hautengen, roten Kleid, das ihre zarte Alabasterhaut noch transparenter erscheinen ließ. Eine perfekte Kombination von Raffinesse und Unnahbarkeit.
Ariane kniff die Augen zusammen. „Sie hat für das Kleid bestimmt drei Kilos zu viel auf den Rippen." Sie stellte ihr Glas Orangensaft auf einem Tischchen ab. „Komm, ich stelle sie dir vor", sagte sie und hakte sich bei Jack unter. „Sie hat einen Liebhaber nach dem anderen. Entweder merkt Hugo es nicht oder er billigt es." Lässig bewegte sie sich durch den Raum und tat so, als bemerke sie Marion Staller erst jetzt. Sie winkte ihr affektiert zu. Marion Staller winkte mit perfekt gespielter Fröhlichkeit zurück.

„Kennst du diesen netten Herrn schon?", fragte Ariane.
Marion Staller lächelte Jack strahlend an und zeigte dabei perfekte weiße Zähne. Sie taxierte ihn von oben bis unten, dass Jack sich wie ein Bulle auf dem Rindermarkt vorkam.
„Nicht, dass ich wüsste."
Ariane stellte ihn vor.
„Ein Reporter?" Marion Staller schien unentschlossen, ob sie diese Begegnung als glückliche Fügung ansehen oder eher Vorsicht walten lassen sollte.
„Keine Angst", sagte Ariane und strich Jack besitzergreifend über den Arm. „Er ist nicht dienstlich hier heute Abend, sondern als mein Begleiter."
Marion Staller lächelte und Ariane lächelte zurück. Eine Weile unterhielten sich die beiden Frauen mühevoll über das Konzert. Jack erkannte schnell, dass es sie nicht wirklich interessierte.
„Ach, sieh mal, da ist ja der Bürgermeister", rief Ariane und zog Jack wieder mit sich.
Er verstand ihr Spiel inzwischen gar nicht mehr. „Soll ich sie nun ausquetschen oder nicht?"
„Du kannst nicht mit der Tür ins Haus fallen", kritisierte sie ihn. „Ein bisschen Theater spielen, das müsstest du doch kennen. Ich gehe jetzt auf die Toilette und dann fragst du sie."
Das war leichter gesagt als getan. Als Jack sich wieder zu Marion Staller umdrehte, stand ein Mann an ihrem Tischchen und reichte ihr ein Glas Sekt. Oder Champagner. Es war Ulrich Bauer. War er auf der Suche nach einer Finanzspritze für seine marode Druckerei? Jack hatte mit Bauer nur am Telefon gesprochen, der konnte ihn nicht erkennen. Also beobachtete Jack ihn eine Weile beim Flirten. Plötzlich sah Bauer direkt zu ihm herüber und misstrauisch um sich, als er merkte, dass Jack offen in seine Richtung starrte. Bauer setzte sich in Bewegung. Er trat dicht an Jack heran und lächelte. Es war ein starres Lächeln, das seine Augen nicht

erreichte.
„Sie arbeiten beim Anzeiger?"
„Ja", sagte Jack. „Aber ich bin hier, um mir Mozart anzuhören."
„Tun Sie das. Und ich gehe davon aus, dass nichts über meine Begegnung mit dieser Dame veröffentlicht wird." Ulrich Bauer deutete auf Marion Staller.
„Ich sah einen Mann und eine Frau in angeregter Unterhaltung vertieft. Das ist alles."
„Bleiben Sie dabei. Sonst wird es ungemütlich für Sie." Ulrich Bauer drehte sich um und ging wieder zu seiner Gesprächspartnerin.
Von wegen, dachte Jack. Jetzt wird es erst interessant. Als Ariane zurückkam, deutete er mit einem Kopfnicken auf das Paar. „Kennst du den Mann an Marion Stallers Seite?", fragte er sie in beiläufigem Ton.
Ariane kniff die Augen zusammen. „Klar, das ist Ulrich Bauer. Hat eine Druckerei." Jack brauchte nicht zu drängen. Ariane liebte es, über Leute herzuziehen. „Der muss es verdammt nötig haben. Das ist schon die dritte, bei der er es versucht. Ausgerechnet die Marion! Die meint es mit niemandem ernst. Die wird ihn aussaugen und dann mit leeren Händen nach Hause schicken."
Wenn es mal nicht umgekehrt ist, dachte Jack.

\*\*\*

Milena rekelte sich auf dem Sofa, streckte die Füße aus und genoss den wärmenden Tee. Sie legte eine CD in den Player und schaltete den Fernseher ein. Gleich darauf erschienen die knisternden Flammen eines künstlichen Kaminfeuers und es erklang Klaviermusik.
Auf dem Tisch lag eine Schachtel mit belgischen Pralinen.

Nach den heutigen Strapazen hatte sie sich eine Belohnung gegönnt. Fast eine Stunde war sie am Nachmittag mit Jack bei ekelhaftem Nieselregen um den großen Teich im Kurpark gelaufen.
Wir haben etwas übersehen, dachte sie. Sie kämpfte sich aus den weichen Kissen und holte die Akte Bauer aus der Schublade. Sie las sich laut die Passage über den Inhalt des Magens aus dem Obduktionsbericht vor: Pute, Salat, Brot. Alex war der Meinung, dass sich die Brotbox leicht in der Tasche von Bauers XXXL-Jacke hatte transportieren lassen.
Doch Milena hielt daran fest: Der Rucksack fehlte. Wie ein Mantra wiederholte sie diesen Satz. Konnte Jack recht haben? War Mathias Bauer gar nicht wegen seines körperlichen Fitnessprogramms auf dem Weg zum Winterstein gewesen? Wollte er sich mit jemandem treffen? Hatte er zufällig jemanden getroffen? Hatte dieser Jemand ihm zuerst zugehört und dann beschlossen, ihn aus dem Weg zu schaffen?
War es sein Bruder Ulrich gewesen? Eine wilde Spekulation, das musste sie zugeben. Ohne hinreichende Beweise konnte sie weder Alex noch die Staatsanwältin davon überzeugen, deswegen die Ermittlungen wieder aufzunehmen.
Mathias Bauer hatte kostspielige Kleidung getragen. Jacke und Hose waren keine billigen Nachahmerprodukte, sondern Originale von teuren Marken. Auch die Wanderschuhe hatten mindestens zweihundert Euro gekostet, aber bei einem so schweren Mann waren teure Schuhe wohl ein Muss. Billige Treter hätte er schon nach wenigen Tagen zu Brei gelaufen.
Sie fuhr mit dem Zeigefinger über die nächsten Zeilen des Obduktionsberichtes. Keine Spur von Medikamenten außer denen, die sie auch in der Wohnung gefunden hatten. Keine Appetitzügler oder Aufputschmittel. Schürfwunden am ganzen Körper. Die Nase gebrochen. Milena betrachtete ein Bild vom Gesicht des Toten. Sie holte ihre Lupe. Stark vergrößert

wurden alle Wunden deutlicher. Der Nasenknochen lag schief. Auf der linken Seite klebte Blut auf der Stirn. Mathias Bauer hatte mit dieser Seite auf dem Boden gelegen und die Fäulnis war dort weiter fortschritten gewesen als auf der rechten Seite. Sie bewegte die Lupe an diese Stelle, und dann sah sie es. Ein Abdruck auf dem Nasenrücken in Form eines Halbmondes. Der Abdruck vom Bügel einer Brille.
Brille? Sie blätterte in der Akte. Dr. Bremer hatte die mögliche Existenz einer Brille vermerkt. In Karstens Liste der Sachen vom Fundort der Leiche tauchte aber keine Brille auf. Heute mal Kontaktlinsen? Auch darauf gab es keinen Hinweis. Die Obduktion hatte jedoch ergeben, dass Bauer erste Anzeichen von Sehschwäche gezeigt hat. Dies sei eine häufige Begleiterscheinung bei Diabetes. War Bauer tatsächlich ohne Sehhilfe auf Wanderung gegangen?
Der Tee war kalt geworden. Sie nahm den Becher, ging in die Küche und goss den Rest in die Spüle. Sie schenkte sich einen neuen Tee ein und nahm einen großen Schluck. Die Wärme beruhigte ihren nervösen Magen.
Der Rucksack mochte ein Phantom sein. Die fehlende Brille war ein Hinweis. Sollte sie damit zu Alex oder zu Jack? Vernunft oder Bauchgefühl?
Sie ging zurück zum Sofa und nahm den Obduktionsbericht wieder auf. Sie blätterte vor und zurück, prüfte wiederholt die Liste der Gegenstände vom Fundort, betrachtete alle Bilder sorgfältig durch die Lupe. Da! Ein blaues Zeichen, schwach, teilweise von Haaren bedeckt. Dr. Bremer hatte einen Kreis darum gezogen, wie auch bei den vielen Abschürfungen auf Mathias Bauers Gesicht. Doch es war keine Wunde. Sie ließ die Lupe sinken.

## 15

18. Dezember

Die Isomatte stammte noch aus den 90ern, als Ulrich zusammen mit seinen Kumpels die halbe Welt bereist hatte, mit einem billigen Zelt von Campingplatz zu Campingplatz gezogen war. Jetzt, gut fünfzehn Jahre später, war sie die Hölle für seinen Rücken. Er würde sich ein aufblasbares Komfortbett zulegen, das es in jedem Billigmarkt zu kaufen gab. Den ekligen Plastikgeruch musste er eben fürs Erste erdulden.
Er rasierte sich an dem kleinen Waschbecken in der Toilette des Büros. Heute würde der Anwalt auftauchen und mit ihm die Geschäftsbücher durchsehen. Waldemar Pirsch, spezialisiert auf Insolvenzrecht.
Als Ulrich mit seiner Morgentoilette fertig war, kramte er in seiner Tasche nach Kleingeld. Er hatte keinen Kühlschrank im Büro. Belegte Brote, Bestellpizza, Wasser und löslichen Kaffee, davon lebte er seit fünf Tagen und das gar nicht mal so schlecht. Es hatte etwas von Abenteuerurlaub. Bis auf die Isomatte.
Er machte sich auf den Weg zum nächsten Supermarkt und war nach einer guten Dreiviertelstunde wieder zurück in seinem Büro. Eine halbe Stunde hatte er noch für sein Frühstück, bis Herr Pirsch kam, um seine Bilanzen zu röntgen. Ob er seine letzte Zuflucht auch noch verlor? Würde er dann unter einer Brücke schlafen müssen? Ulrich konnte immer noch in das Gästezimmer seiner Eltern ziehen. Nein, dachte er und verzog sein Gesicht. Lieber würde er auf der Straße verrecken, als seiner Mutter als Bittsteller gegenüberzutreten.
Seine Druckerei lag im östlichen Industriegebiet von Bad Nauheim. Er konnte sich noch gut daran erinnern, als er vor zehn Jahren kurz nach seinem BWL-Examen diese Firma

mit einem festen Kundenstamm gekauft hatte. Dank eines aggressiven Marketings hatte er diesen Kundenstamm schnell erweitern können. Wann genau der Abstieg begonnen hatte, konnte Ulrich nicht sagen. Doch man brauchte kein Psychologe sein, um zu erkennen, dass sein aufwendiger Lebensstil mit den Einnahmen der Druckerei auf Dauer nicht finanzierbar war. Notwendige Investitionen in seinen Maschinenpark schmälerten schnell den Gewinn. Seine Aktien waren vor ein paar Jahren am Markt verpufft. Viel Geld hatte er damals verloren. Wenn er Aufträge ausführen wollte, musste er Material einkaufen. Dafür hatte er kein Geld. Einen Kredit bekam er nicht mehr. Ein Teufelskreis.

„Wenn wir noch neue Aufträge bekämen mit einem Volumen von, sagen wir mal, Fünfzigtausend, dann können wir die Gläubiger vorerst beruhigen und eine Stundung der Verbindlichkeiten erwirken", schlug Waldemar Pirsch vor. „Die Bank könnte uns bei der Finanzierung etwas entgegenkommen."
Er war ein schmalbrüstiger Mann mit einer für sein knochiges Gesicht viel zu großen Brille. Er kniff alle paar Minuten die Augen zusammen. Ein Tick, der Ulrich fast wahnsinnig machte. Aber er riss sich zusammen. Waldemar Pirsch hatte ein untrügliches Gespür für Zahlen. Er durfte es sich mit ihm nicht verscherzen.
„Und wo soll ich diese Aufträge herbekommen?"
Pirsch kniff die Augen zusammen. Zusätzlich tippte er mit dem Kugelschreiber auf den Tisch. Wenn er jetzt noch mit den Füßen scharrt, dann schmeiße ich ihn raus, dachte Ulrich. Eine leere Drohung, das wusste er. Er verfluchte die bittere Ohnmacht, diesem Kerl ausgeliefert zu sein. Er dachte an das Angebot von Heiko Kling, das dieser ihm an dem verschneiten Morgen vor fünf Tagen vor seiner alten Wohnung gemacht hatte. Ein unmoralisches, so viel war klar. Und deshalb nur der letzte Ausweg.

Die Luft war stickig. Ulrich riss das kleine Fenster neben seinem Schreibtisch auf. Auf einem der beiden Kundenparkplätze stand ein Audi. Ich habe das Auto nicht gehört, dachte er verstört. Neben dem Auto standen zwei Männer in tadellosen Anzügen, einer trug einen rotweißen Schal um den Kopf gewickelt. Araber, dachte Ulrich. Was wollen die bei mir?
Es waren Jamal bin Jussuf und sein Dolmetscher, Abdullah Danawi, wie sich wenige Minuten später herausstellte.
Pirsch hatte sich diskret zurückgezogen, blieb jedoch in Hörweite. Ulrich war es recht. Ein möglicher Auftrag ging seinen potentiellen Insolvenzverwalter ja auch etwas an.
Jamal bin Jussuf war Nachfahre eines Freundes des saudischen Königs Saud bin Abdul-Aziz, der in den 50er Jahren das Kurbad besucht hatte und, weil geheilt, voll des Lobes wieder in seine Heimat zurückkehrt war. Ulrich setzte eine Miene auf, die, so hoffte er, gebührend Interesse zeigte.
Jamal bin Jussuf legte ihm ein Buch vor, die Memoiren seiner königlichen Majestät über seine Wochen in der Kurstadt.
Es war von seinem Vorgänger aufgelegt worden, der neben der Druckerei auch einen Verlag betrieben hatte, den Ulrich aber nicht hatte fortführen wollen. Ein feines Buch. Der Umschlag war mit dunkelrotem Stoff bezogen, der Text sauber gedruckt und die Bilder von hervorragender Qualität.
Jamal bin Jussuf hatte 2006 bei der WM in Deutschland mit der Fußballmannschaft aus Saudi-Arabien einige Wochen in der Kurstadt verbracht und plante, eine Art Tagebuch über den Aufenthalt in der westlichen Welt herauszubringen. Er zog ein Manuskript mit arabischen Schriftzeichen hervor.
Ulrich schluckte. Ich brauche fünfzigtausend Euro, sagte er sich. Das da sind sicher Leute, die keine Ahnung haben vom Druckgeschäft. Aber jede Menge Geld besitzen. Ich könnte sogar einen Vorschuss verlangen.
Er blätterte langsam durch die Seiten des unverständlichen Manuskriptes. Er versuchte, anhand der Bilder den Inhalt zu

erahnen. Eines ließ ihn lächeln. Über einem allzu freizügigen Frauenoberkörper war ein dicker Balken zu sehen. Nicht auf dem Bild, sondern auf dem Plakat. Ulrich erinnerte sich. Bad Nauheim hatte damals aus Respekt vor den muslimischen Gästen vorübergehend alles „Unsittliche" aus dem Stadtbild verbannt. Das Buch war mehr als ein Tagebuch eines reichen Arabers. Es war ein Teil der Stadtgeschichte. Er konnte sich vorstellen, dass es sich sogar hier in Bad Nauheim verkaufen ließ als Erinnerung an diese außergewöhnlichen Wochen im heißen Juni 2006. Und wenn seine Druckerei in der Titelangabe stand, war das eine exzellente Werbung.
„Dieses bedeutende Kunstwerk braucht eine ansprechende Ausstattung", sagte er zu Jamal bin Jussuf. Abdullah Danawi übersetzte. Ulrich tat, als würde er auf einem Blatt eine erste Kostenkalkulation erstellen. „Fünfundzwanzigtausend Euro für eine Auflage von fünftausend Stück", schlug er mit leicht zittriger Stimme vor. „Die Kosten für die Übersetzung sind zusätzlich zu bezahlen."
Danawi verzog keine Miene. Auch Jamal bin Jussuf nicht. Er nickte wiederholt zu den Ausführungen des Dolmetschers.
„Ich schlage eine Schmuckausgabe vor", ergänzte Ulrich. Er fühlte sich nun sicherer. Wenn er jetzt einen kühlen Kopf bewahrte, hatte er es geschafft. „In einem Schuber und auf säurebeständigem Papier. Dann hält es eine Ewigkeit."
Danawi übersetzte. Jamal bin Jussuf schwieg einen Moment, dann sagte er etwas auf Arabisch. Sein Blick war auf das Manuskript gerichtet.
„Die Ewigkeit gehört Allah und den Toten", sagte der Dolmetscher. „Belassen wir es bei dem bescheidenen Versuch eines Lebenden, nach seinem Tode nicht vergessen zu werden."
Ulrich nickte. „Eine zweite Auflage ist jederzeit möglich."
Die beiden Araber besprachen sich kurz. „Herr bin Jussuf möchte eine Auflage von zehntausend und eine Ausgabe in

drei Sprachen. Englisch, Französisch und Deutsch. Dann wäre es in ganz Europa zu verkaufen."
Ulrich jubelte innerlich. Er war bei fünfzigtausend Euro. Und konnte sicher noch mehr herausschlagen. Zum Beispiel die Kosten für die Übersetzung in die Höhe treiben. An die Übersetzungsbüros brauchte er nur einen Bruchteil zu bezahlen, das würden die beiden Herren gar nicht mitbekommen.
Ulrich verlangte einen Vorschuss, Jamal bin Jussuf einen Kostenvoranschlag. Die vertragliche Seite war schnell erledigt, die Papiere sollten noch heute ausgestellt werden. Die Araber wirkten zufrieden. Ulrich schmunzelte. Die Ästhetik dem Künstler, die Algebra dem Kaufmann.
„Wir haben Zeit für die Formalitäten", sagte Danawi. „Herr bin Jussuf wird noch eine Woche in dieser schönen Stadt verweilen."
Ulrich wollte seinem neuen Kunden ein gemeinsames Mittagessen vorschlagen und kramte in seinem Gedächtnis nach türkischer Gastronomie jenseits von Dönerbuden, als Danawi ihm mit einer gebieterischen Geste Einhalt gebot.
„Herr bin Jussuf kennt Ihren Bruder, Herrn Mathias."
Es fühlte sich an wie ein Blitz, der durch seinen Körper fuhr. Seine Hände umklammerten das Manuskript. Woher kannten sie Mathias? War das ein Trick?
„Herr bin Jussuf hat keinen Kontakt mehr zu ihm herstellen können und möchte wissen, ob es ihm gut geht."
Ulrich erzählte mit stockendem Worten von dem Unfall. Beide Araber drückten ihm ihr tiefstes Mitgefühl aus.
„Inschallah. Möge seine Seele Ruhe im Jenseits finden."
Danawi räusperte sich und beriet sich kurz mit Jamal bin Jussuf. „Wir haben Herrn Mathias vor Kurzem einen Auftrag erteilt und einen Vorschuss von fünfzehntausend Euro gezahlt. Aber bisher keine Gegenleistung erhalten. Und werden auch keine erwarten können, wie jetzt klar ist. Wir möchten das Geld zurück, das verstehen Sie sicherlich."
Mit einem besonders breiten Lächeln lehnte sich Danawi in

seinem Stuhl zurück. Ein Goldzahn blitzte auf. Jamal bin Jussuf verzog keine Miene.
„Das Geld hat seine Witwe bekommen", sagte Ulrich. „Sie müssen es von ihr holen."
„Das sehen Sie falsch, Herr Bauer", sagte Danawi nach einer kurzen, aber heftigen Besprechung mit Jamal bin Jussuf. Er beugte sich über den Tisch und legte eine Hand auf das Manuskript in Ulrichs Händen. „*Sie* müssen es uns geben, sonst gibt es keinen Auftrag."
Ulrich wollte protestieren, aber Danawi unterbrach ihn. „Ich bin sicher, dass Herr Mathias nicht vorhatte, das von uns überwiesene Geld mit seiner Ehefrau zu teilen. Wir haben es nicht auf ein deutsches Konto eingezahlt."

***

Das Tattoo- und Piercingstudio „TeeGer Needle" befand sich in einer schmalen Seitengasse in der Friedberger Altstadt. Es gab kein Firmenschild. Der Name des Studios war in gotischen Lettern an die Hauswand gemalt.
Drinnen war es dunkel, der vordere Raum verwaist. Jack hörte leises Stöhnen und das Summen einer Tätowiernadel aus einem hinteren Raum. Sofort bildete sich eine Gänsehaut auf seinen nackten Armen. Wie beim Zahnarzt, dachte er.
„Hallo", versuchte Jack auf sich aufmerksam zu machen, und die Reaktion kam prompt. Das Summen hörte auf, das Stöhnen auch. Ein Riese in Schwarz stand kurz darauf im Türrahmen. Ein einziges Tattoo zierte seinen linken Unterarm, aber das hatte es in sich. Es war eine furchterregende Komposition aus einem weit aufgerissenen Wolfsrachen mit spitzen Zähnen und zahlreichen Schlangenköpfen mit gespaltenen Zungen.
„Haben Sie einen Termin?", fragte der Riese mit einer tiefen,

rauen Stimme. Zu viele Glimmstängel, mutmaßte Jack.
„Ich dachte, ich schneie einfach mal so rein", antwortete er.
„Dauert noch 'ne halbe Stunde."
„Dann kann ich schon mal die Kataloge wälzen", schlug Jack vor.
„Sie wissen nicht, was Sie wollen?" Dem Tonfall nach schien diese Situation nicht allzu oft vorzukommen. Das gleichgültige Verhalten des Kerls ärgerte Jack. Er mochte zwar keine aufdringlichen Verkäufer, aber ein wenig Service für seine mögliche Geldanlage konnte er wohl verlangen.
„Ich dachte da an ein Hakenkreuz", antwortete er.
Der Mann verzog keine Miene. Sein Blick tastete Jack ab. Der konnte nur raten, was für Gedanken seinem Gegenüber durch den Kopf gingen. Sicher schätzte er ab, ob er es eher mit einem verdeckten Ermittler oder einem rechtsradikalen Schreibtischtäter zu tun hatte.
„Das ist verboten."
Jack verdrehte die Augen. „Das ist mir durchaus bekannt, Herr ...?"
„Torben."
„Klar, Torben."
„Soll ich hier den ganzen Tag mit nacktem Arsch rumliegen, Sunny Boy?", ertönte eine matte Stimme aus dem hinteren Raum.
„Moment noch." Torben deutete Jack mit einem Kopfnicken, auf einem speckigen schwarzen Ledersofa Platz zu nehmen.
„Tattoo oder Piercing?"
„Beides."
„Können Sie mit Tablet umgehen?"
„Bin vor zwanzig Jahren in Rente gegangen."
Ein Zucken des Wangenmuskels war Torbens einzige Reaktion. Er schob Jack ein Tablet rüber und deutete auf ein Icon, das eine rausgestreckte Zunge darstellte. Es war sehr frei dem Emblem der Rolling Stones nachempfunden.
„Da sind die Tattoos, für's Piercing hier klicken." Torben

wies auf ein anderes Zeichen. Jack kannte es nicht.
Jack tippte auf das verballhornte Stones-Label. Eine Bildergalerie öffnete sich.
„Zum Vergrößern das hier", sagte Torben und machte eine Geste, bei der sich Daumen und Zeigefinger berührten und wieder auseinander gingen. Dann verschwand er in den hinteren Raum. Die Tür ließ er offen.
„Lassen Sie sich ruhig Zeit", rief Jack ihm hinterher.
Er zog das Foto mit der Leiche aus der Tasche. Er hatte das Bild mit seinem Smartphone aus der Akte Bauer abfotografiert. Nun musste er seine Tat noch nicht einmal vor ihr geheim halten. Denn Milena hatte es ihm gestern gemailt und ihn gebeten, diskrete Nachforschungen anzustellen, ob dieses Zeichen harmlos war oder auf einen kriminellen Hintergrund verwies. Er hatte es für diesen Zweck stark vergrößert. Das Tattoo war einigermaßen gut zu erkennen.
Aus dem hinteren Raum erklangen die unterschiedlichsten Geräusche. Das schon vertraute Stöhnen wurde von einem kurzen Schrei unterbrochen, das Summen verstummte. Nach einigen Sekunden setzte Torben die Stichnadel wieder in Gang. Die beiden Männer unterhielten sich leise, ab und zu lachte Torben. Einmal meinte Jack „der Wichser" zu verstehen.
Jack beschloss, die beiden zu ignorieren und konzentrierte sich auf seine Suche. Die Bildergalerie hatte ein System aus Ordnern, das die Zeichen in Untergruppen einordnete, wie Seemann, Gothic, Kreuz, Labels, Abgefuckt. Letzteres interessierte ihn besonders und er tippte darauf. Einige obszöne Bilder später kam er zu dem Schluss, dass es für seine Zwecke nicht die richtige Gruppe war. Nach einem ausgestrecktem Mittelfinger oder einem erigierten Penis sah Bauers Tattoo nicht aus. Milena vermutete dahinter das Symbol einer Bande der organisierten Kriminalität. Da es einen Ordner „Mafia" verständlicherweise nicht gab, tippte Jack auf „Anarcho, Che und Co". 1163 Bilder. Er hatte von

Torben zwar eine Anleitung zum Vergrößern bekommen, aber nicht über Suchmöglichkeiten mit diesem Programm. Es hätte auch nicht viel genützt. Die Bilder hatten Zahlen als Identifikation.

Jack war bei Nummer 395 angekommen, als Torben wieder im Türrahmen erschien. Das Stöhnen hatte aufgehört. Jack war irritiert. Er hatte den Mann nicht rausgehen sehen.

„Ich hab jetzt Zeit", sagte Torben und setzte sich Jack gegenüber in einen Sessel.

„Ist der durch den Hinterausgang verschwunden?", fragte Jack und deutete auf den hinteren Raum. „Oder mussten Sie ihn vergraben?"

Ein Lächeln erschien auf Torbens Gesicht. „Haben Sie was Passendes gefunden?"

„Nun ja", begann Jack und rutschte auf dem Ledersofa herum. „Wenn ich ehrlich bin, ist es mir ein wenig peinlich. Meine Freundin sagt, es wäre heute so üblich, aber mir ist das ein wenig zu extrem. Außerdem habe ich Angst vor den Schmerzen."

Torben faltete seine Hände. „Intimpiercing?"

Jack reagierte mit einem Japsen und verschluckte sich dabei ungewollt.

Torbens Lächeln wurde ein wenig schmieriger. „Ist nicht schlimmer als eine Blinddarmoperation."

„Das beruhigt mich ungemein", sagte Jack. „Aber ich meinte eigentlich ein Freundschafts-Tattoo. Wir wollten uns das gegenseitig zu Weihnachten schenken. Ein Liebeszeichen, das mich und meine Freundin auf ewig verbindet, aber origineller ist als ein Ring." Jack zeigte auf das Tablet. „Leider gibt es hier keinen Ordner mit einem Herz."

Torbens Blick sprach Bände. Er schien kurz zu überlegen. Dann nahm er einen Zettel, schrieb einen Namen drauf und schob ihn zu Jack hinüber. „Das ist Lady Shy. Sie ist mehr für solche Sachen."

Jack bedankte sich artig und schob ihm als Gegenleistung

das Foto von Mathias Leiche zu. Torbens Blick verdüsterte sich. Jack schob die Vergrößerung von dem Tattoo hinterher. Der Kiefermuskel zuckte.

„Schon mal gesehen?"

„Den Mann oder das Tat?", fragte Torben, ohne von dem Bild aufzublicken.

„Wenn Sie schon so nett fragen, dann beides."

„Sind Sie Dirty Harry oder Big Brother?"

Nicht direkt antworten, alle Möglichkeiten offenlassen, entschied Jack. „Kennen Sie den Mann?"

„Nee."

„Und das Zeichen?"

„Ist durch das verklebte Blut nicht so gut zu erkennen", sagte Torben.

„Ist leider nicht anders möglich", erwiderte Jack.

„Kenn ich nicht", entschied Torben und reichte Jack beide Bilder zurück.

Jack steckte sie in seine Tasche zurück. „Vielleicht habe ich bei der ‚Schüchternen Dame' mehr Glück."

Wieder zuckte ein Muskel in Torbens Gesicht. Treffer?

„Oder andere Kollegen, die mir weiterhelfen könnten?"

„Dafür gibt's die Auskunft."

Jack stand auf. „Wie Sie wollen. Wenn ich noch einmal auf diesem Schmuckstück von Ledersofa Platz nehmen muss, wird das sehr unangenehme Folgen für Sie haben, Torben", sagte er und maß mit einem umfassenden Blick den Raum. „Die Firma kann sehr ungemütlich werden. Dann ist es mit dem Laden hier schnell vorbei. Vielleicht kriegen Sie ja noch was für den ganzen Plunder." Jack klopfte auf das Sitzmöbel. „Das nehme ich. Sieht herrlich authentisch aus."

Torben sah aus, als wolle er ihn anspucken. „Vorher nehme ich eine Axt und mach alles zu Kleinholz."

„Ich wette, Sie spielen in der Bundesliga der Hacker ganz oben." Er sprach Hacker mit einem „Ä" aus.

Ein nervöses Zucken im Gesicht zeigte Jack, dass er einen

weiteren Treffer gelandet hatte.
„Meister?"
„Nicht im Hacken." Auch Torben sprach ein betontes „Ä".
„Sondern?"
„Schon mal einen linken *Haken* kassiert?"
Torben stand auf. Die Faust kam schnell, Jack konnte sich gerade noch ducken. Der Schwung ließ Torben schwanken. Jack richtete sich auf. Mit der Rechten schlug er reflexartig zu. Traf das Kinn. Torben ging zu Boden. Jack bildete sich nichts darauf ein. Torben würde sich schnell erholen. Jack nutzte die Gelegenheit und verschwand durch die Tür.

\*\*\*

„Da war gerade jemand da."
Typisch Torben, dachte Heiko Kling mit einem missmutigen Blick auf sein Smartphone. Kein Gruß und eine Info, mit der man kaum etwas anfangen kann.
„Wer?" fragte er.
Was er in den nächsten Sekunden erfuhr, stimmte ihn nicht froher. Eine äußerst peinliche Geschichte für Torben und eine lästige Angelegenheit für ihn.
„Hast du die Webcam geschaltet?"
„Klar doch. Ich schicke dir das Video."
„Ich werde mich darum kümmern."
Ohne Gruß schaltete Heiko sein Smartphone aus. Alle Achtung, dachte er und grinste. Dieser Kerl ist schlagfertig. Torben hatte eindeutig was auf die Fresse bekommen, das Näseln gehörte nicht zu seiner Auswahl an Tonarten, die er für verschiedene Kunden auf Lager hatte. Das Zeichen hatte er aber nicht zuordnen können. Das war die Hauptsache. Heiko legte sich zurück aufs Bett. Von hier aus hatte er einen schönen Blick aus dem großen Fenster auf die dick mit

Schnee beladenen Tannen des Schwarzwaldes. Das Ferienhaus gehörte seinem Vater, der nur widerwillig den Schlüssel rausgerückt hatte. Er könnte sich Skier anschnallen und eine Runde in der Loipe drehen. Er könnte auch in die Sauna gehen und anschließend hinter dem Haus ein Schneebad nehmen.
Er könnte aber auch ein wenig schlafen. In wenigen Tagen würde er über die Grenze in die Schweiz reisen. Heiko schloss die Augen. Würde es ihm schwer fallen, nie wieder in den Schwarzwald zu kommen? Nie wieder nach Deutschland? Mal sehen. Wenn er jemals Heimweh verspüren sollte, dann gab es auch da Möglichkeiten.
Immerhin wusste er, vor wem er sich in Acht nehmen musste. Das war nicht immer so gewesen. Als Kind war er den Schlägen des Vaters hilflos ausgesetzt, bis der wegen Vergewaltigung und Körperverletzung für einige Jahre hinter Gitter kam. Die Mutter schloss ihn in seinem Zimmer ein, wenn Freier auftauchten. Mit zehn Jahren kam Heiko in ein Heim, sehr viel besser wurde es dort auch nicht. In der Schule lief es ganz gut, er wollte aber nicht weiter als bis zur Mittleren Reife gehen. Abitur war nichts für den zukünftigen Hacker und Outlaw. Heiko war vierzehn gewesen, als er diesen seltsamen Brief erhielt. Der gelbe Umschlag duftete nach Lilien. Der Inhalt machte ihm Hoffnung. Seine Asi-Eltern waren gar nicht seine Erzeuger. Er war gar kein Abschaum, kein Problemkind. Die Wahrheit war jedoch noch entsetzlicher. Lange hatte er das Bild betrachtet. Dieser feiste Manager mit den dicken Lippen und dem fiesen Lächeln konnte nicht sein wirklicher Vater sein! Boris Schüssler war auch dieser Meinung gewesen, als Heiko ihn aufsuchte.
Heiko wollte Gewissheit. Ein zufälliger Zusammenstoß mit Schüssler auf der Straße, und er hatte einige Haare für eine Genprobe. Es war kein Problem gewesen, jemanden zu finden, der den illegalen Test durchführte. Seinen leiblichen Vater hatte er also gefunden, nun wollte er auch wissen, wer

seine Mutter war. Es war kein leichtes Unterfangen. Er suchte Schüssler in der Firma auf, er belagerte dessen Haus, er bedrängte dessen Freundin. Nichts half. Erst als er mit einer Klage drohte, gab Schüssler nach. Heikos leibliche Mutter war eine anerkannte Physikdozentin und bekennende Lesbe. Und sie war Schüsslers Schwester. Den sexuellen Übergriffen ihres gewalttätigen Bruders hilflos ausgesetzt, war sie schwanger geworden. Einer Abtreibung hatte diese sich widersetzen können, doch ihr Baby hatte sie nie zu Gesicht bekommen. Die hartherzigen Eltern hatten nichts Eiligeres zu tun gehabt, als den inzestuösen Bastard so schnell wie möglich zu den Schmuddelkindern abzuschieben. Seine Asi-Eltern ließen sich für ihre Dienste königlich bezahlen.
Inzest. Heiko fühlte wieder das vertraute wehmütige Ziehen im Herzen, die Gewissheit, aus gutem Grund nicht ganz richtig im Kopf zu sein. Seinem leiblichen Vater hatte er später weitere angstvolle Stunden bereitet, als er die Firma anhackte. Sein Schweigen ließ er sich mit Geld bezahlen. Endgültig los wurde Schüssler ihn damit aber nicht. Der feiste Manager hatte noch mehr Schulden zu begleichen. Seine Mutter ließ Heiko in Ruhe. Sie hatte in ihrem Leben genug gelitten.
Er setzte sich auf. Schluss mit den bittersüßen Erinnerungen. Er hatte Wichtigeres zu tun. Zwei Dinge, um genau zu sein.

# 16

20. Dezember

Valerie sah die roten Bremslichter aufleuchten. Anja Herlof zwängte ihren gelben Corsa in eine enge Parklücke. Valerie fuhr langsam an ihr vorbei und beobachtete sie im Rückspiegel. Anja Herlof war bereits ausgestiegen und umarmte flüchtig einen Mann, der gerade beim Auto angekommen war. Das musste Ulrich Bauer sein, der Mann auf dem Bild, das Jack ihr gegeben hatte. Der Jagdhund konnte also nicht weit sein. Sie fand einen Parkplatz, nahm ihr Handy und tippte seine Kurzwahl ein. Wenige Sekunden später hatte sie ihn am Apparat.
„Schau mal zum Gesundheitszentrum rüber. Aber erschrick nicht!"
Valerie schaute in den rechten Außenspiegel. Es dauerte einen Moment, bis sie ihn erkannte. Der nervös von einem Fuß auf den anderen tretende Mann im blauen Anzug und dunkelgrauen Wollmantel hielt ein Smartphone an sein Ohr. Sein Haar war streng zurückgekämmt und geölt, seine Oberlippe zierte ein widerlicher Schnauzer. Nicht schlecht, Jack.
„Bleib im Auto", riet er ihr. „Seins steht auf der anderen Straßenseite. Der blaue Kia."
„Ich dachte, er fährt Werbung für die Bayrischen Motorenwerke? Was ist denn mit der Protzkarre passiert?"
„Wahrscheinlich zu teuer. Ist jetzt auch egal. Falls sie mit seinem Auto wegfahren, kannst du sie gleich verfolgen. Ich laufe ihnen jetzt hinterher."
Er brach die Verbindung ab. Valerie beobachtete ihn weiter durch die Autospiegel. Die glänzende Kopie eines Managers, der eilig mit wehendem Mantel über die Elvisbrücke in den Neuen Kurpark verschwand. Bald verlor Valerie ihn aus den Augen.

Jack folgte Anja Herlof und Ulrich Bauer bis zum Gradierwerk am Ludwigsbrunnen. Als die beiden langsamer gingen, zog er eiligen Schrittes an ihnen vorbei. Bauer würde ihn mit dem Schnauzer und dem Gel in den Haaren nicht wiedererkennen, so hoffte er zumindest. Sicherheitshalber trug er eine Brille.
Er setzte sich auf eine Bank und schlug die mitgebrachte Zeitung auf. Nicht den Anzeiger, das wäre zu auffällig gewesen. Außerdem hielt ein Manager grundsätzlich die FAZ in der Hand, selbst wenn er sie nicht las.
Er hatte Glück, die beiden setzten sich auf die Nebenbank. Er war zwar etwas zu weit entfernt, um sie belauschen zu können, aber Jack nahm sein Smartphone aus der Tasche, legte es auf die Bank und stellte es auf Aufnahme. Vielleicht konnte ein versierter Tontechniker etwas daraus machen.
Er beobachtete sie über den Rand seiner Zeitung. Anja Herlof redete eifrig auf ihren Schwager ein. Der schüttelte mehrmals den Kopf. Dann schien er sich zu einer Entscheidung durchzuringen und nickte. Er blickte auf. Genau in Jacks Richtung. Jack blieb fast das Herz stehen. Bleib professionell, sagte er sich, hob eine Augenbraue und grüßte mit einem Kopfnicken. Dann vergrub er sich hinter seiner Zeitung. Ulrich Bauer unterhielt sich noch eine Weile mit seiner Schwägerin, dann standen beide auf und verschwanden in die Richtung, aus der sie gekommen waren. Jack folgte ihnen langsam. Er stellte die Aufnahmefunktion seines Smartphones aus und tippte Valeries Nummer. Seine Augen fest auf das Display gerichtet, achtete er nicht auf seine Schritte. Eine Gestalt stellte sich ihm in den Weg. Jack stoppte, um nicht gegen sie zu laufen. Bauer, erkannte er in letzter Sekunde. Ohne Vorwarnung riss der ihm den falschen Bart ab. „Wusst ich's doch", rief Bauer. Sein Gesicht war ganz nah und sein Atem roch nach billigem Fusel. „Sie widerlicher Schreiberling. Sollten Sie mich weiterhin verfolgen, zeige

ich Sie an."
Bauer drehte sich um und rannte bis zu seinem Auto.

# 17
21. Dezember

Die Anzeige flatterte schon am nächsten Tag auf Alex' Tisch. Er las sie aufmerksam. Ulrich Bauer behauptete, von „Jack Roselle" eine E-Mail erhalten zu haben, in der „der impertinente Reporter" ihn des Mordes an seinem Bruder beschuldigte und Schweigegeld dafür verlangte, angebliche Beweise verschwinden zu lassen.
Ulrich Bauer verwies auf die offizielle Einstellung des Falles und beschwerte sich über Jacks fortwährende aufdringliche Schnüffelei in seinem Privatleben und dem seines toten Bruders. „Leichenfledderei" nannte er das.
„Er hat mir unterstellt, mit Mathias gemeinsam an etwas Illegalem dran gewesen zu sein, um meinen verschwenderischen Lebensstil finanzieren zu können. Von Drogen und dubiosen Geschäftskontakten bis in die Kreise der internationalen Mafia ist die Rede. Ich weise dies entschieden zurück und werfe Herrn Roselle Rufschädigung vor. Ich werde weitere rechtliche Schritte einleiten, wenn er mich weiterhin verfolgt", stand in der Anzeige. Es folgten eine lange Liste mit Rousselles Verfehlungen und einige unschöne Bilder von der Leiche, die eindeutig während der Obduktion gemacht worden und nicht für die Öffentlichkeit bestimmt gewesen waren. Darunter fand sich ein Bild, das ein kleines Tattoo an einer Stelle von Bauers Kopf zeigte, die normalerweise von den Haaren verdeckt wurde: ein nach oben offenes Dreieck, eingekreist mit einem blauen Marker.
Alex sprang auf und rannte aus dem Zimmer. Er stieß die Tür zum Büro seiner Mitarbeiter auf und bemerkte mit Genugtuung, dass Jan und Milena zusammenzuckten. Er richtete seinen Blick auf Milena, der Ausdruck ihrer Augen wechselte in Sekundenschnelle: fragend, erkennend, mutig,

ängstlich. Mit einer Kopfbewegung forderte er sie auf, ihm zu folgen. Langsam erhob sie sich, Alex sah, wie sie schluckte. Sie straffte ihre Schultern, hielt sich gerade und ging erhobenen Hauptes an ihm vorbei zu seinem Büro.
„Wie lange geht das schon?", fragte er, nachdem er die Tür zu seinem Büro zugeknallt hatte.
„Was meinst du?"
„Ich hatte dir zu verstehen gegeben, dass der Fall Bauer abgeschlossen ist."
Milena schwieg.
„Hast du dir Kopien gemacht?", fragte er ruhig.
Milena wurde rot. Auch eine Antwort, dachte Alex.
„Bereits bevor ich den Fall eingestellt habe", fügte er hinzu.
Diesmal reagierte Milena überhaupt nicht.
„Was hast du Jack Russell überprüfen lassen?"
Milena senkte den Kopf.
„Was hast du Jack Russell überprüfen lassen?"
Milena hielt sich die Ohren zu. „Schon gut", rief sie.
„Also?"
„Jack hat das vorgeschlagen", sagte sie.
„Was?"
„Heiko Kling."
„Muss ich dir alles aus der Nase ziehen? Was wolltest du über ihn wissen?"
„Ob er immer noch mit Anja Herlof zusammen ist", sagte Milena. Trotz der demütigen Haltung klang sie nicht im Mindesten kleinlaut.
„Warum?"
Sie zuckte mit den Schultern. „Weil Anja Herlof und Heiko Kling das stärkste Mordmotiv haben. Sie verfügen nun über das ganze Geld."
Alex nickte. Er hätte ahnen müssen, dass sich Milena einen Weg suchen würde, um weiterzumachen.
„Warum wart ihr dann hinter Ulrich Bauer her?"
„Er hat finanzielle Schwierigkeiten und könnte mit den bei-

den unter einer Decke stecken. Wir hofften, dass er uns zu Heiko Kling führt."
„Was soll das mit dem Tattoo?"
Milena schaute ihn entsetzt an. „Welches Tattoo?"
Alex schob das Bild über den Tisch.
„Wo hast du das her?", fragte sie beklommen.
„Beantworte meine Frage."
Milena wurde eine Spur blasser. „Es kam mir merkwürdig vor und ich habe nachgeforscht. *Wir* haben nachgeforscht. Jack hat aber nichts gefunden. Zumindest nicht bei den hiesigen Studios."
Alex atmete tief ein. „Jack Russell hat über eine Info aus dem internen Obduktionsbericht verfügen können?"
Milena nickte beklommen.
„Du hast tatsächlich interne Ermittlungsergebnisse an außenstehende Personen weitergegeben?", fragte er noch einmal.
Milena schwieg.
„Ohne mich zu informieren?" Und offensichtlich ohne Schuldgefühle. Milena schaute ihn direkt an. Wachsam und vorwurfsvoll.
„Das wird ein Disziplinarverfahren nach sich ziehen", warnte er.
Milenas Augen verengten sich zu Schlitzen. „Tu, was du nicht lassen kannst. Immerhin kann man *mir* nicht Schlamperei und Desinteresse vorwerfen."
Schweigen. Die Uhr tickte, der Computer surrte leise vor sich hin. Alex hatte die irre Vorstellung von ihm und Milena bei einem Duell.
„Schlamperei und Desinteresse?" Alex dehnte die Wörter. „Du glaubst, du kannst hier sitzen und mir einen solchen Vorwurf entgegenschleudern, ohne Konsequenzen fürchten zu müssen?"
Milena starrte ihn weiter an. Sprich es aus, schien sie ihn aufzufordern. Schmeiß mich raus!
„Ich werde dir nicht den Rücken freihalten, wenn du das ge-

hofft hast. Ich bin dein Chef und erwarte, dass du meine Anweisungen befolgst."
Milena hob das Kinn. „Ich habe getan, was ich für richtig hielt."
„Fahr nach Hause und hol die Kopien!", befahl er. Er schob ihr das Blatt mit der Anzeige rüber. „Da kannst du lesen, was du angerichtet hast. Feiner Freund. Jacques Rousselle soll sich Ulrich Bauer in Zukunft nicht mehr nähern. Bring es ihm bei, mit allem nötigen Nachdruck. Säusele es ihm meinetwegen ins Ohr. Sollte es nicht fruchten, fliegst *du*."

# 18

Silvester

Jack hob sein Glas und nahm einen Schluck Rotwein. In drei Stunden begann das neue Jahr.
Gemeinsam mit Ariane und einigen Freunden saß er in seinem Wohnzimmer in Dorheim und verbrachte die Zeit bis zum Countdown in so fröhlicher Stimmung wie möglich. Dabei war ihm gar nicht nach Feiern zumute.
Mit Milenas Wut kam er zurecht, er verstand, dass sie enttäuscht war und ihm vorwarf, ihr Vertrauen missbraucht zu haben. Was er nicht ganz von der Hand weisen konnte. Außerdem hatte sie mehr zu verlieren als er.
Auch mit Ulrich Bauers Anzeige kam er zurecht. Als Reporter und Buchautor hatte er des Öfteren mit Anschuldigungen aller Art zu tun und er wusste sich zu wehren.
Die mysteriöse E-Mail jedoch, die er Bauer angeblich geschickt haben sollte, hatte ihm unruhige Nächte beschert. Er hatte sie nicht geschrieben. Wer dann? Und wie war dieser jemand an das Leichenbild gekommen? Er hatte noch keine Antworten auf seine Fragen.
„Spiel's noch einmal, Jack", rief Joseph Vierländer, von allen nur Joe genannt, in Anspielung auf die legendäre Szene in „Casablanca".
Jack konnte leidlich Akkordeon spielen. Es war ein passend französisches Attribut und er kannte einige Chansons und Seemannslieder. Er hatte heute Abend bereits „Biscaja" und „Kreuz des Südens" zum Besten gegeben.
Das Smartphone vibrierte. Jack nahm es achtlos in die Hand und strich über das Display. Eine SMS. „Schau in deine E-Mail", stand da. Keine Nummer, kein Name. Jack war das gewohnt, zumindest bei misstrauischen Informanten. Und er war neugierig. Er entschuldigte sich bei seinen Gästen, was

ihm einen vorwurfsvollen Blick von Ariane einbrachte.

Er ging an seinen Laptop und holte seine Mails vom Server in sein Postfach. Acht neue Nachrichten, informierte ihn der Provider. Drei Werbungen, vier verfrühte Neujahrsgrüße von Freunden und eine Mail von „kasparhauser".

*„Sorry wegen der Anzeige. War wichtig, glaub mir. Aber ich hab was für dich. Wenn du das verstehst, führt dein nächster Schritt zum Ziel."*

Im Anhang befand sich eine Datei mit dem Namen „Kapelle". Jack wollte sie nicht öffnen, nicht ohne einen Virenscanner und nicht auf diesem Rechner. Er kopierte die Datei auf einen nagelneuen Stick und fuhr den Laptop herunter.

Dann ging er zurück ins Wohnzimmer, nahm das Akkordeon und spielte „Non, je ne regrette rien". Nein, er bereute nichts von dem, was er in Sachen Bauer unternommen hatte. Und folgte er Kaspar Hauser, dann kam er wohl bald einen entscheidenden Schritt weiter.

## 19
2. Januar

Kurz nach Neujahr ging Heiko über die Grenze in die Schweiz. Die Bohlen der alten Holzbrücke zwischen Gailingen und Diessenhofen knarrten unter seinen festen Schritten. Eine fahle Wintersonne leuchtete vom Himmel. Kein Zöllner weit und breit. Diese Brücke wurde nur sporadisch kontrolliert, ein Hinweis besagte, dass sie nur mit gültigem Ausweis und ohne zu verzollende Ware überquert werden durfte.
Mathias hatte nichts verstanden. Er war so sehr auf das Geld fixiert gewesen, dass er keinen Blick mehr für die sich abzeichnenden Gefahren gehabt hatte. Innerhalb weniger Monate hatte sich der Wind gedreht. Die Kripo in Frankfurt hatte zwar noch im Dunkeln getappt, aber die NSA, der militärische Geheimdienst der USA, war ihnen auf den Fersen gewesen. Heiko wollte die Sache beenden. Er hatte genug Geld. Er wollte weit weg sein, wenn es den Arabern und den Chinesen wegen Wirtschaftsspionage an den Kragen ging. Wie viele bedeutende Firmen in Europa und den USA hatten sie um ihre sorgsam gehüteten Firmengeheimnisse gebracht? Ende September war dann dieser seltsame Mann auf den Plan getreten und Heiko hatte sofort gespürt, dass sie diesmal kein gutes Geschäft machen würden. Er hatte stundenlang auf Mathias eingeredet, hatte versucht, ihn von der drohenden Gefahr zu überzeugen. Wenn man sie erwischte, würde das ein politisches Erdbeben auslösen.
„Und was für eine Katastrophe soll das sein?" Mathias hatte gelacht. „Dass der dritte Weltkrieg ausbricht?"
„Was ist daran so undenkbar?", hatte Heiko zurückgefragt, war aber nur mit einem ungläubigen Blick bedacht worden. Da hatte er beschlossen, die Dinge voranzutreiben und sich in Sicherheit zu bringen.

Mathias war nun tot. Heiko lieh sich seinen Namen. Er hatte jetzt Haare, wenn auch nur in Form einer perfekten Perücke. Seine Arme hielt er bedeckt. Er kleidete sich so unauffällig wie möglich: Jeans, T-Shirt, Kapuzenjacke, Wanderschuhe. Er prüfte, ob sein Smartphone noch in der Tasche steckte. Er würde es nur benutzen, wenn es unvermeidlich war. Einige wenige Tage brauchte er noch für seine Vorbereitungen, dann konnte er die Lunte zünden. Je mehr die Bullen mit falschen Fährten beschäftigt waren, desto besser für ihn.

# III. Die Jagd beginnt

# 20

3. Januar

Jacques Rousselle war ein Lebenskünstler. Das impulsive Verhalten seiner jungen Hippie-Eltern, die viele Jahre mit ihm vagabundierend durch Frankreich und Deutschland gezogen waren, ließ ihm kaum eine andere Wahl. Ihre Eheschließung war das einzige Zugeständnis an bürgerliche Konventionen gewesen und angeblich nur zum Wohle ihres Sohnes erfolgt. Jack vermutete, dass sie ihn sonst an ein Kinderheim oder an Pflegeeltern verloren hätten. Er war seinen Eltern dankbar für das bisschen Anpassung. Dennoch verlief sein Leben unstetig. Der ständige Wechsel von Schulen und Freundeskreisen ließ ihn nie richtig Fuß fassen.
Mit dreiundzwanzig Jahren wurde er zum ersten Mal Vater. Seine Tochter Celine wuchs bei ihrer Mutter in Frankreich auf. Jack schloss sein Studium der Politologie in Deutschland ab und lernte kurz danach Bianca kennen. Auch sie wurde schwanger, dieses Mal heiratete er die Mutter seines Kindes. Nun war er fast vierzig, geschieden, hatte zwei Kinder mit zwei Frauen und konnte außerdem auf eine stattliche Reihe von flüchtigen Eroberungen und Lebensabschnittspartnerinnen zurückblicken. Alles in allem war er aber zufrieden damit, wie sein Leben bisher verlaufen war.
Jack saß auf einer Bank an der Seewiese, dort, wo der örtliche Skiclub einen Teil der Grünfläche überflutet hatte. Nach Tagen mit knackigen Minustemperaturen bildete der Teil der Wiese nun eine glatte Eisfläche. Er beobachtete die tollkühnen Kunststücke, die sein zehnjähriger Sohn Felix auf dem Eis vollführte: schnelle Dreher, abruptes Bremsen, temporeiche Kurven. Einmal sprang er über einen Eishockeyschläger, der achtlos am Rande der Eisfläche lag. Jack hielt den Atem an, als Felix kurz in der Luft hing, dann

auf das Eis aufprallte, schwankte, schlitterte, sich fing und mit erhobenen Armen weiterlief.
Der Wind pfiff erbarmungslos durch Jacks Kleidung und auch seine eleganten Lederstiefel waren für dieses Wetter wenig geeignet. Er hätte sich über einen warmen Drink gefreut, aber es gab keinen Stand, an dem er etwas kaufen konnte. Er beschloss, einmal um die Eisfläche zu laufen, um sich aufzuwärmen. In diesem Moment kam eine ältere Frau in altmodischen Moonboots auf ihn zu.
„Sie sehen aber verfroren aus", bemerkte sie. „Darf ich?" Sie wies auf den freien Platz auf der Bank.
Jack nickte, die Frau setzte sich mit einem Schnauben. Er schaute zu, wie sie eine Thermoskanne und einen Becher aus ihrem Beutel nahm, den Deckel der Kanne aufschraubte und eine dampfende Flüssigkeit hineingoss. Als sie seinen Blick bemerkte, reichte sie ihm den Becher. Es hätte heißer Apfelwein sein können und Jack wäre trotzdem dankbar für das warme Getränk gewesen. Aber es war ein herrlicher Punsch aus Fliederbeersaft mit einem Schuss Rum.
Sie schlug die unförmigen Stiefel aneinander. „Es gibt nichts besseres bei diesem Wetter als Kunststoff", sagte sie mit einem Blick auf sein Schuhwerk. „Absolut wasserdicht."
„Das stimmt wohl, meine Dame", sagte Jack. „Aber wenn ich wetterfest angezogen wäre, hätten Sie mir sicher nicht aus Mitleid diesen vorzüglichen Drink gereicht."
Die Dame lachte. „Selbstgemacht."
Ein älterer Herr in einem dicken Parka und einem Jack Russell an der Leine gesellte sich zu ihnen. „Mir ist kalt, Luise." Jacks Blick flog zu den Füßen des Mannes: Lederstiefel. „Ich hab es dir ja gesagt", sagte sie, stand auf, hakte sich bei dem Mann unter und sie verschwanden Richtung Spielplatz. Der Hund sprang fröhlich zwischen ihren Beinen herum.
Jack gab seinem immer noch unermüdlich auf dem Eis herumkreisenden Sohn das Zeichen zum Gehen. Er hatte nun

fast zwei Stunden bei dem unwirtlichen Wetter ausgeharrt. Es reichte, er brauchte die behagliche Wärme eines beheizten Hauses.
Er hatte Glück, Bianca gewährte ihm gnädig vorübergehendes Asyl. Sie hatten gerade so viel Kontakt, um von einem höflich-freundschaftlichen Verhältnis sprechen zu können. Kurz darauf saß Jack im wohlig warmen Zimmer seines Sohnes und Felix zeigte seinem Vater die Schätze, die er zu Weihnachten geschenkt bekommen hatte. Weil Felix den zweiten Feiertag bei *ihm* verbracht hatte, waren sie noch nicht dazu gekommen.
„Was willst du denn mit einem Dinosaurier?", fragte Jack verblüfft.
„Das ist ein Allosaurus", erwiderte Felix ernst. „Er gehört zur Gruppe der Theropoden. Das bedeutet, dass er ein fleischfressender Dinosaurier war. Er wurde neun Meter lang und hat 1,7 Tonnen gewogen."
Jack war beeindruckt von Felix' Wissen. Und irritiert von seiner belehrenden Art. War das Biancas Erbe oder ein völlig normales Verhalten für einen Jungen von zehn Jahren? Wie hatte er sich in diesem Alter benommen? Er konnte sich beim besten Willen nicht mehr daran erinnern.
Dafür an diese Hefte! Jack zog ein buntes Sammelalbum zu sich heran. Es enthielt Fußballbilder, nach Mannschaften und Gruppen geordnet. Oh ja, auch er hatte dieser Leidenschaft gefrönt. Wenn das Taschengeld alle war, hatte er seinen Eltern so lange in den Ohren gelegen, bis sie ihm die Bildchen mitbrachten. Auch wenn sie über die bürgerliche Sammelwut ihres Sohnes lästerten, ließen sie ihn gewähren. Sie lobten ihn sogar für seine Hartnäckigkeit.
Besonders geliebt hatte Jack das Sammelalbum zur Europameisterschaft in Frankreich, 1984, er war damals etwa im gleichen Alter gewesen wie Felix heute. Er hatte so viele Spiele wie möglich gesehen in diesem besonderen Sommer. Das deutsche Team mit Harald Schumacher im Tor war nach

der Vorrunde ausgeschieden. Was hatte er geheult! Aber das französische Team mit dem legendären Michel Platini hatte alles wettgemacht und war Europameister geworden. Das war das Schöne an einer bi-nationalen Existenz: Wenn die eine Mannschaft verlor, konnte er immer noch für die andere die Daumen drücken.

Es dauerte einen Moment, bis Jack auffiel, dass er nicht das Album für die WM 2010 in Südafrika in der Hand hielt. Nein, es war die WM 2006 in Deutschland. Klar, Felix hatte gekickt, sobald er laufen konnte. Aber Jack konnte sich nicht daran erinnern, dass sein Sohn bereits in so jungen Jahren hinter Sammelbildern her gewesen war.

„Das Sommermärchen?", fragte Jack und hielt das Album hoch.

„Ach das", sagte Felix leichthin. „Hat mir der Lucas zugesteckt. Der hat es von seinem Onkel, aber Lucas mag ja Eishockey, kein Fußball. Und schon gar kein Heft, in das schon was reingekritzelt ist."

Jack verdrehte die Augen. Lucas litt unter einem Ordnungszwang. Jedes Mal, wenn Felix seinen Freund nach Dorheim einlud, sortierte dieser Felix' Spielzeugkisten neu „nach Themen". Es dauerte Wochen, bis Felix sich wieder zurechtfand.

„Manfred hat Mama einen großen Diamantring geschenkt und einen Heiratsantrag gemacht." Felix Stimme klang erstaunlich sachlich. Mamas neuer Freund war ein schwieriges Thema. Felix lehnte ihn nicht ab, beäugte aber misstrauisch dessen Einfluss auf seine Mutter. Zur Absicherung seiner Position schreckte der Junge auch nicht vor gelegentlichen Anfällen von kindischem Trotz zurück, was seine Mutter jedes Mal in Panik versetzte.

„Und, hat sie angenommen?", fragte Jack und hielt den Atem an. Er wusste nicht, ob er sich für Bianca freuen oder sie verfluchen sollte. Er hatte eigentlich nichts gegen Manfred. Arzt mit eigener Praxis, Mitglied einer Jazzband, nett zu Felix.

Sein Sohn zuckte mit den Schultern. „Von mir aus können sie. Ich werde bald groß sein, dann braucht Mama jemand anderen, dem sie was befehlen kann. Sie soll aber bloß nicht auf den Gedanken kommen, mich für's Blumenstreuen einzuteilen. Ich möchte auch keinen Anzug anziehen. Am liebsten würde ich im Fußballoutfit gehen. Aber das erlaubt Mama nicht."
„Für's Blumenstreuen bist du schon zu alt", beruhigte Jack seinen Sohn. Er zeigte gebührend Mitleid und hoffte, dass der Junge für das große Ereignis nicht den Beistand seines leiblichen Vaters erwartete.
Doch Felix hatte bereits andere Probleme. „Was ist ein größter gemeinsamer Nenner?" fragte er seinen Vater.
Jack schaute ihn skeptisch an. „Ich dachte, es sind Ferien."
„Mama sagt, ich muss immer lernen."
Typisch, dachte Jack. Bianca war schon immer sehr ehrgeizig und zielstrebig gewesen, eine Eigenschaft, die er anfangs bewundert hatte, die ihm jedoch bald auf die Nerven ging, weil sie in einen Erfolgszwang umschlug. Und dagegen war er allergisch.
„Dann soll sie dir auch erklären, was dieser Nenner ist."
Felix Schultern sackten ab. Es war eine hilflose Geste, die Jack bis ins Herz rührte. Er hatte ihn einfach bei ihr gelassen, bei dieser penetranten Perfektionistin.
Jack räusperte sich. „Ich weiß es nicht mehr genau", bekannte er. Er hoffte, damit nicht noch mehr Schaden anzurichten.
Aber Felix' Augen begannen zu trocknen. „Aber du hast es mal gelernt, oder?"
Jack nickte. Er konnte sich dunkel an diverse Mathestunden auf Deutsch und Französisch erinnern. Er hatte eigentlich keine Probleme mit diesem Fach gehabt, war aber auch keine Leuchte gewesen.
„Warum lernt man es denn, wenn man es später wieder vergisst?"
„Ich sage ja nicht, dass *man* es vergisst. *Ich* kann es dir mo-

mentan nicht erklären, das ist alles. Du bist da sicher besser."
Er klopfte auf seinen Schädel. "Irgendwo hier drin ist es noch gespeichert. Und ich kann es wieder abrufen, wenn ich will." Jack beugte sich zu Felix. "Aber es ist Aufgabe deines Lehrers, es dir zu erklären. Dafür wird er bezahlt. Hast du jetzt etwa Schule? Ferien sind zum Erholen da. Wenn du Stress mit deiner Mutter hast, sag mir Bescheid."
"Mama sagt, ich soll mit dir immer Französisch sprechen."
"Wie nett", sagte Jack und schmunzelte. Bianca hatte damals angeblich Besseres zu tun gehabt, als Französisch zu lernen. In Wahrheit war sie nicht besonders begabt für Sprachen. Felix konnte jetzt schon besser Englisch als seine Mutter.
Felix seufzte tief. "Ich wollte Französisch als zweite Sprache, doch Mama ist dagegen. Französisch wäre reine Zeitverschwendung. Wo du doch da bist. Stattdessen muss ich in Latein."
Jack runzelte die Stirn. Er mochte es nicht, wie Bianca ihn selbst jetzt noch für ihre Ziele einspannte.
"Warum lernt man eine Sprache, die niemand mehr spricht?", fragte Felix.
Wie soll ich meinem zehnjährigen Sohn die hehren Ziele humanistischer Bildung erklären?, fragte sich Jack.
"Weil viel Wissen noch in Latein geschrieben ist. Wenn du zum Beispiel Arzt werden willst ..."
"Ich will Dinosaurierknochen ausgraben", unterbrach Felix seinen Vater.
"Dann brauchst du erst recht Latein", konterte Jack. Mit dem Wissen, dass der Name "Allosaurus" aus dem Griechischen stammte, wollte er die Diskussion nicht unnötig belasten.
Felix schaute ihn unschlüssig an, dann sackten seine Schultern ab.
"Was heißt Dinosaurierknochen auf Französisch?"
"Wir reden Deutsch", gab Jack entschieden zurück. "Mit deinen Verwandten in Frankreich musst du Französisch reden, weil außer deiner deutschen Großmutter keiner eine an-

dere Sprache versteht." Oder verstehen will, fügte Jack in Gedanken hinzu. „Du hast dort genug Gelegenheit zum Üben."
Felix' Augen strahlten. „Fahren wir Ostern in die Provence?"
Jack zog den Kopf ein. Er konnte doch im Januar noch nicht sagen, ob er Ende März in Urlaub fahren konnte. Er war schließlich kein Angestellter im öffentlichen Dienst, der bereits Ende Oktober seinen Urlaubsplan für das komplette nächste Jahr in der Tasche hatte.
Felix bemerkte das Zögern seines Vaters. Er legte den Kopf schief und schaute ihn mit bittenden Augen an.
„Ich werde sehen, was sich machen lässt."
„Ich würd trotzdem gern zu Französisch wechseln. Das geht noch, ich kann ja schon sprechen. Muss nur noch das Lesen nachholen. Da kannst du mir sicher helfen. Bitte sprich mit Mama. Sie hört bestimmt auf dich."
Eher friert die Hölle zu, dachte Jack. Aber warum nicht mal was fordern? Er war schließlich der Vater. Zeit, auch mal auf seine Rechte zu pochen. Aber nicht, wenn Felix dabei war. Er brauchte nicht zu hören, wie seine Eltern sich stritten.
Felix seufzte. „Ich wäre dann wenigstens in einem Fach gut." Er warf den Allosaurus in eine Ecke. „Baust du mit mir Lego?"
Jack nickte. Celine hatte für die Plastiksteine nie Interesse gezeigt. Umso mehr freute er sich, dass Felix nicht genug davon bekam und mit viel Fantasie die abenteuerlichsten Figuren und Häuser baute.
Während Felix den schweren Kasten aus der Nische in die Mitte des Zimmers zog und eine große Bauplatte auf den Boden legte, blätterte Jack in dem Fußballheft. Hatte sein Sohn nicht etwas von Kritzeleien erwähnt? Er stoppte, als er den Namen Mathias Bauer las. Sein Herz klopfte schneller.
„Woher hat Lucas denn das Heft?", fragte er Felix.
„Weiß nicht." Er blickte von den Legosteinen auf, die er auf dem Boden verteilt hatte. „Ist das wichtig?"

Jack schüttelte den Kopf und blättere weiter auf der Suche nach handschriftlichen Einträgen. Auf der Seite der saudiarabischen Fußballmannschaft fand er sie. Darunter ein Zeichen, das dem Tattoo von Mathias Bauer glich und einen Namen: Jamal bin Jussuf.
„Die blauen Steine sind meine", bestimmte Felix. Jack legte das Heft auf seinen Mantel, er würde später fragen, ob er es sich ausleihen durfte. Dann suchte er aus dem großen Haufen die grauen Steine raus.

## 21
6. Januar

Milena saß an ihrem Schreibtisch im Grünen Weg und rief die aktuellen Vermisstenmeldungen auf. Sie hatte eben mit einer sehr aufgeregten Mutter telefoniert, deren Tochter – „Gott sei Dank" – wieder aufgetaucht sei. Sie fügte diese Information der Meldung hinzu, notierte sich aber die Adresse in Altenstadt. Sie würde der Familie einen Besuch abstatten, um sich selbst von dem glücklichen Ausgang der Geschichte zu überzeugen.
Sie warf einen Blick aus dem Fenster. Das Wetter konnte sich in den vergangenen Tage nicht richtig entscheiden. In der Silvesternacht war es eiskalt und klar gewesen, schön für das Feuerwerk, schlecht für die Autofahrer, es hatte viele Unfälle wegen Glatteis gegeben. Nun schneite es dicke Flocken, es war etwas wärmer geworden, aber trotzdem noch unter null Grad.
Sie hörte das Telefon in Alex' Büro klingeln. Er ging sehr schnell dran, in seiner Stimme schwang eine sonderbare Erwartung. Die Tür wurde geschlossen, nur um wenige Minuten später wieder geöffnet zu werden. Milena drehte sich neugierig um. Alex stand im Türrahmen.
„Frankfurt bittet um Hilfe", sagte er. „Es geht um Heiko Kling."
„Kling?" Ihr Herz schlug einen Takt schneller.
„Sie suchen ihn wegen einer Hackergeschichte. Wieder mal. Der zuständige Beamte in Frankfurt heißt Edgar Stock. Abteilung Cyberkriminalität." Er reichte ihr einen Zettel.
„Warum machst du das nicht?", fragte Milena und nahm ihn entgegen.
„Vielleicht braucht er Infos, die ich nicht habe." Er drehte sich um. „Wir setzen uns in einer Stunde zusammen. Jan

müsste dann von seinem Termin beim Gericht zurück sein."
Milena starrte eine Weile auf den Zettel. Frankfurt sucht Heiko Kling. Ok, nicht wegen Mordes, aber vielleicht ergibt sich ja doch ein neuer Hinweis für den Fall Bauer. Die Nummer war kaum lesbar, Alex hatte sie hastig oder auch wütend hingeschludert.
Hauptkommissar Edgar Stock nahm sofort ab.
„Hier ist Milena König von der Polizeidirektion Wetterau in Friedberg", begann sie.
„Weiß ich", wurde sie unterbrochen. „Seh die Nummer im Display."
Auch einen schönen Tag, dachte Milena. „Wie können wir helfen?" fragte sie betont höflich.
„Heiko Kling. Wir haben den Eintrag gesehen in der Datenbank."
„Der Fall Mathias Bauer?"
„Genau. Dazu komme ich noch. Wir haben einen kleinen Fisch an der Angel, anonymer Tipp aus der Szene. Nun brauchen wir den großen Fisch. Soll Hackerkurse in der Wetterau veranstaltet haben."
„Heiko Kling?"
„Eben der."
„Wann soll das denn gewesen sein? Die Ermittlungen liefen im Oktober. Soweit ich informiert bin, hält Heiko Kling sich seit einigen Wochen nicht mehr hier in Friedberg auf."
„Das wissen wir auch schon."
„Worum geht es denn dann?"
„Warten Sie!", befahl Stock. Milena hörte ein Schlürfen und ein paar gemurmelte Worte. Im Hintergrund lief ein Drucker, ab und zu hörte Milena jemanden rufen. Mehrere Telefone klingelten gleichzeitig und lange.
„Dieser Bauer", meldete sich Stock zurück.
„Mathias Bauer?"
„Eben der. Scheint, als wenn der da auch drin gesteckt hat."
„Worin?"

„Geheime Hackertreffen. Wohl nicht nur das. Aber da sind wir noch dran."
Die Stimme wurde einen Tick unsicherer, meinte Milena. Sie konnte sich aber auch irren. Möglicherweise waren Stocks Ermittlungen kurz vor dem Durchbruch. Es konnte aber auch heißen, dass Frankfurt noch völlig im Dunkeln tappte.
„Heiko Kling hat bei uns ausgesagt, dass er Mathias Bauer zwar kannte, ihm aber so gut wie nie begegnet ist."
„Klar hat er das. Würd ich auch an seiner Stelle." Es erklang ein weiteres Schlürfen. „Übers Netz haben wir schon gecheckt, es gibt da keinen Kontakt. Wir haben nichts anderes erwartet. Das sind Profis. Sind Sie sicher, dass die beiden sich nicht regelmäßig in Friedberg getroffen haben?"
„Wir sind dem nicht nachgegangen", sagte Milena ehrlich. „Wir hatten damals keinen Anhaltspunkt dafür." Was immer sie gegen Alex einzuwenden hatte, sie würde ihn nicht bei Stock anschwärzen.
„Unser kleiner Fisch hat die beiden zusammen gesehen. Kennt aber nur die Namen in der Szene. Kaspar Hauser, das müsste Kling sein. Und Hannes Schinder, das wäre dann Bauer."
Der Name sagt mir etwas, dachte Milena. Sie wusste jedoch nicht, in welchem Zusammenhang der aufgetaucht war. Vielleicht konnte Jan sich daran erinnern. Oder die Akte Bauer.
„Wir brauchen jeden Hinweis zu den beiden." Mit diesen Worten legte Hauptkommissar Stock auf.

# 22
## 7. Januar

Anja Herlof stand in ihrer Wohnung direkt neben dem Heizkörper und hatte ihre Wolljacke eng um den Oberkörper geschlungen. „Er hat gesagt, er braucht Abstand", berichtete sie. „Dann ist er gegangen." Ihre Stimme klang matt und heiser.
Jan schaute sich um. Das ehemalige Wohnzimmer von Mathias Bauer war kaum wiederzuerkennen. An zentraler Stelle stand ein großer LED-Fernseher. Die schäbige Einrichtung war gegen teure Luxusware ausgetauscht worden. Was wohl aus dem Bücherzimmer geworden war?
„Wie lange wird dieser *Abstand* dauern?", fragte er.
„Er ist da nicht so genau", sagte Anja Herlof. „Irgendwann wird er wieder auftauchen."
Hoffentlich, dachte Jan. „Haben Sie keine Möglichkeit, ihn zu erreichen? Handy oder E-Mail oder so was?"
„Wenn Heiko sagt, er braucht Abstand, dann ist er weg."
„Kam das schon mal vor?"
„Warum?"
„Sie klingen so routiniert."
Anja Herlof drehte sich um und ging an einen Barschrank. Sie goss sich einen klaren Obstler ein.
Jan trat an sie heran. „Sie wissen also nicht, wo Heiko Kling sich im Moment aufhält?"
Sie nahm einen kleinen Schluck und hustete. Dann schüttelte sie den Kopf.
„Hat er gesagt, *warum* er Abstand braucht?"
Sie schüttelte erneut mit dem Kopf.
„Es hatte also nichts mit dem Tod Ihres Ehemannes zu tun?", hakte Jan nach.
„Natürlich nicht."

„Seit wann ist er verschwunden?"
Anja Herlof schnaubte. „Heiko ist nicht verschwunden."
„Ist er untergetaucht?"
„Heiko ist nicht untergetaucht. Warum sollte er das tun?"
„Weil er Ihren Ehemann umgebracht hat?"
„Sie spinnen!" Sie nahm noch einen Schluck. „Entschuldigen Sie, ich hoffe, das war jetzt nicht Beamtenbeleidigung. Aber das können Sie doch nicht wirklich glauben."
Jan schwieg.
„Der Fall ist abgeschlossen", sagte Anja Herlof. „Mathias ist gestürzt und hat sich das Genick gebrochen."
„Hat der Tod Ihres Mannes mit dem Verschwinden Ihres Freundes zu tun?"
„Mathias war nicht mehr mein Mann. Nicht wirklich. Und Heiko ist nicht ‚verschwunden'."
„Bitte beantworten Sie meine Frage."
„Heiko hat nicht gesagt, hey, ich kann das mit Mathias nicht ertragen, ich gehe jetzt mal auf Abstand."
„Er nannte ihn Mathias?"
„Wie sonst?"
„Haben Sie mit ihm über Ihren ... ähm ... über Mathias Bauer gesprochen?"
„Manchmal."
„Worüber genau?"
„Ich habe Heiko die ganze Hölle erzählt, in der ich während meiner Ehe mit Mathias gesteckt habe. Hat gut getan. Ich schulde ihm viel." Sie schluckte.
„Und jetzt, nach dem Tod Ihres ... ich meine, nach *seinem* Tod, hat sich da was geändert?"
„Eigentlich alles. Ich habe jetzt Geld. Aber das ist kein Verbrechen, oder?" Ihre Lippen verzogen sich zu einem spöttischen Lächeln.
Der schrille Ton eines Telefons unterbrach ihre Unterhaltung. Anja Herlof entschuldigte sich hastig, ging in den Flur und nahm das Telefon von der Ladestation. Nach einem

kurzen, leisen Gespräch legte sie es wieder zurück. Sie hatte hochrote Wangen.
„War das Heiko Kling?", fragte Jan sofort.
Anja Herlofs Gesichtsfarbe wechselte zu blass. Erneut schlang sie ihre Wolljacke eng um sich.
„Wir können das überprüfen."
Anja Herlof blickte auf ihre Füße, die in lilafarbenen Pantoffeln mit Bommeln steckten. „Ein ehemaliger Geschäftspartner von Mathias", sagte sie leise.
„Ich denke, Sie haben mit den geschäftlichen Dingen Ihres Mannes nichts zu tun?"
„Habe ich auch nicht." Sie schaute auf den Boden. „Aber es gibt da noch etwas zu bereinigen."
„Schulden?" fragte Jan.
„Nein, nur Papiere und Unterlagen. Ich komme zurecht."
„Wie heißt der ehemalige Geschäftspartner?"
Anja Herlof wurde noch eine Spur blasser. „Ich kenne die Namen dieser Leute nicht."
„Mehrere?"
„Ein Araber und sein Dolmetscher."
„Haben Sie Stress mit denen?", hakte Jan nach. „Gibt es Drohungen oder eine Erpressung?"
Anja Herlof schüttelte den Kopf. „Alles in Ordnung." Sie strich mit einer Hand über ihren Arm wie um sich zu wärmen. „Wie gesagt, ich weiß nicht, wo Heiko sich aufhält. Sind wir jetzt fertig?"
Das war unverschämt, dachte Jan. Aber er beschloss, nicht darauf einzugehen. Im Grunde zeigte das ihre Unsicherheit, und diese war möglicherweise ein Zeichen von Schuld.
„Kennt jemand anderes Klings Aufenthaltsort?"
„Was weiß ich."
„Hatte er Freunde, bei denen er sich im Moment aufhalten könnte?"
„Ich kenne keine Freunde von ihm."
„Sie sind wie lange mit ihm zusammen?"

Anja Herlof schluckte. „Zwei Jahre", sagte sie, den Blick wieder auf ihre albernen Pantoffeln gerichtet.

„Und während dieser ganzen Zeit haben Sie keinen seiner Freunde oder Bekannten getroffen? Was ist das denn für eine Beziehung?"

„Das geht Sie nichts an." Anja straffte sich. „Ich habe Ihnen alles gesagt. Wie wäre es, wenn Sie jetzt gehen?"

„Haben Sie Kontakt zu Ulrich Bauer?", fragte Jan ruhig.

Ihr Blick wurde starr. „Er ist Lauras Onkel", sagte sie stockend. „Er holt sie jetzt freitags ab. Alles wie früher. Nur, dass sie nicht mehr zu ihrem Vater geht. Gehen kann. Wieso?"

„Sie selbst haben also keinen Kontakt zu Ihrem Schwager?"

„Oberflächlichen."

„Und Ihr Treffen im Südpark in Bad Nauheim?"

Anja Herlof öffnete den Mund, schloss ihn wieder, warf Jan einen unsicheren Blick zu. Dann hob sie die Arme und verschränkte sie vor ihrer Brust. Sie nickte, als würde sie sich nun erinnern. „Sie haben das von diesem Reporter. Ulrich hat mir davon erzählt. Dass der ihn verfolgt. Und dass er ihn anzeigen wird."

„Warum haben Sie sich mit Ulrich Bauer getroffen?"

Sie schaute an Jan vorbei zur Tür. „Wir hatten was zu besprechen."

„Worüber haben Sie gesprochen?"

„Familiensachen. Außerdem geht Sie das nichts an."

„Er hat Sie nicht nach Heiko Kling gefragt?"

Sie schaute Jan entgeistert an. „Ulrich? Was hat der denn mit Heiko zu tun?"

„Das frage ich Sie."

„Ich weiß nicht, was Sie sich da zusammenfantasieren. Heiko hatte nichts mit der Familie Bauer zu tun."

„Also auch nicht mit Ihrem verstorbenen Mann?"

„Er ist nicht ..."

„Ich weiß", unterbrach Jan. Was für ein albernes und heuch-

lerisches Spiel! Wenn Bauer nicht mehr ihr Mann gewesen wäre, hätte Anja Herlof nichts von ihm geerbt. „Hat Heiko Kling Ihnen jemals erzählt, dass er Mathias Bauer oder ein anderes Mitglied der Familie Bauer getroffen hat?"
Anja Herlof schüttelte den Kopf.
„*Wissen* Sie, ob er sich mit Mathias Bauer oder einem anderen Mitglied der Familie Bauer getroffen hat?"
Ihre Wangen röteten sich. Aber das war die einzige Regung.
„Heißt das ja oder nein?"
„Nein."
„Würden Sie das vor Gericht unter Eid aussagen?"
„Bin ich jetzt angeklagt, oder was?"
Jan betrachtete Anja Herlof nachdenklich. Nach Milenas Aussage hatte die Witwe die Nachricht vom Tod ihres Mannes mehr als gefasst aufgenommen. Als wäre sie erleichtert gewesen. Nun hatte sie ihm eine andere, eher devote Haltung vorgespielt. Diese dann aufgegeben, sich wiederholt aggressiv verhalten. Entweder hatte sie einen ambivalenten Charakter oder sie wollte Gefühle wie Unsicherheit oder sogar Schuld verbergen. Es war Zeit für einen kleinen Trick.
„Vielen Dank für Ihre Zeit." Jan drehte sich zur Tür. „Fragen wir die Familie Bauer."
„Warten Sie!", rief Anja Herlof. Jan hörte Furcht und Ärger in ihrer Stimme. „Sie werden lauter Lügen hören."
„Woher wollen Sie das wissen?"
„Sie mögen mich nicht. Meine Schwiegermutter möchte mich tot am Galgen hängen sehen. Sie wird Ihnen die Hölle vorlügen, nur um mir zu schaden."
„Finden Sie das nicht übertrieben? Warum sollte Ute Bauer mir etwas anderes als die Wahrheit sagen?"
„Gut, fragen Sie meine Schwiegermutter. Diese heilige Hure. Aber setzen Sie ihr auch die Pistole auf die Brust. Fragen Sie nach dem Streit zwischen den Brüdern. Fragen Sie, ob Ulrich es inzwischen bereut, Mathias gedroht zu haben."

\*\*\*

Heiko Klings ehemaliger Vermieter, Reinhard Menges, empfing Milena und Jan in seiner Wohnung in Bad Nauheim. Sie lag in einer Anlage für betreutes Wohnen an der Friedberger Straße. Die Übergangsphase zum Heim, dachte Milena. Ob er froh darüber war, hier zu wohnen, konnte sie nicht erkennen. Er sei seit mehreren Jahren Witwer, hatte Menges erzählt. Irgendwann ging es nicht mehr alleine zu Hause.
Menges war ein vom Alter gebeugter Mann. In seinen Schlappen schlurfte er ihnen voran ins Wohnzimmer. Seine Hosen waren einige Nummern zu groß und an vielen Stellen geflickt. Hosenträger hielten sie an seinem Körper. Auch das karierte Hemd schien schon ein paar Jahre alt zu sein. Der Stoff war am Ellenbogen so dünn, dass er zu reißen drohte. Doch es war sauber und akkurat gebügelt.
„Herr Kling hat einfach den Schlüssel in meinen Briefkasten geworfen und einen Zettel, auf dem stand, dass er die Wohnung verlassen hat. Er hat fristgerecht gekündigt. Er hatte die Miete für die letzten drei Monate überwiesen. Alles korrekt gelaufen." Menges Stimme klang etwas ratlos.
„Wann war das?", fragte sie.
„Im Dezember."
Bei der Friedhofsverwaltung hatte Heiko Kling bereits Ende Oktober gekündigt. Was hatte er so lange noch hier in Friedberg zu tun gehabt? Alles deutete darauf hin, dass Heiko sein Verschwinden selbst organisiert hatte.
„Es kam überraschend für mich", bekannte Menges. Er reichte Milena einen Schlüssel. „Die Wohnung ist noch nicht wieder vermietet. Schauen Sie sich ruhig um."
„Haben Sie diesen Mann schon einmal gesehen?", fragte Milena und hielt Menges ein Bild von Mathias Bauer unter

die Nase. Menges nahm es und schaute es eine Weile stumm an, dann schüttelte er den Kopf. „Einen solchen Menschen hätte man nicht übersehen können."
Er gab ihr das Bild zurück. „Herr Kling war ein angenehmer Mieter. Machte keinen Krach, im Gegensatz zu anderen in diesem Haus. Schade, dass er weg ist."
Da stimme ich dir zu, dachte Milena, während sie mit Jan zurück zu ihrem Auto ging. Vor drei Monaten hatten Alex und sie Heiko Kling nach dem Gespräch in der Polizeidirektion zu seiner Wohnung gebracht. Da sie keinen Durchsuchungsbefehl gehabt hatten, konnten sie sich damals leider nur einen oberflächlichen Eindruck verschaffen. Kling wusste um seine Rechte, ließ sie aber gelassen gewähren. Die Wohnung war penibel aufgeräumt gewesen, selbst die dreckige Berufskleidung des Aushilfsgärtners lag in einem sorgfältig aufgetürmten Haufen vor der Waschmaschine im Bad. Es gab erstaunlich wenig Technik. Vor allem, wie schon bei Mathias Bauer, keinen Fernseher. Aber sicher hatte Kling einen Internetanschluss gehabt und diesen auch benutzt. Auf welche Weise und mit welcher Absicht, würden sie noch herausfinden müssen. Milena machte sich keine Illusionen. Wenn Stock nichts hatte, dann würden auch sie nichts finden. Ein versierter Hacker surfte anonym im Netz.

In Friedberg staute sich der Verkehr auf der Kaiserstraße. Bis zur Kreuzung Ockstädter Straße ging es nur langsam voran. Als sie dort an der Ampel halten musste, sah Milena den Hinweis zum Bürgerhospital. Das erinnerte sie an Sandra Demandt.
„Ende September hatten sich die Geschwister Bauer in angeblich harmonischer Runde getroffen", sagte sie. Sie spürte, wie Jan neben ihr zusammenzuckte. Er hatte die Fahrt dazu genutzt, seine Nachrichten auf dem Smartphone durchzugehen. Nun blickte er irritiert auf.
„Aber Anja Herlof berichtet dir von einem Zerwürfnis

zwischen den Brüdern", fuhr Milena fort. „Das passt nicht zusammen. Wer lügt? Sandra Demandt oder Anja Herlof?"
Eine Klingeltonversion von *I shot the sheriff* erklang. Jan stöhnte auf. „Saskia. Ich muss da kurz rangehen."
In der leeren Wohnung in der Bismarckstraße gab es nicht viel zu sehen. Heiko Kling hatte sie restlos geräumt und auch gereinigt. Die Leute von der Spurensicherung müssten mit modernster Technik arbeiten. Aber selbst dann würden sie nicht mehr viel finden.
Jan und Milena klingelten bei den Nachbarn. Sie erreichten nur Frau Schenk, eine Mutter von zwei kleinen Kindern, die einen Stock unter Heiko Kling wohnte. Das ältere Mädchen drängte sich neugierig an ihrer Mutter vorbei, das jüngere blieb ängstlich hinter ihren Beinen stehen.
„Hatte Herr Kling Besuch?"
Frau Schenk schüttelte entschieden den Kopf. „Die Kinder sind so laut, da höre ich manchmal mein eigenes Wort nicht. Geschweige denn jemanden, der die Treppe hochgeht."
„Abends sind die Kinder ja im Bett", versuchte es Milena noch mal. „Dann ist es ruhiger."
„Haben Sie Kinder?", fragte Frau Schenk.
Nein, dachte sie. Ich habe es nur gewagt, eine Vermutung zu äußern. Sie runzelte die Stirn.
Jan drückte Milena wortlos ein Bild in die Hand. Sie warf einen kurzen Blick darauf. Das Porträt von Mathias Bauer. Sie reichte es an Frau Schenk weiter. „Haben Sie diesen Mann schon einmal hier im Haus gesehen?"
Sie betrachtete das Bild für einige Sekunden und schüttelte dann wieder den Kopf. Das Mädchen zupfte am Rock ihrer Mutter. „Mag auch sehen."
Milena zeigte ihr das Bild. Sie wartete gespannt. Kinder hatten eine andere Wahrnehmung als Erwachsene. Möglicherweise erinnerte sich das Mädchen an etwas, das der Mutter entgangen war.
Das Mädchen lachte und sagte: „Der Elefantenmann."

Milena und Jan wechselten einen Blick. Das klang nach Gewicht. Das klang nach Mathias Bauer.
„Elefantenmann?", fragte Jan.
„Nehmen Sie das bloß nicht ernst", wehrte die Mutter hastig ab.
Jan ging in die Hocke. „Hast du diesen Mann hier schon mal gesehen?"
Das Mädchen lächelte Jan an. „Nein."
Die Mutter seufzte. „Ich habe Sie gewarnt."
Jan kniff der Kleinen sanft in die Wange. „Ich bin ein Polizist, dem musst du immer die Wahrheit sagen."
„Gar nicht wahr. Ein Polizist hat eine Uniform und eine Pistole. Du hast keine."
Jan tippte auf das Bild. „Warum hast du Elefantenmann gesagt?"
„Weil der einen Elefanten hat."
„Einen Elefanten?"
Der Blick des Mädchens wurde unsicher. Es trat einen Schritt zurück und schmiegte sich eng an die Mutter. Die strich ihr beruhigend über die Haare.
„Sie verängstigen das Kind", warf sie Jan vor. „Wir haben den Mann noch nie gesehen."
Jan trat zwei Schritte zurück. Das Mädchen wurde wieder mutiger und zeigte ihm kurz ihre rosarote Zunge.
„Und Heiko Kling?", übernahm Milena.
„Der war so gut wie nie da. Ich bin ihm nur wenige Male begegnet."
„Und er war dann immer alleine?"
„Nein, einmal war eine Frau dabei, blonde Locken, klein und schlank. Und hohe Absätze. Vielleicht war das seine Schwester."
Schwester? Soweit Milena wusste, hatten die Eltern von Heiko Kling keine weiteren Kinder.
„Obwohl, sie sah ganz anders aus als er", fügte Frau Schenk hinzu. „Wahrscheinlich doch seine Freundin."

Milena nickte. Blond, klein, schlank, das konnte Anja Herlof gewesen sein.

***

Ulrich Bauer war nicht in der Firma. Er war auch nicht in seiner Wohnung in Bad Nauheim. Zweimal hatte Alex dort geklingelt, aber niemand reagierte. Alex trat einige Schritte zurück und blickte an der Fassade hoch. Keine Bewegung an den Fenstern im ersten Stock.
Alex zog den Autoschlüssel aus der Hosentasche und ging zu seinem Vectra. Er hatte ein ungutes Gefühl und hoffte, dass er nicht auch noch Ulrich Bauer suchen musste. Vielleicht war er aber auch bei seinen Eltern. Alex fuhr den kurzen Weg in die Luisenstraße.
Ute Bauer trug eine geblümte Kittelschürze. Das letzte Mal hatte er so eine an seiner Oma gesehen. Und die war schon über zehn Jahre tot.
„Können Sie sich nicht anmelden?", fragte Ute Bauer barsch. Dann machte sie ihm ein Zeichen, einzutreten. „Sie müssen mit in die Küche. Ich habe Gulasch auf dem Herd."
Alex verzichtete auf eine unhöfliche Reaktion und folgte ihr. Sie ging an den Herd und rührte in einem großen Topf. Es roch gut. Thea kochte nicht gern. Schon gar nicht aufwendig. So etwas wie Gulasch oder Rouladen gab es nur bei seiner Mutter. Da waren wohl alle Mütter gleich. Gut, dass er satt war. Sonst würde sein Magen die ganze Zeit grummeln.
Ute Bauer wies mit der Hand auf die Eckbank. „Was wollen Sie überhaupt von uns? Ich dachte, der Fall ist abgeschlossen."
„Ist Ihr Sohn bei Ihnen?", kam Alex ohne Umschweife zum Thema.
Ute Bauer schaute ihn misstrauisch an, dann schüttelte sie

den Kopf.

„Wenn ich schon mal hier bin, dann hätte ich auch noch ein paar Fragen an *Sie*", fuhr Alex fort.

Sie runzelte die Stirn. „Warten Sie einen Moment." Sie drehte die Hitze herunter und ging aus der Küche. Wenige Minuten später kam sie mit ihrem Mann zurück in die Küche. Martin Bauer begrüßte Alex herzlich. Der revanchierte sich mit einer Frage nach seinem Gesundheitszustand. Hatte Jan nicht von Herzrhythmusstörungen gesprochen?

„Gut geht es mir. Inzwischen wieder. War doch ein Schock, damals, als mein Junge gestorben war."

Ute Bauer ging wieder zum Herd und rührte. Martin Bauer setzte sich zu Alex an den Tisch.

„Wir haben Hinweise darauf, dass sich Ihr Sohn Mathias mit Heiko Kling, dem Lebensgefährten von ..."

„Wir wissen, wen Sie meinen", unterbrach ihn Ute Bauer.

Alex mochte sie nicht. Sie war arrogant und voreingenommen. Anja Herlof schien nie eine Chance bei ihr gehabt zu haben. Einmal abgelehnt, immer abgelehnt. Selbst für ihren Sohn war sie nicht bereit gewesen, eine Ausnahme zu machen.

Ute Bauer lehnte sich mit verschränkten Armen an den Küchenschrank. „Was wollen Sie?"

„Hat sich Ihr Sohn mit Heiko Kling getroffen?"

Sie versteifte sich, eine Ader pochte an ihrem Hals, die Nasenflügel blähten sich auf. So schnell, wie die Regungen gekommen waren, waren sie auch wieder verschwunden. „Mathias war so gut wie nie bei uns", hob sie an. „Das habe ich damals schon gesagt. Und wenn, dann alleine und nur ganz kurz. Er hat nie Freunde mitgebracht, schon als Junge nicht. Und dann soll er mit diesem Zuhälter hier ein und aus gegangen sein?"

Martin Bauer räusperte sich kurz.

„Schon gut", sagte seine Frau und drehte sich um.

„Er war also nie hier bei Ihnen?"

„Nein. Punkt. Aus."
„Anja Herlof hat uns von einem Streit zwischen den Brüdern erzählt. Also zwischen Ulrich und Mathias. Wissen Sie davon etwas?"
„Nein", sagte Ute Bauer langsam. „Das könnte ihr so passen. Lügen über uns zu erzählen. Unsere ganze Familie zu diskreditieren."
„Es gab also kein Zerwürfnis zwischen Ihren Söhnen?"
Martin Bauers Blick flog hastig zu seiner Frau. Aber er sagte nichts.
„Nein", antwortete Ute Bauer und zog dabei das Wort in die Länge.
„Woher wissen Sie das so genau, wenn Sie mit dem einen Sohn so gut wie keinen Kontakt mehr gehabt haben?"
„Dafür einen umso besseren zu dem anderen", presste sie hervor. „Ulrich hätte mir davon erzählt."
„Also kein Streit?"
„Sie scheinen dieser Schlampe mehr zu glauben als mir. Schon gut, Martin", rief sie, als ihr Mann sich erneut räusperte. „Sie können gerne Ihre rosaroten Träume pflegen, Herr Hauptkommissar. Meine Schwiegertochter will von sich ablenken. Und es scheint zu klappen."
„Es wäre besser, wenn Sie Ulrich danach fragen", schlug Martin Bauer versöhnlich vor.
Alex ignorierte ihn. „Was meinen Sie damit, dass Anja Herlof von sich ablenken will?", fragte er in Richtung Herd.
„Sie mögen den Fall abgeschlossen haben, Herr Hauptkommissar. Aber ich glaube nicht an einen *Unfall*."
„Der Glaube reicht für eine Mordanklage nicht aus, Frau Bauer", sagte Alex. Sie waren wieder dort angelangt, wo sie Ende Oktober stehengeblieben waren.
Martin Bauer stand mühsam auf. „Es wird Zeit für meinen Spaziergang, Liebes", sagte er zu seiner Frau. „Vielleicht möchte der Herr Hauptkommissar mich ein Stück begleiten?"

Alex war nicht in der Stimmung für einen Spaziergang. Er wollte ablehnen, als ihm Martin Bauers eindringlicher Blick auffiel. Er stand mit dem Rücken zu seiner Frau, sie bekam nichts davon mit. „Wenn ich mich nicht ausreichend bewege, dann bin ich ein paar Jahre früher im Grab", erklärte er. „Wo haben Sie denn geparkt?"
Nun erhob sich auch Alex. „Schillerstraße."
Er verabschiedete sich von Ute Bauer und begleitete ihren Mann in den Flur. Der zog sich umständlich seine Stiefel an. Alex half ihm bei der Jacke.
Draußen passte Alex sich dem langsamen Schritt des älteren Mannes an, obwohl es ihm schwer fiel.
„Ihr Sohn hat sich also doch mit Heiko Kling getroffen", begann Alex, als sie die von winterkahlen Linden gesäumte Schillerstraße hinunter Richtung Goethestraße gingen.
„Ute hat vor anderthalb Jahren noch gearbeitet. Teilzeit, dreimal die Woche. Und da kamen sie zu mir ins Haus. Ich wollte meinen Sohn nicht abweisen. Und dieser Heiko ist ein sehr angenehmer Mensch."
Also doch, dachte Alex und warf einen Blick auf seinen Vectra. Er hatte die Autoschlüssel bereits umfasst, ließ sie aber wieder los.
„Warum?"
Martin Bauer drehte sich steif zu ihm um. „Was meinen Sie?"
„Warum haben sich die beiden getroffen?"
„Sie haben wohl an einer Software gebastelt. Ich verstehe ja nichts davon. Wenn sie losgelegt haben, dann bin ich in den Keller. Ich habe Dreher gelernt. Schrauben und Feilen, das ist eher meine Welt."
„Warum haben Sie das nicht schon im Oktober gesagt?"
„Niemand hat danach gefragt", gab Martin Bauer zurück. „Außerdem sollte meine Frau nichts davon erfahren. Wissen Sie, wenn Sie verheiratet sind, dann braucht jeder seinen eigenen Freiraum. Sonst funktioniert das nicht. Ich lasse Ute

die Herrschaft über Haus und Familie. Meine Welt war und ist die Arbeit. So sind wir immer gut miteinander ausgekommen."
Martin Bauer blieb stehen und stützte sich auf seinen Gehstock. „Ich liebe meine Frau, verstehen Sie mich nicht falsch. Aber das bedeutet nicht, dass ich ihr immer die Wahrheit sage. Die Wahrheit ist relativ. Sie kann auch verletzen. Und deshalb sind Lügen oft so angenehm. Kleine Notlügen, selbstverständlich. Die heutigen Paare, sie verlangen einfach zu viel voneinander. Das geht nicht gut. Wie bei meinem Jungen."
Martin Bauer ging ein paar Schritte und setzte seinen Gehstock auf die oberste Stufe einer niedrigen Treppe, die über den Solgraben führte.
„Waren er und Heiko Kling denn Freunde? Trotz Anja Herlof?"
„Das kann ich nicht beurteilen. Warum sollte ich mir Gedanken machen, wenn es für die beiden in Ordnung war?"
Alex atmete tief ein und langsam wieder aus. Heiko Kling und Mathias Bauer hatten zusammen Hackerkurse veranstaltet und gemeinsam an einer Software gebastelt. Sie kannten sich mehr als oberflächlich, und Martin Bauer hatte das gewusst. Heiko Kling hatte ausgesagt, keinen Kontakt zu dem Mann seiner Freundin gehabt zu haben. Er hatte also gelogen. Oder doch nicht? Was genau hatte er gesagt? Alex musste den Bericht von damals noch einmal durchforsten.
Während er seinen Gedanken nachhing, gingen die beiden Männer am Gesundheitszentrum vorbei Richtung Gradierbau. Alex sog unwillkürlich die salzhaltige Luft ein, die von dem über das Weidengeflecht fließenden Wasser ausging. Aerosol. Nordseeduft. Eine Wohltat. Sie überquerten die Zanderstraße auf dem Weg in den Neuen Kurpark.
„Ist es denn wichtig?", fragte Martin Bauer. „Ich meine, hat Heiko mit dem Tod meines Jungen zu tun?"
„Vielleicht", sagte Alex. „Haben die beiden sich gestritten?"

„Nicht, dass ich wüsste. Diese Treffen bei uns hörten natürlich auf, als Ute voriges Jahr in den Ruhestand ging."
„Haben die beiden sich dann woanders getroffen?"
„Kann sein. Bestimmt. Ich habe davon aber nichts mehr mitbekommen."
Für einen Moment herrschte wieder Schweigen. Kling und Bauer haben sich bis vor Bauers Tod getroffen, dachte Alex. Da bin ich mir absolut sicher. Aber wo? Hab ich einen Hinweis übersehen? Er wünschte sich auf der Stelle in sein Büro zurück. Und er hätte gerne ein Blatt Papier gehabt.
„Heiko bat mich, Anja nichts von den Treffen zu erzählen. Er sagte immer, dass er noch nicht so weit sei."
„Wofür?"
„Das weiß ich nicht."
Sie standen vor der Trinkkuranlage, die Alex von einigen Konzerten her kannte, zu denen Thea ihn geschleppt hatte. Im Jugendstil errichtet, wie alles, was in dieser Stadt mit den Badekuren zu tun hatte.
Martin Bauer drehte sich zu ihm um. „Das ist meine kleine Runde. Normalerweise gehe ich über den Eleonorenring wieder zurück zur Luisenstraße." Alex hatte nichts dagegen und so schlenderten sie durch die Anlage an der Konzertmuschel und dem Wasserbecken vorbei zum gegenüberliegenden Ausgang.
„Sie sagten, die beiden hätten an einer Software gearbeitet." Alex musste lauter sprechen, da zunehmender Straßenlärm ihren Weg begleitete. „Was für eine Software?" Konnte es sein, dass Martin Bauer etwas von den Hackerkursen wusste? „Haben sie davon gesprochen, dass sie eine Schulung anbieten oder etwas in der Richtung?"
Martin Bauer schüttelte den Kopf. „Oben im ehemaligen Jungenzimmer steht ein Computer. Da haben sie zusammen dran gearbeitet."
Alex starrte ihn sprachlos an. Er war davon ausgegangen dass die beiden Männer Laptops verwendet hatten. Ein Com-

puter, eine Festplatte! Er wäre am liebsten gerannt. Doch ohne Martin Bauer in das Haus zurückzukehren, wäre verdächtig. Obwohl Alex glaubte, dass Ute Bauer von den Treffen der beiden Männer wusste. Sie hatte ihrem Mann nur nichts davon gesagt, um ihn zu schonen. Oder um den Schein zu wahren. So funktionierte ihre Ehe.

Alex' Herz raste. Er versuchte, sich zusammenzureißen. Martin Bauer konnte nicht wissen, dass nach Heiko Kling gefahndet wurde. Und das sollte so bleiben. So war die Situation weniger gefährlich für die Familie Bauer.

Eine endlose Viertelstunde später hatten sie wieder das Haus in der Luisenstraße erreicht. Umständlich schloss Martin Bauer die Haustür auf.

„Ist er weg?", rief seine Frau aus der Küche.

„Ich zieh mir gerade was Bequemes an, Liebes."

Martin Bauer legte einen Finger auf seine Lippen. „Zweite Tür rechts", flüsterte er. Alex nickte und war mit wenigen Schritten an der Treppe zum Obergeschoss.

Aus der Küche klang Geschirrgeklapper. „Das Essen ist in zehn Minuten fertig."

Martin Bauer brauchte eine Weile, bis er ebenfalls das Zimmer erreicht hatte. Alex hatte den Computer bereits angeschaltet. Es war ein altes Modell. Eigentlich nichts, was Hackerherzen höher schlagen ließ. Aber eigentlich hatte Alex keine Ahnung, wie Hacker tickten.

„Gibt es ein Passwort?", fragte er.

„Wir benutzen ihn nicht, der gehörte Mathias."

Entweder war Ute Bauer sentimental und hatte dem alten Stück aus Wehmut an den verlorenen Sohn einen Ehrenplatz eingeräumt, oder sie wusste, dass er immer mal wieder gebraucht wurde.

Alex brauchte kein Passwort. Es gab keinen Startvorgang des Betriebssystems. Nur einen schwarzen Bildschirm mit einer vernichtenden Meldung: „Hard disk not found."

„Heiko war kurz vor Weihnachten noch einmal hier", plau-

derte Martin Bauer. „Er hat gewartet, bis Ute und Laura aus dem Haus waren. Dann hat er geklingelt. Er hat mit dem Computer gearbeitet."
Und die Festplatte entfernt, fügte Alex in Gedanken hinzu.

***

„Internationale Investmentbank" stand in großen Buchstaben über dem Eingang eines mit Säulen und Marmorstatuen ausgestatteten Gebäudes in der Bahnhofstraße, Zürichs berühmter Bankenmeile. Heiko betrat das riesige Foyer. Geld stinkt tatsächlich nicht, dachte er. Es hat einen lieblichen Duft von Maiglöckchen und Narzissen. Das künstliche Aroma musste aus unzähligen in den Wänden eingelassenen Düsen in den Raum strömen, doch es war keine solche Vorrichtung zu entdecken. Sie sind eben Meister der Tarnung, wie ich auch.
Heiko warf einen kurzen Blick auf die Uhr. Er hatte noch zehn Minuten bis zu seinem Termin. Er könnte es sich in einem der gelben Ledersessel bequem machen, die etwas abseits um einen Marmortisch gruppiert standen. Dort saß ein äußerst exklusiv gekleidetes Paar und stritt sich.
Heiko hatte speckige Lederklamotten angezogen, nur um in diesem Anzugeinerlei ein wenig aufzufallen. Seinen Armani bewahrte er sich für die wirklichen Härtefälle auf, wenn er Eindruck schinden wollte oder musste. Hier war er Kunde, und zwar ein sehr wohlhabender Kunde. Er konnte verlangen, dass auf seine Marotten Rücksicht genommen wurde. Er hätte auch im Bademantel erscheinen können und niemand hätte sich darüber aufgeregt. Zumindest nicht offen.
Nicht, dass Heiko sich wohl gefühlt hätte. Die altmodische Gediegenheit des Foyers war nicht nach seinem Geschmack. Er hoffte, dass das Büro seines Beraters etwas moderner daherkam, sonst würde er nur mit Mühe einen Brechreiz unter-

drücken können.

Heikos Hoffnung wurde nicht enttäuscht. Andreas Grübli empfing ihn in einem Raum aus Glas, Chrom und Leder. Heikos Schritte klackten leise auf dem gefliesten Boden. Die zwei Gemälde in schlichten schwarzen Rahmen zeigten grafische Schwarz-Weiß-Muster.

Grübli hatte mit keinem Wort die unorthodoxe Kleidung seines Kunden kommentiert. Er selbst trug einen blauen Anzug mit einem Hemd, das einen leichten Stich ins Graue hatte und eine dunkelgraue Krawatte. Er hatte eine unauffällige Frisur, kurz und glatt, und ein gepflegtes Gesicht mit glattrasiertem Kinn, nur die Grübchen neben den Mundwinkeln fielen aus dem Rahmen.

„Wir haben da ein paar hübsche Offerten", sagte Grübli. Er hatte zwar einen Schweizer Namen, jedoch keinen typischen eidgenössischen Akzent. Kein „haben" mit einem leichten „Ch" am Anfang und auch kein kehliges „R".

Heiko räusperte sich. „Ich möchte mein Geld nicht investieren", sagte er.

Andreas Grübli schüttelte vehement den Kopf. „Geld muss atmen, Herr Bauer. Geld muss leben, Geld muss sich vermehren. Geben Sie dieser Welt eine Zukunft. Investieren Sie in die Forschung."

„Forschung?"

„Krebs, MS, Diabetes." Grübli fügte seine Hände zu einem Dreieck zusammen. „Aids."

„Ich habe nichts davon."

Grübli machte ein betrübtes Gesicht und legte seine Hände flach auf den Tisch. „Das freut mich für Sie. Aber denken Sie an die vielen hilflosen Menschen, die diesen fürchterlichen Krankheiten ausgeliefert sind. Namhafte Unternehmer haben ihr Geld und ihr Mitgefühl in die Erforschung der größten Erreger des letzten Jahrhunderts gesteckt. Grippe, Pocken, Polio, Tuberkulose, alles ausgemerzt dank dieser mutigen Menschen, die kein finanzielles Risiko scheuen."

„Ich halte nicht viel von Lebenserhaltung", sagte Heiko, nur um Grübli die Wohltätergrübchen aus dem Gesicht zu treiben. „Je früher wir Menschen aussterben, desto besser für diesen Planeten."
„Keine Sorge." Grübli lachte kurz. „Es geht hier nicht um Heilung. Es gäbe ja auch keine Rendite mehr, wenn niemand mehr krank würde. Die *Hoffnung* auf Heilung bringt das große Geld, nicht die Heilung selbst. Der Glaube bewegt alles, glauben Sie mir."
„Das haben mir die Nonnen im Kinderheim auch gesagt. Aber *daran* glaube ich nicht."
„Wie wäre es mit Waffen?" Grübli griff in die nächste Schublade und zog eine dünne Mappe heraus. „Afghanistan, Irak, Syrien, all diese Länder brauchen Ihre Hilfe. Ich kann Ihnen da ein Paket offerieren, das Ihr Vermögen in kürzester Zeit fast verzehnfachen wird." Er schrieb ein paar Zahlen auf das oberste Papier und schob es zu Heiko hinüber. „Ein Beispiel für eine halbe Million Franken." Die Grübchen vertieften sich. „Wie viel hatten Sie gedacht anzulegen?"
Heiko schaute sich die Zahlen einige Sekunden lang an. Grübli versprach ihm innerhalb von zehn Jahren eine Wertsteigerung von Fünfhunderttausend auf viereinhalb Millionen. „Sind da auch Kalaschnikows dabei oder nur Sprengstoffgürtel und Mörsergranaten?"
Grübli lachte künstlich. „Ich mag Kunden mit Humor, Herr Bauer. Nein, natürlich Panzer, Drohnen, Flak und ganze Raketenbasen."
„Das hört sich nach einem ekligen Gemetzel an." Heiko tat so, als müsste er sich selbst von seinen Zweifel befreien. „Wie steht es mit Minen?"
„Minen?", fragte Grübli. „Ich dachte, Sie wollten keinen Krieg." Dann erhellte sich sein Gesicht. Er schlug sich mit der flachen Hand an die Stirn. Dann öffnete er eine weitere Schublade. „Südafrikas Diamantenminen sind Weltspitze. Aber auch der Kongo wirft gutes Geld ab."

Heiko fragte sich, warum Grübli nicht einfach im Computer nach den Angeboten suchte, aber in dieser Hinsicht waren die Alpenwelt und der Banker wohl etwas altmodisch. Computer konnten leicht überwacht oder gehackt werden. Wer wusste das besser als Heiko selbst? Erst vor fünf Tagen hatte er Password und Konto eines Kunden dieser Bank erfolgreich geknackt und entschieden, sein Geld so schnell wie möglich in Sicherheit zu bringen.
Grübli schienen solche Sorgen nicht zu plagen. Er kramte in der Schublade. Kurz darauf hatte Heiko die dritte Unterlage in der Hand. Auf einer Karte von der Südhälfte der Erde waren unzählige Punkte eingezeichnet. Jeder von ihnen stand für eine lohnenswerte Mine in Afrika, Asien oder Südamerika, seien es Diamanten, Gold, Silber, Edelsteine oder wertvolle Rohstoffe wie Kupfer und Seltene Erden. Heiko dachte an hässliche Bilder aus Südafrika, die er vor wenigen Jahren gesehen hatte und die ihm noch heute im Gedächtnis geblieben waren. Minenarbeiter hatten für bessere Arbeitsbedingungen gestreikt und waren dafür von Polizisten vor laufenden Kameras zusammengeschossen worden.
„Ist mir doch zu dreckig", entschied er. „Was ist mit Umweltprojekten?"
Andreas Grübli schien aus dem Konzept gebracht. „Windräder und Photovoltaik? Ich bitte Sie, welcher fortschrittliche Geist investiert denn in so etwas? Da können Sie gleich eine Windmühle bauen oder ein Brennglas zum Anfeuern Ihres Holzofens benutzen. Die Preise sind im Keller. Rendite gibt es schon gar nicht dafür. Noch nicht mal für die Abholzung des tropischen Regenwaldes."
„Dann lohnen sich also Krankheit und Krieg momentan am meisten?"
„Schon immer."
„Und was ist mit China?"
„Absteigender Ast. Wirtschaftliche Talfahrt. Würde ich nicht mehr drauf setzen."

„Auf was setzen *Sie* denn, Herr Grübli?"
Grüblis Gesicht rötete sich. Die direkte Frage schien den Banker etwas zu verunsichern. Er strich sich mit einer Hand über seine Krawatte.
„Ohne ein wenig Schmutz an den Schuhen kann niemand reich werden, Herr Bauer."
Heiko stimmte ihm in Gedanken vorbehaltlos zu.
Grübli seufzte tief. „Wenn Sie eine saubere Investition suchen, dann kann ich Ihnen Firmen empfehlen, die in die Zukunft investieren, indem sie den Wassermangel in Wüstenländern bekämpfen." Er legte Heiko den Prospekt einer Firma namens Water Foundation vor. „Diese Firma besitzt die neueste Technologie für eine effektive Meerwasserentsalzung."
„Meerwasserentsalzung?" Heiko tat so, als habe er noch nie davon gehört. Aber in Wahrheit lief ihm ein eisiger Schauer über den Rücken. Water Foundation war ihr letztes Opfer gewesen. Ob Mathias noch in der Lage gewesen war, die Dateien an die Araber zu verkaufen? Wenn nicht, würde Water Foundation in Zukunft ungehindert Profit erzielen können und seine Aktie tatsächlich eine dicke Rendite abwerfen.
Grübli bemerkte Heikos Zögern und sah seine Chancen wieder steigen. „Ich würde sagen, Sie geben sich noch eine Nacht Bedenkzeit und dann sehen wir weiter."
Klar, dachte Heiko. In Grüblis Augen war er einer dieser zufallsreichen Kunden, die dumm und eifrig auf riskante Züge aufsprangen, da sie sich mit Geldanlagen nicht auskannten.
„Nein, Herr Grübli. Ich möchte einen Transfer meines gesamten Geldes auf ein anderes Konto."
Grübli lehnte sich langsam in seinem teuren Bürostuhl zurück. „Cayman Islands?" Seine Stimme klang enttäuscht.
Heiko schüttelte den Kopf und legte eine Karte auf den Tisch, auf der nur eine Reihe von Ziffern stand.

***

„Knobeln?", schlug Milena vor. Jan stimmte mit einem Nicken zu. „Schnick, Schnack, Schnuck", sagte sie und beide schwangen dazu ihre Fäuste. Milena zeigte Jan eine flache Hand, er hatte zwei Finger gespreizt. Schere schneidet Papier. Damit war klar: Sie musste ihn später nach Hause fahren. Jan hielt seine gespreizten Finger zum Siegeszeichen hoch und winkte der Bedienung.
Es war früh am Abend, das „Willy's" in Bad Nauheim noch nicht besonders voll. Die Bedienung nahm ihre Bestellung entgegen und lieferte die Getränke prompt. Jan hatte ein großes Guinness, Milena einen alkoholfreien Cocktail vor sich stehen.
Der irische Pub entsprach allen Klischees, die es über die Kneipen von der grünen Insel gab. Das dunkel geräucherte Holz der Tische und Stühle stammten aus der Zeit, als in der Kneipe noch geraucht werden durfte. Die Sitzflächen der Stühle und Bänke bestanden aus dunkelgrünem Leder. Doch das Willy's bot auch Überraschendes. Milena bestaunte die großen bunten Karussellpferde, die alten Spiegel an den Wänden und die zahllosen Whiskylabels, die an der Decke klebten.
Milena und Jan warteten auf Jack, mit dem sie sich um sieben verabredet hatten. Es war bereits über der Zeit, doch beide wussten, dass Jack Pünktlichkeit sehr großzügig auslegte. Sie bemühten sich um private Themen und sprachen über ihre Erlebnisse zu Weihnachten und Neujahr. Jan hatte sich Urlaub genommen und war mit seiner Freundin nach Thailand gereist. Verschmitzt blinzelte er Milena zu. Sie öffnete die Lippen und schloss sie wieder. Bitte nicht, dachte sie.
Jan tat ihr nicht den Gefallen. „Wir heiraten", sagte er und seine Augen strahlten vor Glück.

Milena zog sich der Magen zusammen, aber sie bemühte sich um einen neutralen Gesichtsausdruck und gratulierte.
„Wann ist denn der glücklichste Tag in deinem Leben?"
„Im Mai. Genaues Datum haben wir noch nicht festgelegt."
Klassisch, dachte sie. Im Wonnemonat, wenn alle Herzen brennen und der Flieder wieder blüht.
„Du bist natürlich herzlich zum Poltern eingeladen. Alex auch."
Milena schluckte. Es würde ein Horrorabend werden.
„Und wie geht es bei dir?" fragte Jan. Er schien fest entschlossen, Milena etwas von seinem Glück abzugeben.
„Gut." Bitte lass Jack jetzt auftauchen, dachte sie und schaute flehend zur Eingangstür. Sie wollte sich nicht mit ihrem verkorksten Leben beschäftigen. Sie wollte den Fall Mathias Bauer wieder aufrollen, dann war *sie* glücklich.
„Hast du wieder einen Freund?"
Verdammt, Jan ließ einfach nicht locker. Milena seufzte. „Einen interessanten Bekannten", log sie. „Vielleicht wird was draus." Sie lächelte geheimnisvoll und hatte Jan mit dieser Miene offensichtlich überzeugt. Denn er hob beide Daumen. Wie wenig es braucht, um ihn zu täuschen, dachte sie.
Jack betrat mit Valerie Specht das Willy's. Milena kannte sie flüchtig, ihre Freundin Ilona hatte sie zu mehreren Vernissagen der Künstlerin geschleppt. Was wohl Alex davon halten wird? Er würde nicht einverstanden sein, entschied sie. Ein erweitertes Team sollten sie bilden, hatte er gefordert und damit Milena, Jan und Jack Russell gemeint. Er hatte aber deutlich gemacht, wo für ihn die Grenze lag. Für alle Fälle, damit sie ihn nicht falsch verstand. Sie sollte Jack – freundschaftlich – alle Informationen aus der Nase ziehen, ohne nennenswerte Gegenleistungen zu versprechen. Milena hatte seine Anweisungen wortlos entgegen genommen. Nur allzu gut hatte sie seine harte Reaktion auf ihre letzte „Kompetenzüberschreitung" in Erinnerung. Aber sie hatte sich entschieden, ihre eigene Strategie zu verfolgen. Wenn

Alex ihr nicht vertraute, dann hätte er das Gespräch selbst führen müssen.

In ihrem türkisfarbenen Pullover und der grasgrünen Hose sah Valerie aus wie eine Meerjungfrau. Jack trug einen dunkelgrauen Anzug. „Ich war grad bei einem Interview", erklärte er seinen förmlichen Aufzug. Er zeigte Jan einen angedeuteten linken Haken, den dieser mit einem ebenso angedeuteten Bauchhieb parierte. Dann schlugen sie die Hände aneinander.

Valerie setzte sich mit einem gekonnten Augenrollen zu Milena und murmelte etwas von „ewige Kinder". Milena musste schmunzeln. Valerie war eine Frau nach ihrem Geschmack, sah man mal von der Kleiderwahl ab.

„Würd vorschlagen, dass wir uns alle duzen", sagte Jack.

Jan warf Milena einen kurzen Blick zu. Auch er kannte Valerie von einigen Einladungen bei seinem Boxkumpel, aber er schien überrascht, sie bei diesem Gespräch dabei zu haben.

„Valerie hat Jack bei seinen Recherchen geholfen", erklärte Milena.

„Weiß Alex Bescheid?"

Sie nickte hastig. Das Thema würde sie später mit ihm klären.

„Richtig Bescheid?", hakte Jan nach.

„Lass das meine Sorge sein", sagte sie.

Die Bedienung kam und machte der unangenehmen Situation vorläufig ein Ende.

„Du zahlst?", fragte Valerie ihren Begleiter und bestellte eine Bloody Mary. Jack nickte ergeben und entschied sich für einen Whisky. Für einen kurzen Moment herrschte Schweigen.

„Er ist nicht mehr bei ihr", begann Valerie. Niemand fragte, wen sie meinte. Alle wussten, dass von Heiko Kling und Anja Herlof die Rede war.

„Nur zur Info", sagte Milena. „Alles, was wir heute hier be-

sprechen, bleibt unter uns." Sie schaute erst Jack, dann Valerie an. Beide nickten. „Euer Ehrenwort", sagte sie und wusste, wie lächerlich das klang, als Jack grinste.
Valerie zuckte mit den Schultern. „Von mir aus", sagte sie.
„Keine Angst." Jack grinste nicht mehr, sondern sah sie mit einem Stirnrunzeln an. „Dein Boss wird mir noch dankbar sein."
Milena zögerte. Alex würde das sicher anders sehen. Würde von der Verpflichtung sprechen, zur Klärung eines Verbrechens beizutragen. Sie seufzte. Es würde eine Gratwanderung werden.
Valerie schien ihr Zögern zu bemerkten und berichtete kurz von ihrem Besuch bei Anja Herlof. „Unter der Nummer, die sie unter dem Namen „Heiko" eingespeichert hatte, ist niemand zu erreichen. Ich sag's euch: Es ist ihm zu heiß geworden."
„Er brauchte Abstand", sagte Jan. „Sagt Anja Herlof."
Valerie schnaubte. „Von wegen. Abgetaucht ist der. Und seine Freundin kennt den Grund."
„Sie hat sich stark verändert", sagte Jan. „Nicht nur äußerlich. Sie wollte es mich nicht sehen lassen, aber ich glaube, sie hat Angst."
„Vielleicht wird sie von ihm erpresst", sagte Valerie. „Er ist derjenige, der ihr ein Alibi gibt. Wenn er sich entscheidet, am besagten Nachmittag woanders gewesen zu sein, dann ist sie in großen Schwierigkeiten."
Milena schüttelte den Kopf. „Das glaube ich nicht."
Valerie tippte mit dem Zeigefinger auf den Holztisch. „Sie hat viel Geld, von dem sie nichts abgeben will. Vielleicht hat sie damit zu tun, dass er verschwunden ist."
„Du meinst also, er ist auch tot?", fragte Jack mit ungerührter Stimme. „Heiko bringt für seine Geliebte den Ehemann um die Ecke und Anja dann ihren Komplizen?"
„Oder sie hat in beiden Mordfällen ihre Finger im Spiel."
Milena blickte Valerie ungläubig an und schüttelte den Kopf.

„Da wäre sie aber ganz schön abgebrüht."
„Genau das. Süß und unschuldig scheint sie ja nie gewesen zu sein. Wenn ihr mich fragt, hat sie es ganz dick hinter den Ohren."
Milena beschlich ein unangenehmes Gefühl. Was hatte Sandra Demandt über Anja gesagt? *Sie war ein Ekel, schon damals. Mathias hat nicht gut gewählt.*
„Da ist was ganz anderes gelaufen", behauptete Jack. Er legte das Sammelalbum seines Sohnes auf den Tisch und erklärte kurz, wie es in seinen Besitz gekommen war.
„2006 gastierte die Nationalmannschaft von Saudi-Arabien hier in Bad Nauheim im Hotel Dolce."
„Großer Bahnhof damals", bestätigte Jan mit leuchtenden Augen. „Sie fuhren in dicken Limousinen vor."
„Die Fußballer und ihre Trainer wurden von einer Reihe wichtiger Leute begleitet", fuhr Jack fort, ohne auf Jans Kommentar einzugehen. „Ein gewisser Jamal bin Jussuf war im Stab der Wirtschaftsdelegation, die mit Abgesandten der Handelskammer Gießen-Friedberg über die Intensivierung der Wirtschaftsbeziehungen diskutierte." Jack legte ein Foto auf den Tisch. „Ich habe das in unserem Archiv gefunden. Es wurde bei einem der Treffen aufgenommen." Er tippte auf einen Mann in der hinteren Reihe. „Und nun dieses wunderbare Album. Eine wahre Fundgrube." Er blätterte auf die Seite mit den Bildern der Mannschaft aus Saudi-Arabien. Er wies auf einen Namen: Jamal bin Jussuf.
Milena sah, wie Jan Block und Kuli aus seiner Jackentasche zog und sich den Namen notierte. „Bauer war Mitarbeiter einer Firma für IT-Sicherheit", sagte sie. „Das könnte ein Grund sein, sich mit einem ‚wichtigen' Mann aus Saudi-Arabien zu treffen. Geschäftskontakte knüpfen. Ich sehe darin nichts Kriminelles. Aber wir werden dem nachgehen."
Das viele Geld, korrigierte sie sich im Stillen. Die WM hatte 2006 stattgefunden, Bauers Konto füllte sich rasant ab etwa 2008. Angeblich eine selbst entwickelte Antiviren-Software,

die sich gut verkaufte. Es gab dazu entsprechende Bestellungen und Rechnungen. Mit Bauers Arbeitsplatz bei „CS Computer Security" hatten diese Geschäfte aber nichts zu tun. Oder etwa doch?
„Und jetzt hier", sagte Jack und wies auf zwei arabische Zeichen. „Valerie kennt eine Arabischlehrerin bei der VHS, und die behauptet, es wären ein H und ein K."
Milena lehnte sich zurück. H und K, Heiko Kling?
Mathias Bauer, Mitarbeiter einer Firma für Sicherheitstechnologie. Jamal bin Jussuf, Unterhändler der saudi-arabischen Regierung. Heiko Kling, Hacker. Mathias Bauer und Heiko Kling verbanden illegale Hakercamps und eventuell noch mehr. Was verband die beiden mit Jamal bin Jussuf? Warum war Bauer ums Leben gekommen? Störte er die Geschäfte? Und wer hatte ihn auf dem Gewissen? Die Araber? Wenn ja, dann würden bald Spezialeinheiten des BKA und Interpol die Wetterau heimsuchen.
„Hier steht noch ein weiteres Kürzel. WF." Jack zeigte auf die arabischen Schriftzeichen. „Gibt es jemanden in eurer Akte, auf den oder die diese Initialen zutreffen?"
Milena schüttelte den Kopf.
„Vielleicht ist das eine Firma", schlug Valerie vor. „Sagen wir, HK und MB haben einen Auftrag aus Saudi-Arabien." Sie lehnte sich zurück und starrte das Karussellpferd so intensiv an, als wollte sie es Kraft ihrer Gedanken dazu bringen, sich zu bewegen. „Sie sollen den Computer einer bestimmten Firma, Abkürzung WF, anästhesieren. Eigentlich ein Routineeingriff, aber diesmal geht etwas schief."
„Dann wird Komplize Bauer ermordet", fuhr Jack fort. „Als Unfall nahezu perfekt inszeniert."
„Könnte die Mafia sein", überlegte Valerie.
Sie starrten sich etwas ratlos an.
„Noch ne Runde?", fragte Jan und tippte an sein leeres Glas. „Geht auf mich."
Alle stimmten zu. „Für mich eine Cola", sagte Milena. Jan

orderte bei der Bedienung.
Milena nahm den letzten Schluck von ihrem Cocktail. Das Lokal füllte sich. Der Geräuschpegel stieg. Sie beugte sich über den Tisch. „Ich glaube, es war zunächst anders. Mathias Bauer verhandelt im Auftrag seiner Firma mit den Saudis. Softwareprodukte für IT-Sicherheit. Es geht um viel Geld. Bauer ergreift die Gelegenheit und nutzt die Kontakte für einen schwunghaften Handel mit eigenen Produkten."
„Keine legalen Geschäfte", mutmaßte Jan.
Milena nickte. „Heiko Kling hilft ihm. Er ist ein Profihacker. Es geht um Spionage."
„Natürlich geht es um Spionage", sagte Valerie.
„Zunächst scheffeln sie unbehelligt viel Geld", sagte Milena.
„Dann geht was schief", griff Jack den Gedanken von Valerie wieder auf. „Bauer kommt ums Leben. Kling muss auch um seines fürchten."
„Und verschwindet", sagte Valerie langsam.
„Hat sich aber reichlich Zeit dafür gelassen", merkte Jan an.
Für einen Moment herrschte Schweigen.
„Ich werde versuchen, mehr über diesen Jamal bin Jussuf herauszubekommen", schlug Milena vor.
Jan grinste schwach. „Alex wird von unseren Spekulationen nicht begeistert sein."
„Dieses Album", Milena wies auf das Heft in Jacks Hand, „lag bestimmt in Bauers Wohnung. Wir hätten schon viel früher auf eine Verbindung zwischen diesen drei Männern stoßen können, wenn wir intensiver an der Mordtheorie gearbeitet hätten."
„Wenn du ihm das vorwirfst, schmeißt Alex dich aus dem Team", warnte Jan.
„Dann umgehen wir ihn und arbeiten eben direkt mit Hauptkommissar Stock zusammen."
Jan warf ihr einen Blick zu, der sagte, dass „wir" nicht das richtige Wort sei.
Jack grinste. „Apropos Zusammenarbeit. Was erhalte ich als

Gegenleistung für meine grandiosen Recherchen?"
Milena lächelte. „Du meinst für dein schieres Glück?"
„Das man sich auch erst mal verdienen muss, meine Gute."
„Wie wär's mit aufrichtigen Dank und ewiger Bewunderung?"
„Wie wär's mit ein paar Scheinen?"
Valerie boxte ihn in die Seite. „Kapitalist! Deine Eltern werden sich fragen, was sie falsch gemacht haben."
„Ich habe zwei Kinder zu ernähren. Die stehen nicht auf Ehre und Gewissen."
„Du bekommst ein Interview", bot Milena an.
„Exklusiv?"
„Wie immer. Du hast das Wort meines Chefs. Was es dir wert ist, musst du selbst entscheiden." Ich würde da nicht so viel drauf geben, fügte sie in Gedanken hinzu.
„Wege hat mich noch nie angeschmiert", entschied Jack und reichte Milena eine CD. „Das habe ich im Kurpark aufgenommen. Ist keine besonders gute Qualität. Ich habe jedenfalls kaum was verstanden. Vielleicht kriegt ihr ja was raus. Ihr habt sicher bessere technische Möglichkeiten."
Milena nahm die CD entgegen. „Worum geht es?"
„Ein Treffen von Ulrich Bauer mit Anja Herlof. Kurz bevor die Anzeige reinkam. Du erinnerst dich sicher an die Konsequenzen."
Milena starrte auf das Gehäuse der CD. Sie erinnerte sich glänzend. Das Donnerwetter von Alex, die drohende Suspendierung.
Doch Jack schien ihr Schweigen falsch zu verstehen. „Du weißt schon. Das Verbot. Als Wege von unserem Deal erfahren hat."
Milena spürte Jans neugierigen Blick auf sich ruhen. Hastig steckte sie die CD in ihre Handtasche. „Es ist nicht wahrscheinlich, dass wir dieses Material, was immer es zutage fördert, benutzen können. Aber danke."

# 23
8. Januar

Alex hatte die Ermittlungen im Fall Bauer offiziell wieder aufgenommen. Dass Heiko Kling offenbar engeren Kontakt zum Opfer gepflegt hatte, war eine neue Information, die neue Recherchen erforderte, zumal sie den Verdacht auf Mord oder zumindest Totschlag erhärtete. Ein tödlich endender Streit zwischen Komplizen, das war die vorläufige These.
Alex hatte Frankfurt von der Fortführung der Ermittlungen in Kenntnis gesetzt und war froh, als Stock ihm versprach, sich vorerst nicht direkt daran zu beteiligen. Der Kollege erwartete aber sofortige Mitteilung, wenn sich neue Hinweise für *seinen* Fall ergäben. Stock gestand, dass ihnen der junge Hacker, der kleine Fisch, nicht zufällig ins Netz gegangen war, sondern durch einen anonymen Hinweis. Was die Frage aufwarf, wer ihn verraten hatte.
Sie trugen ihre alten und neuen Erkenntnisse zusammen. Jacks CD mit dem Gespräch zwischen Ulrich Bauer und Anja Herlof aus dem Südpark ging sofort ins Labor. Wenn speziellere Technik erforderlich war, dann würde Alex das Material nach Gießen schicken. Er hoffe, dass dies nicht nötig war. Er hatte die Spekulationen über die Wirtschaftsspionage ohne große Regung aufgenommen. Aber er würde auch diesem Hinweis nachgehen. Nur nicht sofort.
Jan kippelte mit seinem Stuhl. „Anja Herlof behauptet, dass es einen Streit zwischen den Brüdern Bauer gegeben hat. Ute Bauer hat dies verneint."
„Wir müssen ihre Aussagen überprüfen", sagte Alex. „Milena, du nimmst dir Ulrich Bauer vor."
„Sollen wir nicht zuerst abwarten, was bei der Aufnahme herauskommt?", fragte sie.

„Nein", entgegnete er brüsk. „Es geht um sein Verhältnis zu seinem Bruder. Wenn wir wegen der Aufnahme noch mal zu ihm fahren müssen, umso besser. Macht ihn mürbe, wenn wir ihm eine Lüge nachweisen können. Also, zuerst zu Ulrich Bauer. Wenn er was anderes erzählt als Anja Herlof, konfrontieren wir sie mit seiner Aussage."
Alex hob den Finger, Milena unterbrach ihn. „Keine weiteren eigenmächtigen Ermittlungen, ich weiß."
Alex nickte. „Jan wird den Rest machen."
Jan geriet mit seinem Stuhl aus dem Gleichgewicht. Er kippte hart nach vorn und konnte sich gerade noch an der Tischkante abstützen. „Den Rest?"
„Jack Russell sagte, das Sammelalbum sei im Antiquariat gekauft worden." Alex blätterte in seinen Unterlagen. „Der Laden heißt ‚Büchertraum'. Vielleicht sind da noch andere Sachen von Mathias Bauer. Und Sandra Demandt soll ausführlich über ihren Geburtstag berichten. Es war angeblich das letzte Mal, dass die Geschwister Bauer sich trafen. Möglicherweise ist da etwas vorgefallen, was fatale Folgen gehabt hat."
„Sie hat gesagt, dass es zwischen ihnen harmonisch zuging", sagte Milena. „Du glaubst also, dass sie lügt?"
„Genau das. Du wirst jedes einzelne Alibi der Familie Demandt nochmals überprüfen, Jan. Dasselbe gilt für dich, Milena, in puncto Ulrich Bauer. Heiko Kling übernehme ich."
Mit diesen Worten beendete Alex die Lagebesprechung. Jan schob geräuschvoll seinen Stuhl zurück und zog gleichzeitig seine Jacke von der Rückenlehne.

Milena wollte Jan folgen, Alex hielt sie jedoch am Ärmel fest.
„Du hättest es mir gleich erzählen sollen", sagte er, als Jan den Raum verlassen hatte.
„Was?" Sie schaute ihn kühl an. Sie genoss seine Unsicher-

heit, auch wenn sie sich nur in homöopathischen Dosen zeigte.
„Das mit der Brille."
„Wann denn? Als du mich suspendieren wolltest? Weil ich mir weiter Gedanken über den Fall gemacht und Jack auch noch interne Informationen über das Tattoo gegeben habe?"
„Ich konnte nicht ahnen, dass da mehr war."
„Wie auch, wenn man keine Hinweise sucht."
„Wenn du mir über deinen Fund eher berichtet hättest, hätte ich die Ermittlungen längst wieder aufgenommen. Stattdessen wendest du dich an die Presse."
„Jetzt habe *ich* Schuld?"
Alex ließ sie los. „Zum Teil. *Ich* habe meinen Fehler eingeräumt. Und übernehme dafür auch die Verantwortung. Vielleicht werde ich noch weitere Fehler machen. Aber *ich* leite die Ermittlungen. Ich erwarte, dass meine Mitarbeiter meine Anweisungen befolgen. Nimm dir ein Beispiel an Jan. Halte dich zurück. Und keine weitere Konspiration mit Jack Russell, die nicht mit mir abgesprochen ist. Sonst ..." Er verstummte.
„Sonst was?" Milena trat ganz nah an ihn heran. Alex straffte seinen Körper, als würde er sich selbst zwingen, keinen Schritt zu weichen. Doch dann drehte er sich um und ging zum Tisch. Er schob mit fahrigen Bewegungen seine Unterlagen zusammen. Seine Hände zittern, dachte Milena überrascht.
„Das solltest du inzwischen wissen."
Milena drehte sich um und ging wortlos aus dem Raum.

\*\*\*

Es roch nach altem Papier und feuchtem Dreck. Die Matte an der Eingangstür des Antiquariats konnte kaum mehr den

Matsch aufnehmen, den die Leute von draußen hereintrugen. Der Inhaber scheint rege Laufkundschaft zu haben, dachte Jan verwundert. Doch schon kurz darauf wurde er eines Besseren belehrt. Ein muskelbepackter Mann trug zwei Kartons auf einmal durch die offen stehende Tür in den Laden. „Das ist der Rest, Willi."
„Danke für die Hilfe, Bernd", klang es dumpf aus dem Lagerraum. Jan hörte schlurfende Schritte, dann tauchte der Inhaber des „Büchertraums" auf.
Wilhelm Breitenbach entsprach voll und ganz Jans Vorstellung eines Antiquars: ein hagerer Hüne mit Brille. Strubblige, silbergraue Haare standen von seinem Kopf ab und passten farblich zu dem schmutzigen Hemdkragen. Er trug eine saloppe Hausjacke, die schon bessere Tage gesehen hatte, eine an den Knien ausgebeulte Hose und an den Füßen Schlappen, von denen sich der Wollfleece ablöste.
„Es sieht hier immer so aus, wenn wir eine Lieferung von einer Wohnungsauflösung haben", entschuldigte er sich für das Chaos. „Besonders, wenn es die Wohnung eines Akademikers war."
Jan stellte sich vor und reichte ihm ein Bild von Anja Herlof, das Milena bei ihrem jüngsten Besuch in deren Wohnung eingesteckt hatte.
„Ich kann mich an sie erinnern", sagte Breitenbach und rückte die Brille zurecht. „Man sieht solche Frauen selten in diesen Räumen." Jan konnte sich das gut vorstellen. Anja Herlof hatte wahrscheinlich keine Ahnung von Büchern, doch Bauers umfangreiche Sammlung hatte ihr eine berechtigte Hoffnung gegeben, dass hier Geld zu machen war.
„Und auch an das Sammelalbum." Breitenbach strich sich über das mit kurzen Stoppeln übersäte Kinn. „Ein Mann suchte nach einem besonderen Geschenk für seinen Neffen. Ich riet ihm zu einem Trikot seines Lieblingsvereins, aber als er das Album sah, war er nicht mehr zu bremsen. Schließlich waren die Saudis hier in Nauheim, und daran kann sich zwar

sein Neffe nicht erinnern, dafür aber der Onkel. Traurig, dass die Menschen immer das schenken, was sie selbst gut finden, und nicht das, was der Beschenkte vielleicht mögen könnte."

Jan erinnerte sich an die Rose, die er Saskia zu ihrem Einjährigen geschenkt hatte. Ein sehr peinlicher Moment, denn er hatte nach einem Jahr immer noch nicht gewusst, dass Saskia auf viele Blumendüfte allergisch reagierte. Er hatte sich keine Gedanken gemacht. Erst als Saskia anfing zu schniefen und unentwegt die Augen mit einem Taschentuch zu reiben, wurde ihm so langsam klar, in welches Fettnäpfchen er getreten war. Doch Saskia hatte ihm seinen Ausrutscher großzügig verziehen. Der Neffe seinem Onkel offensichtlich nicht, da das Heft schnurstracks bei Felix gelandet war.

Breitenbach hatte sich wieder über eine Kiste gebeugt. Jan blätterte in einem Band, der auf dem Tresen lag. Ein altes Buch, dessen Seiten fast zerfetzt waren. Wer kaufte denn so was? Ein Blatt fiel heraus und Jan bückte sich hastig, hob es auf und steckte es an einer beliebigen Stelle wieder in das Buch.

„Ah." Breitenbach tauchte aus dem Kistenchaos auf. Seine Brille saß schief auf der Nase, aber es schien ihn nicht zu stören. „Das ist der Rest", sagte er und drückte Jan einen Karton in die Arme. Er war schwerer, als er aussah.

„Das meiste habe ich verkaufen können. Eine schöne Sammlung. Leider mit einem fehlenden Buch." Breitenbach bückte sich und zog eine weitere Kiste aus den Tiefen seines Lagers. Er richtete sich mühsam auf und rückte die Brille zurecht.

„Welches fehlte denn?", fragte Jan. Er blickte sich um. Es gab hier massenhaft Ersatz für ein abhanden gekommenes Buch.

„Die Nummer 120 der Perry-Rhodan-Reihe. Der Kunde hatte sich beschwert. Ein passionierter Sammler. Es ist mir ein-

fach nicht aufgefallen, obwohl es so einfach ist, da ja die Nummern auf den Buchrücken stehen. Also, mit viel Mühe habe ich einen Ersatz herbeischaffen können. Hat mich eine Stange Geld gekostet und den Gewinn deutlich geschmälert."
Dass Breitenbach überhaupt Gewinn mit diesem Gewerbe erzielen konnte, erstaunte Jan umso mehr.
„Glauben Sie, dass der Band aus einem bestimmten Grund fehlte?"
Breitenbach starrte ihn an. „Ich weiß nicht."
„Dieser Kunde, der die Sammlung gekauft hat, können Sie mir seinen Namen sagen?"
„Eigentlich nicht." Breitenbach schaute streng. „Und er hat auch nicht die ganze Sammlung gekauft", fügte er mit einem Nicken auf die Restekiste hinzu. Jan öffnete den Mund, um seinen Spruch über die strafrechtlichen Folgen bei Behinderung von Ermittlungen loszuwerden, da unterbrach ihn Breitenbach auch schon.
„Ich sage ihm, dass er sich bei Ihnen melden soll." Er zwinkerte.
Ein wahrhaft witziger Bücherwurm, dachte Jan. Er öffnete den Mund, um sich zu bedanken, kam aber nicht weit.
„Wenn er sich nicht meldet, dann wissen Sie ja Bescheid. Aber nicht, dass Sie dann *mich* verhaften."
Nun war Jan verwirrt. „Warum sollte ich?"
„Weil ich ja den Band entfernt haben könnte." Breitenbach kicherte.
Jan lächelte nachsichtig. Dieser Mann hatte nicht alle Tassen im Schrank.

\*\*\*

„Ihr Bruder begeisterte sich für Fußball?"

„Als Junge", sagte Ulrich Bauer mit belegter Stimme. „Wie fast jeder."
Der erfolgreiche Unternehmer ist passé, dachte Milena. Ulrich Bauer hatte einen Bart, der bereits länger als drei Tage wachsen durfte, und trug ein zerknittertes Hemd. Um die Augen lag ein müder Zug und er hing schlaff in seinem Bürostuhl.
Sie blätterte in dem Album, das Jacks Sohn seinem Vater nur unter strengsten Auflagen ausgeliehen hatte. Er schien zu spüren, dass in dem bisher unbeachteten Ding mehr steckte, als er gedacht hatte.
Milena klopfte auf das Heft. „Dies ist ein Sammelalbum. Es gehörte Ihrem Bruder. Fußballweltmeisterschaft 2006 in Deutschland. Es ist übrigens vollständig."
Milena wartete einen Moment, aber Ulrich Bauer schwieg. Er drehte sich unablässig mit seinem Bürostuhl hin und her. Vielleicht fand er es lächerlich, sich mit so einer Lappalie beschäftigen zu müssen, während seine finanzielle Existenz auf dem Spiel stand.
„Fällt Ihnen dazu etwas ein?", fragte sie.
Ulrich Bauer schüttelte den Kopf.
Milena setzte sich auf die Kante des Schreibtisches, hinter dem Ulrich Bauer sich verschanzt hatte. Sie ließ ihr rechtes Bein baumeln. „Wir wissen von Ihren finanziellen Schwierigkeiten."
„Ich bin in keinen finanziellen Schwierigkeiten", erwiderte Ulrich Bauer. „Dieser widerliche Schreiberling! Ich habe ihn angezeigt, damit diese Verleumdungen aufhören. Ausgerechnet Sie kommen zu mir und wühlen den Dreck wieder auf."
„Es läuft also wie geschmiert?"
„Nicht direkt", bekannte er. „Aber ich bin aus meinem finanziellen ... Engpass wieder raus."
„Woher stammt das Geld?"
„Das muss ich Ihnen nicht sagen." Er lehnte sich in seinem Stuhl zurück und schlug die Beine übereinander. Er spielte

lässig mit seinem teuren Kugelschreiber. Eine Machtpose, die Milena nicht beeindruckte.
„Lassen Sie mich raten. Ein Auftrag aus Saudi-Arabien?"
„Saudi-Arabien?" Ulrich Bauer lachte gequält. „Was können diese Dattelpflücker schon hier drucken wollen?"
Milena tippte auf das Album. „Bei der WM 2006 in Deutschland residierte die Fußballnationalmannschaft aus Saudi-Arabien im Dolce in Bad Nauheim. Zusammen mit der Mannschaft reiste auch eine Wirtschaftsdelegation an. Es gab ein Treffen mit Vertretern der hiesigen Handelskammer und Vertretern der hiesigen Wirtschaft." Milena lehnte sich ein Stück vor. „Waren Sie dabei?"
„Nein."
„Ihr Bruder?"
„Das weiß ich nicht."
Milena lächelte. „Er war. Er konnte gut Englisch. Er verhandelte im Auftrag seiner Firma mit einigen Herren aus Riad, war mehrmals in Saudi-Arabien. Im Laufe der folgenden Jahre ist er auch nach Oman und Katar geflogen."
„Ich bin beeindruckt", sagte Ulrich Bauer.
„Es gibt hier drin einige Kontaktdaten." Milena klopfte auf das Album.
„Da drin?" Ulrich Bauer schaute sie skeptisch an. „Fußballer?"
„Wie gesagt, die Sportler waren nicht die einzigen Menschen, die sich damals in Bad Nauheim aufhielten."
„Mathias hat also für seine Firma Geschäfte getätigt. Warum fragen Sie dann mich und nicht die?"
„Haben wir. Aber einige dieser Kontakte wurden nicht im Auftrag seiner Firma geknüpft."
„Und wenn schon. Ich habe damit nichts zu tun."
„Diese Geschäfte wurden durch den Tod Ihres Bruders abrupt unterbrochen. Es könnte sein, dass seine Geschäftspartner noch Gesprächsbedarf über laufende Kontrakte und Lieferungen hatten."

„Da müssen Sie sich an meine Schwägerin wenden", sagte Ulrich Bauer. „Sie hat Mathias' Geld bekommen und ist also auch für seine Schulden zuständig."
„Wieso Schulden?"
Er zuckte zusammen. „Keine Schulden?"
„Anja Herlof scheint mit den Geschäftsleuten ihres Mannes in engem Kontakt zu stehen. Mein Kollege war selbst Zeuge eines Telefonats."
Ulrich Bauer sprang auf. „Dieses Miststück hat die Dateien."
Milena lächelte, sie hatte ihn. „Dateien?"
„Mist", fluchte Ulrich Bauer. Mit zitternden Händen tippte er eine Nummer in sein Handy. „Ab jetzt nur noch in Gegenwart meines Anwalts", sagte er mit bebender Stimme.
„Gut. Dann erwarten wir Sie und Ihren Anwalt heute Nachmittag in der Polizeidirektion West im Grünen Weg in Friedberg. Sie wissen, wo das ist?"
„Ich habe Termine."
„Wenn Sie nicht freiwillig kommen, lassen wir Sie abholen. Das wird dann unangenehmer."
„Für die Polizei", ergänzte er.
„Für Sie, Herr Bauer", antwortete Milena gelassener, als ihr zumute war. Sie hatte schon wieder gegen Alex' Anweisungen verstoßen.

\*\*\*

Alex schaute auf die Unterlagen, die er bisher über seinen Verdächtigen zusammengetragen hatte.
Heiko Kling war 1989 in Frankfurt geboren worden. Seine Geburtsurkunde nannte eine Verena Kling als seine Mutter und einen Lenny Kling als seinen Vater. Schon bald folgte der Umzug der Familie nach Duisburg, dem Heimatort der Mutter. Die Eltern kümmerten sich so gut wie gar nicht um

den Jungen. Der Vater landete bald wegen Drogengeschichten im Knast, die Mutter schien mit der Erziehung ihres Sohnes überfordert. Das Jugendamt beschloss, den Jungen in einem katholischen Kinderheim bei Köln unterzubringen. Sobald Heiko seine Mittlere Reife erlangt hatte, zog es ihn zurück nach Frankfurt. Dort lebte er in einem Lehrlingsheim und begann eine Ausbildung als Mechatroniker. Als er ausgelernt hatte, war er volljährig und bezog seine erste Wohnung in Preungesheim. Sein Leben verlief ruhig bis zu dem Tag, an dem wegen der Hackergeschichte gegen ihn ermittelt wurde. Es folgten der mysteriöse Rückzug der Klage und drei unauffällige Jahre mit Gelegenheitsjobs. Entweder hatte er sich nicht mehr kriminell betätigt oder er hatte es schlauer angestellt.

Alex blickte auf. Warum hatte Heiko Kling keine Stelle als Mechaniker oder Elektroniker gefunden? Oder hatte er gar nicht danach gesucht? War er so sehr mit seinen illegalen Aktivitäten beschäftigt gewesen, dass die Zeit für einen normalen Beruf nicht reichte?

Vor zwei Jahren meldete Heiko Kling sich in Frankfurt ab und zog nach Friedberg. Hier zog er sein „großes Ding" durch, wie Stock es bezeichnete. Hatte zunächst illegale Hackerkurse veranstaltet, ging aber später zu organisiertem Betrug und wohl auch Wirtschaftsspionage über. Wahrscheinlich hatte Kling hier ein ganzes Netz von Mittelsmännern aufgebaut und zahlreiche Fluchtmöglichkeiten für sich vorbereitet. Auf einer dieser Routen befand er sich jetzt, da war sich Alex sicher. Und auch, dass Kling nicht so leicht zu fangen sein würde.

Merkwürdig war, dass Heiko Kling für den Zeitpunkt des Mordes an Mathias Bauer ein zweites, wesentlich zuverlässigeres Alibi vorweisen konnte als einen Fernsehnachmittag mit seiner Freundin. Am fraglichen Montag Nachmittag hatte er ein Auto repariert. Das hatte sein Chef bestätigt, der Inhaber einer Autowerkstatt in Friedberg, bei dem Heiko ab und zu im Rahmen eines „ordnungsgemäß angemeldeten Nebenjobs" ausgeholfen hatte. Warum hatte Heiko Kling für Anja Herlof gelogen?

***

„Ich habe die Frau Kommissarin erwartet", sagte Sandra Demandt. „Die, mit der ich bereits gesprochen habe."
„Sie müssen mit mir vorlieb nehmen", sagte Jan.
Sandra Demandt sah fürchterlich aus. Falscher Gedanke, korrigierte er sich rasch. Sie sah nicht gesund aus. Blasses Gesicht, gerötete Augen, trockene Lippen. Ihre Hände spielten mit den Fransen an ihrer Wolljacke.
Als er hinter ihr ins Wohnzimmer trat, saß ein Junge auf dem Sofa und schaute fern.
„Daniel, wir haben Besuch."
Der Junge reagierte überhaupt nicht.
„Vielleicht schaust du in deinem Zimmer weiter", versuchte es seine Mutter noch einmal.
„Hab da kein Blu ray", brummelte es vom Sofa.
„Das ist Kommissar Sielau", stellte sie Jan vor.
Daniel stemmte sich aus den Kissen und drehte sich um.
„Sind Sie wegen mir da?" Der Junge wollte gereizt klingen, aber Jan hörte die Angst heraus.
„Nein", sagte Jan. „Aber ich würde dich gerne bei dem Gespräch mit deiner Mutter dabei haben."
Daniel schob eine Lippe vor. Sein trotziges Gesicht verhieß nichts Gutes. Jan kannte solche Jungen. Sie wussten nicht, wohin mit ihrer Aggression und ihrer Angst vor dem Erwachsenwerden.
„Und wenn ich nicht will?"
„Du *musst* nicht dabei sein."
Daniel kaute langsam an einem Kaugummi. „Eben sagten

Sie, ich soll."
„Ich sagte, ich würde dich gerne dabei haben", entgegnete Jan. „Jetzt habe ich es mir eben anders überlegt."
Daniel runzelte die Stirn. „Hauptsache, Sie wissen, was Sie wollen, Mann."
„Daniel", ermahnte ihn seine Mutter.
„Was?", fragte der Junge patzig zurück.
„Ich rede jetzt mit deiner Mutter", sagte Jan ruhig. „In der Zwischenzeit kannst du dir ein paar Gedanken darüber machen, was du mir über das Handy deines Onkels Mathias erzählen willst."
„Jetzt komplett verrückt, oder was?", schnaubte Daniel. Und ging aus dem Zimmer, bevor seine Mutter reagieren konnte.
Jan war zufrieden. Daniel hatte sich um eine schnoddrige Antwort bemüht. Aber seine Augen hatten sich dabei unruhig bewegt. Daniel würde lauschen. Das genügte.
Sandra Demandt entschuldigte sich für das ungezogene Benehmen ihres Sohnes. Sie entschuldigte sich auch für den Zustand ihrer Wohnung. Jan hörte geduldig zu, gab jedoch keinen Kommentar dazu ab.
„Möchten Sie was trinken?", fragte sie endlich.
„Gerne einen Kaffee", sagte er.
Sie schaltete den Fernseher aus und ging in die Küche. Jan wartete einen Moment, dann schlich er sich auf Zehenspitzen Richtung Flur. „Ich muss noch was aus dem Wagen holen", rief er.
Für eine halbe Sekunde sah er Daniels weißes T-Shirt aufleuchten, bevor der wieder in seinem Zimmer verschwand.
Fünf Minuten später saß Jan mit Sandra Demandt beim Kaffee. Es gab sogar Kuchen.
Jan langte kräftig zu. „Sie können vielleicht backen", sagte er. „Weltmeisterlich."
Sie kicherte.
„Was für einen Kuchen gab es denn an Ihrem Geburtstag?"
Ihr Lächeln verschwand. „Pflaumenkuchen. Es war Ende

September. Da sind sie am besten. Viel Zucker und viel Sahne. Mathias sagte, er dürfe das gar nicht essen." Ihre Augen wurden feucht. Sie wischte sie mit dem Handrücken trocken. „Aber er hat dann doch ein Stück gegessen. Sagte, Dirk würde ihm die Kalorien schon wieder austreiben. Das ist sein Fitnesstrainer." Sie seufzte. „Gewesen."
„Er war also ganz guter Laune?" Jan bemühte sich um einen beiläufigen Ton.
„Ja", sagte sie. „Es ist schön, eine so angenehme Erinnerung an ihn zu haben. Immer, wenn ich zu seinem Grab gehe, denke ich an diese zwei Stunden an meinem Geburtstag."
„Und Ihr Bruder Ulrich? War der auch guter Laune?"
„Weniger", gab sie zu. „Aber er bemühte sich." Sie senkte den Blick. „Es ging ihm damals nicht gut. Aber das wusste ich nicht."
„Und die Brüder untereinander?"
Sandra Demandt goss sich neuen Kaffee ein und rührte Milch dazu. „Sie benahmen sich ganz normal."
„Das stimmt doch gar nicht", fiel Daniel seiner Mutter ins Wort.
Sandra Demandt schaute verschreckt hoch und drehte sich um. Ihr Sohn stand, beide Hände in die Hüften gestemmt, in der Tür. Sein Gesicht zeigte weniger Empörung als Abscheu.
„Man lauscht nicht", mahnte seine Mutter.
„Lügen soll man auch nicht, sagst du immer. Und doch tust du's."
Ihr Gesicht rötete sich. Der Junge hat einen Treffer gelandet, dachte Jan.
„Was stimmt denn nicht, Daniel?", fragte er.
„Uli hat kaum was gesagt. Kein Wunder, denn Mathias hat ständig geredet. Dass sich jetzt alles ändern wird. Dass er Uli gerne Geld leihen will, aber nur mit saftigen Zinsen. Und er hat die ganze Zeit gelacht. Dieser angeberische Dreckskerl. Uli ging's wirklich beschissen. Schöner Bruder!"
Daniel drehte sich um und verschwand wieder in seinem

Zimmer.
Sandra Demandt saß zusammengesunken am Tisch. Sie strich mit den Fingern über die Blumenstickerei auf der Decke. „Es stimmt, was er sagt."
„Gab es Streit?"
„Nein. Aber nur, weil Ulrich sich zusammengerissen hat. Er wollte mir den Geburtstag nicht verderben. Im Gegensatz zu Mathias. Er hat Ulrich die ganze Zeit provoziert. Schaute ihn öfters lauernd an. Ich dachte, das Gewitter würde gleich losgehen. Aber es grummelte nur. Ulrich ist dann nach einer Stunde gegangen. Mathias blieb noch. Und da war er ganz anders. Wie immer, wenn wir alleine waren. Wir haben Kindergeschichten ausgetauscht. Von früher. Die berühmten ‚Weißt du noch'-Erzählungen. Das sind die angenehmen Erinnerungen, von denen ich gesprochen habe." Sie fuhr sich erneut mit dem Handrücken über die Augen. „Ich habe nicht gelogen."
„Könnte die Anspannung zwischen Ihren Brüdern groß genug gewesen sein, dass ..." Jan brach ab. Er suchte nach den richtigen Worten. „Könnte genug Wut zwischen ihnen vorhanden gewesen sein, dass ein Bruder den anderen umbringt?"
Sie suchte nach einem Taschentuch. Als sie es gefunden hatte, ließ sie es in ihren Händen ruhen, ohne es zu benutzen. Ihr Blick war auf die Galerie von Familienbildern gerichtet, die auf dem Sideboard stand. „Sie waren immer Konkurrenten. Um alles. Wer ist besser, wer hat mehr? Ich kann nicht sagen, dass einer von ihnen böse war. Sie haben sich halt gestritten. Ich hielt das irgendwann für normal. Ich war froh, dass ich ein Mädchen war. Da brauchte ich nicht mitzuhalten."

\*\*\*

Das Telefon klingelte zwei Mal, dann wurde abgenommen.
„Laura Herlof", ertönte eine piepsige Mädchenstimme. Milena seufzte. Ständig ließen Eltern ihre minderjährigen Kinder ans Telefon gehen und wunderten sich dann, dass so viel Mist passierte.
„Ist deine Mutter zu Hause?", fragte sie, um einen sanften Ton bemüht.
„Bist du dieselbe, die wegen der Anlagen angerufen hat?", fragte Laura zurück.
„Nein, ich bin von der Polizei. Welche Anlagen meinst du denn?"
„Ach, ich dachte nur. Mama kommt sicher gleich nach Hause."
„Du bist alleine?"
„Nein."
Milena klopfte das Herz bis zum Hals. Wen hatte Anja Herlof mit der Beaufsichtigung ihrer Tochter beauftragt?
„Ist dein Onkel bei dir?" fragte sie überflüssigerweise, denn Ulrich Bauer saß keine zehn Meter von ihr entfernt in seinem Büro und strich sich über das müde Gesicht. Milena hatte sich nach ihrem Gespräch ins Auto gesetzt und überlegt, wie sie weiter vorgehen sollte.
„Nein. Heiko."
Milenas Herz setzte einen Schlag aus. Heiko Kling! Bei Laura! Ich darf ihn nicht vertreiben. Ich muss die beiden in Sicherheit wiegen.
„Na, dann sag deiner Mutter bitte, sie möchte mich anrufen."
Milena wunderte sich, dass sie ihre Stimme so beiläufig klingen lassen konnte, während sie innerlich zum Zerreißen angespannt war. Sie drehte den Schlüssel im Zündschloss und startete den Wagen. Sie würde es in wenigen Minuten in den Haagweg schaffen.
Dort angekommen, sprach Laura mit ihr durch die Tür. Sie sagte, sie hätte vorhin gelogen und sei alleine in der Woh-

nung. Sie dürfe niemanden hereinlassen. Stand Heiko Kling hinter ihr und signalisierte die Antworten? Milena tippte Anja Herlofs Handynummer in ihr Display und wartete. Es wurde fast sofort abgenommen. Milena erklärte mit scharfer Stimme die Situation und drohte mit einer Anzeige, weil Anja Herlof ihr Kind alleine gelassen hätte. Anja Herlof jammerte ein wenig, sagte etwas von „Ausnahmesituation" und versprach, Laura zu bitten, die Kommissarin in die Wohnung zu lassen.
Keine Minute verging, da öffnete Laura die Wohnungstür. Ein Mädchen in einem rosafarbenen Pullover und einem kurzen Rock in dunklerem Farbton stand im Flur. Sie hatte eine weiße Strumpfhose an, die weder die dicken Oberschenkel noch die X-Beine verbarg.
„Mama ist etwas durcheinander", sagte sie mit ernstem Gesicht.
„Warum hast du gelogen und gesagt, Heiko sei bei dir?"
„Ich hab nicht gelogen." Laura zeigte ihr eine Puppe, die Milena mühelos als Barbies Mann Ken erkannte. „Ich habe ihn Heiko genannt."
„Und wo ist der richtige Heiko?"
Laura zuckte mit den Schultern. „Weg halt. Ich kriege auch keine Schokolade mehr."
„Hat Heiko dir Schokolade geschenkt?" Wieder ein Kribbeln, doch sie konnte sich Heiko Kling nicht wirklich als Kinderschänder vorstellen. Sein Lebenswandel passte nicht zu einer solchen psychischen Störung.
„Ich dachte erst, Mama wäre das gewesen. Aber dann nicht mehr. Es hörte auf, als Heiko weg war."
„Was hörte auf?"
„Na, die Schokolade."
„Wieso weißt du nicht, ob Heiko dir Schokolade geschenkt hat?"
„Weil ich das nicht wissen sollte", wisperte sie. „Sie war im Ranzen versteckt. Jede Woche, immer, wenn ich von Papa

kam."

„Dann hat dein Papa dir die Schokolade in den Ranzen gesteckt, nicht Heiko." Wie passte das zu Mathias' Überzeugung, dass Laura das Zuckergen von ihm geerbt hatte und deshalb mit aller Strenge von Süßigkeiten ferngehalten werden musste?

„Nein." Laura schaute Milena an, als sei die schwer von Begriff. „Erst nachher."

„Nachher?"

„Der Ranzen war leer, wenn ich von Papa kam. Am Sonntag war dann die Schokolade drin. Nuss." Laura schaute verträumt. Dann verdüsterte sich ihr Gesicht.

„Wo steckte denn die Schokolade?"

„Na, in meinem Ranzen."

„Wo genau?"

Laura führte Milena zu einem Schulranzen mit bunten Schmetterlingen. Sie öffnete die Schnalle und zeigte ihr ein dünnes Fach hinter den Büchern, das mit einem Reißverschluss versehen war. „Siehst du", sagte sie und klopfte auf den rosafarbenen Plastikstoff. „Keine Schokolade. Sonst würde das hier beulen."

„Du hast also jeden Sonntag dort eine Tafel Schokolade gefunden?"

„Zuerst am Montag, am Wochenende habe ich ja keine Schule und dann kümmere ich mich nicht um den Ranzen. Dann habe ich mal früher reingeschaut und da war schon am Sonntag eine drin."

Milena dachte an das Gespräch mit Anja Herlof, kurz nach dem Auffinden der Leiche. Ulrich Bauer habe Laura öfters was schenken wollen, aber Mathias habe dagegen protestiert.

„Du bist am Samstag von deinem Onkel nach Hause gebracht worden und da war ganz bestimmt keine Tafel Schokolade drin?"

„Nein." Laura rollte mit den Augen. „Erst am nächsten Tag. Frühestens. Ulrich war das nicht."

„Und wieso weißt du, dass es Heiko war?"
„Wer denn sonst? Eine Fee? Die gibt's doch nur in Büchern."
„Darf ich mal?" fragte Milena und nahm Laura den Ranzen aus den Händen. Sie öffnete den Reißverschluss, kramte und zog ein Blatt heraus. Laura schaute sie verblüfft an.
Milena faltete das Blatt auseinander und stieß einen überraschten Laut aus. Es stand ein Name drauf, Water Foundation. WF, dachte sie, das Kürzel aus dem Album. Es folgten die Worte „am Mittwoch" und ein arabisches Zeichen.
„Und du hast den Ranzen immer mit zu deinem Papa genommen?"
Laura nickte. „Ich bin doch gleich nach der Schule zu ihm."
„Und du bist sicher, dass nicht deine Mutter die Schokolade in den Ranzen gesteckt hatte?"
„Ja."
In diesem Moment drehte sich ein Schlüssel im Schloss.

\*\*\*

Alex recherchierte im Internet die Kontaktdaten der Firma, die vor einigen Jahren von Heiko Kling durch einen Hackerangriff geschädigt worden war. Er wählte die Nummer der Zentrale in Frankfurt und fragte sich bis zum Geschäftsführer durch. Nach langen fünf Minuten wurde er mit Boris Schüssler, dem „Sales Manager" für den Nahen Osten, verbunden.
„Das ist aber lange her", beantwortete Schüssler Alex' Frage nach dem Hackerangriff. „Ich kann mich daran kaum erinnern."
„Versuchen Sie es trotzdem."
„Was genau wollen Sie wissen?"
„Sie haben den Hacker zuerst angezeigt, dann die Anzeige

zurückgezogen. Warum?"
„Wir haben uns geeinigt", sagte Schüssler mit reservierter Stimme. „Es ist manchmal ganz hilfreich, auf Sicherheitslücken hingewiesen zu werden."
„Warum hat Kling sich ausgerechnet Ihre Firma ausgesucht?"
„Weiß ich doch nicht."
„Hat Herr Kling für seine unfreiwillige Hilfestellung eine Gegenleistung erhalten?"
„Das sind innerbetriebliche Angelegenheiten. Wenn die Polizei berechtigt ist, auf diese Informationen zuzugreifen, legen Sie die entsprechenden Dokumente vor."
„Ich werde mich sofort um die Formalitäten kümmern." Alex wartete einen Moment und vernahm mit Genugtuung den erwarteten Fluch.
„Nun nicht gleich so radikal", sagte der Manager. „Natürlich sind Verbrecher wie Kling nicht selbstlos. Er hat uns aber nach Zahlung einer kleinen Aufwandsentschädigung in Ruhe gelassen."
„Kleine Aufwandsentschädigung?"
„Zehntausend."
„Sind Sie sicher, was die Anzahl der Nullen betrifft?"
„Ja. Er schien nicht gerade ein Profi zu sein."
„Oder es ging ihm gar nicht um das Geld."
„Um was denn sonst?"
„Ich hoffte auf eine Antwort von *Ihnen*."
„Da muss ich passen."
„Wofür genau hat er denn die Zehntausend bekommen?"
„Dafür, uns in Ruhe zu lassen. Mit der Schließung der Sicherheitslücken haben wir dann eine renommierte Firma der Überwachungstechnologie beauftragt. Hat uns zwar eine Menge Geld gekostet, war aber sehr effektiv. Weder Kling noch irgendein anderer Hacker hat jemals wieder unsere Daten knacken können."
Alex' Hand umklammerte fest das Telefon. „Wie heißt die

Firma?"

„CS Computer Security."

Wusste ich es doch! Alex nahm einen Kuli, schrieb „CS" und drei Ausrufezeichen. Die Firma, in der Matthias Bauer angestellt war.

„Kannten Sie Heiko Kling persönlich?"

„Nein. Mit solchen Leuten will ich nichts zu tun haben. Und jetzt muss ich weitermachen." Im nächsten Moment war die Leitung tot.

Alex starrte einige Sekunden auf den Hörer. Der hat Dreck am Stecken, dachte er. Den knöpfe ich mir gesondert vor.

Kaum hatte Alex aufgelegt, klopfte es zaghaft an seiner Tür. Gleichzeitig klingelte wieder das Telefon, der Mitarbeiter vom Empfang kündigte eine Dame namens Ute Bauer an. Alex war überrascht, noch mehr, als die Frau sich nach seiner Aufforderung nur zögerlich in den Raum schob. Von ihr war er ein anderes Auftreten gewöhnt.

„Haben Sie etwas Zeit für mich?", fragte sie.

Alex deutete wortlos auf den Besucherstuhl.

Ute Bauer setzte sich umständlich und hob ihre Handtasche auf den Schoß. Sie knetete die Trageriemen.

„Ich wollte dies nicht in Gegenwart meines Mannes besprechen", fing sie an.

Alex nickte nur. Er kannte die absurde gegenseitige Rücksichtnahme des Ehepaares inzwischen zur Genüge und zog es vor, keinen Kommentar abzugeben.

„Martin ist herzkrank und es hätte ihn unnötig aufgeregt", erklärte Ute Bauer. Sie wirkte nun wieder souveräner in ihrer Rolle der fürsorglichen Ehefrau.

„Sie haben Heiko Kling getroffen", sagte Alex geradeheraus. Er hatte keine Lust auf eine lange Vorrede.

Ute Bauer senkte den Blick auf ihre gepflegten Hände. „Ja."

„Wo? Wann?"

Sie berichtete von einem − in ihren Augen alles andere als zufälligen − Zusammenstoß Mitte Dezember auf der Strese-

mannstraße, bei dem sie von dem „Zuhälter" eine Tüte in die Hand gedrückt bekommen hatte mit der Aufforderung, diese an Anja Herlof weiterzureichen.
„Die beiden benutzten mich als Botin", schimpfte sie. „Er bat nicht. Er sagte: ‚Tun Sie es!' Erst wollte ich nicht, dann drohte er mir, dass Martin etwas zustoßen könnte."
Dann erzählte sie von dem Treffen mit der „Schlampe" und deren merkwürdiger Reaktion.
„Was war in der Tüte?"
„Eine Haarlocke."
„Und Anja Herlof hat sie genommen?"
Ute Bauer nickte. „Sie schien aber nicht sehr glücklich darüber." Ein Lächeln lag auf ihren Lippen.
Alex schaute sie lange schweigend an. Er hatte mit dieser Taktik Erfolg. Ute Bauer hob abwehrend die Hände.
„Ich hätte was gesagt, aber damals war alles abgeschlossen und Sie hätten mir nicht geglaubt."
Alex räusperte sich. Es war typisch für diese Frau, jemand anderem die Schuld zu geben. Aber sie hatte wahrscheinlich recht mit ihrer Einschätzung der damaligen Lage.
Ute Bauer holte tief Luft. „Da wäre noch etwas."

\*\*\*

Daniel lag auf seinem Bett, die Hände hinter dem Kopf verschränkt. An den Wänden hingen Bilder von Bushido und anderen Rappern, deren Namen Jan nichts sagten.
Daniel setzte sich auf, hob seine Hände und krümmte die Finger. „Vorsicht. Ich bin böse." Er verzog sein Gesicht zu einer grässlichen Grimasse.
„Hast du dir was überlegt?", fragte Jan unbeeindruckt.
„Isch hab das Scheiß-Handy nich, Mann."
„Ist auch egal", sagte Jan.

„Was jetz, Mann, egal oder nich?"
„Du kannst ruhig normal sprechen, ich bin nicht deine Mutter."
Daniel schaute ihn nicht an. „Dazu fehlen Ihnen auch die Titten."
„Ich bin auch nicht dein Vater."
Daniel schwieg. Es schien, als habe er fürs Erste sein Arsenal verschossen.
„Wenn du keine Geschichte für mich hast, dann erzähle ich dir eine." Jan nahm den Schreibtischstuhl und schob ihn an Daniels Bett. „Es geht um einen Jungen, der ständig wütend war."
Daniel grinste. „Kann ich gar nicht verstehen."
Jan setzte sich. „Um einen Jungen, der ein sehr interessantes Leben führte."
„Ist jetzt Märchenstunde oder was?"
„Ein Junge aus Frankfurt, genauer gesagt aus Bonames. Du weißt, wo das ist?"
„Klar, Mann. Kanakenviertel."
„Nennen wir den Jungen Jimmy. Er war erst fünf, als er zum ersten Mal von der Polizei aufgegriffen wurde. Ein Schnüffelkind. Hauptsächlich Klebstoff und diese Eddingmarker. Seine Mutter war Alkoholikerin. Eine junge, überforderte Frau. Nicht in der Lage, auf ihn aufzupassen."
„Warum hat sie ihn denn nicht abgetrieben?" Daniels Stimme klang gehässig.
Keine schlechte Frage, dachte Jan. „Manches passiert, ohne dass man es möchte", sagte er ruhig. „Vor allem, wenn man jung ist. Es ist nicht immer leicht, die richtige Entscheidung zu treffen. Schon gar nicht, wenn es darum geht, ein ungeborenes Baby zu töten."
Daniel schwieg. Aber er atmete etwas heftiger.
„Zuerst kam Jimmy in eine Pflegefamilie. Seine Mutter machte eine Entziehungskur und bekam ihren Sohn wieder. Sie gab sich Mühe, aber es war vergeblich. Im Alter von

zehn Jahren hatte Jimmy schon ein langes Vorstrafenregister. Diebstahl, Überfälle, vor allem kleinere Kinder waren seine Opfer."

„Ach ja?" Daniels Stimme traf nicht ganz den sarkastischen Ton, den er beabsichtigt hatte.

„Jimmy kam in ein Heim. Sie wollten ihn zu einem besseren Menschen erziehen. Aber er hatte kein Interesse daran, sich bevormunden zu lassen. Er wollte das tun, was ihm gefiel. Und er beschloss, ein Meistereinbrecher zu werden."

Daniel schwieg, doch seine Haltung war jetzt weniger angespannt.

„Er nahm sich zunächst die ärmeren Haushalte vor. Die erbrachten zwar weniger Ertrag, waren aber so gut wie gar nicht gesichert. Es klappte alles hervorragend und Jimmy wagte sich an größere, mehr Gewinn bringende Objekte. Bald kannte er jedes Modell von Alarmanlagen, wusste, wie man die Leute ausspionierte. Hatte genug gelernt, um auch reichere Leute auszurauben, die sich und ihre Güter besser absicherten."

„Einbruch! Wie uncool. Ich hätt Drogen verkauft. Das geht einfach und macht schnell reich."

„Es ging Jimmy nicht darum, etwas *einfach* zu machen. Und schon gar nicht darum, schnell viel Geld zu verdienen. Er war nicht dumm, weißt du. Eigentlich war er ein verkanntes Genie."

Jan machte eine Pause, doch Daniel starrte wortlos an die Zimmerdecke.

„Eines Nachts ist ihm langweilig", fuhr Jan fort. „Jimmy sucht sich ein Haus aus, ohne es vorher zu observieren, wie er es sonst immer tut. Egal, ob die Leute da sind oder nicht. Egal, ob es was Wertvolles zu stehlen gibt. Einfach so, als Kick. Außerdem hat er sich inzwischen eine Pistole zugelegt. Kann also nichts passieren, denkt er. Er ist dreizehn."

Daniel gähnte provozierend.

„Er steigt durch das Fenster im Erdgeschoss. Es ist leicht zu

knacken. Er schleicht durch die Diele und horcht. Hört nichts. Horcht an den Türen. Keine Schlafgeräusche. Geht ins Wohnzimmer, beginnt dort seine Suche nach wertvollen Sachen. Findet nichts. Nichts, was sich lohnt mitzunehmen. Dann geht er in den Flur zurück. Eine der vorher verschlossenen Türen steht jetzt offen. Er zieht seine Pistole und geht in das Zimmer. Es ist dunkel, aber durch die Ritzen des Rollladens kann er schemenhaft sehen. Ein Bett steht da drin, das Bettzeug zurückgeschlagen. Er geht hin, tastet. Noch körperwarm. Er hört ein Geräusch und dreht sich um, die Pistole fest in der Hand. ‚Zeig dich, du feiges Arschloch!', ruft er. Niemand zeigt sich. Dann hört er ein Klicken."
Jan machte eine Pause. Daniel schaute ihn gespannt an. Dann wurde er rot und blickte auf die Bettdecke als schäme er sich für sein Interesse.
Jan stand auf und schob den Stuhl an den Schreibtisch zurück. Er legte eine Visitenkarte auf die Schreibunterlage. Dann wandte er sich zur Tür.
„Hat Jimmy das feige Arschloch umgelegt?", fragte Daniel so lässig wie möglich. Doch damit konnte er Jan nicht täuschen. Die Hände waren zu Fäusten geballt und auch die weit geöffneten Augen zeigten, dass Daniel nicht so unberührt von der Geschichte war, wie er scheinen wollte.
„Nein." Jan drückte die Klinke herunter.
„Er ist erschossen worden", flüsterte Daniel.
Jan drehte sich zu ihm um und nickte.
Daniel schluckte. „Ich hab's geklaut."
„Was geklaut?"
„Na, das Handy. Aber nur, weil er so ein Arschloch war, der Mathias. Konnt doch nich ahnen, dass er ..." Daniel brach ab und schluckte noch einmal.
Jan ging langsam zum Bett zurück. „Und wo ist es jetzt?"
„Eines Tages stand *er* an der Tür. Ein Freund von Mathias. Hätt das Handy lokalisiert. Möchte es haben. Ich hab ihm

gesagt, dass er lügt. Dass er es gar nicht bei mir finden kann. Weil ich die Karte rausgenommen hab. Da hat er gelächelt." Daniels Stimme zitterte. „Ganz irre gelächelt."
„Da hast du ihm das Handy gegeben."
Daniel schüttelte langsam den Kopf. „Zuerst nicht. Da hat er mich am Kragen gepackt und mir fast die Luft abgeklemmt." Daniel schauderte bei der Erinnerung an diesen Moment, in dem er dem Tod so nahe wie noch nie in seinem jungen Leben gekommen sein musste. „‚Du weißt gar nichts, du kleine Ratte', hat er gesagt", fuhr Daniel beklommen fort. „Und dann: ‚Kleine Scheißer werden gefesselt in einen tiefen Brunnen geworfen. Aber vorher werde ich dich auspeitschen, bis dein Blut spritzt. Werde dir die Haut verbrennen, bis sie schwarz ist. Dann stirbst du in dem Loch. Die Ratten werden an deinem Fleisch nagen, bis nichts mehr davon übrig ist.'" Daniel schluchzte fast. „Und er hat die ganze Zeit dabei ganz irre gelächelt. Der hätte das alles gemacht, ohne Scheiß. Da hab ich ihm das Handy gegeben."
Nun musste auch Jan schlucken.
„Wie sah der Mann aus?"
Daniel schüttelte heftig den Kopf. „Ich soll niemanden was davon erzählen. Sonst ..." Seine Stimme brach.
„Wie sah der Mann aus, der dir weh getan hat, Daniel?"
Der Junge schwieg. Jan wartete.
„Dünn." Es war nur ein Flüstern. „Viele Tattoos an den Armen."
Bingo, dachte Jan. „Wann war das?"
„Einen Tag, nachdem Mathias gefunden wurde", schniefte Daniel.
Also am 6. Oktober. Jan stand auf. „Ich hol jetzt deine Mutter."
Daniel nickte nur.

\*\*\*

Milena war erleichtert. Alex runzelte *nicht* verärgert seine Stirn, als sie ihm berichtete, dass Ulrich Bauer gleich mit seinem Anwalt auftauchen werde. Im Gegenteil, er schien darüber geradezu erfreut und forderte sie auf, bei dem Gespräch dabei zu sein. Er gratulierte ihr sogar zu dem geschickten Schachzug, Bauer in den Grünen Weg zu locken. Zu mehr ungewohntem Lob blieb keine Zeit. „Wir machen nachher eine kurze Lagebesprechung", sagte er auf dem Weg in das Vernehmungszimmer.
Bauer zeigte sich bescheiden und gesprächsbereit. Sein Anwalt hieß Waldemar Pirsch, ein auf Wirtschaftskriminalität spezialisierter Jurist. Den wird er auch nötig haben, dachte Milena.
„Mein Mandant ist hier, um Missverständnisse zu klären", hob der Anwalt an. „Freiwillig. Ihn wundert vor allem, dass ihm von Frau Kommissarin König", er nickte kurz zu Milena, „provokante Fragen zu den Umständen des Todes seines Bruders gestellt worden sind. Die letzte Information, die mein Mandant von Ihrer Seite erhalten hatte, ist die, dass der Fall abgeschlossen worden sei."
„Der Fall ist wieder aufgenommen", sagte Alex. „Es haben sich neue Erkenntnisse ergeben. Wir müssen dazu neue Befragungen durchführen." Alex wies auf Milena. „Frau König hat sich auf meine Anweisung hin mit Herrn Bauer unterhalten."
„Welche neuen Erkenntnisse hat die Polizei, die sie ermächtigt, den Fall Bauer wieder aufzunehmen?"
„Wir können nicht ausschließen, dass Mathias Bauer ermordet wurde."
Ulrich Bauer seufzte tief. „Ich dachte, diese unsinnige These wäre vom Tisch."
„Ihre Schwägerin Anja Herlof forderte uns auf, mit Ihnen Kontakt aufzunehmen, Herr Bauer. Sie berichtete uns von ei-

nem heftigen Streit zwischen Ihnen und Ihrem Bruder kurz vor dessen Tod."
Bauer stand der Mund offen. „Streit?"
„Ihre Schwester und Ihr Neffe haben ähnliches behauptet." Alex blätterte in seinen Notizen. Milena war dabei gewesen, als Jan ihn von den Gesprächen mit Sandra und Daniel Demandt in Kenntnis gesetzt hatte. „Beide fanden, dass es Ihnen, Herr Bauer, an diesem Tag, ich zitiere, ‚dreckig ging'. Und dass Ihr Bruder seine Schadenfreude darüber ausdrückte. Ihre Schwester wollte nicht ausschließen, dass es danach zu noch heftigeren Auseinandersetzungen gekommen ist."
Bauer schnaubte. „Ist das jetzt eine Verschwörung gegen mich?"
„Das müssen Sie selbst beurteilen. Gab es denn einen Streit?"
„Nein", sagte Bauer. „Ich habe meinen Bruder in den letzten Wochen vor seinem Tod so gut wie gar nicht gesehen."
„So gut wie gar nicht?"
„Vor dem Geburtstag von Sandra nur beim Geburtstag unserer Mutter. Der war im Mai. Sie sehen, wir sind beide ausgesprochene Familienmenschen. Verpassen keine noch so kleine Feier."
„Ihre Schwester und Ihr Neffe haben also unrecht mit ihrer Beobachtung?"
„Nicht ganz. Ich fühlte mich tatsächlich nicht wohl. Das lag aber nicht an Mathias. Wenn meine Schwester darauf hinaus will, dann hat sie etwas nicht richtig verstanden."
„Warum fühlten Sie sich nicht wohl?"
„Ich hatte Probleme, die nichts mit meiner Familie zu tun hatten."
„Hatte?"
„Es geht mir jetzt besser."
„Warum?"
Waldemar Pirsch mischte sich wieder ein. „Wenn Sie konkrete Hinweise haben, dann legen Sie diese auf den Tisch.

Ansonsten hat die momentane Situation meines Mandanten nichts mit dem Tod seines Bruders zu tun."
Alex ließ sich nicht verunsichern. „Das *ist* eine berechtigte Frage, wenn wir davon ausgehen, dass es finanzielle Probleme gab und sich durch oder nach dem Tod seines Bruders die Vermögensverhältnisse Ihres Mandanten verbessert haben."
Ulrich Bauers Gesicht überzog eine leichte Röte.
Alex forderte Milena mit einer Handbewegung auf, die Gesprächsführung zu übernehmen.
„Frau Herlof wurde sehr konkret", sagte sie und schaute in ihre Unterlagen. Anja Herlof war völlig aufgelöst in der Wohnung auftaucht, voller Sorge um ihre Tochter, kurz nachdem Milena in Lauras Schulranzen den Zettel gefunden hatte. Sie wollte nicht, dass Milena ihre Tochter weiter befragte, hatte sich aber selbst bereitwillig als Zeugin zur Verfügung gestellt.
„Am 28. September, fünf Tage nach dem Geburtstagskränzchen bei Ihrer Schwester, warteten Sie mit Laura vor der Schule auf Mathias Bauer. Sie schickten Laura ins Auto und unterhielten sich mit Ihrem Bruder. Laut Frau Herlof sagte Laura, dass Sie ihren Vater ‚beim Kragen gepackt' hatten."
„Laura ist ein sehr sensibles Kind. Sie hat gesehen, wie ich meinem Bruder freundschaftlich am Schlips gezogen habe. Eine Geste, die zwischen uns üblich war."
Der Anwalt schaltete sich ein. „Soll das bedeuten, dass Sie lediglich Informationen aus zweiter Hand haben?"
„Wir haben Laura noch nicht direkt nach dem Ereignis befragt. Ich hoffe, dass wir das vermeiden können."
„Also beruht Ihre Anschuldigung auf Hörensagen einer besorgten Mutter und der Aussage eines Kindes?"
Milena versteifte sich. „Ich werde noch heute das Kind und seine Mutter vorladen, um die Aussage Ihres Mandanten mit der des Kindes zu vergleichen. Ich hoffe, dass es keine unliebsamen Folgen haben wird. Wie Herr Bauer richtig be-

merkte, ist Laura ein sehr sensibles Kind."
Ulrich Bauer senkte seinen Blick. Sein Anwalt schaute säuerlich.
„Warum haben Sie Ihren Bruder nicht in seiner Wohnung aufgesucht?", fragte Milena.
„Er wohnte nicht mehr dort."
„Sie wussten nichts von seinem Umzug?"
Bauer schüttelte den Kopf.
„Und welche Dinge waren so wichtig, dass Sie Ihrem Bruder auflauern mussten? Nachdem Sie doch wochenlang ohne Kontakt ausgekommen waren?"
„Genau das war es. Ich habe wochenlang nichts von ihm gehört und dann wohnte er gar nicht mehr im Dachspfad. Das machte mich stutzig. Ich wollte mich überzeugen, dass es ihm gut ging. Mein Bruder hat meine gut gemeinten Fragen nach seinem Wohlbefinden wie üblich in den falschen Hals bekommen und etwas übertrieben reagiert. Ich habe mich gewehrt. Das hat Laura wohl gesehen. Aber es ist harmlos gewesen."
Alex räusperte sich. „Sie haben Heiko Kling getroffen", wechselte er abrupt das Thema.
„Ja", antwortete Ulrich Bauer ohne Zögern. *Er hat diese Frage offensichtlich schon bei unserem Gespräch in seinem Büro erwartet*, dachte Milena. *Er ist davon ausgegangen, dass ich ihn deshalb aufgesucht habe. Das Sammelalbum hat ihn aus dem Konzept gebracht.*
„Bereits bevor Ihr Bruder ums Leben kam?"
„Ja."
„Und danach auch?"
„Ja." Das zweite Ja kam zögerlicher über Bauers Lippen.
„Worum ging es?"
„Vor oder nach seinem Tod?"
„Vor seinem ... Tod."
„Kling machte mir ein Angebot."
„Was für ein Angebot?"

„Zwanzigtausend."

„Wofür?"

Ulrich Bauer blickte kurz zu seinem Anwalt, der auffordernd nickte. „Für Informationen."

Alex schwieg. Ulrich auch. Milena rutschte auf ihrem Stuhl, spürte jedoch Alex' Blick auf sich ruhen und verharrte in ihrer Bewegung.

Pirsch brach das Schweigen. „Mein Mandant ist der Meinung, dass Heiko Kling der irrigen Annahme gewesen sei, dass mein Mandant in den Besitz von Informationen gelangt sein könnte, die das Privatleben seines Bruders beträfen."

Alex schaute den Anwalt einen Augenblick verwirrt an, dann wandte er sich wieder an Bauer. „Was wollte er von Ihnen?"

„Er wollte wissen, wer Mathias' neue Freundin ist."

„Seine neue Freundin? Hat er gesagt, warum?"

„Nein. Aber ist leicht vorstellbar, finden Sie nicht? Meine Schwägerin wäre nicht gerade glücklich über eine solche Entwicklung. Sie kann sehr hartnäckig sein, wenn sie was erfahren möchte. Aber natürlich wollte sie sich ihre Hände nicht schmutzig machen und schickte Kling."

„Konnten Sie ihm sagen, wer die Freundin Ihres Bruders war?"

„Nein."

„Es ging nur um diese eine private Information?"

„Ja."

„Er wollte nichts über Mathias Bauers Geschäftskontakte erfahren?"

„Nein."

„*Wissen* Sie etwas über die Geschäftskontakte Ihres Bruders?"

Milena beobachtete Ulrich Bauer gespannt. Ein leichtes Schaben mit den Füßen war seine erste Antwort, dann folgte ein deutlich rascheres Heben und Senken der Brust. „Nein", sagte er schließlich und schaute Alex dabei offen ins Gesicht. „Warum wollen Sie das wissen?"

„Ich schließe mich der Frage meines Mandanten an", schaltete sich der Anwalt ein.
Alex lehnte sich zurück und nickte Milena zu.
„Mathias Bauer erzielte neben seinem offiziellen Gehalt noch weitere Einkünfte", begann sie leicht gestelzt. „Wir vermuten, dass Herr Bauer intensive Geschäftsbeziehungen zu Firmen in Saudi-Arabien pflegte."
„Herr Mathias Bauer oder Herr Ulrich Bauer?", fragte Pirsch.
Milena fand den Mann widerlich, über Maßen korrekt und überheblich. Es war doch klar, welchen Bauer sie meinte.
„Mathias Bauer", antwortete sie so ruhig wie möglich. „Wenn Sie, Herr Ulrich Bauer, nun die einträglichen Geschäfte Ihres Bruders fortführen könnten, dann bräuchten Sie sich um Ihren Lebensabend keine Sorgen mehr zu machen."
Ulrich Bauers Augenbrauen zogen sich zusammen.
„Sie hätten mit einem Schlag alle", Milena betonte das Wort „alle", „Engpässe ausgeglichen."
Ulrich Bauer stemmte sich hoch und beugte sich über den Tisch. „Was unterstellen Sie mir, Sie kleine Kröte?", zischte er.
Sein Anwalt streckte einen Arm nach ihm aus und zog Bauer mit Mühe auf den Stuhl zurück.
„Worum ging es bei dem Gespräch mit Heiko Kling, *nachdem* Ihr Bruder ums Leben kam?", fragte Alex.
Bauer schaute einen Moment unschlüssig von Alex zu Milena und zurück. Er richtete sein Jackett und rückte sich auf seinem Stuhl zurecht.
„Er machte mir ein Angebot."
„Was für ein Angebot?", ging Alex auf die Wiederholung der Szene ein.
„Eine halbe Million."
Alex verzog keine Miene. „Wofür?"
„Dass ich zugebe, am Winterstein mit Mathias in Streit geraten zu sein. Der hätte sich so sehr aufgeregt, dass er unvor-

sichtig geworden und dann den Hang hinunter gefallen wäre. Ich hätte nichts mehr für ihn tun können. Aus lauter Panik hätte ich nicht die Polizei gerufen."
Alex machte sich wortlos Notizen.
„Es ist offensichtlich, warum Heiko mir diesen Vorschlag gemacht hat, finden Sie nicht?"
Alex schwieg. Der Anwalt wisperte seinem Mandanten etwas zu. „Schon gut", murmelte Ulrich Bauer.
„Sie glauben, Heiko Kling hat Ihren Bruder den Hang hinunter gestoßen? Wie kann er dort gewesen sein, wenn er den Nachmittag mit seiner Freundin verbracht hatte?"
„Anja ist eine vertrauensselige Frau und damit für diesen Kriminellen leichte Beute. Er wird etwas gegen sie in der Hand haben. Vielleicht Schwarzarbeit. Deshalb hat sie gelogen. Sie ist schwach und braucht dringend Hilfe."
„Haben Sie sich deshalb mit Anja Herlof getroffen und gemeinsam beratschlagt, wie Sie den ‚Ganoven' loswerden könnten?"
Ulrich Bauer starrte Alex mit offenem Mund an. Dann dämmerte es ihm.
„Dieser Wortklauber ist mir nachgegangen und hat mich belauscht."
Pirsch hielt seinen Mandanten am Ärmel zurück, aber Bauer schüttelte ihn ab.
„Sie befanden sich an einem öffentlichen Ort", sagte Alex.
Es herrschte kurzes Schweigen.
„Sie haben sich mit Anja Herlof getroffen, um sich über ein weiteres und vor allem gemeinsames Vorgehen gegen Heiko Kling zu beratschlagen. Sie wollten ihn loswerden." Alex ließ Bauer in dem Glauben, dass er und Anja Herlof laut genug gesprochen hatten, dass Jack Russell alles mit anhören konnte. Mit Erfolg.
„Ich habe ihr nur von dem unmoralischen Angebot erzählt", erklärte Bauer. „Sie war empört und entsetzt, dass sich ihr Freund zu einem solchen Monster entwickelt hat. Sie hat ge-

sagt, sie wollte ihn loswerden. Das heißt Trennung. Mehr nicht. Auf keinen Fall Mord. Dieser Schreiberling hat sie völlig missverstanden."
„Wussten Sie, dass Heiko Kling eng mit Ihrem Bruder zusammengearbeitet hat?"
Bauer schaute zunächst irritiert, dann lehnte er sich zurück und schnaubte. „Nein. Aber das würde zu dem Mistkerl passen."
„Zu welchem Mistkerl?"
„Mein Bruder war ein anständiger Mensch", sagte Bauer im Brustton der Überzeugung. „Ich bin sicher, dass dieser Kriminelle ihn zu etwas Illegalem verführt hat. Und ihm dann gedroht hat, alles auffliegen zu lassen, wenn Mathias uns davon erzählt. Die ganze Familie hat unter diesem Typen gelitten. Und dann sein unglaublich ekelerregender Vorschlag. Als ob er nur mit dem Finger schnippen müsste, um uns zu kaufen. Er ist ein Verbrecher und vielleicht auch ein Mörder." Ulrich Bauer beugte sich vor. „Suchen Sie ihn, Herr Hauptkommissar, suchen Sie Heiko Kling!"
Alex klickte mit seinem Kuli auf der Tischplatte. „Das werden wir, Herr Bauer", versicherte er mit ruhiger Stimme. „Wir sind gespannt, was er uns zu erzählen hat. Und ich bin froh, dass Sie jetzt unseren wiederaufgenommen Ermittlungen so vorbehaltlos zustimmen. Wir suchen den Mörder Ihres Bruders, Herr Bauer. Und wir werden ihn finden. Ich bin sicher, das hier war nicht unser letztes Gespräch."
Pirsch meldete sich mit einem Räuspern. „Was unterstellen Sie meinem Mandanten?"
„Wir werden unsere Ermittlungen nach *allen* Seiten offen halten. Und uns ausführlich mit *allen* Verdächtigen unterhalten. Auch wenn die Gespräche nicht immer so aufschlussreich sein werden wie das eben geführte."
Ulrich Bauer schaute ihn verächtlich an. „Ich bin sicher, *Ihr* Chef wird sich schon bald mit *Ihnen* unterhalten."
Alex lachte. „Das hoffe ich sogar."

Pirsch kniff die Augen zusammen. „Habe ich recht mit der Annahme, dass Sie im Moment keine weiteren Fragen an meinen Mandanten haben?"
„Sie können gehen", sagte Alex, schob den Stapel Papier zusammen und verließ mit großen Schritten den Raum.

\*\*\*

„Eine halbe Million für die Aussage, dass Ulrich Bauer beim tragischen Unfall seines Bruders zugegen war. Der Mann hat Nerven." Alex pfiff durch die Zähne. Er saß auf Jans Bürostuhl und legte die vielen Kulis, die Jan achtlos auf seinem Tisch liegen hatte, in eine Schale.
Milena stand von ihrem Schreibtisch auf, warf einen Teebeutel in eine Tasse und stellte den Wasserkocher an. Daneben spuckte die Kaffeemaschine die letzten schwarzen Tropfen in die Kanne. „Er wusste zumindest, wem er drohen musste und wem er ein Angebot unterbreiten konnte."
Alex nickte. „Er geht ganz geschickt vor, indem er ihre Schwächen ausnutzt. Wäre Bauer auf das Angebot eingegangen, hätte er sich dem Risiko ausgesetzt, für Erpressung empfindlich zu werden."
„Wer weiß, zu wem Kling noch Kontakt hatte. Dirk Eismann wäre auch ein hervorragender Kandidat für Drohungen."
Alex schaute skeptisch. „Der ist nur ein kleiner Dealer, mehr nicht. Und hat in der Sache mit Mathias Bauer nichts zu befürchten. Zumindest nicht von Heiko Kling."
„Vielleicht hat Kling auch Mathias Bauer gedroht", dachte Milena laut.
Alex hob den Kopf. „Womit?"
Milena zuckte mit den Schultern. „Nur so ein Gedanke."
„Nein, das kann durchaus sein", ermutigte er sie. „Nur womit? Sie haben zusammengearbeitet. Er musste vorsichtig

sein. Er hatte einen gleichwertigen Gegner, der auch *ihm selbst* gefährlich werden konnte."

Milena betätigte den Aus-Schalter der Kaffeemaschine und goss den Kaffee in die vorbereitete Thermoskanne. Ihr Chef hatte ein paar belegte Brötchen besorgt. Alex schaute wieder auf seine Uhr. Sie warteten auf die Rückkehr von Jan.

Milena kam zum Tisch zurück und setzte sich. Alex zeichnete auf einem weißen Blatt drei Kreise und zog Linien. Dann schaute er auf. „Jamal bin Jussuf, Mathias Bauer und Heiko Kling. Was genau ist da gelaufen?"

„Kling hackt Firmen an und Bauer repariert den Schaden", schlug Milena vor.

„Aber dabei verdient doch nur Bauers Firma!" Alex schüttelte den Kopf. „Und nach Aussage von Boris Schüssler hat Kling nicht gehackt, um Informationen zu erlangen, die er zu Geld machen konnte. Er war ein sogenannter White-Hat unter den Hackern."

„Ein was?"

„Ein Hacker, der andere auf ihre Sicherheitslücken aufmerksam macht, diese Kenntnis aber nicht zu eigenen Zwecken ausnutzt, sondern lediglich seine Macht demonstriert."

„Das passt aber gar nicht zu Heiko Kling", warf Milena ein.

Alex rieb sich das Kinn. „Also ein Black-Hat, der aus Eigennutz handelt? Aber Kling hat nichts verlangt."

„Zehntausend Euro."

„Bekommen, aber nicht verlangt."

Milena beugte sich vor. „Kling hackt Schüsslers Firma an. Dann tritt Mathias Bauer auf den Plan und bringt im Auftrag seiner Firma alles ‚in Ordnung'. Schüssler hat damit ungewollt das Sicherungssystem der Firma in die Hände eines weiteren Hackers gelegt, der zudem mit dem ersten Hacker eng zusammenarbeitete. Das war ein abgekartetes Spiel. Mathias Bauer bringt nichts ‚in Ordnung', er platziert eine Software, die neu entwickelte Produkte ausspioniert und macht seine Information zusammen mit Heiko Kling zu Geld."

Alex nickte anerkennend. „Überprüfe das."
„Ich werde auch noch einen Link zu Jamal bin Jussuf finden", sagte Milena.
„Tu das", sagte Alex. „Aber bitte ohne Jack Russell. Jan wird sich um das Haus in der Altstadt kümmern."
„Welches Haus in der Altstadt?" erklang eine Stimme hinter ihnen.
Milena zuckte zusammen und drehte sich um. Jan stand mit triefender Nase im Türrahmen. Seine Winterjacke war feucht und an seinen Stiefeln hatten sich weiße Ränder gebildet. Beim Anblick von Kaffee und Brötchen hellte sich seine Miene auf. Er zog Handschuhe und Jacke aus, zog einen Stuhl heran und setzte sich neben Alex.
Milena goss ihm zuerst einen Kaffee ein. Jan ergriff den Becher und wärmte seine Hände.
„Wo warst du denn so lange?", fragte Alex, doch es klang eher besorgt als vorwurfsvoll.
„Observation", entgegnete Jan und nahm einen großen Schluck des schwarzen Gebräus.
Alex verzog das Gesicht. „Ich habe keine angeordnet."
„Zufall", sagte Jan hastig. „Ich habe auf dem Weg zurück zum Büro Dirk Eismann gesehen und bin ihm zu Fuß gefolgt. Bis zum Bahnhof. Da hat er jemanden getroffen, den wir sehr gut kennen."
Er schielte auf den Teller mit den Brötchenhälften. Er wollte nach einem greifen, als Alex Hand vorschnellte und den Teller wegzog.
„Wen?"
„Ulrich Bauer."
„Der war gerade noch hier", sagte Alex und schob ihm den Teller wieder hin.
„Ach, deshalb musste Iron Dirk so lange warten. Er war sehr unzufrieden und ging hin und her wie ein Tiger im Käfig."
„Konntest du was in Erfahrung bringen?"
„Leider nicht", sagte Jan und griff nach dem Salamibröt-

chen. „Sie unterhielten sich und gingen dann getrennte Wege." Er riss mit den Zähnen ein großes Stück ab.

„Wem bist du weiter gefolgt?" fragte Alex.

Jan schaute ihn überrascht an. „Sollte ich?" fragte er kauend.

Milena lachte leise. Das kommt davon, dass du deine Mitarbeiter nichts selbständig machen lässt.

Alex warf ihr einen zornigen Blick zu und griff ebenfalls nach einem Brötchen. Er nahm das mit Lachs, auf das Milena schon ein Auge geworfen hatte, und vertilgte es mit wenigen Happen.

„Was ist nun mit dem Haus in der Altstadt?", fragte Jan.

Milena versuchte, sich für einen der verbliebenen Beläge zu begeistern. Ei, Käse, Pute und Frischkäse mit Tomate. Ehe sie sich entscheiden konnte, hatten beide Männer wieder zugegriffen und es waren nur noch zwei Brötchen übrig. Sie war eh nicht nicht hungrig. Als sie lustlos in das Brötchen mit Frischkäse biss, fiel das Stück Tomate auf ihre Hose und hinterließ einen hässlichen Fleck. Das war's, dachte sie und legte das Brötchen aus der Hand.

Alex wischte sich die Hände an der Serviette ab und kaute noch an dem letzten Stück Putenbrust, als er zu sprechen anfing.

„Ute Bauer ist bei einem ihrer seltenen Besuche in Friedberg ihrem Sohn Mathias gefolgt. Sie ahnte von seinen Besuchen in der Luisenstraße und wollte wissen, was da gespielt wurde. Sie ging natürlich nicht offen vor. Statt ihn direkt zu fragen, folgte sie ihm also so unauffällig wie möglich. Da sie aber keine Erfahrung im Observieren hat", Alex warf Jan einen spöttischen Blick zu, „verlor sie ihn bald aus den Augen. Er war in der Nähe der Bibliothek, als ihr dort ein ganzer Pulk Schulkinder entgegenkam. Danach war Mathias Bauer wie vom Erdboden verschluckt. Sie fragte am Fünffingerplatz einen Ladenbesitzer. Der saß draußen auf einem Hocker und genoss die Sonnenstrahlen. Aber der konnte sich nicht erinnern, einen Mann mit Bauers extremen Aus-

maßen gesehen zu haben."
„Bibliothek und Fünffingerplatz, das ist kein großer Abstand", sagte Jan. „Vielleicht fünf, sechs Häuser."
„Er kann kurz vorher in eine Seitengasse abgebogen und in Richtung Kaiserstraße verschwunden sein", wandte Milena ein und erntete einen vorwurfsvollen Blick von Jan.
„Dann hätte er aber den Umweg über die Bibliothek in der Augustinergasse nicht machen müssen."
„Wie dem auch sei", beendete Alex das Geplänkel, „Ute Bauer fragte in allen Geschäften der Gegend nach. Keiner hatte Mathias Bauer gesehen. Deshalb glaubt sie, dass er in einem der Häuser der Altstadt verschwunden ist. Und ich denke, dass sie recht hat. Und noch mehr. Wo immer er hingegangen ist: Dort befindet sich der dritte Rechner."
„Der dritte Rechner?"
„Das digitale Auftragsbuch der Hacker."
„Sollen wir jetzt die ganze Altstadt absuchen?", fragte Jan entgeistert.
„Wer spricht denn von wir", entgegnete Alex trocken. „Milena hat bereits eine Aufgabe und ich werde mich weiter um die Koordination der Ermittlungen und um die Suche nach Heiko Kling kümmern. Er könnte inzwischen außer Landes geflohen sein. Stock in Frankfurt will Interpol einschalten."
Jans Blick glich dem eines verwundeten Rehs. „Bekomme ich wenigstens Verstärkung?"
„Du kannst Sommer und Winter mitnehmen", sagte Alex.
Milena musste grinsen, obwohl dieser Witz schon uralt war. Hannah Sommer und Armin Winter bildeten ein Team bei der Streife und gingen inzwischen gelassen mit den Foppereien der Kollegen um.
„Immer wieder schön", sagte Milena. „Wir müssen unbedingt noch einen Herbst und einen Frühling einstellen."
Alex warf ihr einen schalkhaften Blick zu. „Ich werde deine Anregungen ans Personalbüro weiterleiten."

***

Es war tiefe Nacht. Jack saß im Pyjama an seinem Schreibtisch und starrte auf den Leserbrief. Er hatte heute eine neue Mail von „kasparhauser" erhalten und auch dieses Mal enthielt der Anhang den Scan eines Briefes von Mathias Bauer. Während der erste, an Silvester geschickte Brief aber bereits vor Monaten im Anzeiger veröffentlicht worden war, also noch zu dessen Lebzeiten, hatte der neue Brief das gestrige Datum. Was wurde hier gespielt?
Bereits die Briefe über den „Krieg im Wald" hatten eine Botschaft enthalten, so viel hatte Jack herausfinden können. Zunächst war er davon ausgegangen, dass die Schreiben von der Redaktion für die Leserbriefseite ausgesucht worden waren. Er hatte nur die Briefe kopiert, nicht die Seiten, auf denen sie veröffentlicht worden waren. Nun aber war klar, dass Mathias Bauer für den Abdruck im Wortlaut bezahlt hatte. Es waren als Leserbriefe getarnte geschaltete Anzeigen gewesen.
Die Briefe ähnelten sich. Sie alle benutzten einen Wochentag, einen Ort und eine Zahl, die eine Uhrzeit sein konnte. Man könnte meinen, Bauer habe Start und Ziel möglicher „wilder" Downhill Trails genannt, um die Fährten der Mountainbiker öffentlich und damit für deren Gegner verfolgbar zu machen. Doch es schienen Treffpunkte oder Orte zu sein, an denen eine Person einer anderen etwas hinterlassen würde. Waren es geheime Botschaften von Mathias Bauer an Heiko Kling gewesen? Nutzen sie diesen Weg, da sie sich offiziell nicht kennen durften?
Im Gegensatz zu Bauers veröffentlichten Leserbriefen, war dieser neue Brief mit der Hand geschrieben. „Dieser Tod ist weder Zufall noch Unfall", stand dort. „Er hat seine Ursache in Gier und Angst. Nur ein heiliger Ort bietet Schutz vor den

Versuchungen des Teufels."
Warum hatte kasperhauser sich mit einem solchen Hinweis an ihn gewandt? Warum nicht an die Polizei? Keine Frage: er, Jack, sollte etwas finden. Etwas, das den Tod von Mathias Bauer aufklären würde.
Er stand auf und ging den kurzen Flur entlang Richtung Schlafzimmer. Er lauschte. Arianes Atemzüge waren tief und gleichmäßig. Leise betrat Jack den Raum, sammelte seine Sachen zusammen und schlich wieder hinaus. Im Wohnzimmer zog er sich hastig an. Bei der Kälte wären lange Unterhosen ausnahmsweise mal nützlich, aber er wagte nicht, in der Kommode zu wühlen und damit vielleicht Ariane zu wecken. Sie würde ihn von seinem Vorhaben abbringen wollen. Und sie hätte recht. Es war riskant. Jemand könnte ihm folgen. Was sonst noch passieren konnte, darüber wollte er gar nicht nachdenken. Auf dem Weg zu seinem Auto sah sich Jack mehrmals um. Die Straße lag so ausgestorben da wie immer. Die Autos kannte er, nicht ein einziges war darunter, das er nicht einem seiner Nachbarn zuordnen konnte.
Er schloss die Fahrertür auf und setzte sich ins Auto. Das Navi würde ihm nicht viel nützen, außerdem hasste er das angeblich allwissende Ding, das ihn schon mehrmals in die Irre geführt hatte. Jack griff in die Seitenablage und zog einen dicken, nicht mehr ganz aktuellen Stadtplan von Friedberg hervor. Mathias Bauers Leiche hatte unterhalb des Winterstein gelegen. Nicht weit vom Fundort entfernt, im Ockstädter Kirschenberg, stand eine Kapelle. War dies der „heilige Ort", von dem im Brief die Rede war? Jack fuhr mit dem Finger einen dünnen Streifen entlang, der vom Ockstädter Ortsrand zur Hollarkapelle führte. Auch wenn es wohl nicht mehr als ein befestigter Feldweg war, würde er nahe heran fahren können und somit der finsteren Kälte nicht lange ausgeliefert sein.
Jack startete den Motor und fuhr langsam die ruhige Straße entlang. Nach wenigen Metern bog er auf die B455. Auf

dem Weg nach Friedberg kamen ihm nur wenige Autos entgegen. Er warf einem Blick in den Rückspiegel. Niemand folgte ihm.
Es war drei Uhr morgens. Er entschied sich gegen die neue Ortsumgehung und fuhr durch die Usavorstadt und um die Burg herum auf die Kaiserstraße. Er bog beim Krankenhaus in die Ockstädter Straße. Keine zehn Minuten waren seit seiner Abfahrt in Dorheim vergangen, als er in Ockstadt die Straße verließ und, das „Durchfahrt verboten"-Schild ignorierend, in den Feldweg einbog. Wenig später stand er vor der Kapelle und schaltete den Motor aus. Wartete vielleicht jemand auf ihn? Der Mörder von Mathias Bauer? Zum ersten Mal beschlich Jack ein Gefühl der Angst. Will ich mein Leben tatsächlich aufs Spiel setzen wegen einer Story? Soll ich nicht lieber die Polizei einschalten?
Jack starrte in die Dunkelheit.
Nein. Ich bin nicht in Gefahr. Die Mails von kasparhauser haben mich zu diesem Ort geführt. Es ist der Name eines Unschuldigen, dem übel mitgespielt worden war. Es ist keine Finte des Bösen.
Minutenlang geschah nichts. Nicht mal ein Tier bewegte sich in der Winternacht.
Jack stieg aus und horchte. Totenstille.
In der Nacht war etwas Schnee gefallen, die weiße Schicht um die Kapelle herum zeigte sich jungfräulich unberührt. Es gibt keine Fußspuren, dachte Jack erleichtert. Es war niemand hier.
Er nahm die Umrisse der Kapelle nur undeutlich wahr. Er kannte sie aber von mehreren Wanderungen im Ockstädter Kirschenberg und wusste, dass die einzige Tür auf der zum Taunus weisenden Seite lag. Jack schaltete die Taschenlampe ein und konnte im Lichtkegel die Umrisse des Gebäudes besser erkennen. Er ging um die Kapelle herum zum Eingang. Vorsichtig rüttelte er an der Tür. Sie war nicht verschlossen. Ob sie immer offen stand oder extra für ihn geöff-

net worden war, wusste er nicht. Kirchen in Frankreich standen den Betenden jederzeit zur Verfügung, aber Jack wusste, dass deutsche Kirchen nicht immer denselben Service boten, selbst wenn sie zu einer katholischen Gemeinde gehörten.
Die Taschenlampe in der linken Hand haltend, zog Jack langsam mit der anderen Hand die Tür auf. Er lauschte. Kein Atmen und auch keine Atemwolke.
Er trat einen Schritt über die Schwelle und leuchtete jede Ecke aus. Die Kapelle bestand aus einem weiß gestrichenen Raum, zwei Fenster an jeder Seite, im Chor ein kleiner Altar, daneben in der Wand eine Nische mit einer Marienfigur. Rechts und links standen jeweils drei Reihen unbequemer Holzbänke. Leicht zu überblicken.
Ich bin tatsächlich alleine, dachte er erleichtert.
*Man ist nie alleine in einer Kirche*, hörte Jack seine französische Großmutter sagen. Der Allmächtige wacht immer über deine Schritte, besonders an einem geweihten Ort. Ach, Grandmêre, dachte Jack und schüttelte den Gedanken ab. Gott kann mir hier nicht helfen.
Er brauchte auch keinen göttlichen Beistand.
Wonach suche ich? Es konnte alles Mögliche sein. Wo muss ich suchen? Es gab nur zwei verwaiste Blumenvasen auf dem Altar. Jack hatte sie schnell geprüft, sie waren leer. Es gab keine Mauernischen, die etwas bergen konnten. Nur blanker Putz an den Wänden. Jack blätterte die Bücher durch, die auf einem Regal links vom Eingang lagen, gleich neben dem Weihwasserbecken. Er schüttelte jedes Exemplar. Doch außer Psalmen und Kirchenliedern enthielten sie nichts. Jacks Blick glitt über das übrige Mobiliar.
Es dauerte nur wenige Minuten, bis Jack den Schlüssel gefunden hatte. Er klebte mit Tesafilm unter der Sitzfläche der vordersten Reihe. Das war zu leicht, dachte er beklommen.
In diesem Moment hörte er draußen die Räder eines Autos auf dem Kies ausrollen. Jack stopfte den Schlüssel in die Tasche seiner Jacke. Er umklammerte seine Taschenlampe

fest mit der rechten Hand. Sie war nicht schwer und damit keine effektive Waffe, aber zumindest konnte er einen Gegner damit blenden. Er atmete tief durch und trat aus der Kapelle.
Die Scheinwerfer eines Autos beleuchteten den Platz vor dem Eingang. Jack erahnte im Gegenlicht die Läufe von zwei Pistolen. Eine dritter Schatten forderte ihn mit einer unmissverständlichen Geste auf, ihm zu geben, was er eben in der Kapelle gefunden hatte.
Alle drei trugen Strumpfmasken. Keiner sagte ein Wort.

## 24

9. Januar

Dr. Bernkast sei in einer Untersuchung und rufe zurück, hatte ihm die Sprechstundenhilfe vor einer halben Stunde ausgerichtet. Um zehn Uhr klingelte das Telefon. Dr. Bernkast war offensichtlich bei seinem zweiten Frühstück, Alex konnte deutliches Schmatzen hören. Er war versucht, ihn zu fragen, für welchen Aufschnitt er sich denn heute entschieden hatte.
„Mathias Bauer hatte eine leichte Sehstörung", bestätigte Dr. Bernkast. „Ich habe ihn zum Augenarzt geschickt. Dr. Berger. Frau Dr. Berger. Ich bin ja nur der Hausarzt."
Alex dankte ihm und wählte die Nummer der Augenärztin.
„Rechts minus 2,5 und links minus zwei Dioptrien", beantwortete die Ärztin seine Frage nach der Sehstärke ihres Patienten Mathias Bauer.
„Ist das kurz- oder weitsichtig?"
„Kurzsichtig."
„Also konnte er weiter entfernte Dinge ohne Sehhilfe nur schemenhaft wahrnehmen?"
„Genau. Er hatte sich übrigens für eine Brille entschieden, Kontaktlinsen fand er zu umständlich. Das war vor einem halben Jahr, ungefähr. Er ist gut damit zurecht gekommen."
Alex blätterte im Obduktionsbericht des Gießener Rechtsmediziners und las die kurze Stellungnahme zum Augenfehler durch. Ihn überkam ein leichtes Schuldgefühl. Er hatte Milena im Dezember weitere Ermittlungen verboten. Zum Glück hatte ihr das nicht besonders imponiert. Es war ihr Verdienst, dass sie in dieser Angelegenheit ein Indiz gefunden hatten, das auf Mord hinwies. Er blätterte weiter zur Auflistung der technischen Abteilung der Spurensicherung. Am Fundort der Leiche waren eine Vielzahl von Gegenstän-

den gefunden worden, die im Laufe der Jahre den Hang hinunter geworfen worden waren, darunter gebrauchte Taschentücher, aufgeweichte Zigarettenkippen und leere Plastikflaschen. Die Spurensicherung hatte viel zu tun gehabt, aber wie immer sorgfältig gearbeitet und ihm eine Aufstellung überreicht, die fast zehn Seiten umfasste. Eine Brille, zerbrochen oder heil, tauchte in der bizarren Liste nicht auf.
Nach kurzer Prüfung blieben drei Dinge, die in Alex' Augen für den Fall Mathias Bauer eine Rolle spielen könnten: die abgebissene Stulle, ein künstliches Haar von einer dunkelbraunen Perücke und ein mikroskopisch kleiner Fetzen Stoff an einem der Knöpfe von Bauers Wachsjacke. Dieses fest gesponnene Gewebe bestand aus schwarzen Kunststofffasern, die von einer Tasche oder einem Rucksack stammen konnten. Nicht zwangsläufig stammen mussten, hatte Karsten betont. Damals hatte Alex ihm zugestimmt. Die Fasern konnten auf anderem Wege an Bauers Jacke geraten sein. Nun sah er seinen Fehler ein. Bauers Brille war offensichtlich vom Tatort verschwunden. Zusammen mit dem Rucksack.
Alex blätterte weiter zu den Aussagen. Wer hatte den größten Profit vom Tod des Opfers?
Sein Komplize Heiko Kling? Ein Streit unter Gaunern? Möglich. Es konnte aber auch ganz anders abgelaufen sein. Ein Geschädigter könnte den beiden Hackern auf die Spur gekommen sein und hatte einen von ihnen beseitigt. Der zweite sollte folgen. Heiko Kling war genau deshalb verschwunden. Interpol hatte ihn bis jetzt noch nicht ausfindig machen können.

„Gehen wir alle noch einmal durch", schlug Alex wenig später bei der Lagebesprechung vor. „Alle außer Heiko Kling."
Jan hatte auf seine erneute Erkältung hingewiesen und damit erreicht, dass ihre Besprechung nicht wie üblich in Alex' Eiskeller stattfand, sondern in ihrem eigenen, wohltemperierten

Raum.

„Wäre gut, wenn ich das vorher noch aufklären kann", fügte Alex hinzu.

„Vor was?", fragte Milena.

Alex winkte ab. „Fangen wir mit Anja Herlof an."

Milena hatte die Friseurin vor zwei Stunden am Telefon befragt. „Sie hat zugegeben, dass sie gelogen hatte. Sie war allein zu Hause, als ihr Mann am Winterstein starb. Laura tauchte nur kurz auf und ging dann zu einer Freundin. Sie war dankbar für die Stunden Ruhe."

„Sie hat wirklich eine Lüge zugegeben?"

„Ja. Was mich wundert ...", begann Milena, dann stoppte sie.

„Was wundert dich?", hakte Alex nach.

Milena suchte nach Worten. „Kling hatte doch ein Alibi. Er hätte doch einfach sagen müssen, dass es ihr wohl entfallen wäre, dass er an diesem Tag in der Werkstatt gewesen ist. Er wusste, dass sie log. Warum hat er das nicht richtig gestellt?"

„Weil er das nicht wollte?", mutmaßte Jan.

„Warum?"

„Warum was?" Jan schaute sie verwirrt an.

„Sie lügt für ihn und er stellt das nicht richtig. Das heißt, dass es ihm recht ist, dass sie lügt. Warum?"

Jan hob ruckartig den Kopf. „Er hat *ihr* ein Alibi geben wollen!"

Milena nickte. Sie erinnerte sich an Klings Provokationen bei dem Gespräch mit Alex und ihr. An seinen berechnenden Blick. Damals hatte sie gedacht, er sei schlichtweg arrogant. Fühlte sich sicher genug durch das Alibi seiner Freundin. Was, wenn er sich so auffällig wie möglich benommen hatte, damit sie ihn verdächtigten? Damit sie Anja Herlof in Ruhe ließen? Er hatte ein felsenfestes Alibi, das er ihnen nicht genannt hatte. Anja Herlof hatte nur Heiko Kling.

„Ja", sagte sie langsam. Der Gedanke war zu frisch, noch nicht zu Ende gedacht. „Anja Herlof sollte ein Alibi haben."

Alex notierte sich etwas. „Sie war also allein zu Hause. Sie

hat uns angelogen. Das ist zwar nicht ehrbar, aber verständlich. Sie dachte, sie müsse ihrem Freund helfen. Das beweist nicht, dass sie ihren Mann ermordet hat."
Er sah auf. „Sprich mit Laura", sagte er zu Milena. „Finde heraus, ob an dem Tag etwas ungewöhnlich war. Ob etwas in der Wohnung stand, was vorher nicht dort gewesen war."
„Zum Beispiel ein schwarzer Rucksack mit einem Spiderman-Aufdruck?"
Alex nickte. „Was ist mit Ulrich Bauer?"
Milena blätterte auf die nächste Seite ihres Blockes. „Er war in der Firma und hatte um zwölf Uhr mangels Aufträge seine Leute nach Hause geschickt. Das haben seine Angestellten bestätigt."
„Das heißt, er war danach alleine in seinem Büro?"
„Alleine und in trübsinnigen Gedanken an seine Zukunft."
„Aber ohne Zeugen?"
„Ohne Zeugen."
Alex strich den Namen Ulrich Bauer durch. Milena wollte protestieren, doch Alex stoppte sie mit einem schnellen Blick.
„Was ist mit Sandra Demandt?", wandte er sich an Jan.
Milena stutzte. Sie kam mit Alex' Gedanken nicht mehr mit.
„Ich habe ihren Dienstplan überprüft", sagte Jan. „Sie hatte keinen Dienst am Montagnachmittag. Zumindest war nichts eingetragen. Aber eine Arbeitskollegin hat bestätigt, dass Sandra Demandt den ganzen Nachmittag dort war."
Ob der Eintrag mit Absicht fehlte oder schlichtweg vergessen worden war, blieb unerheblich, solange Mathias' Schwester eine Zeugin für ihr Alibi benennen konnte.
„Sandra Demandt fällt raus", entschied Alex. „Dieser Flegel von Sohn ebenfalls. Daniel war auf einem seiner Raubzüge, amtlich bezeugt. Was ist mit Florian?"
„Florian?" Milenas Stimme überschlug sich fast. Sie sah Alex herausfordernd lächeln. Ich darf mich nicht provozieren lassen, dachte sie.

„Du glaubst doch nicht ernsthaft, dass Florian Demandt mit dem Tod seines Onkels zu tun hat?"
„Wir sollen nicht glauben, sondern wissen."
„Wir haben sein Alibi nicht überprüft", bekannte Milena.
„Dann hol das nach."
Sandra Demandts Mann Sebastian hatte ausgesagt, in der fraglichen Zeit mit seiner Geliebten in Hongkong gewesen zu sein. Die junge Dame hatte alles bezeugt, das Hotel die Buchung bestätigt. Der eheliche Segen im Hause Demandt hing mehr als schief.
„Dirk Eismann betreibt neben dem Fitness-Studio einen florierenden Handel mit Designerdrogen. Den fauleren Dicken verspricht er schnelle Diäterfolge mit Appetitzüglern und Stimmungsaufhellern." Alex strich auch diesen Namen durch. „Für Montagnachmittag fällt er aber ebenfalls aus, da er in dieser Zeit ein Treffen mit seinem originellen Vermögensberater hatte." Die Polizei in Gießen hatte Dirk Eismann vor wenigen Stunden in Untersuchungshaft genommen. Dirks Dealer leistete ihm Gesellschaft. Jan hatte ein „Wusst ich's doch" gemurmelt, als er davon erfahren hatte. Milena erinnerte sich an die mollige Dame, die Dirk Eismann als Alibi benutzt hatte. Und an Alex' vehemente Reaktion. Er hatte, wieder einmal, recht behalten.

Das Telefon klingelte und der Kollege vom Empfang meldete ein Ehepaar an, das zum Fall Mathias Bauer aussagen wollte. Alex schickte Jan hinunter und nur wenige Minuten später kam dieser mit Margarete und Heinz Anton zurück ins Zimmer, ein rüstiges Rentnerpaar, das sich mit vielen Worten dafür entschuldigte, sich nicht früher gemeldet zu haben. Sie seien erst seit Dreikönig wieder im Lande und hatten sich zu Hause durch einen großen Stapel Zeitungsausgaben blättern müssen. Erst vor einer Stunde waren sie beim Artikel über den Todesfall am Winterstein angekommen. Die Polizei bat um Mithilfe, habe dort gestanden, und sie hatten

sich sofort auf den Weg gemacht. Beide nickten, als Jan ihnen ein Bild von Mathias Bauer vorlegte. Sie waren diesem Mann am 1. Oktober auf dem Rückweg vom Winterstein nach Bad Nauheim begegnet. Milena jubelte innerlich.
„Wir dachten, er kippt gleich um", erzählte Heinz Anton. „Aber er wollte keine Hilfe und wir haben ihn einfach weiterlaufen lassen."
„Er hatte ja die Wanderstöcke", fügte Margarete Anton hinzu.
Wanderstöcke fehlen also auch noch, dachte Milena.
„Wir hätten das nicht tun sollen", ergänzte Heinz Anton. „Die Stärkeren müssen die Schwächeren stützen."
„Du hast recht, mein Lieber. Wir hätten ihn zumindest bis zum Forsthaus begleiten sollen. Aber man macht so viele Fehler. Jetzt ist er gestürzt und tot."
„Sie meinen also, er ist aus Schwäche hinunter gestürzt?"
„Nicht unbedingt", sagte Heinz Anton. „Wir wollten ihm was zu Trinken anbieten, aber er hat auf seinen Rucksack geklopft und gesagt, er habe alles dabei, was er essen und trinken dürfte."
Milena beugte sich vor. „Hatte er eine Brille auf?"
Das Ehepaar überlegte eine Weile. Dann nickte Margarete Anton eifrig. „Ja. Er hat sie abgenommen, als er sich mit einem Tuch über sein Gesicht wischte. So ein kariertes, blau, grau, weiß und schwarz."
Ein solches Taschentuch hatten sie in einer von Bauers Jackentaschen gefunden. „Was geschah dann?"
„Nun, wir gingen weiter, jeder seinen Weg. Wir abwärts, er hinauf zum Winterstein."
„War Mathias Bauer alleine unterwegs?"
„Ja", sagte Margarete Anton. „Es war auch sonst nicht viel los an diesem Tag. Wir sind nur zwei anderen Leuten begegnet auf dem Weg."
„Können Sie die beiden beschreiben?"

Heinz Anton dachte angestrengt nach. „Da war eine Frau mit einem Golden Retriever. Der lief ohne Leine und hatte einen roten Ball in der Schnauze. Der hieß Finn. Komischer Name für einen Hund. Sie rief ihn mehrmals, aber er gehorchte nicht. Freilaufende Hunde haben im Wald nichts zu suchen, gerade im Herbst. Einfach rücksichtslos."
Mathias Bauer hätte in Heinz Anton einen eifrigen Mitstreiter für seine Ansichten über die Nutzung der Wälder gehabt, dachte Milena.
„Wie sah denn die Frau aus?", fragte sie. Sie hatte bei Sandra Demandt Hundespielzeug gesehen, aber keinen Hund. Hatte sie diesen vorsorglich woanders untergebracht, damit er sie nicht verriet?
„Ein junges Ding, vielleicht zwanzig", sagte Margarete Anton. „Lange schwarze Haare und so fürchterliche Sachen im Gesicht. Piersing nennt man das, glaube ich."
Das war definitiv nicht Sandra Demandt.
„Und die andere Person?" fragte Alex.
„Der Hansi, der fährt aber immer mit dem Auto bis zum Parkplatz vor dem Forsthaus und geht dann ein Stück in den Wald. Kann nicht mehr so gut laufen, seit er seine Hüft-OP hatte und ..."
„Hansi?", fragte Alex ungeduldig.
Heinz Anton nahm ihm die Unterbrechung nicht übel. „Hans Fechter, wir sind vor vielen Jahren immer zusammen gewandert, aber, wie gesagt, seit der OP geht bei ihm nicht mehr viel."
Margarete Anton schien zu spüren, dass Alex Hansis Gesundheitszustand nicht besonders interessierte. Sie legte ihrem Mann eine Hand auf den Arm. „Sonst war da niemand", sagte sie. „Auf dem ganzen Weg nicht."
„Waren Sie auch im Forsthaus?", fragte Alex.
Sie nickte. „Es war unser Hochzeitstag", informierte sie ihn mit strahlenden Augen. „Jedes Jahr fahren wir am 1. Oktober mit dem Bus zum Kirschenberg, gehen von Ockstadt aus

zum Winterstein hoch, essen im Forsthaus und gehen dann wieder runter nach Nauheim in den Gelben Weg. Wir machen das schon seit zweiundvierzig Jahren."
„Und einen Tag später fliegen wir immer für ein paar Monate nach Gran Canaria", erklärte Heinz Anton.
„Wir haben dort eine Ferienwohnung", erklärte Margarete Anton. „Sie liegt keine hundert Meter vom Strand entfernt."
„Wir haben aber nur einen Anteil an der Wohnung", sagte Heinz Anton. „Wäre ja auch nicht rentabel, wenn wir sie nur für ein paar Wochen ..."
„Waren noch andere Personen im Forsthaus?", unterbrach Alex den Rentner.
Heinz Anton überlegte einen kurzen Moment, dann hellte sich sein Gesicht auf. „Da war eine große Gruppe Wanderer, die sprachen mit so einem Karnevalsdialekt. Und noch ein paar Leute mit Fahrrädern."
„Wo die herkamen, wissen wir aber nicht", fügte Margarete Anton hinzu. „Und wo die hingegangen sind, wissen wir leider auch nicht. Wir haben sie danach nicht mehr gesehen."
Alex dankte dem Ehepaar Anton fürs Kommen. Als die beiden das Zimmer verlassen hatten, herrschte für einige Minuten Schweigen.
„Es gibt also tatsächlich einen Rucksack", sagte Alex langsam.
„Und Wanderstöcke", fügte Milena triumphierend hinzu.
„Konzentrieren wir uns auf die Wanderer und Radtouristen im Forsthaus Winterstein", sagte Alex. „Vielleicht befand sich der Mörder unter ihnen. Dann ist es jemand, den wir bisher noch gar nicht kennen. Leider."
„Nicht unbedingt", widersprach Milena. „Wir müssen dem Wirt ein Bild von Heiko Kling vorlegen. Fragt sich nur, in welcher Aufmachung." Bei seiner vorübergehenden Verhaftung vor drei Jahren hatte Heiko noch eine Lockenpracht getragen, nun waren es eine Glatze und auffällige Tätowierungen, zumindest auf dem Bild, dass einer der ehemaligen

Kollegen vom Friedhofsamt von ihm gemacht hatte. „Er könnte eine Perücke und für ihn unübliche Kleidung getragen haben. Stand in Karstens Bericht nicht etwas von einem künstlichen Haar?"
Alex nickte. „Es war aber nicht Heiko Kling."
„Warum nicht?", fragte Milena.
„Er hat ein Alibi."
„Das vom Mechaniker? Kann auch erpresst oder erkauft sein. Wir kennen seine Methoden."
Alex grinste schwach. „Auch der Autobesitzer hat Kling in der Werkstatt gesehen."
„Wollen wir wetten?", fragte Milena.
„Um was?"
„Wir gehen zusammen auf die Faschingsfete in der Stadthalle."
Alex schüttelte sich. „Wenn *du* recht hast?"
„Nein. Auf jeden Fall. Sagen wir, der gemeinsame Besuch dieser Veranstaltung ist ein Versöhnungsangebot wegen anderer Unannehmlichkeiten. Fragt sich nur, in welcher Verkleidung wir erscheinen."
„Ich gehe als Polizist", sagte Jan. „Armin leiht mir seine Uniform."
„Was ist die Wette?", fragte Alex. Milena registrierte, dass sein Atem etwas schneller ging. Er weiß, worum es mir geht, dachte sie.
„Ich sage, es war Heiko Kling. Wenn es nicht stimmt, trage ich ein Kostüm *deiner* Wahl."
Alex Augen blitzten schalkhaft. „Dann gehst du als Burlesque-Tänzerin."
Milena schluckte. Jan lachte.
„Ich sage, es ist ein uns bislang unbekannter Täter", fuhr Alex fort. „Wenn es nicht stimmt, was muss *ich* dann tragen?"
Milena überlegte kurz. „Ein Sträflingskostüm."
Alex' Lächeln erstarb. Nun schaute er sie nachdenklich an.

Sie hätte alles gegeben, hätte sie seine Gedanken lesen können. Sie hielt ihm ihre Hand hin.
Er zögerte einen Moment, dann schlug er ein.

***

Alex war zum Forsthaus Winterstein gefahren, nur um festzustellen, dass es geschlossen hatte. Er rief in der Wache an und bekam die Telefonnummer des Wirtes, der ihm nach einem kurzen Gespräch wiederum die Handynummer eines Studenten gab, der am besagten Oktobertag im Schankraum ausgeholfen hatte und sicher mehr berichten konnte als der Wirt selbst, der am fraglichen Tag krank gewesen war. Dieser Student hieß Janos Flick und Alex erwischte ihn während seiner Mittagspause in der Mensa der Technischen Hochschule. Er bat ihn um ein Treffen vor der Mensa.
Janos Flick war groß und schlank. Er trug eine ungebügelte, dunkelblaue Jeans und einen um ein paar Schattierungen helleren Pullover. Sein aschblondes Haar stand strubblig vom Kopf ab, der Drei-Tage-Bart dagegen war sorgfältig getrimmt.
„Das habe ich schon dem Fuzzi von der Zeitung erzählt", sagte Flick. „Diese Wandergruppe hat das lange Wochenende mit dem Feiertag genutzt, um den Limes ein Stück entlang zu wandern. Waren auch schon auf dem Rheinsteig. Alle Achtung, muss ich da sagen."
„Aber Mathias Bauer war nicht an diesem Tag dort?", fragte Alex und zeigte ihm ein Bild des Toten.
Flick schüttelte den Kopf. „Der war nicht dort."
Alex legte ihm ein Bild von Heiko Kling vor.
Flick schüttelte wieder den Kopf. „Kenn ich gar nicht."
Sieh dich schon mal nach dem passenden Kostüm um, Milena, dachte Alex.

„Gab es noch andere Gäste an diesem Montagnachmittag?", fragte er.
Flick kratzte sich am Kopf. „Diese Radlergruppe."
„Wissen Sie, wer diese Radler waren?"
„Keine Ahnung, ich frage nicht nach den Namen."
„Aber die Wandergruppe, die kannten Sie?"
Flick nickte. „Die kommen jedes Jahr." Er holte sein Smartphone aus der Tasche seiner Jeans, wischte einige Male über das Display. „Hier, das ist Falko Lind." Er hielt Alex das Smartphone hin, der sich die Telefonnummer in sein eigenes Handy speicherte. „Ist ein lustiger Kerl und ich war auch schon bei ihm in Köln zum Karneval. Mann, die können vielleicht saufen." Er lächelte versonnen, dann wurde er wieder ernst.
Alex dankte Janos Flick und ging langsam in die Richtung, in der er sein Auto geparkt hatte. Er tippte die Nummer von Falko Lind in das Display seines Handys. Er blickte kurz auf die Uhr. Es war bereits Nachmittag. Er musste es lange klingeln lassen, bis eine leicht lallende Stimme antwortete. Als Alex höflich sein Anliegen vortrug, fing der Mann an zu lachen. Er schien nicht alleine zu sein, im Hintergrund hörte Alex gelegentliche Rufe nach mehr Kölsch. Es dauerte eine Weile, bis sein Gesprächsteilnehmer den nötigen Ernst für die Situation aufbringen konnte. Aber sein Kommentar war knapp: „Ich habe diesem Jack Russell bereits die Bilder gemailt. Und jetzt muss ich weiter trinken. Nichts für ungut."
Die Leitung wurde gekappt.
Die Nummer des Reporters hatte Alex ebenfalls im Adressbuch seines Handys. Er suchte sie heraus und drückte auf „Anrufen". Es klingelte viele Male. Stand der Jagdhund neben dem Telefon und überlegte, ob er rangehen sollte? Alex hatte schon entschieden, einen Umweg über Dorheim zu machen, als er eine verschlafene Stimme „Ja?" sagen hörte.
„Ins Polizeibüro, Herr Rousselle. Sofort. Und zwar mit den Bildern vom Forsthaus."

Jack Russell war erstaunlich pünktlich. Alex stürmte auf dem Weg in sein Büro gerade an der Tür von Milena und Jan vorbei und sah ihn mit überschlagenen Beinen an Jans Tisch sitzen. Noch mehr überraschte ihn das zerkratzte Gesicht und die Pflaster, die der Reporter über einige Wunden geklebt hatte. Doch jetzt war keine Zeit, er würde ihn später dazu befragen. Alex trat zu ihnen. Auf Milenas Schreibtisch lagen einige Schnappschüsse, manche leicht verwackelt, andere dagegen scharf. Er schob sie hin und her, nicht sicher, wonach er suchte. Jack deutete auf eine Aufnahme, die im Gegensatz zu den meisten Portraits den ganzen Schankraum zeigte. Man sah die Gesichter undeutlicher, dafür waren nicht nur die Wanderer festgehalten, sondern auch eine Gruppe von Radlern in neonfarbenen Monturen.
„Die Wandergruppe behauptet, dass die Radler ihnen auf dem Weg hinterher geradelt kamen, sie fuhren also den Limesradweg weiter und nicht runter nach Bad Nauheim."
Alex runzelte die Stirn. „Wieder eine falsche Fährte?"
„Nein. Denn es waren nur vier Radler."
„Wenn sich die lustigen Saufwanderer nicht verzählt haben."
„Die können mehr Bier vertragen als ich und trotzdem noch die gerade Linie ablaufen." Jack lächelte. „Nein, ich glaube diesem Tünnes. Vier radeln den Limesweg entlang, einer den Weg nach Bad Nauheim. Und traf dort auf Mathias Bauer."
„Warum sollte ihn diese ihm völlig fremde Person den Hang hinuntergestoßen haben?", fragte Milena.
„Weil er sie blöd angemacht hat?"
„Er wurde gestoßen, weil er dagegen war, dass jemand mit dem Rad diesen Weg entlang fuhr?"
Jack zuckte mit den Schultern. „Es sind bereits Leute für weniger gestorben."
„Warum nicht?", sagte auch Alex. „Nur: Wer war es?"
Jack nahm eine Tube aus der Tasche, drückte einen Zentimeter Creme auf seinen Zeigefinger und rieb sie auf die

Wunde auf dem Rücken seiner linken Hand. „Dieser Tünnes meinte, eine Person habe da nicht richtig dazugehört. Sie kam alleine herein und gesellte sich dann zu den radelnden Sportgenossen. Die nahmen sie gleich in ihre Runde auf, deshalb erscheint es auf dem Bild so harmonisch."
Alex verzog das Gesicht. „Noch etwas, das Sie uns nicht mitgeteilt haben, Herr Journalist?"
Jack hob abwehrend beide Hände. „Ihr Vorgehen ist nicht sehr diplomatisch, Herr Hauptkommissar."
Alex schnaubte. Er brachte sein Gesicht nah an Jacks. „Wo waren *Sie* eigentlich am 1. Oktober, so gegen vierzehn Uhr?"
„Ich kann Sie jetzt gar nicht mehr sehen", sagte Jack.
Milena prustete und bemühte sich sogleich, das Lachen zu unterdrücken. Alex warf ihr einen wütenden Blick zu und rückte von Jack ab. „Warum waren Sie so schnell am Tatort? Warum verfügen Sie über Informationen, die Sie nicht sofort an die Polizei weiterleiten?"
„Weil ich Reporter bin und meine eigenen Quellen und Arbeitsmethoden habe. Soweit ich weiß, ist das noch nicht verboten."
„Warum sehen Sie so aus, wie Sie aussehen?", fragte Alex und wies auf die Pflaster.
Jack lächelte. „Manchmal geht *es* etwas stürmischer zu, als man erwartet. Kennen Sie das nicht auch?"
Alex wies energisch mit dem Kopf zur Tür. Jack Russell stand langsam auf und ging mit betont lässigem Schritten zur Tür. Alex hob das Gruppenbild so nah wie möglich an seine Augen, aber er erkannte keine der Personen im Radleroutfit. Dann schaute er sich die anderen Aufnahmen genauer an. Glücklicherweise hatte der Fotograf die Wanderer aus verschiedenen Perspektiven abgelichtet, jeweils mit einigen Radlern im Hintergrund. Jeder der Radler war mindestens einmal von vorne zu sehen. „Alle drei vergrößern, dann überprüfen wir die Gesichter."

\*\*\*

Der Schlüsselanhänger ist des Rätsels Lösung, dachte Jack und starrte auf das Bildnis eines Mannes in der Kutte eines Mönches. Laut Internet der Heilige Augustinus.
Es war ein selbstgemachter Anhänger, das Bild wahrscheinlich mit einem Farbdrucker ausgedruckt und in eine eckige Form aus Plexiglas geschoben. Solche Blanko-Anhänger gab es überall zu kaufen. Jack traf immer wieder auf Leute, die versessen darauf waren, auf diese Weise jederzeit einen Blick auf ihre Kinder, ihren Partner oder andere geliebte Menschen werfen zu können.
Natürlich war der Heilige für Heiko Kling kein geliebter Mensch. Es war ein Hinweis auf ... tja, auf was?
Jack umfasste den Schlüssel mit festem Griff. Er sah wie ein Haustürschlüssel aus, eckig und stabil. Er musste zu dem Schloss eines Raumes gehören, in dem sich etwas befand, was nun gefunden werden sollte. Kasparhauser hatte ihn auf diese Spur angesetzt.
Jack schluckte, als er an die brenzlige Situation an der Hollarkapelle dachte.

Er hatte in der Kälte gestanden, seinen Blick auf die Pistolenläufe gerichtet. Die Augen der Maskierten verengten sich, als er ihnen den leeren USB-Stick entgegenstreckte, den er noch immer in der Tasche trug. Sich an die Worte seiner französischen Großmutter erinnernd, begann Jack stumm um ein Wunder zu beten. Einer der Pistolenmänner schien zu überlegen, dann nickte er. Der Mann ohne Pistole nahm Jack den Stick aus der Hand und reichte ihn direkt an seinen Begleiter weiter. Das Wunder geschah. Die Pistolen immer noch auf ihn gerichtet, gingen die beiden Männer langsam

rückwärts. Der Kies knirschte unter ihren Schuhen. Jack hörte die Türen knallen, der Motor röhrte und das Auto setzte sich in Bewegung.
Der dritte Maskierte blieb zurück, was er offenbar nicht erwartet hatte. Einen Fluch ausstoßend, lief er dem davonfahrenden Auto ein Stück hinterher, dann drehte er sich abrupt um und ging drohend auf Jack zu.
„Den Autoschlüssel", sagte er und Jack wusste sofort, wen er vor sich hatte. Er konnte sich noch gut an das gezischte „Sie widerlicher Schreiberling" erinnern.
Er wartete nicht ab. Er brachte ein paar Boxhiebe an, aber zu seiner Überraschung zeigte sich Ulrich Bauer als versierter Kämpfer. Es gelang Jack nicht, das Kinn oder die Schläfe seines Gegners zu treffen und ihn damit zu Boden zu schicken. Bauer wich ihm geschickt aus und parierte Jacks Schläge mit gezielten Schwingern. Jack rutschte auf dem Schnee aus, kam aber schnell wieder auf die Füße. Er holte aus und verpasste seinem Gegner einen Schlag auf die Leber. Bauer schrie auf und krümmte sich. Jack stand mit blutenden Fingerknöcheln da. Er klaubte die Taschenlampe aus dem Schnee und richtete den Lichtkegel auf seinen Gegner. Bauer schien genug zu haben. Auch Jack war nicht mehr nach Kämpfen zumute.
„Wie haben Sie mich hier gefunden?", fragte er keuchend.
„GPS", bekannte Ulrich Bauer ebenso kurzatmig und nicht besonders reuevoll. Seine Maske hatte er während des Kampfes heruntergerissen, sie lag verloren im Schnee. „War ganz leicht, das Empfangsteil zu montieren. Sie sind nicht besonders misstrauisch."
Wie recht du hast, dachte Jack „Wir können uns einigen", schlug er in versöhnlichem Ton vor.
Ulrich Bauer lachte gequält und hielt sich den schmerzenden Arm. „Warum sollten Sie das tun?"
„Ich bin vielleicht nicht misstrauisch, kann aber improvisieren", entgegnete Jack. Er richtete den Lichtkegel auf den

Schlüssel mit dem Anhänger in seiner Hand. „Das hier habe ich in der Kapelle gefunden. Nicht den USB-Stick."
Ulrich Bauer schaute sprachlos den Schlüssel an, den Jack vor seinen Augen hin und her schwingen ließ.
„Lassen Sie uns hier weitermachen bevor unsere arabischen Freunde herausfinden, dass der Stick nicht viel hergibt", schlug Jack vor.

Nun saß Jack in seinem Arbeitszimmer in Dorheim und starrte den Schlüssel an, als könnte der durch bloße Willensübertragung zu sprechen beginnen. Er wusste nicht, wie er weiter vorgehen sollte. Er hatte mit der Polizei kooperiert. Zum Dank hatte Alex ihn beschuldigt und rausgeschmissen. Jack rieb sich über seinen schmerzenden Brustkorb und grinste schwach. Er suchte nach Entschuldigungen, erkannte er. Warum hatte er ein schlechtes Gewissen? Weil er der Polizei nun Wissen vorenthielt?
Er habe kein Zuhause mehr, hatte Ulrich Bauer mit zittriger Stimme gestanden, als sie zusammen im Wagen gesessen und Jack „Wohin?" gefragt hatte. Zu seinen Eltern wollte er ganz bestimmt nicht. Sein Büro sei eiskalt, nachdem die Stadtwerke ihm das Gas abgestellt hatten. Jack hatte ihn mit zu sich genommen und Ariane den Schreck ihres Lebens beschert, als sie am nächsten Morgen splitterfasernackt im Wohnzimmer gestanden und einen fremden Mann auf dem Sofa ausgestreckt gefunden hatte. Schlimmer noch: Der Fremde war wach und starrte sie unverhohlen an. Ariane hatte sich hastig angezogen. Mit Wut im Blick und einem drohenden „Wir sprechen uns noch!" an Jack hatte sie die Wohnung verlassen.
Ulrich Bauer hatte die Schnauze voll von aufreibenden Erlebnissen und verschlief den ganzen Tag in Jacks frisch bezogenem Bett. Heute Abend hatte er sich revanchiert und ein Omelette zubereitet, das so lecker war, dass Jack in Erwägung zog, ihn als WG-Partner aufzunehmen.

„Also, es gibt in Friedberg nur zwei Orte, die etwas mit diesem Heiligen zu tun haben", sagte Ulrich Bauer. „Die Augustinerschule und die Augustinergasse."
„Und der Schlüssel klebte unter der ersten Stuhlreihe. Suchen wir also eine Eins."
„Klassenraum oder Hausnummer?", fragte Ulrich Bauer.
Jack zuckte mit den Schultern.
„Beginnen wir mit der Hausnummer", schlug Bauer vor. „In die Schule kommen wir jetzt eh nicht rein."

# 25
## 10. Januar

Die Kamera des Wanderers aus dem Rheinland war kein Profimodell und die Lichtverhältnisse in der Hütte nicht günstig gewesen. Erschwerend kam hinzu, dass der Fotograf nicht mehr ganz nüchtern gewesen war und die Bilder zwar auf den ersten Blick annehmbar schienen, in der vielfachen Vergrößerung allerdings eine erhebliche Unschärfe aufwiesen. Trotzdem waren sie sich relativ sicher - zu achtzig Prozent, wie Alex betonte -, die Witwe von Mathias Bauer unter den Gesichtern ausfindig gemacht zu haben. Seit gestern saß Anja Herlof in Untersuchungshaft. Sie leugnete hartnäckig. Es gäbe „Hunderte" Frauen, die aussähen wie sie. Ein solches fürchterliches Outfit habe sie nie im Leben besessen, zumal Hellblau ihr überhaupt nicht stand und sie deshalb diese Farbe niemals freiwillig gewählt hätte. Sie sei zu Hause gewesen und habe ferngesehen. „Heiko ist das gewesen", wiederholte sie immer wieder.
„Sie lügt", sagte Alex.
„Aber wie soll sie denn hundertdreißig Kilo hochgestemmt haben?", fragte Milena.
„Musste sie gar nicht" sagte Alex. „Nicht, wenn Bauer freiwillig einige Schritte Richtung Abhang gemacht hatte. Dann brauchte es nur einen kräftigen Stoß. Da reicht ein wenig Krafttraining sicher aus."
Dieses Gerät, dachte Milena. Das in der Ecke stand, in dem Wohnzimmer in der Saarstraße. Ich konnte es nicht sofort einordnen. Aber es sah aus wie ein zusammenklappbares Rudergerät.
Jan steckte den Kopf zur Tür herein. „Wir haben das Haus in der Altstadt", sagte er. Seine Stimme überschlug sich fast vor Eifer. „Es gehört einer älteren Dame namens Erika Schnell."

Alex ließ die Bilder auf den Tisch fallen, ging in sein Büro und holte seine Jacke.
„Du bearbeitest die Herlof weiter", sagte er im Hinausgehen zu Milena.

Milena betrachtete im fahlen Neonlicht Anja Herlofs verbittertes Gesicht, den harten Zug um ihren Mund und die stumpfen Augen.
„Woher wussten Sie von dem Geld?"
„Gar nicht. Ich hab erst vom Amtsgericht davon erfahren. Als ich das Erbe bekommen hab. Meinen Sie, Mathias hätte mir freiwillig davon erzählt?"
„Nein. Nicht Mathias Bauer, sondern sein Geschäftspartner."
Anja Herlof schnaubte. „Und wer soll das gewesen sein?"
„Ihr Lebensgefährte."
„Heiko? Sie spinnen sich da was zusammen. Ich war zu Hause und hab ferngesehen."
Sie wähnte sich in Sicherheit. Solange sie weder Rucksack noch Perücke und Radleroutfit gefunden hatten, hatten sie nicht mehr gegen Anja Herlof in der Hand als ein unscharfes Foto. Vierundzwanzig Stunden, hatte die Staatsanwältin deutlich gemacht. Wenn dann kein Geständnis oder eindeutige Beweise vorlagen, musste sie wieder freigelassen werden.
„Wo ist der Rucksack, den Mathias Bauer auf der Wanderung dabei hatte?"
Anja Herlof zuckte mit den Schultern. „Was für ein Rucksack?"
Irrte Milena oder klang sie erleichtert? Zwischen dem Mord und dem Auffinden der Leiche waren einige Tage vergangen. Es war mehr als wahrscheinlich, dass sie den Rucksack mit dem Müll entsorgt hatte. Sie hatte es sogar erwähnt. Heiko Kling sei ein so erstaunlicher Mann, da er sogar den Müll runterbrachte! Nach so langer Zeit hatten sie keine Chance, bei der Müllverbrennungsanlage fündig zu werden. Im Moment sprach leider alles für Anja Herlof.

„Wo sind die Sachen, die Sie am 1. Oktober im Forsthaus Winterstein getragen haben?", fragte Milena trotzdem.
„Ich war nicht dort. Ich bin das nicht. Ich hatte damals außerdem noch blonde Haare."
„Wo ist die dunkelhaarige Perücke, die Sie im Forsthaus Winterstein getragen haben?"
Anja Herlof seufzte theatralisch. „Sie können mich noch stundenlang verhören, Sie werden keine anderen Antworten erhalten."
„Wo ist die Haarlocke, die Ute Bauer Ihnen bei einem Treffen im Bad Nauheimer Kurpark Mitte Dezember im Namen von Heiko Kling überreicht hat?"
Anja Herlof überlegte kurz. „Das Ding? Ich hab es samt Tüte weggeschmissen."
„Sie haben sich nicht gefragt, was Heiko Kling Ihnen damit sagen wollte?"
Anja Herlof richtete sich auf. „Erstens: Diese graue Wachtel lügt. Gar nichts hat sie von Heiko bekommen. Sie hat von irgendwoher diese Locke und sich mit ihrem kranken Hirn diese Geschichte ausgedacht. Und zweitens: Es ist mir furchtbar egal, selbst wenn es wahr ist."
„Wir werden sehen."
Anja Herlof fuhr mit den Händen über die glatte Tischplatte. „Warum suchen Sie eigentlich nicht nach Heiko? Wenn er sich tatsächlich mit Mathias getroffen hat, wie Sie behaupten, wäre *er* doch verdächtig."
„Herr Kling hat ein Alibi."
„Das vom Meister? Sind Sie sicher, dass der nicht auch mit drinhängt?"
„Worin mit drinhängt?"
„Was weiß ich? Heiko hat ja wohl genug angestellt, um für einige Jahre hinter Gitter zu müssen. Und ich hab ihm vertraut. Scheiß-Männer."
„Sie behaupten also, dass Heiko Kling Mathias Bauer umgebracht hat?"

Anja Herlof schwieg.
„Sie sollten Ihren Anwalt anrufen", sagte Milena.
„Ich habe keinen!" Anja Herlof schlug auf die Tischplatte. „Und ich brauche auch keinen. Ich habe nichts verbrochen."
Milena griff nach ihrem Handy und wählte die Zentrale. „Dann werden wir einen Pflichtverteidiger für Sie organisieren."

\*\*\*

Das Haus in der Altstadt lag in der Augustinergasse nicht weit von der Stadtbibliothek entfernt. Es war ein altes Fachwerkhaus und verfügte über die schrägsten Wände, die Alex jemals gesehen hatte. Die Fläche des Erdgeschosses war gefühlt doppelt so groß wie die des Obergeschosses. Ob der Architekt ein Scharlatan gewesen war oder das Haus sich selbst über die Jahrhunderte in diese Lage gebracht hatte, konnte Alex nicht sagen.
Die aufwendige Suche rund um den Fünffingerplatz und die untere Kaiserstraße hatte eine Ende gehabt, als zwei Polizisten bei der alten Dame klingelten und ihr das Bild von Mathias Bauer unter die Nase hielten.
„Den netten jungen Herrn meinen Sie?" Erika Schnell war nicht mehr ganz fit, aber an das Drama vor zwei Jahren konnte sie sich noch gut erinnern. Ein Wasserrohrbruch hatte ihren ganzen Keller überflutet. Kurz darauf stand Mathias Bauer in ihrem Haus und bot ihr an, ihren Keller wieder in Ordnung zu bringen. „Wochenlang lief die Trocknungsmaschine, eine Menge Strom hat das gekostet. Aber er hat das hingekriegt, wollte noch nicht mal Geld dafür. Nur einen Kellerraum mieten."
Sie standen im Hauseingang, eine steile Treppe führte hinauf in den ersten Stock.

„Herrn Bauer habe ich schon lange nicht mehr gesehen", sagte Erika Schnell. „Oder doch nicht? Mein Kopf, da ist nicht mehr alles in Ordnung, wissen Sie? Ich bin schon sechsundachtzig."
Sie erzählten ihr, dass Mathias Bauer vor fast drei Monaten ums Leben gekommen war.
„Tot? So jung? Nein, das habe ich nicht mitbekommen. Was ist das denn für eine Welt? Tot? Und der andere?"
„Welcher andere?"
„Na der dünne, der auch öfters hier war."
„Das wissen wir nicht." Jan betrieb höflich Konversation, während Alex die Treppe betrachtete, die gleich neben ihnen ins Dunkel führte. Dort musste der Keller sein.
„Sie meinen, der junge Mann ist auch tot?"
„Wir wissen nicht, wo er sich momentan aufhält. Hat er vielleicht hier übernachtet?"
„Aber das ist nur ein Kellerraum", sagte Erika Schnell besorgt. „Da wollten sie nur was abstellen."
„Können wir den mal sehen?" fragte Alex.
„Natürlich. Es gibt aber kein Licht", fügte sie hinzu. „Die Birne ist kaputt. Man kriegt ja keine mehr. Wenn Sie sich umdrehen, sehen Sie die Taschenlampe da hängen."
Jan angelte das Stück vom Haken. Alex war schon die ersten Stufen nach unten gegangen.
„Es ist die zweite Kellertür rechts", rief Erika Schnell ihnen hinterher. „Ich hab dafür aber keinen Schlüssel. Den hatte der nette Herr Bauer."
„Wir kommen auch so rein." Alex hatte ein Brecheisen unter seiner Jacke verborgen. Solches Werkzeug hatte er immer im Wagen.
„Machen Sie aber nichts kaputt", rief die Dame.
„Wir werden sie ersetzen", murmelte Alex.

Alex hatte zwar wenig Übung, aber genügend Kraft. Es dauerte keine Minute und die Tür gab nach. Die Luft im Keller roch abgestanden, war aber trocken. In der einen Ecke stand ein PC. In der anderen Ecke wartete Spiderman. Sie hatten den Rucksack gefunden, darin die Brille, die hellblaue Radlermontur und die Perücke. Wider Erwarten war die Festplatte des PC nicht entfernt worden und es gab noch nicht einmal ein Passwort zu knacken. Jan hob wie ein Sieger die Hand, als er sich, mit Latexhandschuhen bewaffnet, durch die vielen Dateien klickte. Welches Geheimnis sie bargen, würde sich innerhalb der nächsten Tage herausstellen. Kein Geheimnis dagegen barg der offene Safe. Heiko Kling war kurz vor seinem Abtauchen noch hier gewesen und hatte die Schatztruhe geleert.

\*\*\*

Karsten Feldmann arbeitete flott und gründlich. Sowohl an der Perücke als auch an der Kleidung fand sich die DNA von Anja Herlof.
„Klar wusste ich von dem Geld", sagte diese schniefend im Verhörraum. „Laura hat jede Woche eine ganze Batterie Süßigkeiten von mir bekommen, wenn sie mit ihrer Digitalkamera ein Foto von seinen Bankauszügen machte. Natürlich hat sie mitgemacht, diese kleine Raupe Nimmersatt. Konnte nicht ahnen, dass die beiden Mistkerle dieselbe Schwäche ausnützen."
Milena hatte ihr von den Botschaften im Fach des Ranzens berichtet.
„Ich hoffte, dass er sich zu Tode fressen würde. Oder ein Herzinfarkt kriegt, das hätte mir gereicht. Aber dann machte er die Diät. Und wollte die endgültige Trennung, hat Heiko versichert. So schnell war ich nicht darauf vorbereitet."
Anja Herlof zupfte mit fahrigen Händen in ihren Haaren.
„Ich hab die Sachen ein paar Straßen weiter abgelegt. Gelber

Sack. Die Abfuhr war am nächsten Morgen und alles war weg." Sie wischte sich über das Gesicht. „Ich war so erleichtert. Heiko! Dieser Mistkerl muss den Rucksack in der gelben Hülle erkannt und ihn rausgenommen haben. Und hat ihn dann versteckt. Scheiß-Männer, Scheiß-Heiko! Ich konnte doch nicht ahnen, dass er mich so hintergehen würde."
Der Pflichtverteidiger hatte längst aufgegeben. Er hatte sich mehrmals eingemischt und versucht, seine Mandantin zu beschwichtigen. Anja Herlof hatte nicht auf ihn gehört, ihn sogar angefahren, sie in Ruhe zu lassen.
„Es war doch sein eigener Vorschlag! Heiko wusste, dass Mathias die Wanderung machen wollte. Und auch wann. Er hat sich dann alles ausgedacht. Mit dem Verkleiden und so. Ich bin danach fast durchgedreht, aber Heiko hat einen kühlen Kopf behalten. Hätte gleich stutzig werden müssen, als er mir das Alibi vorgeschlagen hat."

## 26
19. Januar

Über Nacht hatte es kräftig geschneit. Die Welt war wieder hell und nicht nur die im Schnee herumtollenden Kinder waren froh über das Ende der dunkelgrauen Tagen der vergangenen Woche.
Jack saß bei Milena und Jan im Büro. Alex hatte sich zu ihnen gesellt.
„Ich habe Sie zu Unrecht beschuldigt", sagte er zu Jack.
„Ja, die Hitze des Gefechtes", erwiderte Jack. „Sie setzt bei manchem so manches außer Kraft. Ich habe nicht wirklich geglaubt, dass der stets kompetente Leiter der Ermittlungen mich tatsächlich des Mordes verdächtigt."
Alex kniff die Augen zusammen und wies auf Jacks inzwischen verblasste Wunden. „Wie sind Sie eigentlich zu dieser Ehre gekommen?"
Jack bat um einen weiteren Kaffee und erzählte ihnen die Geschichte von der Nacht an der Kapelle. „Die Araber hatte der USB-Stick geradezu euphorisch gestimmt, sie sind gegangen, ohne zu schießen und haben Ulrich Bauer zurückgelassen wie einen ausgesetzten Hund. Er wollte meinen Autoschlüssel, aber ich war da anderer Ansicht." Er warf Jan einen Blick zu. „Er wusste sich zu wehren. Wir sollten ihn in unseren Boxklub aufnehmen."
Jan nickte. „Vielleicht kommt er dann auch besser mit seinem Leben zurecht."
Jack lachte. „Wie dieser verkorkste Lümmel, den du zu uns gelockt hast?"
Daniel Demandt war gestern großmäulig im Boxklub erschienen. Ein gezielter rechter Haken eines gleichaltrigen Jungen hatte ihn nach wenigen Minuten auf die Matte befördert. Nach dieser schmerzhaften Lektion hatte Daniel den

Klub mit dem festen Vorsatz verlassen, wiederzukommen und es „dem Wichser" zu zeigen.

Nach einer Woche intensiver Auswertung der Computerdateien hatte Stocks Frankfurter Abteilung für Cyberkriminalität in der beschaulichen Wetterau ein Spionagenetz aufgedeckt und Hinweise auf zahlreiche illegale Geldtransfers von Konten verschiedener Banken gefunden. Die Köpfe dieser Bande waren Mathias Bauer und Heiko Kling. Zusammen mit den Berichten über den Mord an Mathias Bauer sorgte dieses Thema für eine Rekordauflage des Wetterauer Anzeigers. Jack landete mit seiner Exklusivreportage und einem Interview mit den Leitern der Ermittlungen, Hauptkommissar Edgar Stock und Hauptkommissar Alexander Wege, seinen lang ersehnten und hart erarbeiteten Knüller. Selbst die Blätter in Frankfurt rissen ihm die Story aus der Hand. Schließlich war die Firma, in der Mathias Bauer angestellt gewesen war, in den aufgedeckten Spionageskandal verstrickt. Der Firmenchef Clemens Sänger hatte sich die Reparatur der heimlich und absichtlich von Bauer angegriffenen Datensysteme teuer bezahlen lassen. Die hilflosen Unternehmen waren Wachs in seinen Händen gewesen.

„Ganz schön pfiffig, diese Panzerhackerbande", sagte Jack nun. „Digitaler Bankraub kommt ohne teuren Sprengstoff aus und ist weniger anstrengend."
„Und lebt von der Leichtsinnigkeit vieler Internetnutzer", stimmte Alex ihm zu. „Aber seien wir gerecht. Datenklau ist nicht so schnell zu entdecken wie ein aufgesprengter Safe. Stock und Interpol haben jedenfalls eine Menge Arbeit."
„Keine Chance, Heiko Kling zu schnappen?"
Alex zuckte mit den Schultern. „Ist nicht mehr unsere Sache. Wahrscheinlich hat er sich ein Fleckchen gesucht, an dem er sicher sein kann, nicht ausgeliefert zu werden."
„Russland?", schlug Jack vor. „Scheint ja der Hafen aller

vertriebenen Cyperpiraten zu werden. Commander Putin wird sich noch wundern, welche Nattern er da an seinem nicht vorhandenen Busen nährt."

„Wie haben sie sich überhaupt kennengelernt, die beiden Hacker?", fragte Milena.

„Reiner Zufall", sagte Alex. „Ich habe mich ein wenig mit Torben Gering unterhalten."

„Mit wem?", fragte Milena.

„Den Inhaber eines Tattoo-Studios in der Altstadt", sagte Alex mit einem Seitenblick auf Jack. „Mathias Bauer hatte sich ein Zeichen tätowieren lassen wollen, hatte sich aber nicht entscheiden können. Heiko Kling war zufällig auch dort gewesen, die Arme voller Tattoos. Sie kamen ins Gespräch."

„Das war der Beginn einer seltsamen, aber ertragreichen Freundschaft", fügte Jack hinzu.

„Bis der Tod sie schied", sagte Alex. „Wenn Kling schlau ist, kommt er niemals wieder zurück."

Jan schrieb gerade einige Wörter auf ein blankes Blatt Papier und malte mit einem lilafarbenen Leuchtmarker ein Herz darum. „Man kann nie wissen. Russland ist kalt und ganz sicher kein Paradies. Vielleicht vermisst er eines Tages seine Heimat und er nimmt den nächsten Flieger nach Frankfurt."

Jack zuckte mit den Schultern. „Nicht jeder braucht eine Heimat, Jan."

Alex räusperte sich. „Heiko Kling schon gar nicht. Er hat nie eine richtige Familie gekannt, keinen festen Wohnsitz, keine Karriere und keine Lebensplanung gehabt. Er hat einfach in den Tag hinein gelebt."

„Er ist ein rücksichtsloser Mensch", sagte Milena. „Anja Herlof tut mir leid. Ohne die alarmierenden Infos ihres ach so netten Freundes wäre sie gar nicht auf die Idee gekommen, Mathias Bauer umzubringen. Und danach hat sie fest mit ihm gerechnet. Wahrscheinlich hatte er ihr versprochen, dass er mit ihr verschwinden wird. Sie müsse nur ein wenig

warten, bla, bla, bla. Und dann ist er allein gegangen und sie kann jetzt im Gefängnis schmoren. Sie hat den Mann ermordet, den er loswerden wollte." Sie lochte einige Seiten und fügte sie der umfangreichen Akte hinzu. „Und er hat nicht nur sie manipuliert. Alle diese Hinweise, die kamen doch direkt von ihm, oder? Die Haarlocke, die dreckige E-Mail an Ulrich Bauer, wahrscheinlich auch der anonyme Anruf, mit dem wir auf die Leiche aufmerksam gemacht wurden. Anja Herlof hatte von Anfang an keine Chance. Mich wundert, dass er den Kellerraum nicht verraten hat. Das wäre doch der letzte Akt in dem Drama gewesen, die Szene, die Anja Herlof endgültig ans Messer geliefert hätte. Wenn Ute Bauer damals nicht ihrem Sohn gefolgt wäre, würden wir immer noch suchen."
Jack schwieg. Bestimmte Dinge musste die Polizei nicht erfahren. Ulrich Bauer konnte das Geld aus dem Safe gut gebrauchen.
„Laura lebt jetzt bei ihren Großeltern", berichtete Jan.
„Zumindest für Mutter Bauer die Welt wieder ein Stück gerechter geworden", schloss Alex.

## 27

Warum hat dieser Raum keine Fenster, fragte sich Jack zum wiederholten Mal an diesem Abend. Es war stickig und roch nach Schweiß. Er stand mit Alexander Wege an einem mit Luftschlagen und Konfetti übersäten Tisch und wischte sich über das Gesicht. Das warme Hundekostüm war zwar ein kluger Schachzug für ein ihm aufgezwungenes stundenlanges Ausharren beim Faschingsumzug gewesen, doch hier drinnen ein wenig ungemütlich.
„Haben Sie eigentlich auch etwas wett zu machen?", fragte er und betrachtete belustigt Weges Sträflingskostüm. „Oder etwas ausgefressen?"
„Noch nicht", erwiderte Wege und wandte seinen Blick zu Milena, die etwas abseits stand und zum wiederholten Mal das Mieder ihres sehr freizügigen Kostüms kontrollierte. Trotzdem schien sie sich schon wohler zu fühlen als noch zwei Stunden zuvor. Das lag bestimmt an den vielen Drinks, die sicher nicht nur aus Orangensaft bestanden. Sie unterhielt sich angeregt mit Jan, der in der Polizeiuniform eine erstaunlich imposante Figur machte und seiner Kollegin ungeniert in den offenherzigen Ausschnitt starrte.
„Sie sieht zum Anbeißen aus", stimmte Jack ihm zu. „Hätte ich nicht von ihr gedacht."
„Versuchen Sie es bloß nicht", warnte Wege. Er wirkte weniger steif nach einigen Gläsern Bier. Den intensiven Blick, mit dem er Milena beobachtete, hätten weniger psychologisch geschulte Menschen als „interessiert" interpretieren können. Jack sah darin pure Gier.
Die scheußliche Faschingsmusik setzte wieder ein, ein Hit der Höhner. Nach dem Song mit den Cowboys und Indianern war dies in Jacks Ohren eine Verbesserung um zweihundert Prozent. Er überlegte, wie lange er noch bleiben

musste. Er wandte den Kopf zu der Stelle, an der Ariane nun schon seit fast einer Stunde stand, im Gespräch mit einem mageren Punkmädchen. Betont aufmüpfig geschminkt und zerrissen elegant gekleidet, war es im realen Leben garantiert die gelangweilte Ehefrau eines reichen Unternehmers.
Milena hatte sich von Jan gelöst und kam an ihren Tisch. Ob er sie dazu überreden könnte, den ihrem Kostüm entsprechenden Tanz aufzuführen? Keine Chance, dachte Jack. Sie hatte gar keinen Blick für ihn.
„Wo ist denn deine Freundin?", fragte Milena ihren Boss. Sie musste fast schreien, um sich gegen die laute Musik durchzusetzen.
Wege nahm noch einen weiteren Schluck Bier. „Welche Freundin?"
Milena starrte ihn einen Moment mit offenem Mund an. Dann kicherte sie und warf ihm einen lasziven Blick zu. „Du bist also wieder solo?"
„Thea und ich haben unterschiedliche Ansichten über unseren zukünftigen Lebensweg."
„Aha." Milena strich sich über das heiße Gesicht. „Und wie gefällt dir die Party?"
Wege grinste schwach. Sein lüsterner Blick glitt über ihr Dekolletee. „Lass uns eine ruhigere Ecke suchen." Er legte ihr die Hand an den nackten Rücken und Jack sah, dass Milena erschauerte. Sie ließ sich bereitwillig zur Tür steuern.
„Übermorgen ist Valentinstag", rief Jack ihnen hinterher. Milena drehte sich kurz um und warf ihm eine Kusshand zu. Jack gluckste. Sie wird es morgen wahrscheinlich schon bereuen. „Trotzdem viel Spaß", murmelte er und beschloss, Weges Beispiel zu folgen. Als er sich Ariane näherte, erklang aus den Lautsprechern das Lied von der Karawane und dem Sultan. Es wurde Zeit, weiterzuziehen.